U0360763

美国文学之父 · 欧文作品系列

WASHINGTON IRVING
TALES OF THE ALHAMBRA

阿尔罕布拉宫的故事

[美] 华盛顿·欧文 著　刘荣跃 译

清华大学出版社
北京

内 容 简 介

举世闻名的阿尔罕布拉宫是摩尔人在西班牙的最后王国格拉纳达留下的辉煌宫殿建筑，也是摩尔人留给欧洲、让欧洲基督教世界十分景仰的历史文明古迹。1829 年，世界行旅文学大家、美国文学之父华盛顿·欧文曾到阿尔罕布拉宫游览访问，创作出了著名的《阿尔罕布拉宫的故事》。这部著作中既有《旅程》《神秘的内宫》《逃跑的鸽子》和《山间漫游》等颇具欧文风格特色的优秀散文随笔，又有《爱的朝圣者》《摩尔人的遗产》和《三位美丽的公主》等不乏传奇特色的小说故事。本书可以说是世界行旅文学的经典，是了解西班牙民族与伊斯兰文化的杰作，也是散文随笔创作的典范。富于魔幻传奇和幽默诙谐是作品的两大特色。作者以其代表作《见闻札记》享誉文坛，而本书则堪称是其西班牙版的《见闻札记》。一篇篇关于现实的散文随笔与历史的传说故事融于一体，相得益彰，把读者带入一个充满奇幻传说和富于浪漫色彩的世界。

版权所有，侵权必究。举报：010-62782989，beiqinquan@tup.tsinghua.edu.cn。

图书在版编目（CIP）数据

阿尔罕布拉宫的故事 /（美）华盛顿·欧文著；刘荣跃译 .—北京：清华大学出版社，2021.8
（美国文学之父·欧文作品系列）
ISBN 978-7-302-51465-7

Ⅰ.①阿… Ⅱ.①华… ②刘…Ⅲ.①散文集－美国－近代 Ⅳ.① I712.64

中国版本图书馆 CIP 数据核字（2018）第 256562 号

责任编辑： 纪海虹
封面设计： 万墨轩图书·夏玮玮
责任校对： 王荣静
责任印制： 丛怀宇

出版发行： 清华大学出版社
网　　址： http：//www.tup.com.cn，http：//www.wqbook.com
地　　址： 北京清华大学学研大厦 A 座　　**邮　　编：** 100084
社 总 机： 010-62770175　　**邮　　购：** 010-62786544
投稿与读者服务： 010-62776969，c-service@tup.tsinghua.edu.cn
质量反馈： 010-62772015，zhiliang@tup.tsinghua.edu.cn
印 装 者： 三河市东方印刷有限公司
经　　销： 全国新华书店
开　　本： 145mm×210mm　　**印　　张：** 11.875　　**字　　数：** 271 千字
版　　次： 2021 年 9 月第 1 版　　**印　　次：** 2021 年 9 月第 1 次印刷
定　　价： 78.00 元

产品编号：075715-01

"美国文学之父·欧文作品系列"翻译说明

早在 19 世纪初，曾有一部叫作《见闻札记》(*The Sketch Book*)的书在英国出版并引起轰动，被誉为美国第一部真正富有想象力的杰作，"组成了它所属的那个民族文学的新时代"。该书中《瑞普·凡·温克尔》等篇章已成为不朽的杰作。作者因此成为第一个获得国际声誉的美国作家，美国文学的奠基人，被誉为"美国文学之父"。英国著名作家萨克雷称他为"新世界文坛送往旧世界的第一位使节"。美国人民为了怀念这位做出突出贡献的作家，在他去世后甚至在纽约下半旗志哀，使他享受到了罕有的荣誉。这位大作家的名字叫华盛顿·欧文。

然而对于这样一位著名作家，过去国内的译介、研究却"不够充分"(参见《中国翻译词典》第 520 页，湖北教育出版社 2005 年版)。就其作品的翻译而论主要集中在代表作《见闻札记》上，只偶尔有其他作品出版。有鉴于此，笔者近几年专门从事欧文作品的译介工作，并获得了一定突破。除笔者翻译的《见闻札记》多次重印、再版外，拙译《征服格拉纳达》和《欧美见闻录》也首次在国内出版。

然而，对于这样一位大家，仅仅翻译、出版他的几部作品显然是不够的，满足不了广大读者和研究者的需求。几年前就曾有欧文的研究者苦于找不到《纽约外史》的译著，向笔者求得电子版译稿从事研究！这位研究者坦言，欧文的文字十分古雅，有些地方甚至比较深奥，不是人人都能轻易把原文读透、读懂的。如果难以洞悉作品字里行间的韵味和意味，怎么能很好地认识欧文、研究欧文呢？因此系列翻译、出版欧文的作品就有了必要。

本系列第一辑包括《见闻札记》《纽约外史》《美国见闻录》和《美国文学之父的故事——华盛顿·欧文传》四部，其中后三部除《美国见闻录》中的《大草原之旅》外，均为在国内首次翻译出版。特别是此次出版的作者的成名作《纽约外史》，颇有阅读和研究价值。这是一部非常具有民族特色的作品，能够让我们更加全面、深入地认识欧文。他二十多岁就写下这部不乏诙谐讽刺和历史知识的书，拥有那么非凡的思考与想象，不能不令人赞叹！《美国见闻录》中的第一部《大草原之旅》，栩栩如生地讲述了欧文随狩猎队员去美国西部探险的情景，颇有情趣。第二部《美国纪事及其他》让我们再次欣喜地读到类似于，同时也并不逊色于《见闻札记》中的优美文章，如《睡谷重游》《春鸟》。作者的文采又一次从这些篇章中充分焕发出来。我们在文章中读到的是美感，是浪漫，是情趣，是梦幻，是对原始朴素之物的依恋。《美国文学之父的故事——华盛顿·欧文传》则让读者从另一个方面了解到欧文的人生经历，其中包含了某些鲜为人知或者不是十分了解的东西。不过本书比较侧重于介绍欧文的生活情况，对于他的重要作品的分析似乎薄弱一些，为此笔者在“附录”里补充了介绍作家作品的相关文章，或许在一定程度上弥补了书中的不足。此书虽然不是欧文的作品，但它是专门介绍欧文生活与创作的作品，所以此次也纳入了本系列。

读者也许要问：我们可以从欧文的作品中读到什么呢？个人觉得，一是他和他作品特有的个性，二是他那独特的创作艺术。我把欧文及其作品所具有的特性称为“欧文元素”，并概括为富有文采、不乏幽默、抒情味浓、充满传奇、追求古朴、勇于探索、富于同情几个方面，在本系列的相关文章中对此作了阐述。就创作艺术而论，欧文无疑是一位值得学习的大作家。他在散文随笔的创作上尤其出类拔萃，独树一帜。基于大量翻译欧文作品的实践，我还认为他堪称游记大师，其众多的游记作品艺术高超，十分耐读，这在世界文学作品中是不多见的。

目前，笔者已翻译《布雷斯布里奇庄园》，拟与《欧美见闻录》《征服格拉纳达》和《阿尔罕布拉宫的故事》组成第二辑出版，以便为改变国内对欧文的译介、研究不够充分的局面做出一定贡献。

刘荣跃

2019 年 5 月于四川简阳

一座举世闻名、充满传奇的宫殿

（译本序）

一

本书向读者讲述的是一座举世闻名、充满传奇色彩的宫殿。世界著名的宫殿不少，而阿尔罕布拉宫无疑是其中之一。它是西班牙的著名故宫，为中世纪摩尔人在西班牙建立的格拉纳达王国的王宫。它始建于 13 世纪，是摩尔人留存在西班牙所有古迹中的精华，有“宫殿之城”和“世界奇迹”之称。1492 年摩尔人被打败离开西班牙后，此建筑开始荒废。1828 年在费迪南德七世资助下，又恢复了原有风貌。阿尔罕布拉宫坐落于山上最高处，可以俯瞰到下面的格拉纳达古城。欧文在《征服格拉纳达》[1]一书中所描写的某些情景，即可由此实地看到。所以，作为亲身前去游览过该宫殿的本书译者感觉是很特别的。从远处看，这座古老的王宫雄踞于山顶，气势不凡。它由内宫和外宫组成，内宫显得隐蔽而神秘，自然它是摩尔君王的宫殿；外宫裸露在外，是官员和宠臣的住地。外宫四周是高高的城墙，城墙顶上是城垛，便于士兵进行防卫。就是这样一座世界闻名的王宫，已在那里静卧、盘踞了八九百年，其间发生过无数非同寻常的重大事件，出现

1　上海文艺出版社 2010 年 4 月出版，刘荣跃译。

过很多名垂青史的历史人物，不能不令人感叹。1829 年春天，美国著名作家华盛顿·欧文来到这里访古探幽，沉醉于摩尔人的文化，在此流连忘返，住了三个多月，写出集随笔与传奇于一体的文学巨著《阿尔罕布拉宫的故事》，从此这座宫殿便闻名于世。

欧文写作本书，将现实与传说两个方面融为一体。现实的作品都是作者亲见、亲历后写出的，一般是关于阿尔罕布拉宫的散文随笔，主要有《旅程》《阿尔罕布拉宫》《阿尔罕布拉宫的住户》《使节殿》《耶稣会藏书室》《神秘的内宫》《登临科马雷斯塔》《逃跑的鸽子》《阳台》《狮子庭》《格拉纳达的公共节庆》《风信楼》《阿尔罕布拉宫的来客》《格内拉里弗宫》和《山间漫游》等，它们大多集中在前半部分。传说的作品是作者听说、搜集、整理并创作出来的，一般是关于阿尔罕布拉宫的传说、故事或历史，主要有《阿尔罕玛——阿尔罕布拉宫的创建者》《优素福·阿布·哈杰格——建成阿尔罕布拉宫的君主》《砖瓦匠的奇遇》《阿文塞拉赫家族》《布阿卜迪勒的遗踪》《阿拉伯占星家的传说》《爱的朝圣者》《摩尔人的遗产》《三位美丽的公主》《阿尔罕布拉宫的玫瑰》《两尊警惕的雕像》《唐穆尼奥·桑丘的传说》和《一个中魔士兵的传说》等，它们大多集中在后半部分。

欧文是写作散文随笔的能手，特别是游记。他有自己特有的风格与艺术魅力，这不仅充分体现在其蜚声文坛的代表作《见闻札记》里，而且也体现在他的《美国见闻录》《欧美见闻录》《布雷斯布里奇庄园》和本书中。这里不妨分享几篇此类作品，从中可见一斑。

《旅程》描写了作者翻越崇山峻岭前往格拉纳达的种种见闻，让人感受到颇具西班牙特色与风情的东西。作者描述的情景如梦如幻，充满浪漫、传奇与丰富的情趣。“我们吃完饭，铺上大氅，最后一次在野外午休，花丛中蜜蜂的嗡嗡声和橄榄树里白鸽的叫声让我们感到安宁。”这情景真是别有一番风味。瞧那个西班牙骡夫，他“会唱出取之不尽的歌曲和歌谣，他以此在永不停息的旅行中消磨时间。曲调粗糙简单，音调变化不多。他侧身坐在骡子上大声哼唱出来，声调拖得长长的。骡子似乎在无比庄重地倾听，并且随步子合着节拍”。一副悠然自得的景象跃然纸上。他们共进晚餐时，“听见传来吉他和响板的声音，随即人们合唱起一支流行歌曲”。西班牙的种种风土人情，一路风景如画的美景，都栩栩如生地再现出来，让读者感到犹如身临其境一般。

在《神秘的内宫》中，我们跟随作者的步伐对这座著名的宫殿内那些神秘的宫廷做了一番探索。我从此文又看到作者颇喜欢探索冒险的个性。他描述说：“对于我选择如此荒凉、偏远、寂寞的房间，他们想不出任何合理的原因。多洛雷丝大声叫嚷，说它寂寞得可怕。只有蝙蝠和老鹰飞来飞去，然后是狐狸和野猫，它们躲藏在附近澡堂的地下室里，夜晚出来活动。”“我鼓起勇气，面对一时的软弱半带微笑，决心怀着这座中魔房子的英雄的真正胆量坚持到底。于是我提着灯，动身去宫殿里漫游。”想想那种情景，没有足够的胆量和勇气行吗？此外，文章还饱含深情，抒情味十分浓厚，同时富有诗情画意。他说道：“在这样的时刻，登上王后的梳妆室那小小的空中闺房——它像只鸟笼悬挂在达罗谷上——从明亮的拱形游廊凝视月光下的美景，多么令人惬意！”谁能说这样的情景不给人以特有的美感呢？作者在文中还饱含深情地写道：“在这如天国般的夜晚我数小时坐在窗前，尽情地吸取着花园的芬芳，沉思着那些人沧桑的命运，他们的历史隐约显现于周围精美的纪念碑。有时，当万籁俱寂的时候，当远处格拉纳达大教堂的钟声敲响午夜时分，我又一次走出去，在整座建筑中漫步。”我们从中不难体会到欧文的个性。

再看看《逃跑的鸽子》这篇颇富寓意的优秀散文吧。作者所描写的那只鸽子，在不知道外面的世界时并没有更多、更高的渴求，而一旦知道并看到了，心中的欲望也随之产生。它有了吃的就忘乎所以，没有了吃的才想到家和家中的成员。这些现象，难道不会让我们自然联想到社会上的人和事的种种表现吗？而为了不让鸽子再飞走竟然剪掉它的翅膀，这不也十分可悲吗？作者不无幽默滑稽地说，这是“为了有利于所有那些有私逃情人或游荡丈夫的人”。读罢此文后，你不禁会产生思考，得到一些启示，这就是好作品的魅力所在。我感到寓意是本文具有的最大亮点，作者也说：“从多洛雷丝和她的鸽子的故事中，可以得到不止一个可贵的寓意。”

欧文除写作大量优秀的散文随笔外，也擅长写作富有传奇色彩的小说故事，这是他创作的一大特点。就本书而论，主要体现在一些传说、传奇上面。

《爱的朝圣者》讲述的是国王希望培养好王子，让他远离女色和爱情，将他关在格内拉里弗宫里接受专门的教育，所以他二十岁时对爱一无所知，然而他心中却对美好的事物产生了喜爱。有一只鸽子得到王子关心，他从它那里懂得了什么是爱。它告诉王子有一位公主也像他一样被关着，让王子怦然心动，于是鸽子替他送去情书。后来鹦鹉帮助找到了美丽无比的公主，猫头鹰也积极相助，不过要在比武中获胜的王子才能娶她。于是王子借助魔法的威力，在比武中所向披靡。但他由于是摩尔王子，受到基督王子的蔑视，获胜后只好神秘地消失，公主为此忧伤憔悴。王子这时得到一种获得她的法宝，他打扮成一个艺人，用奇妙的音乐打动了她。国王奖赏王子，但他只想要一条金库里的毯子。原来那是一条魔毯，它将两个情人带上天空，飞回到王子的宫殿。后来王子继承王位，公主当上了王后，二人过着幸福美满的生活。故事情节生动，颇有寓意。它表明世界充满了爱，而爱是隐藏封闭不住的，无论人还是动物都对爱满怀向往。“它是人生巨大的奥秘与法则：年轻时给人带来令人陶醉的狂喜，年老时又在冷静中给人带来欢乐。”

《摩尔人的遗产》是又一篇具有传奇魔幻色彩的杰作，它将深刻的寓意包含于奇特的构思中。主人公水贩是个诚实、勤劳、仁慈的人。他因好心帮助了一个摩尔人而获得受到魔咒控制的宝藏。可是市长等人却不满足于从中得到的财宝，一心想得到更多。故事对水贩予以了赞美，对市长等予以了讽刺。水贩诚实善良有好报，得到了应有的财富；市长等人虚伪贪婪自食其果，因受到魔咒控制被永久埋没在地下，无法脱身。作品颇具讽刺意味，类似这样的语言随处可见：“然而不可否认他十分重视正义，将它按照黄金的重量出售。他假定眼前的案子是个谋杀和抢劫案，无疑会有丰厚的赃物——如何把它交到司法者的手中呢？因为仅仅抓获犯罪者只会给绞刑架提供养料，但弄到赃物就会让司法者变得富有。”结尾的讽刺也意味深长：“在西班牙无论何时缺少卑鄙的理发师、敲诈的警察和腐败的市长，人们就会去寻找他们。但是如果不得不等到这时才能获救，那么他们便有危险一直被魔咒控制到世界末日。”言下之意是，像他们这样的人是不会缺少的。讽刺与鞭策使得作品更具有了积极意义。

《阿尔罕布拉宫的玫瑰》讲述有个男侍在寻找王后的鹰时，看见塔楼里闪现出一位美少女，他请示让他进去找到鹰，不然会受到惩罚。进去后，他趁替她捡丝线团时吻了她的手，两人怦然心动。但她受到姑母严加看管，催他快离开，之后便很久没有他的消息。她似乎看见喷泉中出现了公主楼已故的小公主的身影，其情人便是这个少女的祖先。原来小公主被符咒镇住了。少女为公主洗礼并解除了符咒，她有了公主那把魔法琵琶，自己也成为神奇的艺人。王后知道她有超凡的本领后，请她为国王驱邪，并使其死而复生。而她也奇迹般地与情人相聚结婚，有情人终成眷属。原来，情人当年因父亲阻止未能及时赶来，经王后帮助他们才如愿以偿。作品构思巧妙，结局似乎有点突然，但经作者几笔交代后显得合情合理。这又是一个渴望自由与爱情的少女的故事！它颇有抒情意味，同样充满魔幻传奇色彩。

此外，类似的传说、传奇故事还有《阿拉伯占星家的传说》，它也充满奇幻色彩，颇具幽默讽刺意味；《三位美丽的公主》，富于浪漫，哀婉动人，表明爱是无法阻挡的，反映了青年们是多么渴望摆脱束缚，获得自由和幸福，是一篇表现摩尔人与西班牙人富于传奇、友好相处的故事；《两尊警惕的雕像》，通过富于魔幻色彩的故事，再次让读者看到诚实与贪婪给人带来的不同结果，等等。

二

通观全书，我感到作品富于魔幻传奇和幽默意味是其两个特色。尤其是前者，上述谈到的具有代表性的几篇无不如此，它形成了欧文写作的一个特有风格。这样的风格除了在本书相关篇章中充分体现出来外，在笔者翻译过的欧文的其他作品中也都比较突出地表现出来，在此不赘。

欧文又是一位富于幽默的作家，说他是一位幽默的作家一点也不为过。关于作者的幽默风格，美国作家沃纳在《华盛顿·欧文传》中写道："欧文拥有的'天赋'是幽默，与之紧密相连的是情感。这些特性彼此完善和制约，他触动人心的东西也正是它们……它们是他的天赋带来的最初成果——是英语文学中的财富，失去了它们便无法弥补。"就本书而论，他的幽默风格自然也时时显露出来。你看在《逃跑的鸽子》中，幽默滑稽的意味不时表现于字里行间。"两只洁白的蛋，使得这对鸽子有效地结合，最终变得圆满。""最值得称赞的莫过于在这有趣的时刻，那对新婚夫妇所表现出的举止。""这一美满的姻缘突然遇到了挫折。"在这些描述中鸽子被拟人化，有了自己的"婚姻"，你不能不感受到其中的情趣。那两只被发现与她逃跑的鸽子——长有羽毛的"骗子"，是格内拉里弗宫的"浪荡子"。因此，在蒂娅·安东尼娅的房间里立即举行了一个"军事会议"。格内拉里弗宫有与阿尔罕布拉宫不同的"司法程序"。这些打引号的词语难道不是颇富幽默诙谐的意味吗？又如《曼科司令与士兵》这篇，作者写道："司令一边把手帕从篮状剑柄里抽出来，用它赶走一只在鼻子旁嗡嗡地飞来飞去的苍蝇，一边点头表示同意。"作者似乎在不经意的描写中，把司令可笑的模样与举止显露出来。又如："一时间司法的职能被搁下，全体人员为了那些闪闪发光、难以捉摸的东西乱成一团。只有满怀西班牙人真正的骄傲的要塞司令，才恪守着端庄高贵的礼仪，尽管他的目光流露出一点焦虑，直到最后一块金币和珠宝被装回袋子。"为了那些闪闪发光的财宝，置司法的职能于不顾，而司令表面上恪守着礼仪，但也“露出一点焦虑”，直到财宝在自己的掌控之下才放心了，浓浓的幽默中自然包含着讽刺。还有这样的文字：“假如我冒险去周围的山上漫游，他就会坚持作为保镖陪伴我，尽管我颇怀疑万一遇到攻击时，他会更易于依靠自己腿的长度，而不是胳膊的力量。”幽默诙谐，的确是欧文特有的气质与风格。

笔者把本书看作是世界行旅文学的经典之一，是西班牙版的《见闻札记》，是了解西班牙民族与伊斯兰文化的杰作，自然也是散文随笔创作的典范。这可以说是我对它的概括或定位吧。欧文堪称是世界行旅文学的大家，甚至是大师。行旅文学是一种特殊的文学形式，主要通过游记这种体裁表现出来。从行旅文学上看，欧文在世界上的确是出类拔萃的。他不仅创作出整本整部的游记，比如，《大草原之旅》，而且他的许多散文都是游记散文。散文是大范围的，其中包含各种形式和类别，而游记就是其中之一。欧文的游记散文在他的散文随笔中占了相当大比例。他一生曾三度赴欧，在英、法、德、西等国度过十七年。在此期间他访问名胜古迹，了解风土人情，收集民间传说，积累了丰富的创作素材，并写下大量游记作品。而本书中的那些散文随笔无疑也都是地道的游记杰作。就整部书而论，不可否认它在世界行旅文学中占有了一席之地，因为它是欧文游历西班牙和阿尔罕布拉宫后创作出的一部杰作。

本书也是西班牙版的《见闻札记》。可以说，欧文是以写作包括散文随笔和小说故事两大类的“见闻札记”这种文学形式而闻名的，英国版的代表作《见闻札记》使他蜚声文坛，享誉世界。该作品因此被誉为“美国富有想象力的第一部真正杰作”“组成了它所属的那个民族文学的新时代”，欧文也因而成为美国行旅文学的奠基人，被誉为美国文学之父。而《见闻札记》的姊妹篇《布雷斯布里奇庄园》，自然也是有相同风格的见闻札记作品。此外他还写作了美国版的见闻札记《美国见闻录》，以及欧美版的见闻札记《欧美见闻录》。[1]而《阿尔罕布拉宫的故事》毫无疑问就是西班牙版的《见闻札记》了。所以，欧文的确把见闻札记这种文学体裁写到了极致，堪称是这种文学形式的领军人物。

本书又是了解西班牙民族与伊斯兰文化的杰作。由于历史的原因，由于摩尔人曾经征服西班牙并在这里居住了数百年之久，而且他们的后代至今仍生活在这片土地上，所以西班牙民族与伊斯兰文化有极其紧密的关系。读罢本书，你一定会对这样的文化背景不再陌生。本书开篇的《旅程》一文，就让你感受到具有西班牙特色的浓浓氛围。那一座座富于浪漫的崇山峻岭，那一队队翻山越岭运送物资的骡夫，那些无论怎样贫穷都像绅士一样悠闲乐观的男人等，的确让人感到特有的气息扑面而来。而《西班牙人的浪漫》一文则对西班牙人的性格特征作了很好概括，作者这样说道：“甚至如今西班牙也是一个与众不同的国家，在历史、习惯、风俗和思维方式上与其余整个欧洲分离。这是一个浪漫的国家，但其浪漫绝没有现代欧洲浪漫的多愁善感。它的浪漫主要源自东方那些灿烂耀眼的地区，源自高尚的撒拉逊人富有骑士精神的群体。”这句话不仅指出了西班牙人的浪漫风格，而且说明了其原因何在，即他们的文化深受摩尔人的影响：“阿拉伯人的入

---

1 《美国见闻录》，刘荣跃译，清华大学出版社 2015 年 12 月出版。

侵与征服，将更高级的文明与更高尚的思维方式带入具有哥特式风格的西班牙。阿拉伯人是个机智灵敏、聪慧自豪、富有诗意的民族，他们深受东方的科学与文学影响。”两个民族的关系由此可见。

说本书是散文随笔创作的典范，就更不难理解了。前面在称它是西班牙版的《见闻札记》中已经作了阐述。在世界文学殿堂中，散文随笔创作的典范有不少，而本书不容置疑是其中之一。我们不难从中读到欧文特有的文采，读到异国他乡的风土人情，读到动人心魄的故事传说，读到人间丰富的情感与友谊。我们仿佛寻着欧文的字里行间，一步步跟随他的足迹漫游于如梦如幻的世界，浮想联翩，有时甚至怦然心动，从而体现了作品的巨大魅力。它的确是一部内涵丰富的书，在散文随笔的创作上值得我们学习和研究。

关于书名，笔者曾考虑译为《阿尔罕布拉宫》，这样更简洁些。但后来考虑《阿尔罕布拉宫的故事》似乎更准确贴切。作品讲述的是作者游历这座著名宫殿后的种种见闻，其中既有现实的人物故事又有历史的传说。它并不只是介绍阿尔罕布拉宫本身如何，重要的是讲它背后的现实与历史的故事——而这与原文书名 *Tales of the Alhambra* 也是吻合的。鉴于这些情况，笔者最终确定了《阿尔罕布拉宫的故事》这个书名。翻译是一项十分艰巨的工作，而翻译欧文的作品更是面临着挑战，所以要翻译这位大作家的作品是需要勇气的。笔者之所以选择投入数年时间译介欧文的作品，除了对作者众多杰出的作品情有独钟、十分喜爱外，也感到这是译者的一种使命，是一项填补翻译空白、改变国内对欧文译介研究“不够充分”的局面的需要。自己所做的工作因为需要而具有了意义，这必然是一件令人欣慰的事！

为了翻译这部作品，笔者 2016 年 4 月曾专程前往西班牙，读者

一座举世闻名、充满传奇的宫殿

可参考本书末尾附录的拙文《西班牙寻踪》，或许可以从中获得更多的立体认识。

本书根据 The Project Gutenberg EBook 的 the Alhambra 翻译而成。由于笔者知识有限，错误和不足在所难免，诚恳希望读者提出宝贵意见，谢谢！

2016 年 9 月初稿于北京东燕郊

2017 年 5 月定稿于四川简阳

修 订 版 序

本书中的一些故事和散文，实际上起草于我住在阿尔罕布拉宫期间，其余的则根据我在那里所作的记录和观察随后补充进去。我力求注意保持地方色彩和真实性。所以，对于那个微观世界，那个我偶然置身其中的、非凡独特的小世界——外部世界对它有着十分片面的认识——本书或许展现出一幅忠实逼真的画面。它一半有西班牙人的特性，一半有东方人的特性，将英勇精神、诗情画意和奇异独特的东西融为一体。笔者尽力严谨、认真地予以描写，以便让这座宫内迅速消失的优雅与美丽的踪迹得以再现。我也严谨认真地记录着关于帝王和豪侠骑士的传说——他们曾经行走在各个宫廷——记录着如今隐居在宫中的各种人讲述的异想天开、充满迷信的传说。

我将这样起草的札记在文件夹里搁了三四年，直到 1832 年我到达伦敦，那是我返回美国的前夜。然后我尽力对文稿进行编排以备出版，但由于要准备启程没有足够的空闲时间，因而有几篇稿子因不完整被搁置一边，其余的则有些匆忙、十分粗糙杂乱地编排在一起。

而在目前这个版本中，我对所有篇章进行了修订和重新编排，有些作了扩展，另外的作了补充——包括最初省略掉的部分。我因此力求让本书更加完整，也更加配得上它所得到的极大赞赏。

华盛顿 · 欧文

1851 年于向阳屋[1]

1 欧文在纽约近郊的故乡塔里敦的一座住所。2015 年 4 月译者刘荣跃曾前往参观游览，但不巧未开放。

目录

旅　程

1829年春，笔者怀着好奇之心来到西班牙，与一个朋友——他是马德里俄国大使馆的人员——从塞维利亚游历至格拉纳达。我们两个远在天涯海角、彼此趣味相似的人碰巧走到一起，漫步于安达卢西亚一座座浪漫的崇山峻岭之中。假如他看到我写的这些篇章——无论他因公务被派到哪里，无论他正置身于豪华的宫廷还是面对更加壮丽的大自然沉思默想——他都会回忆起我俩冒险旅行的情景，随之又会想到一个人，不管时间还是距离，都不会让他忘记此人[1]如何优雅并值得一交。

在此，让我先说说西班牙的风景和旅游。很多人易于把西班牙想象成一个温和宜人的南部地区，有着妖娆撩人的意大利的丰富魅力。但事实相反，尽管在某些沿海省份有例外，不过西班牙大部分地方都显得严峻阴沉。它或山岭崎岖，或平原辽阔，树木匮乏，寂寞沉静得无法形容，有着非洲原始荒凉的特征。缺乏树林、树篱造成的自然后果，是没有了鸣啭的鸟儿，从而更显得寂寞沉静了。只见秃鹰和金鹰盘旋于山崖附近，在盆地上空翱翔，一群群畏缩的大鸨在灌木丛中探头探脑走着。但是无数给别国带去生机的更小的鸟儿，却只在西班牙

1　指作者本人。

少数省份出现，主要在人们的住所周围那些果园和花园里。

在内地一些省份，旅行者偶尔可穿过栽种着粮食、目力所及的大片田野，它们有时泛起一波波碧浪，有时则光秃裸露，晒得发黑。可是他却看不到附近任何耕种过土地的人们。最后，他会发觉陡坡或崎岖峭壁上的某座村庄，上面有些崩塌的城垛和毁坏的塔楼，有古时开展内战或抵抗摩尔人袭击的要塞。由于有四处流动的强盗抢劫，为了彼此互防，在西班牙多数地区的农民中仍然保留着聚会集合的习俗。

不过，虽然西班牙大部分地区缺乏小树林和大森林的装点，以及那种经过耕耘修饰显得更为柔和的妩媚，但其卓越的景色在于它的严峻，在于它与人民的特性协调一致。对于自豪、坚强、节俭、朴素的西班牙人，以及他们对于艰难险阻和带有女人气的娇纵予以的富有男子气概的蔑视，我想我是更加了解的，因为我亲眼见到了他们居住的地方。

在西班牙景色所具有的这些严峻原始的特征中，也有某种东西给人留下庄严崇高的感觉。辽阔的卡斯蒂利亚和拉曼查[1]平原一直延伸到视野之外，正是它们的光秃与广大让人产生兴趣，在一定程度上它们有着海洋的那种庄严壮观。漫游走过这些无边的荒原时，你会时时瞥见一群离散的牛，它们由一个孤独的牧民看护，他像一尊雕像似的一动不动，一支细细的长枪像长矛似的直指天空。或者你会看见一长队骡子慢慢在荒原上移动，犹如沙漠上的骆驼；或者是一个骑马的人，

---

1 卡斯蒂利亚是古王国，位于西班牙中北部地区，拉曼查位于西班牙中南部的高原地区。

他带着大口径短枪和匕首在平原上悄然而行。因此这个国家、各种习惯甚至人的模样，便有了阿拉伯人的某些特性。人们普遍使用武器，这表明国家总体不安全。旷野里的牧马人和平原上的牧羊人都带着滑膛枪和匕首。富裕的村民很少不带上卡宾枪冒险去市镇的，他也许还要带一个肩上扛着大口径短枪的仆人步行去那里。即使最微不足道的旅行也要像打仗一样做好准备。

路上有各种危险，这也使得某种旅行方式应运而生，它有点像东方的大篷车。骡夫一队队聚集起来，在指定日期出发，他们规模巨大、武装精良。而额外的旅行者也数量不少，从而增加了威力。西班牙的贸易便是以这种原始的方式进行着。骡夫是普通的运输中介，是国土上合法的输送者，他们从比利牛斯山[1]和阿斯图里亚斯穿过半岛，到达阿普克萨拉斯和龙达山区，甚至到达直布罗陀[2]关口。他们节衣缩食，吃苦耐劳：用粗布做成的鞍袋装着不多食物；一只皮制瓶袋挂在鞍头，里面装着酒或水，作为穿越贫瘠大山和干涸平原的补给；一张骡布铺在地上就成了他们晚上睡觉的床，驮鞍便是他们的枕头。他们虽然身材矮小，但四肢匀称，肌肉强健，显示出他们具有的力量。他们面色晒得黑黑的，目光坚定，表情安静——不过突然激动起来时其怒火也会被点燃。他们举止坦然豪迈、彬彬有礼，从你身边走过时总会庄重地用西班牙语招呼：“Dios guarde a usted!”“Va usted con Dios, Caballero!”（“上帝保佑你！”“上帝与你同在，骑士！”）

这些人驮在骡子身上的一切财产经常面临危险，所以他们随身带

---

1 比利牛斯山，欧洲西南部最大的山脉。

2 直布罗陀，位于西班牙南端附近狭窄的海角上，包括港口和要塞。

着武器，把它们挂在马鞍上，随时准备抽出来进行拼死防卫。然而他们是一支集合起来的队伍，不会受到小帮强盗袭击。而全副武装的单独劫匪，则骑着安达卢西亚骏马在周围徘徊，像海盗在商队周围徘徊一样，不敢袭击。

西班牙的骡夫会唱出无尽的歌曲和歌谣，他们以此在永不停息的旅行中消磨时间。曲调粗糙简单，音调变化不多。他们侧身坐在骡子上大声哼唱出来，声调拖得长长的。骡子似乎在无比庄重地倾听，并且随步子合着节拍。这样哼唱出的对歌常常是关于摩尔人古老传说中的浪漫故事，或者是某一位圣人的传说，或者是某一支爱情小调。或者更为常有的是，某种关于勇敢的走私贩或无畏的强盗的歌谣，因为在西班牙平民当中走私贩和强盗是被理想化的。经常是，骡夫唱的歌瞬间作成，它要么与当地某一景色有关，要么与旅行中的某件事有关。这种唱歌和即兴创作的才能在西班牙很常见，据说从摩尔人那里继承而来。在他们所描绘的这些粗犷寂寞的景色中听着这些小调，包含着某种令人狂喜的东西，实际上还有叮当的骡铃声时时伴奏呢。

在某座山口遇见一队骡夫时，其情景也别有意思。你首先听见领头骡的铃声，它以其简单的旋律打破了高空的寂静。或者，也许骡夫的声音警告某只迟缓游离的动物，或者他们在使劲扯大嗓门唱出某首传统的歌谣。最后你看见骡子缓缓地沿着崎岖蜿蜒的狭道移去，时而走下陡峭的悬崖，完全衬托于天空之下，时而它们又在你下方艰难地爬上贫瘠的峡谷。等他们靠近时，你会发现用精纺材料制作的鲜艳饰品，有流苏和鞍褥。他们经过的时候，随时准备好挂在包裹和鞍具后面的卡宾枪，给人以道路不安全的暗示。

我们[1]将进入古老的格拉纳达王国，它是西班牙最多山的地区之一。广阔的锯齿状山脊或山峦——这里少有灌木和树林，大理石与花岗石使之显得斑斑驳驳——把晒得黑黑的山巅高高托起，让其映衬在深蓝色的天空下。但在它们崎岖的深处则隐藏着青翠肥沃的山谷，这儿的荒野和花园竞相征服对方，仿佛连岩石都不得不长出无花果、橙子和香橼，要让它们与桃金娘和玫瑰一道开花。

在这些大山的关口狭隘当中，眼见用墙壁围起来的城镇和村庄——它们像鹰巢似的置身于悬崖峭壁，四周是摩尔人的城垛——或者眼见位于高高的山巅上的荒废塔楼，你会回想起基督徒与穆斯林教徒发生战争的骑士时代，回想起征服格拉纳达的那场富于浪漫传奇的争夺[2]。在穿越一座座高耸的锯齿状山脊时，旅行者常常不得不下马，牵着它在陡峭凹凸的山坡上面上上下下，山坡就像破烂的楼梯一般。

有时道路沿着令人晕眩的峭壁弯弯曲曲向前延伸，没有护栏保护他不致掉入下面的深渊。然后道路往下伸向陡峭、阴暗、危险的斜坡。有时他奋力穿过受到冬季激流冲击的崎岖峡谷或沟壑——这是走私贩的隐秘小道。而不祥的十字架——它是抢劫与谋杀的碑记——则时而竖立在道路某个寂静地点的石堆上，这就告诫旅行者他来到了匪徒们经常出没的地方，也许此刻就在某个潜伏的劫匪眼皮底下。有时他蜿蜒穿过狭谷，会被一声嘶哑的吼叫吓一跳，他注意到在上方某片起伏的绿色山地里有一群凶猛的安达卢西亚公

1　修订版注：笔者感到在此可冒昧提及这位旅行伴侣，他就是多戈尔鲁基王子，时任波斯朝廷的俄国大臣。——原注

2　欧文：《征服格拉纳达》，刘荣跃译，上海，上海文艺出版社，2010。

牛——它们是去竞技场搏斗的。我注视近旁的这些可怕动物，产生一种相应的恐惧——如果我可以这样说——它们被赋予了巨大力量，漫游于野性原始的天然草场，对人的面孔几乎是陌生的：它们只认识照管自己的孤独的牧人，即便他，有时也不敢冒险靠近它们。这些公牛“哞哞”的叫声，以及它们从岩石丛生的高处往下看时露出的险恶模样，又使荒凉的景色多了一份野性。

我原本打算对西班牙旅行的一般特征作点探讨，但无意中讲得较多。不过这个半岛国家给人留下的所有记忆对于想象都是珍贵的，其中包含着浪漫传奇的东西。

我们计划去格拉纳达的路线经过多山的地区，这里的道路比骡道好不了多少，据说经常有劫匪袭击，因此我们采取了应有的旅行防范。我们把最值钱的行李提前一两天让骡夫运走，只留下途中穿的衣物、必需品和盘缠，另外留了点“硬美元”[1]作为打发强盗的费用，以便我们遭到袭击时满足“路上的绅士”[2]的要求。过于谨慎的旅行者是不幸的，他由于不情愿做这种预防而两手空空落入他们的手掌：他们会把他像牛脊肉一样狠狠烤一下，因为他欺骗了他们，让他们没能弄到应得的东西——在路上四处搜寻抢劫，冒着被绞死的危险却一无所获，像他们这样的绅士是受不了的。

两匹健壮的马供我和同伴乘骑，另一匹用来搭载行李和一个结实的比斯开省的小伙子，他约莫二十岁，将要做我们的向导、马夫、仆人和全程保镖。为了让他履行最后一个职责，给他配了一支令人生畏

1 硬美元，指现款。英语中另有相对应的“软美元”。

2 指强盗。含讽刺意味。

的卡宾枪，他保证用来抵抗单个的拦路强盗。但对于一帮像“埃西哈[1]的子孙”那样强大的劫匪，他承认远不是他们的对手。旅行开始时他对自己的武器非常自负地吹嘘了一番，尽管后来子弹也没装上就把它挂在马鞍后面，这可败坏了他这位不乏将才的人的名声。

按照约定，把马匹租用给我们的人要承担它们途中的食物和停放马厩的开支，以及我们这个比斯开省的侍从的生活开支，为了此行，当然也给他提供了费用。然而我们留意给了他一个暗示，即虽然我们与他的主人有一个没公开的交易，但都对他有利。假如他能证明自己是个忠实的好人，那么他和他的马都将由我们付费，所提供的生活费将留在他口袋里。这个意外的慷慨之举，加上偶尔给他一支雪茄，完全赢得了他的心。他的确是个忠实、快活和好心的人，像侍从当中那个奇迹般的人即有名的桑丘·潘沙[2]一样，满肚皮的格言谚语。顺便说一下，我们也用桑丘这个名字叫他，他像个真正的西班牙人那样，虽然我们对他友好随便，但他即便极度欢喜时也仍然谦恭有礼。

这便是我们为此行所做的小小准备，最重要的是我们仿佛储存了大量的好性情，确实想要让自己开心。我们决意像个地道的走私贩那样旅行，不管好坏都随遇而安，带着某种流浪者的友谊与所有阶层和身份的人融合在一起。这是在西班牙旅行的恰当方式。有了这样的性情和决心，旅行者面对的是怎样一个奇妙的国家啊，在这儿，即便最可怜的客栈也像魔法城堡一样充满冒险，吃每顿饭本身就是一个壮

1　埃西哈，西班牙安达卢西亚地区塞维利亚省的城市。

2　桑丘·潘沙，堂吉诃德的侍者，《堂吉诃德》小说中的人物。

举！尽管缺少收费公路和豪华旅店，以及一个国家（它经过培植和开化变得温顺而平庸）精心打造的舒适东西，但是让其他人抱怨去吧。让我来攀爬原始的大山，让我徒步旅行，随意漫游，让我深入半带野性但却坦然友好的风俗之中，它们给古老可贵、富于浪漫的西班牙增添了真正的野性趣味！

有了这样的装备和照护后，五月里一个明媚的日子我们于早晨6点半慢慢离开了“美丽的塞维利亚市”，送行的是一位先生和他夫人，他们骑马与我们一道走了几英里，按照西班牙人的方式与我们告别。我们的路线要经过古老的瓜代拉堡[1]，即艾拉河岸的阿尔卡拉——它是塞维利亚的“恩人”，为塞维利亚提供面包和水源。这儿住着不少面包师，他们为其供应可口有名的面包。出名的罗丝卡面包就是在此制作的，众所周知它有个响当当的名称叫“上帝的面包”。顺便说一下，我们让桑丘买了一些装在鞍袋里准备路上吃。这座有益的小城称作“塞维利亚的烤炉”是恰当的。它被叫作“面包师的阿尔卡拉”也是合理的，因为大部分居民都有那种手艺，于是，通往塞维利亚的公路经常穿过一队队满驮着大篮大篮面包的骡和驴。

我说过阿尔卡拉给塞维利亚提供了水源。这儿有巨大的贮水池或水库，它们由罗马人和摩尔人修建，水由此通过非凡的沟渠输送到塞维利亚。阿尔卡拉的泉水几乎像它的烤箱一样受到夸耀，其面包之所以味美可口，一定程度上要归功于清澈、甘甜和纯净的水源。

我们在摩尔人的古堡遗迹旁停留了一段时间，从塞维利亚外出野餐的人喜欢来到此处，我们在这儿愉快地度过好几个小时。只见墙体

1　瓜代拉堡，西班牙安达卢西亚地区塞维利亚省的城镇。

庞大，上面有一些枪眼，墙内有一座不小的方塔或城堡，有地下仓库的废墟。瓜代拉河从这些废墟的脚下绕过山丘，在芦苇、灯芯草和白花睡莲中发出潺潺声，杜鹃花、野蔷薇、黄色的桃金娘以及茂盛的野花和芳香的灌木悬垂在上面。沿岸是一片片柑橘、香橼和石榴，我们从中听到夜莺早早发出的叫声。

小河上有一座独特别致的桥，一端是城堡悠久的摩尔人的磨坊，由一座黄石塔楼护卫着。某个渔民的网挂在墙上晾干，他的小船停放在附近河里。一群身穿鲜艳衣服的农村妇女正走过拱桥，她们的身影倒映在平静的水中。在一位山水画家看来，这全然是一幅令人赞叹的景色。

沿偏僻的溪流常可见到摩尔人的古老磨坊，它们是西班牙风景所具有的典型东西，让人想起昔日危险的岁月。它们用石头筑成，形状常常像有枪眼和城垛的塔楼，能够在战时进行抵抗。当时西班牙两边的边境易于遭到突然袭击和掠夺，男人们干活时不得不把武器带在身边，这儿也成了某种临时躲避的地方。

我们接下来停留的地点在甘达尔，这是另一座摩尔人的城堡遗迹，有荒废的塔楼，它是鹳筑巢的地方。俯瞰着广阔肥沃的平原，远处是龙达山。这些城堡成为一座座要塞，使得平原不致受到面临的袭击——否则玉米便会遭到摧毁，牛羊和俘虏的农民被从广阔的牧场上赶走，他们排列成长队让人匆匆赶过边境。

在甘达尔，我们找到一家过得去的客栈。好心的人们无法说出到了什么时间，因为午后两小时钟只敲响一次，在这之前只能猜测。我们猜想已足足到了吃饭的时候，于是下马订了一顿餐。趁店家做饭时我们参观了这座城堡，它曾经是甘达尔侯爵的宅第。整个地方都已腐朽，只有两三间屋可以居住，并且陈设极其可怜。不过这儿昔日却是堂皇壮观的：它有个阳台，美丽的贵妇人和高雅的骑士或许曾在上面走动；有鱼塘和废弃的花园，里面长着葡萄藤和正在结果实的枣椰树。有一位胖胖的副牧师加入到我们中间，他采了一束玫瑰，非常殷勤地献给与我们同行的女士。

这座大殿下面是磨坊，前面有些橘树和芦荟，还有一条纯净美丽的小溪。我们在阴凉里坐下，磨坊工们都放下活儿，坐下和我们一起抽烟，因为安达卢西亚人随时乐意与人闲聊。他们正等着理发师定期的到来（他每周来一次），以便把他们所有的下巴收拾干净。他不久即到了：是个十七岁的少年，他骑着一只驴，急于展示自己刚在集市上买的新鞍袋——价格为一美元，将在圣约翰节（6月）支付，他相信那时会剃到足够的胡子，让自己手头有钱。

等到午后城堡的钟简短地敲响两点时我们已吃完饭。于是，我们告别塞维利亚的朋友，让理发师继续为磨坊工们收拾胡子，我们骑马穿过“campina”——这是一个在西班牙常见的广阔平原，连绵数英里既无房子又无树木。不得不穿过它的旅行者是不幸的，他像我们一样会遭受阵阵大雨，根本无法躲避。只有西班牙人的大氅才不会让我们淋着，它几乎把人和马都盖住了，不过每行进一英里它就变得更加沉重。我们经受住一场阵雨后，会看见另一场雨又缓慢而不可避免地降临。幸好这中间会出现安达卢西亚那种明亮温暖的阳光，让我们的大氅冒出缭绕的蒸汽，使它在下次湿透时被晒干一些。

日落不久，我们到达山中的小镇阿拉豪尔，发现它乱哄哄的，有一队游击队战士正在这里巡逻，搜查强盗。在一座内地的乡镇出现我们这样的外国人，是不同寻常的，类似的西班牙小镇容易因这种事引起人们闲谈和惊讶。客栈老板同两三个穿着褐色大氅、自以为是的老伙计在一角仔细查看我们的护照，有个警察则在昏暗的灯光下做记录。不过我们的侍从桑丘协助他们查看，用西班牙人的夸张言辞夸耀我们如何重要。与此同时，我们大方地分发了几支雪茄，深得周围所有人的欢心，片刻后似乎每个人都迫切向我们表示欢迎。行政区长官亲自招待我们，女房东将一把用灯芯草垫底的大扶手椅引人注目地搬进房间，让我们那位要人坐。巡逻队队长同我们一起吃晚饭，他是个活泼、健谈、爱笑的安达卢西亚人。他曾在南美参加过一场战役，他给大家讲述自己在爱情与战斗中的英勇壮举，说话时言语夸张，手势猛烈，同时还神秘地转动目光。他告诉我们，他有一份本地所有强盗的名单，打算把他们统统搜查出来。他同时主动提出让一些士兵护送我们。“一个就足以保护你们，先生。强盗们认识我和我的人，只要看见一个，就足以让整个这片起伏不平的山脉产生畏惧。”我们感谢他如此提议，但用他的语气保证：有让人敬畏的侍从桑丘保护，我们不害怕安达卢西亚的强盗。

我们与这位“狂人”一样的朋友共进晚餐时，听见传来吉他和响板的声音，随即人们合唱起一支流行歌曲。实际上，客栈老板把附近的业余歌手、乐手和乡村美女都召集起来，随即，客栈前面的庭院或天井呈现出西班牙人典型的欢庆场面。我们同男女房东和巡逻队队长坐在通往庭院的拱门下。大家传递着吉他，有个快活的鞋匠成了这里的俄耳甫斯[1]。他是个显得和蔼可亲的人，长着不少黑胡

1 根据古希腊神话传说的描述，古希腊佛律癸亚地方有个著名的诗人与歌手叫俄耳甫斯，他的父亲便是河神阿格洛斯，母亲是司管文艺的缪斯女神卡利俄珀。俄耳甫斯发明了音乐和作诗法，因此有时说他是阿波罗的儿子。

须，袖子挽得老高。他用高超的技艺弹起吉他，哼出一支多情的小调，意味深长地向女人们送去秋波，他显然深受她们喜爱。随后他和一个丰满的安达卢西亚少女跳了一曲方丹戈舞[1]，让观看的人非常开心。不过，在场的女人没一个比得上房东的漂亮女儿珀皮塔，她先前悄悄溜走专门打扮去了，把头装点上玫瑰。她和一个英俊的年轻骑兵跳了一曲波列罗舞，表现突出。我们让房东把酒和饮料随意分给大家，可是，尽管人群里有士兵、骡夫和村民，但所有人在欢乐中都保持清醒冷静。这是一个可供画家仔细观察的场景：一群栩栩如生的舞者、身穿半军事化服装的骑兵、穿着褐色大氅的农民。我必须提到那个又老又瘦的警察，他穿着短小的黑色大氅，对眼前的事不予理睬，而是坐在一角借助铜灯黯淡的灯光努力写东西，这样的情形或许曾出现在堂吉诃德[2]时代。

次日早上明媚温和，按照诗人的说法5月的早上应该如此。我们7点钟离开阿拉豪尔，客栈里所有人都来到门口高兴地为我们送行。然后我们上路了，穿过一片种着粮食、绿得好看的富饶地方。可是，当夏天收获结束，田野焦干发黑时，这儿一定显得单调寂寞，因为正如我们前一天骑马的途中那样，无论房子还是人都见不到。大家全都聚集在山中的村庄和要塞里，仿佛这些富饶的平原仍然受到摩尔人的劫掠。

中午我们来到一片树林，旁边有一条小溪，周围是肥沃的草地。我们在此下马吃午饭。这真是个特别舒适的地方，我们置身于野花和

1 方丹戈舞，一种西班牙舞蹈。后面提到的波列罗舞是另一种。

2 堂吉诃德，西班牙作家塞万提斯所著同名小说及其主人公。

芳草之中，鸟儿在四处鸣叫。我们知道西班牙客栈储藏的食物不多，也许我们还将穿越不见房屋踪影的大片地区，所以我们事先留意把侍从的鞍袋装满冷食，他那只可以装一加仑的酒囊或皮袋也满满地装入上等瓦尔德佩纳斯酒[1]。我们靠这些东西而不是他的马枪获得更多的安康，因此我们告诫侍从多注意把它们装得满满的。我得公正地说，与他同名的人——那个喜欢美食的桑丘·潘沙——在承办伙食方面绝不比他更有先见之明。虽然在旅行途中鞍袋和酒囊经常遭到抢劫，但它们有着奇妙的补充能力，我们机警的侍从把客栈里剩下的一切食物都装起来，乐于一路上分给大家填肚子。

这一次，他将很多各种吃剩的食物摆放在我们面前的绿草地上，还从塞维利亚带去一只相当不错的火腿，给吃的东西增添了光彩。然后他在不远处坐下，舒舒服服地吃鞍袋里剩下的食物。他喝了一两口酒囊里的酒后，便像一只喝饱露水、发出吱吱叫的蚱蜢那样开心。我把他鞍袋里的东西比作在卡马乔举行的婚礼上桑丘得到的那些美食残渣，这时我发现他对堂吉诃德的故事非常熟悉，可他也像许多普通的西班牙人一样认定那是一段真正的历史。

“那一切发生在很久以前，先生。”他说，带着询问的表情。

“是很久以前。”我回答。

“大概有一千多年了。”他仍然显得不确定的样子。

---

1 在此不妨说明，鞍袋是些方形口袋，在一条约一英尺半宽的长布两端，通过把末端卷起而成。长布被搁在鞍上，口袋像鞍袋一样挂在两边。这是阿拉伯人的一种发明。酒囊是特大的皮袋或皮瓶，颈部狭小。它也是东方国家的产物。于是《圣经》中便有了如下告诫——我年少时它曾让我困惑不解——“别让旧瓶装新酒”。——原注

“大概至少有那么久。”

侍从感到满足。这个心地单纯的仆人忠实地为大家准备伙食，所以被比作有名的桑丘，这让他再高兴不过了。他在整个旅行中都只以这个名字自称。

我们吃完后把大氅铺在树下的草地上，按照西班牙人的方式美美地午休了一下。然而天上起了乌云，警告我们快离开，东南边刮起一阵大风。临近5点钟我们到达奥苏纳，那是个有一万五千名居民的城镇，位于山腰之上，有一座教堂和荒废的城堡。客栈在城墙以外，显得毫无生趣。由于晚上寒冷，住户都挤着围在炉角的一只火盆周围。女房东是个干瘪的老妇，像木乃伊似的。我们进去时每个人都斜眼看我们，因为西班牙人爱这样瞧陌生人。我们高兴、礼貌地打着招呼，把他们像骑士一样对待，触一下自己的宽边帽，这使得西班牙人感到自在，不那么骄傲了。我们在他们当中坐下，点燃雪茄，并将一盒雪茄传递着分给他们，从而彻底征服了他们。一个西班牙人不管有怎样的地位或身份，在礼貌方面甘于示弱的人我还从没听说过。对于普通的西班牙人，一支雪茄是不可抗拒的。然而必须注意，一定不要带着优越或恩赐的神气给他礼物。他是一位了不起的骑士，不会以自己的自尊为代价来接受恩赐。

次日，我们一早离开奥苏纳，进入起伏不平的山脉。道路弯弯曲曲地穿过别致而寂寞的风景。路边不时出现一副十字架，它是某个凶杀案的标记，表明我们来到了“强盗出没之地”。这片原始荒凉、错综复杂的地方有着寂静的平原和山谷，一座座大山横穿其中，它始终因劫匪而闻名。正是在这儿，19世纪时穆斯林中的强盗头目奥马尔·伊本·哈桑有过无情的统治，他甚至与科尔多瓦的伊斯兰教主们争夺地盘。在斐迪南[1]和伊莎贝拉统治时期，这也是洛克莎那位摩尔族老司令阿里·阿塔尔——他是布阿卜迪勒[2]的岳父——经常劫掠的部分地区，所以又被称为“阿里·阿塔尔园”，在西班牙的强盗传说里很有名的“约瑟·马里亚”在此有自己喜欢的藏身处。

这天我们穿过了富恩特－拉彼德拉，它位于同名的小盐湖附近，那是一片美丽的湖水，像一面镜子似的将远山映照出来。这时我们看见了有着好战名声的安蒂奎拉古城，它处在穿越安达卢西亚的大山脉的山坳里。前面是宏伟壮观的湿地平原，像一幅柔和丰饶的画装在由岩山构成的画框内。我们跨过一条平缓的河流，靠近置身于树篱和花园中间的城市，夜莺在其中尽情唱出黄昏之歌。约莫傍晚我们来到城门。这座悠久的城市各处都明显带有西班牙的特征。它远离外国人旅行时常走的地方，因此没有让古老的习俗被践踏。在这儿我注意到年老的男人仍然戴着古老的猎人帽，它一度在整个西班牙十分普遍。而年轻男子则戴着顶部呈圆形的小帽，边缘全部卷起来，像茶托里倒过来的杯子，帽边用像花结一样的黑色小线束衬托。女人们也都戴着披肩头纱，系着围裙。巴黎的时尚尚未来到安蒂奎拉。

我们穿过一条宽敞的街道，在圣费尔南多的客栈投宿。它像安蒂奎拉一样虽然是一座不小的城市，但正如我观察到的，有点远离旅行者的足迹，我预料客栈的吃住都糟糕。因此，见到一桌丰富的

1 指斐迪南二世（1452—1516），阿拉贡国王。他奠定了西班牙国家统一的基础。伊莎贝拉是他的妻子。

2 布阿卜迪勒，西班牙格拉纳达王国末代国王。

晚餐时我很高兴自己失算了，更令人惬意的是房间打扫得干干净净，床铺也很舒适。侍从桑丘像他的同名人可以自由使用公爵的厨房时那样，感到好极了。在我就寝时他告诉我说，鞍袋仿佛又得意起来了似的[1]。

我大清早（5月4日）漫步来到摩尔人的古堡遗迹，它本身建立在一座罗马人的要塞之上。我在这儿的一座破碎塔楼的废墟上坐下，享受各种壮观的风景——它本身就是美丽的，让人充满富于传说与浪漫的联想。这里因摩尔人与基督徒那场富有骑士精神的战斗而闻名，而我正置身于它的中心。在我下方的山坳里，便是编年史和歌谣里经常提到的勇士古城。极为高贵勇敢的西班牙骑士跨出那边的大门，走下山坡，在征服格拉纳达的战斗中发起攻击，最终于马拉加[2]的大山中展开不幸的残杀，让整个安达卢西亚陷入悲哀。再那边是广阔的平原，其中有花园、果园、粮田和青翠的草地，它仅次于格拉纳达那片著名的平原。右边是“情人岩”，它像崎岖的岬一样向平原延伸，那位摩尔族司令的女儿和她的情人在被紧追时，绝望中即由此纵身跳下去。

我下去时，从下面的教堂和修道院响起的晨祷悦耳地回荡在晨空里。民众开始涌入市场，他们用平原上的丰富产物做买卖，因为这是一个农业区的集市。市场内有许多刚采摘来出售的玫瑰——对于安达卢西亚的妇人或少女而言，如果没有一支玫瑰像宝石般装饰其乌黑的长发，那么谁也不会认为自己的节日盛装是完美的。

1 指又装进了不少吃的东西。

2 马拉加，西班牙南部省名及其首府名。

回到客栈时，我发现侍从桑丘正与房东和两三个食客热烈地闲聊着。他正在讲述某个关于塞维利亚的奇妙故事，而房东似乎受到激励，他讲述了一个关于安蒂奎拉的同样奇妙的故事。他说，在某个公共广场曾有一口称为公牛泉的泉水，因为水是从用石头雕刻的公牛头的嘴里涌出来。在公牛头的下方用西班牙文刻着：

公牛前面有宝藏

许多人在泉水前面挖掘，但是徒劳无益，并没找到财宝。最后有个精明的人以不同方式解释那句题词。他心想财宝藏在公牛的额头里，而他将成为找到它的人。所以他深夜带了一只木锤去把公牛的头砸碎。你认为他发现了什么呢?

“很多金子和钻石！”桑丘急切地叫道。

“什么也没发现，”房东干巴巴地说，“可他却把泉水给毁了。”

房东的食客们此时哈哈大笑起来，他们认为桑丘被房东的一个常有的笑话（我推测是这样）给彻底欺骗了。

我们 8 点钟离开安蒂奎拉，沿小河愉快地骑马前行，经过一座座花园和果园，这儿既有春天的芬芳又有夜莺的鸣叫。我们的路绕过“情人岩”，它耸立在上面的一处悬崖。我们上午穿过了阿切多纳，它位于一座高山的突出部位，另一座有三个峰顶的大山和一座摩尔人的要塞遗址高耸其上。要爬上通向这座城市的陡峭多石的街道，得颇费一番力气，尽管它有着令人鼓舞的名字“平原皇家街”。不过从这座山城的另一边下去更为费力。

中午我们在能看见阿切多纳的地方停留，这是长满橄榄树的山丘中一小片舒适的草地。我们把大氅铺在一棵榆树下的草地上，旁边是一条潺潺流动的小溪。马被拴在可以吃草的地方，有人让桑丘拿来鞍袋。他自从被人笑话后，一个上午都异常沉默不语。但现在他显得活跃起来，带着得意的神态取出鞍袋。袋里装着四天旅行中添加进去的东西，尤其是前一晚上在安蒂奎拉那家食物充足的客栈弄到的东西特别丰盛。而这似乎抵消了房东对他开的那个玩笑。

“公牛前面有宝藏！”他会高喊，发出咯咯的笑声，同时一个接一个取出各种各样的东西，仿佛没完没了似的。先是一只完整的小山羊的前腿烤肉，然后是一整只松鸡，然后是一大块用盐腌制、包在纸里的鳕鱼，然后是一只剩下的火腿，然后是半只小母鸡，还有几卷面包，一堆杂乱的橙子、无花果、葡萄干和核桃。他的酒囊也被用来装上马拉加的某种美酒。每次他从装食物的袋子里取出意外的东西时，都会欣赏我们滑稽地露出惊讶的样子。他一下躺在草地上哈哈大笑，高声说：“公牛前面！公牛前面！啊，先生们，在安蒂奎拉他们以为桑丘是个笨蛋，不过桑丘晓得在哪里找到宝藏呢。”

就在我们为他天真单纯的玩笑感到开心时，有个孤独的乞丐走近，他看起来几乎像个朝圣者。他长着令人可敬的灰白胡子——显然很老了，拄着一只拐杖，可是年龄并没有让他弯腰驼背。他高大挺直，虽然身体不如从前，但仍然保持着很好的体形。他戴一顶圆圆的安达卢西亚人的帽子，穿一件羊皮夹克、一条皮马裤、一双长筒橡胶靴、一双拖鞋。他的衣服虽然破旧，打着补丁，但朴实得体。他显得富有男子气概，端庄礼貌地同我们打招呼，这样的礼节在最低层的西班牙人身上都能看到。我们乐意接待这样一个客人，一时心血来潮，施舍给他一些银币、一条美味的小麦面包，以及一杯精美的马拉加酒。他感激地接过去，但并无卑躬屈节的称颂言辞。他尝尝酒，把它拿在光线处看看，露出一丝惊奇的目光，之后一饮而尽。“我已很多年没尝过这样的酒啦，”他说，“真让一个老人兴奋呀。”然后他瞧着好看的小麦面包，说：“这面包真让人享福呀！”说罢他把面包装在袋子里。我们让他马上吃了。“不，先生们，”他回答，“酒我可以喝掉或者留下。不过，面包我要带回去和家里人分享。”

侍从桑丘搜寻我们的目光，看出同意的表示，便从我们足够的剩余食物中拿了一些给老人，不过条件是他要坐下把饭吃了。

他因此在离我们不远处坐下，开始慢慢吃起来，那种端庄、礼貌简直像一位西班牙绅士。老人泰然自若，沉着镇定，让我猜想到他曾经有过好日子。他的语言虽然简单，但言辞中不时显得生动别致，几乎富有诗意。这不过是西班牙人固有的礼节，那种富有诗意的思想和语言常见于敏锐的、最低层的人当中。他告诉我们自己做了五十年牧羊人，现在无事可做，变得贫穷了。“我年轻时，”他说，“没有什么能够危害我或者难倒我的。我总是过得很好，总是快快乐乐。可现在我 79 岁了，成为乞丐，几乎丧失了自尊。”

尽管如此他并非是个通常的乞丐，只是最近贫困才把他逼到这一步。就在不幸的贫困最初降临时，他让人看到饥饿与自尊斗争的感人情景。他身无分文从马拉加回来，有一段时间没尝过食物了。他正穿过西班牙的一个大平原，这里的住处寥寥无几。快要饿死的时候，他就去某家乡村客栈门口求助。“看在上帝分儿上，请原谅，兄弟！”对方回答——在西班牙这是拒绝乞丐的常用方式。

“我带着胜过饥饿的耻辱离开，”他说，“因为我太有自尊。我来到一条河岸高高的河流，水又深又急，我真想纵身跳下去。‘像我这样一个没有价值的可怜老头活着干吗？’我想。可是我来到急流边时想到圣母马利亚，转身离开了。我继续前行，一直走到看见离道路不远的一座乡村别墅，并走进庭院的外门。里面的门关着，但窗口旁有两个年轻的先生。我走上去乞讨。‘看在上帝分儿上，对不起，兄弟！’他们说，之后关上了窗子。

“我从庭院慢慢溜出去，可是饿得受不了，我只好屈服：我想自己来日不多了，便在大门口躺下，把自己交给圣母，遮住头等死。不久那座房子的主人回来。他看见我躺在大门口，便让我的头露出来，同情我一头白发，把我领进他家给我吃的。所以，瞧，先生们，人总应该相信有圣母保佑。”

老人是在回家乡阿切多纳的路上，它在陡峭崎岖的山上面，完全看得见。他指着城堡的遗迹。“那座城堡，”他说，“在格拉纳达战争时期住着一位摩尔人的国王。伊莎贝拉王后派遣一支大军攻打它。国王从云雾中的城堡俯瞰下面，对她发出嘲笑！圣母因此出现在王后面前，指引她及其军队从一条神秘的小路爬上去，那条路从来没人知道。国王看见她靠近时大为惊讶，他连人带马从悬崖上跳下去，摔得粉身碎骨！马的蹄印，”老人继续说，“在岩石边上至今能看见。瞧，先生们，那边就是王后和她的军队爬上去的路。你们看，它像山坡上的一条带子。不过虽然在远处可以看见，但走近后它就消失了，真是奇迹！”

他指的那条理想道路无疑是大山里的沙地沟壑，从远处看狭小清楚，但走近后就变得宽广模糊了。

老人喝过酒后兴奋起来，他继续给我们讲摩尔国王留在城堡下的宝藏的故事。老人自己的房子就在城堡附近。那个副牧师和文书曾三次梦见宝藏，[1] 并且去梦中指明的地点挖掘。他的女婿夜里听见他们用镐和锹干活的声音。至于他们发现了什么，无人知晓。他们突然变富了，不过保守着秘密。这样老人一度就在财富旁边，但注定永远得不到它们。

我说过，摩尔人埋下的宝藏的传说在整个西班牙很受欢迎，在最贫穷的人们当中最为流行。由于缺乏实质性东西，人的善良之心便会从虚幻物上面获得慰藉。口渴的人梦见泉水和溪流，饥饿的人梦见大餐，贫穷的人梦见许多宝藏——乞丐的想象无疑是最为丰富的了。

我们下午骑马穿过被称为“国王之道”的陡峭、崎岖的狭谷，它是进入格拉纳达领地的一道大入口，费迪南德国王曾带领军队经过这里。道路蜿蜒着绕过一座山，我们沿路前行，临近日落看见了著名的小边城洛克莎，它曾将费迪南德挡在城墙外面。其阿拉伯名字意指“守护者”——它守护着格拉纳达的维加平原，是格拉纳达的前卫之一。它是那个火爆的老武士、布阿卜迪勒的岳父阿里·阿塔尔的要塞。布阿卜迪勒就在这儿聚集起部队，在那次灾难性的突袭中冲出去，最终要塞的老司令丧命，他自己被捕。洛克莎仿佛处在山隘入口边居高临下的地方，它被称为格拉纳达的关口并非不恰当。它充满野性，独特别致，建造于荒凉大山之上。在城镇中心有一座多岩的山冈，上面有摩尔人的城堡遗迹。赫尼尔河从山底流过，弯弯曲曲冲过岩石、树林、花园和草地，一座摩尔人修建的桥梁横跨其间。在城镇之上一切荒凉贫瘠，而下面的植被则极为丰富茂盛，碧绿清新。河流也呈现出类似的对比：桥的上游平静温和，绿草遍地，映照出树林和花园；桥的下

---

1 作者在《摩尔人的遗产》中详细讲述了这个传说。

游则急流喧闹，不绝于耳。内华达山脉是格拉纳达雄伟壮观的群山，终年积雪，形成了这片具有各种风景的遥远的边界，它是富于浪漫的西班牙最显著的特征之一。

我们在城门口下马，让桑丘把马带到客栈，然后我们漫步而去，享受周围特有的美景。我们从桥上走过，来到一条优美的林荫道，这时祈祷的钟声敲响了。听见这声音，旅行者们无论有事的还是在消遣的都停下来，他们脱帽，在胸前画十字，做着晚祷——在西班牙的偏僻地区人们仍然严格遵守这一虔诚的习俗。整个就是一片庄严美丽的晚景，我们在夜色渐渐笼罩时漫步向前，新月开始在林荫道高大的榆树间闪耀。

可信的侍从在远处招呼我们，把我们从这宁静的享受中唤醒。他气喘吁吁地来到我们面前。“啊，先生，”他用西班牙语大声说，“可怜的桑丘没有堂吉诃德毫无意义。”他见我们没去客栈吓了一跳。洛克莎是一片荒凉的山区，到处都有走私贩、巫师和地狱。他不太清楚会遇到什么情况，便出来找我们，逢人就问，直到他发现我们穿过桥的踪迹，瞥见我们在林荫道上漫步时才高兴不已。

他领我们去的客栈叫皇冠，我们发现这名字与此地的特征相符，住在这里的人似乎仍然保留着古时大胆、热烈的气质。女房东是个年轻漂亮的安达卢西亚寡妇，她那整齐的黑丝裙的边上饰以长圆形玻璃珠，衬托出她优雅的身躯和丰满柔和、随时移动的四肢。她步子坚定而有弹性，黑黑的眼睛里充满激情。她显露出的媚态以及身上的各种装饰，表明她习惯于受人赞美。

她有个年龄差不多的兄弟，两人非常般配，是安达卢西亚的帅哥、美女的完美典范。他高大标致，精力旺盛，如橄榄般的肤色条理分明，一双黑眼睛光亮闪烁，下巴上长着卷曲的栗色胡子。他穿一件与体形相称、十分漂亮的绿色丝绒短马褂，衣服上装饰着不少银扣，每个口袋里都有一条白手帕。马裤是同样的布料，从臀部到膝盖饰以一排排纽扣。他的脖子上系着一条粉红色丝巾，它被卷起来穿过整洁的衬衣胸部上的一只圆环。腰部系有一条腰带与之相配。黄褐色的上等皮制绑腿做工精良，在小腿处有一小口露出长袜和褐色鞋子，把一双匀称的脚衬托出来。

他站在门口时，有个骑手骑着马靠近，和他低声认真交谈起来。此人的穿着风格类似，几乎有相同的装束。他约莫三十岁，身材宽大，明显地具有罗马人的面容特征，长得英俊，尽管因患过天花脸上有点麻子。他的神态随意大胆，有些鲁莽。他那匹力量不小的黑马被饰以流苏和奇特的马饰，两支大口径短枪挂在马鞍后面。他这样的神态与我在龙达山区见过的某个走私贩相似，显然他与女房东的兄弟十分默契。而且，如果我没弄错，他还是那个寡妇喜欢的爱慕者呢。事实上，整个客栈以及住在里面的人都多少带有走私的模样，一支大口径短枪搁在角处的吉他旁边。我提到的骑手在客栈过夜，他情绪高昂地唱了几首豪放的山地浪漫曲。我们吃晚饭时，两个可怜的阿斯图里亚斯人悲哀地走进来，恳求给点吃的和住一晚上。他们从山里的集市过来时遭到强盗伏击，被抢走一匹马——它身上驮着他们所有的货物——他们的钱被抢光了，衣服也几乎被扒光，因为反抗还挨了打，差不多被赤身裸体丢在路上。我的同伴立即怀着天生的慷慨为他们要了晚饭和床位，并给他们一些钱，帮助他们继续回家。

随着夜色降临，客栈里像剧中一般的人物越来越多。有个身材高大的男人——他约莫六十岁，体格强健——悠然地走进来，与女房东闲聊。他身穿普通的安达卢西亚人的服饰，不过一只大马刀别在胳膊下。他留着大胡子，显得有点神气活现的样子。每个人都似乎十分尊敬地看着他。

侍从桑丘轻声告诉我们他就是本图拉·罗德里格斯阁下，是洛克莎的英雄和勇士，以其英勇力大而闻名。在法国人入侵时他曾袭击六个睡觉的骑兵：他先弄到他们的马，然后用马刀进行攻击，杀死一些敌人，并把其余的俘虏了。由于他取得这一战绩，国王每天奖给他一个比塞塔（五分之一杜罗[1]或西元），并授予他阁下的称号。

他的言行举止都神气活现，见此情景我感到有趣。他显然是个十足的安达卢西亚人，既英勇无畏又喜欢自夸。他的马刀始终拿在手里或别在胳膊下。他总是把它带在身上，就像孩子随时带着玩具，他称它为自己的“斩魄刀”[2]，说：“我一旦拔出来大地就要颤抖。”

我一直坐到很晚，听这群各种各样的人讲述方方面面的主题，他们与毫无保留的西班牙客栈融为一体。我们听了走私贩之歌、强盗的故事、游击队员的战功，以及摩尔人的传说。最后由漂亮的女房东讲述，她富有诗意地描述了洛克莎的地狱或恶魔般的地区，以及黑暗的洞穴——里面的地下河和瀑布发出神秘声音。普通人说从摩尔人统治时起就有造币者被关在那儿，还说摩尔国王把财宝埋藏在了洞穴内。

在这座勇士古城的所见所闻激起了我的想象，我即在想象中睡去。但我一睡着就被可怕的喧闹和骚动惊醒，即便这位拉曼查的英雄也会

1　比塞塔和杜罗是西班牙的货币单位。

2　斩魄刀，一种形状像巨型大镰刀的砍刀。

为此困惑，尽管他在西班牙的一家家客栈不断经历着这样的喧嚣。好像摩尔人又一时冲进城里，或者女房东谈到的地狱里的恶魔挣脱出来。我披上一点衣服出去查看，原来恰好是人们在欢庆一个老者和一个丰满女子的婚礼。我祝愿他为自己的新娘和小夜曲感到开心，然后回到了我更加宁静的床上，一直熟睡到早晨。

我一边穿衣服，一边从窗口高兴地观察外面的人们。有一群群年轻美貌的男子，他们穿着美观、稀奇的安达卢西亚人的服饰，用地道的西班牙人的方式把褐色大氅披在身上——这是无法模仿的——他们特别老练地戴着小而圆的"马乔帽"[1]。我在龙达那些很不错的山民中见到的欢快模样，他们身上同样也有。的确，安达卢西亚的整个这片地方，无不充满着这些看起来悠然自在的人。他们在城镇和村庄四处游荡，似乎有很多时间和很多钱，有马骑，有剑佩。他们颇善于小道传言，个个是烟鬼，擅长弹奏吉他，与穿着艳丽的美女唱对歌，是波列罗舞有名的舞者。在全西班牙，男人无论怎样贫穷都像绅士一样十分悠闲，他们仿佛认为一位真正的骑士绝不匆忙，这是其特征所在。不过安达卢西亚人既悠闲又快活，绝没有那种无所事事的可鄙属性。冒险的违禁贸易盛行于这些山区和安达卢西亚沿海，它无疑已在他们活泼快乐的性格中根深蒂固。

有两个腿长的瓦伦西亚人牵着一头驴，他们的装束与这些人的装束形成对照。只见驴子身上驮着一件件货物，他们把毛瑟枪横挂在驴背上，随时准备战斗。他们穿着滚圆的夹克，宽大的亚麻裤仅仅伸到膝盖，像苏格兰的方格呢短裙。红色腰带紧紧系在腰部，拖鞋用椴木

1　18、19 世纪西班牙下层阶级的男子戴的一种帽子。

做成，彩色方巾有些像穆斯林的头巾那样包在头上，不过头顶露出来。总之，他们的整个外表颇具传统的摩尔人特征。

离开洛克莎时有个骑手加入到我们中间，他的马和武器都不错，有个火枪手步行跟在后面。他礼貌地招呼我们，不久让我们知道了他的身份。他是海关头儿，或者我猜想是某个武装队伍的头儿，其任务是在路上巡逻，防范走私贩。那个火枪手是他的一个警卫。在上午的骑行中，我从他那里了解到一些关于走私贩的细节，他们在西班牙具有某种并不十分纯正的骑士精神。他说他们从各地进入安达卢西亚，尤其是来自拉曼查。有时为了接货，以便在指定夜晚从直布罗陀的集市中心或海滨私运过境，有时为了接一只船，它会在约定的夜晚在离海岸近的某个地方停留。他们聚在一起，晚上旅行。白天他们静静待在深山峡谷或者偏僻的农舍里，通常在那儿深受欢迎，因为他们把走私物品大方地送给那些人家。的确，山村农家的妻子、女儿们穿戴的衣服和装饰不少是这些快活慷慨的走私贩赠送的礼物。

他们来到与船碰头的海岸某处，晚上从某个岩石高地或海岬搜寻。如果发现离岸不远有一只帆船他们就会发出约定信号：从大氅的褶缝下突然把提灯显露三次。如果信号得到回应，他们就走到下面的岸边，准备马上行动。船靠近后，走私贩便忙着卸下所有小艇上的黑货，它们已被分别装进完备的包装里，以便用马运输。这些东西被匆忙地抛在海滩上，又被匆忙地捡起来搁在马上，然后走私贩们一路闲谈说笑着进入山里。他们从极为崎岖不平、荒凉偏僻的道路上行进，要追上他们几乎不可能。海关警卫不这样做，他们走另一条道路。当他们获悉有一支走私队满载货物穿过大山时便会出兵，有时是十二个步兵和八个骑兵，在通向平原的山隘把守。步兵埋伏在隘口内一定距离处，让走私队通过，然后起身射击。走私队便一头向前冲去，但会遭到前面的骑兵迎击，随即发生激战。走私贩如果被紧追猛打会孤注一掷，有的跳下马，用马作防护墙，从马背上射击；有的割断绳索，让一包包货物掉下去阻止敌方，试图骑马跑掉。有的损失一包包货物后就这样逃脱了，有的连人带马与货物都被抓获，有的则什么都不要，爬上大山逃脱。“然后，”桑丘用西班牙语大声说，他一直满怀渴望地倾听着，“他们就成了正统的强盗。”

对于桑丘这种正统职业的想法我不禁笑了。但海关头儿告诉我，走私贩陷入绝境时确实认为自己有某种权利在路上伏击，让旅行者作些贡献，直到他们有了足够的资金骑上马，又像走私贩那样装备起来。

临近中午我们的旅伴告辞，沿着陡峭的隘道离去，后面跟着卫兵。不久我们钻出大山，进入名声远扬的格拉纳达平原。

我们在小溪旁的一片橄榄树下吃最后一顿午餐，周遭环境古雅，不远处就是“罗马林”里的树林和果园。根据传说，这是朱利安伯爵为安慰女儿弗洛琳达建造的休养所。它又是格拉纳达的摩尔国王的乡村度假地，在现代被授予了威灵顿公爵。

可敬的侍从桑丘最后一次把鞍袋里的东西取出时，显出有些忧郁的样子，他惋惜我们的旅行就要结束了，因为他说，和这样的骑士一起他可以旅行到天涯海角。不过我们的午餐吃得很快活，眼前的兆头令人可喜：天上晴空万里，从山上吹来的凉风缓解了太阳的热度，壮丽的平原展现在我们面前。远处是富于浪漫的格拉纳达，阿尔罕布拉宫呈红色的高塔耸立其间，而内华达山脉巍峨的雪山顶峰则像银子般闪闪发光。

我们吃完饭，铺上大氅，最后一次在野外午休，花丛中蜜蜂的嗡嗡声和橄榄树里白鸽的叫声让我们感到安宁。等闷热的时间过去后我们又上路了。过了一段时间我们赶上一个肥胖矮小的男人，他像蟾蜍似的，骑着一头骡子。他和桑丘谈起话来，发现我们是外地人，于是要带我们去一家不错的客栈。他说他是个文书，对这座城市了如指掌。“天啊！先生们！你们要去看的是怎样一座城市啊。那样的街道！那样的广场！那样的宫殿！然后是女人——啊，多么漂亮——那是怎样的女人啊！”

“不过你说到的客栈，”我说，“你肯定它不错吗？”

“对！天啊！那可是格拉纳达最好的一家。有很不错的大厅，非常舒适的客房，相当软和的床铺。哈，先生，你们在阿尔罕布拉宫会过得像布阿卜迪勒国王一般。”

“马怎么办呢？”桑丘问。

“像布阿卜迪勒国王的马那样。早餐吃巧克力和牛奶，外加蛋糕。”他会意地对侍从眨眨眼，使一下眼色。

有了这番让人满意的说明后，就此不再有什么需要了解的。所以我们静静地骑马前行，矮胖的文书在前面带路，他时时转向我们，对于格拉纳达的宏伟壮丽和我们将在客栈度过的美好时光发出新的赞叹。

就这样我们在文书的陪同下，穿过芦荟和印度无花果形成的树篱，以及装点着大平原的一片片花园，约日落时分到达城门。那位过于殷勤的矮小向导带领我们从一条街上去，又从另一条街下去，最后他骑着马进入一家客栈的庭院，他在此显得十分舒适自在。他喊着房东的教名，把后者叫来，然后将我们作为两个勇敢的骑士交给对方，说值得把最好的房间和伙食安排给我们。这使我们立即想起那个以恩人自居的陌生人，他把吉尔·布拉斯[1]介绍给彭纳弗罗客栈的男女房东时大肆宣扬，晚饭替布拉斯要了鲑鱼，自己一起狼吞虎咽白吃起来。“你不知道自己得到了什么，”文书对客栈老板及其老婆大声说，“你的客栈里来了个不可多得的人。瞧，这位年轻绅士的身上有着世界第八大奇迹[2]——对于圣地兰的吉尔·布拉斯先生而言，你这客栈里的任何东西他都是配享受的，他应该受到君王一样的款待。”

我们决定不让矮小的文书像他彭纳弗罗的原型[3]那样白吃我们的鲑鱼，所以没叫他吃晚饭。我们也没有理由责备自己忘恩负义，因为黎明前我们发现那个矮小的家伙无疑是房东的好友，他把我们引诱到了格拉纳达一家最低劣的客栈。

1 吉尔·布拉斯，法国小说家勒萨日（1668—1747）同名小说中的主人公。

2 通常将古埃及的金字塔和古巴比伦的空中花园归入世界七大奇迹。

3 指前面提到的吉尔·布拉斯。

阿尔罕布拉宫

在富于浪漫的西班牙的编年史中，历史与诗意密不可分地交织在一起。对于满怀历史与诗意情感的旅行者而言，阿尔罕布拉宫是他十分崇拜的地方，正如“天房”[1]之于所有虔诚的穆斯林一样。有多少真实的和虚构的传说、传奇，有多少阿拉伯的和西班牙的关于爱情、战争和骑士的歌曲、歌谣都与这座东方建筑联系在一起！它是一位摩尔国王的住所，他们置身于亚洲人的那种豪华优雅、堂皇富丽之中，统治着自己所夸耀的伊甸园，为其在西班牙的帝国坚守到最后。这座皇家宫殿只构成要塞的一部分，一座座塔楼分布于四周，它们参差不齐地环绕整个山顶——它是内华达山脉或“大雪山”的山鼻子，俯瞰整座城市。从外表上看，宫殿由一些粗糙的塔楼和城垛聚合而成，布局既不规则匀称，建筑也不美观优雅，几乎让人看不出里面处处可见的雅致与美丽。

在摩尔人统治时期，这座要塞的外围可容纳一支四万人的军队，时时作为君主的堡垒抵抗反叛的臣民。王国落入基督徒手中后，阿尔罕布拉宫继续成为王室领地，卡斯蒂利亚[2]的君主们不时居住于此。

1 “天房”，音译克尔白，指圣地麦加城大清真寺广场中央供有神圣黑石的著名方形石殿。

2 卡斯蒂利亚，是西班牙历史上的一个王国，由西班牙西北部的老卡斯蒂利亚和中部的新卡斯蒂利亚组成。

查理五世曾着手在里面建造豪华宅第，但因一次次地震未能完成。最后住在这里的，是18世纪初的王室成员菲利普五世和美丽的王后——帕尔马[1]的伊丽莎白。为迎接他们做了充分准备。宫殿和花园受到维护，一套新的宅第修建起来，并由意大利的艺术家设计装饰。君主们只是短暂居住一下，他们离去后宅第又空无一人。这地方还驻守有军队。总督拥有君王直接授予的权力，这种权力延伸至城市郊区，不受格拉纳达总司令的支配。这儿有大批驻军，总督在摩尔人的古老宫殿前有其住所，他每次到下面的格拉纳达去都会举行某种阅兵式。事实上这座要塞本身就是一座小城，四墙内有一些两边是房屋的街道，以及一座方济会修道院和一座教区教堂。

然而宫廷被遗弃后，阿尔罕布拉宫受到致命打击。它那些漂亮的厅堂荒废了，有的已坍塌。一座座花园被毁掉，喷泉不再喷水。住的地方渐渐挤满散漫自由、目无法纪的人。走私贩利用宫殿独立的管辖权广泛大胆地走私，各种盗贼恶棍把这里当作庇护所，由此对格拉纳达及其附近进行掠夺。政府终于重拳出击，对整个地方彻底清查，只允许诚实可靠的人留下，拥有居住的合法权利。大部分房子被拆除，只留下一座村庄、教区教堂和方济会修道院。在西班牙最近的动乱中格拉纳达落入法国人手里，阿尔罕布拉宫驻扎着他们的部队，法国司令官时时住在宫内。法国人在征服中显著地表现出开明的风格，从而使得摩尔人这座优美壮观的丰碑获救，没有在极其严重的毁坏荒废中彻底毁灭。房顶得到维修，厅堂和走廊不再受风雨侵蚀，花园有人耕作了，水道得到修复，喷泉再次喷射出水花。西班牙也许要感谢侵略

1 帕尔马，意大利北部城市，濒帕尔马河。

者，因为他们将它最美丽、有趣的历史古迹保存下来。

法国人离开时把外墙的几座塔楼炸毁，让这些防御工事难以抵挡。从那时起这里就丧失了军事价值。驻军只是少数老弱的士兵，主要职责是守卫一些外围的塔楼，它们偶尔被用作政府的监狱。总督并不住在阿尔罕布拉宫的高山上，而是住在格拉纳达中心，这样更方便履行公务。我一方面简短介绍了这座要塞的情况；另一方面，必须证明现任指挥官弗朗西斯科·德塞尔纳先生令人可敬地履行着职责，他利用权力之内的一切有限资源对宫殿进行维修，并采取明智的预防措施，一段时间阻止了本来确定无疑的衰败。假如他的前任们同样尽心尽责，阿尔罕布拉宫便几乎会将其原始美保留下来；假如政府用与他的热情相当的财力予以支持，这座宫殿遗迹或许还要保藏许多世代，从而给这片地方增添光彩，并吸引各地好奇开明的人们。

我们到达后的早上，第一个目的当然是参观这座历史悠久的建筑。不过，旅行者们已多次细致入微地描述过它，所以我不再对它作全面详尽的记述，而只对部分地方和与之相关的事件、联想偶尔简述一下。我们离开客栈，穿过著名的维瓦拉布拉广场，它一度是摩尔人竞技比赛的场所，如今成了拥挤的市场。我们沿萨卡丁前行，它在摩尔人统治时期是大市场的主街，这儿的小商店和小巷道仍然保持着东方特色。我们走过统帅殿前面的旷地，爬上一条狭窄弯曲的街道，街名让我们想到格拉纳达那个充满骑士精神的时代。它叫戈默雷斯街，名字出自编年史和歌谣里一个摩尔人的著名家族。这条街通往格拉纳达门，是由查理五世建造、具有希腊建筑风格的大门，是进入阿尔罕布拉宫领地的入口。

门口有两三个衣衫破旧的士兵在石凳上打瞌睡，他们是泽格里斯和阿文塞拉赫两大家族的后代。有个又高又瘦的家伙穿一件锈棕色大氅，显然想把破旧的裤子掩盖起来，他正在阳光下和一个值班的老哨兵闲聊。我们进门时他来到我们中间，主动提出带我们参观要塞。

我像旅行者一样讨厌多事的导游，也不太喜欢此人的衣着。

“大概你很熟悉这个地方吧？”

“没人比我更熟悉了。事实上,先生,我是‘阿尔罕布拉宫之子’！”他用西班牙语回答。

普通的西班牙人无疑有极富诗意的方式来表达自己。“阿尔罕布拉宫之子”这一称号立即引起我的注意，连这个新认识的人身上的破旧衣服在我眼里也有了尊严。它象征着此地的命运，穿在属于一片废墟的后代身上是适合的。

我进一步向他提问，发现他的称号是恰当合理的。自从征服时期[1]他的家族就一代代生活在这座要塞里。他名叫马特奥·西曼乃斯。

“那么,”我说,“也许你是红衣大主教西曼乃斯的后裔？”“天知道，先生！也许吧。我们是阿尔罕布拉宫里最古老的家族，都是老资格的基督徒，丝毫没有摩尔人或犹太人身上的东西。我明白我们属于某个大家族，但忘了是哪个。我父亲全知道，他的小屋就在上面的要塞里，屋内挂着他那件饰有纹章的外套。”任何一个西班牙人不管如何贫穷，都会多少声称自己有高贵的血统。然而，这个衣衫破旧、令人可敬的人的第一称号迷住了我，于是我欣然同意“阿尔罕布拉宫之子”替我们服务。

1　指基督徒征服格拉纳达时期。欧文专门写过一本《征服格拉纳达》的书，拙译曾由上海文艺出版社出版。

我们这时来到深深的狭谷里，这儿处处是美丽的小树林，有一条陡峭的林荫道，各种小径从中蜿蜒穿过，道旁有些石凳，并且装饰着喷泉。左边，我们注意到上方高耸着阿尔罕布拉宫的一座座塔楼；右边，在狭谷对面岩石的突出部位，同样有一座座与之相对的塔楼。据说它们叫红塔，因红色而得名。没人知道它们的起源。它们远在阿尔罕布拉宫建起前就有了，有人推测它们由罗马人建造，另有人则推测由腓尼基人的某些游动群落建造。我们爬上陡峭的林荫道，来到一座巨大的摩尔式方塔脚下，它构成某种外堡，进入要塞的主要入口即由此通过。外堡内是又一群老弱的士兵，一人在门口站岗，其余的裹在破旧的大氅里，在一张张石凳上睡觉。此门称为“正义之门”，因为在穆斯林统治时期门内有个法庭，直接审判一些小诉讼案——这个习俗常见于东方国家，《圣经》中时有提及：“你要在各城里设立审判官和官长。他们必按公义的审判判断百姓。”[1]

巨大的门廊由阿拉伯式大拱门构成，呈马蹄铁形，有塔楼一半那么高。拱门的楔石上刻着一只大手。门廊内的入口楔石上以同样方式刻着一把大钥匙。那些声称对伊斯兰教的标志有所了解的人，断言手是教义的象征——五根手指表明伊斯兰教五项主要的戒律，即斋戒、朝圣、施舍、洗礼和抗击异教徒。他们说钥匙是信念或权力的象征，大卫的钥匙交给了先知。“我将大卫家的钥匙放在他肩头上；他开，无人能关，他关，无人能开”（《旧约·以赛亚书》第二十二章第二十二节）。据说，在穆斯林征服西班牙或安达卢西亚时，他们的旗子上就饰有钥匙，以此与基督徒的十字标志相对抗。它预示着上天赋

1　引自《旧约·申命记》第十六章第十八节。

予先知的征服之力。“拿着大卫钥匙的人，开了就没人能关，关了就没人能开”（《新约·启示录》第三章第七节）。

然而，阿尔罕布拉宫的那个嫡子对这些符号有不同解释，它更符合普通人的观点，他们把某种富于神秘和魔力的东西统统归因于与摩尔人有关的事上，并将各种迷信与这座古老的穆斯林要塞联系起来。根据马特奥的说法，这是从最老的居民那里传下来的一个传说——他是从父亲和祖父那里听到的——手和钥匙是两种魔图，阿尔罕布拉宫的命运就取决于它们。建造要塞的摩尔国王是个巫师，或者如某些人所相信的，他把自己出卖给了魔鬼，让整个要塞受到魔咒控制。它因此存在了几百年，对风暴和地震不屑一顾，而几乎其他所有摩尔人的建筑都毁坏消失了。传说中继续讲到，魔咒将持续下去，直至外拱门上的手伸下去抓到钥匙，那时整个建筑会彻底垮塌，摩尔人埋藏在下面的所有财宝将被发现。

尽管有这一不祥之兆，我们仍然大胆穿过受魔咒控制的入口，有点确信在圣母马利亚的保佑下能够抵抗魔术，我们看见她的雕像就在大门上方。

经过外堡后，我们爬上一条蜿蜒穿行于墙中的狭巷，来到要塞内一个宽阔的广场，它被称为“蓄水池广场”，因为下面有个大水库，是摩尔人从原生岩石上开凿出来的，以便接收从达罗河通过管道输送过来的水供要塞使用。这儿也有一口很深的井，水极其纯净冰凉。它是又一座摩尔人留下的品位不凡的纪念碑，他们为了获得冰清玉洁的水真是不屈不挠。

广场前是查理五世建造的宏伟宅第，据说意在使摩尔国国王的住所相形见绌。许多专为冬季修建的东方建筑被拆毁，以便为这座庞大的宅第腾出地方。大入口被堵塞，现在进入摩尔人的宫殿入口，是转角处一道几乎显得粗劣的简易门。面对查理五世堂皇壮观、颇为优越的宅第，我们把它视为一个傲慢自负的入侵者，怀着某种几乎蔑视的心情经过它，按响了那扇穆斯林的门。

在等待进去时，自愿效劳的向导马特奥告诉我们，这座皇宫交由一个称为安东尼娅·莫利纳夫人的、可敬的老处女管理，不过按照西班牙习俗，用安东尼娅阿姨这一称呼更加亲切。她把一座座摩尔人的厅堂和花园维护得井井有条，并且时常带领客人们参观。在我们谈话当中，有个丰满小巧、眼睛黑黑的安达卢西亚少女打开了门，马特奥称她多洛雷丝，但她外表亮丽，性情乐观，显然应该有个更欢快的名字。马特奥对我耳语说她是蒂亚·安东尼娅的侄女，我发现她就是将带领我们穿越魔宫的美丽仙女。在她带领下我们跨过了门槛，好像立即让魔杖引导进入另外的时光和东方王国，走过阿拉伯故事中的一个个场景。宫殿并不起眼的外表和眼前的情景有着天壤之别！我们发现自己来到一个大庭院，它长一百五十英尺，宽八十多英尺，地上铺着汉白玉，每端装饰有浅色的摩尔式列柱廊，支撑着格子纹结构的精致走道。沿飞檐的装饰线条和墙体各处有些盾纹和密符，以及高浮雕的古今阿拉伯文字，它们要么刻着阿尔罕布拉宫的创建者穆斯林君主虔诚的箴言，要么歌颂他们的崇高和慷慨。庭院中间有个大水池，长一百二十四英尺，宽二十七英尺，深五英尺。它因此被称为阿尔贝卡庭（源自 al Beerkah，此阿拉伯语意指水池）。可见大量的金鱼闪耀着穿过水中，池边有一些玫瑰树篱。

我们离开阿尔贝卡庭，从一道摩尔式拱门下经过，进入著名的狮子庭。宫殿内只有此处让人最彻底感受到它的原始美，整个地方无不严重遭遇过岁月的创伤。那座在歌谣和传说里有名的喷泉位于中央。雪花石膏盆仍然滴下钻石般的水珠，支撑它们并让庭院得名的十二只狮子，仍然像在布阿卜迪勒统治时期一样喷射出清澈透明的水。然而狮子与其名声不相称，它们雕刻拙劣，大概是某个基督徒俘虏的作品吧。庭院用花坛装饰，而不是用瓷砖或大理石铺设的古老相称的路面。这是法国人占领格拉纳达时所作的改变，是趣味低级的一个例子。庭院四周是浅色的阿拉伯式拱形游廊，显露出金银丝细工装饰，由汉白玉细柱支起，据说当初是镀金的。这建筑像宫殿内多数地方一样，其特征与其说宏伟不如说精致，它表明了一种精美雅致的趣味，以及悠然欣赏的性情。看着列柱廊里那些纤巧的线条和墙上显得易碎的浮雕，你难以相信它们大多经受住了几百年的磨损、剧烈的地震、猛烈的战争，以及富有鉴赏力的旅行者的窃取——虽然悄然地进行着，但是危害同样严重。根据民间传说整个建筑受到某种魔咒的保护，这差不多足以给那些传说找到了理由。

庭院一边有一道精美的门，通向阿文塞拉赫厅，它得名于那个显赫家族英勇的骑士，他们在此遭到背信弃义的残杀。有些人怀疑整个故事，但我们谦恭的导游马特奥指着一扇小门（当年，阿文塞拉赫家族的人正是通过它被一个个带进狮子庭）和大厅中心的汉白玉喷泉，说他们即在旁边被砍了头。他还让我们看到地面上某些明显的红色痕迹，那是他们的血迹，按照民间看法根本无法抹去。

他发现我们显然轻信地听着，便补充说夜里常听见狮子庭有一种轻微混杂的声音，与众人的嗡嗡声相似。不时传来微弱的叮当声，像远处链子的碰撞声。这些声音由被杀害的阿文塞拉赫家族的幽灵发出，它们夜晚出没于受难处，祈求上天向毁灭他们的人复仇。

所说的声音，无疑是路面下涓涓的流水和咚咚的落水发出的，它们通过管道和沟渠给喷泉送去水源，正如我后来有机会查实的那样。不过我考虑得很周到，无意把如此想法向阿尔罕布拉宫这位谦恭的编年史家暗示。

见我这样轻易相信，马特奥受到鼓舞，把下面他从祖父那里听到的情况当作不容置疑的事实告诉我：

从前有个伤残士兵，他负责带领陌生人参观阿尔罕布拉宫。有一天大约黄昏时分，他穿过狮子庭时听到阿文塞拉赫厅传来脚步声。他以为是陌生人在那儿流连，便跟了上去，吃惊地发现四个衣着华丽的摩尔人，他们佩戴有镀金的胸甲、弯刀和闪耀着宝石的匕首。他们迈着庄严的步子踱来踱去，不过停下来招呼他。可年老的残兵拔腿就跑，从此任何人都无法说服他再进入阿尔罕布拉宫。所以男人们有时会背运。

马特奥坚信摩尔人本来想把藏宝的地点告诉他。接替年老残兵的人更精明一些，他到阿尔罕布拉宫时是个穷人，但一年后去马拉加买了房子，配备了一辆四轮马车，眼下仍然生活在那里，是当地最年老也最富裕的人之一。马特奥明智地推测，这一切都因为他发现了那些摩尔人幽灵的藏宝秘密。

我现在发觉与这位“阿尔罕布拉宫之子”相识很难得，他了解此地所有的外传野史，并深信不疑。他记忆中充满了某种我暗自喜欢的见闻，但它们太容易被不太宽容的哲学家看作垃圾。我决心进一步认识这位有学问的底比斯[1]人。

1　底比斯，古希腊东部玻俄提亚的主要城市。

就在阿文塞拉赫厅对面有一道装饰富贵的拱门，通向一间给人的联想不那么悲哀的厅堂。它光亮高大，有着精致优雅的建筑风格，地上铺着汉白玉，其“姐妹厅”的名字暗示出什么。有人说是由于有那两块并排放着构成大部分地面的雪花石膏板，名字的浪漫就被毁掉了。这一观点得到马特奥大力支持。另有人倾向于让名字更富有诗意，把它当作是对摩尔美女并不确切的纪念，她们一度使这座厅堂熠熠生辉，显然它是后宫的一部分。我高兴地发现，我们那位眼睛明亮的向导多洛雷丝也这样认为，她指着一道内门那边的阳台，她本人听说过那儿的一间间小室曾是闺房。“你瞧，先生，”她说，“全是格子状的，像修道院里修女们望弥撒的小室。因为摩尔国国王，”她气愤地补充道，“把妻子像修女一样关起来。”实际上那些格子状的百叶窗仍然存在，闺房里的黑眼睛美女们即暗中从那儿观看厅堂下面的摩尔舞和其他的舞蹈、娱乐。

大厅每边是放置褥榻和睡椅的凹室或壁龛，阿尔罕布拉宫骄奢淫逸的君主们曾躺在上面，沉迷于充满梦幻的休憩之中，这种休憩在东方研究者眼里多么可贵。一扇灯笼式天窗从上方透进柔和的光线和自由游动的空气。一边传来狮子泉清爽的水声，另一边则从琳达拉克莎园的水池传来轻柔的溅水声。

面对这颇具东方特色的场景，必然会联想到阿拉伯人早期的浪漫，你几乎想象到看见某个神秘的公主从内室里伸出白皙的手打招呼，或者某双黑黑的眼睛在格子窗那儿一闪一闪。美人的住处就在眼前，好像昨天还有人住过。可是那两姐妹在哪里呢，卓瑞达和琳达拉克莎[1]

1 本书后面有提及。

在哪里呢！

一条条摩尔人修建的老渡槽从山里把大量的水输送出来，水在整座宫殿内循环流动，给浴室和鱼池供水，在一间间厅堂里喷射闪光，或者在沿大理石路面的沟渠里潺潺作响。水向这座皇宫进贡并流遍花园花圃后，便流下通往城市的长渠，一路形成哗哗流淌的小溪和喷涌的泉水，让一片片小树林始终保持碧绿的色彩，它们覆盖、美化着整个阿尔罕布拉山。

只有在气候炎热的南方居住过的人，才能领略到住在这儿的乐趣，大山的和风凉爽与山谷的清新碧绿在此融为一体。下面的城市在正午的酷热中喘息，焦干的平原在眼前颤动之时，内华达山脉柔和的空气正吹过高处的大厅，同时也带去了周围一座座花园的芬芳。一切无不让你进入悠然的休憩之中，这是南方的气候给人带来的狂喜。当半闭的眼睛从阴凉的阳台上看着闪烁的景色时，树林的沙沙声和流水的潺潺声又让你感受到宁静。

不过，我现在暂时不对宫殿其余的可爱房间予以描述。对于它我只想给读者作个总体介绍，假如你愿意，可以逐日同我一起漫步流连，直至我们渐渐熟悉宫殿所有的地方。

关于摩尔式建筑的说明

阿尔罕布拉宫的墙体上有些浅色浮雕，以及富于想象的阿拉伯式花纹，在缺乏经验的人眼里它们是用手工耐心细致雕刻出来的，每个部分都丰富多样，变化无穷。而设计上整体的一致与协调又确实令人吃惊，尤其是拱顶和圆屋顶，它们被制作得犹如蜂巢或霜花花纹，另有一些钟乳石和垂饰，因其图案显得错综复杂而让参观者感到一片茫然。然而，当发现这一切都是拉毛粉饰[1]后，人们便不会吃惊了：巴黎的石膏铸造成模型被精巧地连接起来，构成各种尺寸和形状的图案。此种用阿拉伯式花纹装饰的墙体，以及用人工洞室图案粉饰拱顶的方式，发明于大马士革[2]，但摩洛哥的摩尔人进行了大力改进——伊斯兰建筑之所以各个部位极尽优雅，富于想象，必然归功于他们。那一切优雅美丽的装饰是巧妙而简单的。墙体在装饰前用线条成直角交叉进行划分，正如艺术家临摹一幅画那样，然后在上面画出一系列交叉的弓形。艺术家借此便能够敏捷、确定地开展工作，只按照那些交叉的简单曲线就制作出无穷无尽的图案，同时保持着整体协调的特征。

在拉毛粉饰中使用了不少镀金，特别是圆屋顶：间隙处被精细地

---

1 一种施工工艺。在表面做拉毛处理后，用拉毛涂料直接涂刷即可。优点是比光滑的好看，而且一些不平整的地方不显眼，有立体感。

2 叙利亚首都。

描以鲜明的色彩，如朱红色和天青石色，并涂抹上蛋白色。福特[1]说，在艺术之初，埃及人、希腊人和阿拉伯人只使用原色[2]，任何时候只要艺术家是阿拉伯人或摩尔人，它们就流行于阿尔罕布拉宫。经过几百年后其最初的光彩大多保留着，这是非同寻常的。

在大厅下部几英尺高处铺着釉面砖，它们像一块块灰泥板一样拼接起来，以便构成各种图案。有些饰以穆斯林国王的纹章，扁带和铭词横列其间。这些釉面砖（西班牙语叫 azulejos，阿拉伯语叫 az-zulaj）源自东方，它们既凉爽又干净，免于虫害，颇适合于在温热的气候环境铺砌厅堂、喷泉和浴室，以及用于装饰房间的墙体。福特认为它们有着相当古老的历史。其主色调是宝石蓝和蓝色，他据此推断《圣经》里提到的那种路面大概就是用它们铺成的——“他脚下仿佛有平铺的蓝宝石”（《出埃及记》第 24 章第 10 节），以及“我必以彩色安置你的石头，以蓝宝石立定你的根基”（《以赛亚书》第 54 章第 11 节）。

这些釉面砖或瓷砖早期时由穆斯林引入西班牙。在摩尔人的遗迹中可以见到一些，它们在那里存在了八个多世纪。这座半岛上至今仍然有生产，在西班牙的高级房屋中，它们被大量用来铺砌和装饰避暑的别墅，尤其在南部各省。

西班牙人占领荷兰时又将它们引入该国。荷兰人热切地接受了，他们很喜欢保持家庭整洁，而那些瓷砖正好颇适合满足其爱好。于是这些东方的发明，这些西班牙的“azulejos”和阿拉伯人的“az-zulaj”，就逐渐成了普遍所知的“Dutch tiles”[3]了。

1　理查德·福特（1796—1858），英国旅行家、作家，著有《西班牙旅行手册》等。

2　指不能透过其他颜色的混合调配而得出的“基本色”。

3　指建筑学上的荷兰饰砖、饰瓦。

重要商谈——笔者“继承布阿卜迪勒的王位”

没等我们离开这片富于诗意和浪漫的地区走到下面的城市，回到西班牙一家客栈令人愁苦的现实生活中，这一天已差不多过去。我们礼节性地前去拜访阿尔罕布拉宫的总管——先前给他带去了一些信函——我们热情地详述着所目睹的情景，并为他掌握着一座宫殿却住在城里表示惊讶。他借口说住在宫殿里不方便，因为它位于山顶上，远离商贸中心和社交场所。而对于君主而言，那是很不错的地方，他们常需要有城堡让自己免受臣民打扰。“不过先生，”他微笑着补充说，“如果你们认为住在那里十分合意，那么我在阿尔罕布拉宫的那些房间随你们住就是了。”

在西班牙，当有人告诉你他的房子是你的，那便是一个通常的、几乎不可缺少的礼貌表示。“这房子总是听凭阁下使用。”事实上，任何你所赞美的他的东西都会立即给你，而你不接受也同样表明有良好的教养。所以我们只是鞠一下躬，对总管如此好意提供给我们一座皇宫表示感谢。然而我们错了，总管是认真的。“你们会发现一套套并不整齐、没有家具的房间。”他说，“不过，负责管理宫殿的蒂亚·安东尼娅会把它们收拾得整洁一些，你们住在那儿时有她照顾。如果你们能同意她安排好的住处，并对皇家住所里欠缺的食物也满意，那么布阿卜迪勒国王的宫殿就归你们使用了。”

我们相信了总管的话，赶紧爬上陡峭的洛斯－哥麦雷斯街，穿过“正义之门”，前去与安东尼娅商谈。我们时而怀疑这是否在做梦，时而担心城堡那位审慎的老妇难以让步。我们知道要塞里至少有个会支持我们的朋友，她就是那个眼睛明亮的小多洛雷丝，我们第一次拜访时曾经得到她的好感，并且她显得极其愉快地欢迎我们回到宫殿。

然而，一切进展顺利。好心的蒂亚·安东尼娅有点家具摆放在房间里，不过那是最普通的。我们让她确信，我们可以在地板上睡觉。她能够给我们提供桌子，只是桌子比较简单，不过它可是我们最需要的。她的侄女多洛雷丝会服侍我们，一听这话我们就把帽子抛起来，于是结束了商谈。

次日我们就住进了宫殿，从来还没有君主如此和谐地分享着被一分为二的王位呢[1]。几天如梦幻般地过去，这时我可敬的伙伴因外交事务被召到马德里，他不得不退位，让我成为这座朦胧幽暗的王国里唯一的君主。我在某种程度上是个随意游荡于世的人，容易在愉快惬意的地方流连忘返，所以我在此日复一日、没人注意地悄然度过时光，也许在这着魔的古老宫殿里给迷住了。我对读者总是怀着友善的情感，易于相互信任，因此我特别注意在这种让人舒适的“束缚”期间，把我的思考与研究传达给读者。假如它们能够使读者想象到宫殿所具有的魔幻魅力，那么，他将不会抱怨与我在阿尔罕布拉宫这些富有传奇的厅堂里逗留一个季度。

首先，应当让读者了解我有关食宿上的安排。对于一位居住在帝王宫殿里的人而言，那些安排是相当简单的，不过我相信与住在皇宫

1　本文题目、此句和其他相关地方都是比喻。

里的前任相比，它们更不那么容易使人遭受造成灾难的挫折。

我的住处在总管那套房子的一端，那是一套空屋，位于殿堂前面，面朝供游憩的蓄水池大庭。房间是现代的，不过与我卧室相对的那端同一些小房间连接着，它们将摩尔人与西班牙人的风格融合在一起，是分配给女主人安东尼娅夫人和她的家人使用的。由于需要把宫殿维持好，因此允许好心的夫人获得游客给出的所有小费以及园子里出产的一切东西，只是她应该不时地将水果和鲜花作为贡品送给总管。她家里有个侄子和侄女，他们两个是表兄妹。侄子曼纽尔·莫利纳是个品格优秀、像西班牙人一样庄重的小伙子。他在部队服役，地点是西班牙和西印度群岛，不过眼下正学医，他希望有一天能成为这座要塞的医生，此职位至少每年会得到一百四十美元的收入。侄女就是已经提到的身材丰满、长着黑眼珠的小多洛雷丝，据说她某一天会继承姑妈所有的财产，包括要塞里的某些小房间。尽管它们的确有些损坏了，不过马特奥·西曼乃斯私下让我相信它们会带来近一百五十美元的收入。所以，她在衣衫褴褛的“阿尔罕布拉宫之子”眼里，完全是个女继承人了。就是这位敏锐真诚的人还告诉我，在谨慎小心的曼纽尔和他眼睛明亮的表妹之间，正悄然进行着求婚。现在，任何让他俩走到一起实现共同期望的条件都不缺乏，只差他的行医证，以及教皇基于他俩的血缘关系所给予的特许。

至于我的食宿问题，好心的安东尼娅夫人忠实地履行着合约。我是个容易满足的人，发现伙食很不错。而欢快的小多洛雷丝则让我的房间保持得整洁有序，她用餐时担任侍女的角色。我还可以调用一个高个子、口吃的黄发少年，名叫佩佩，他在园里干活，并乐意充当男仆——不过在这一点上，“阿尔罕布拉宫之子”马特奥·西曼乃斯抢先了一步。自从我在要塞的外大门初次遇到这个机警好事的家伙后，他就设法紧跟在我身边，掺和到我所有的计划中，直至完全自己任命为我的男仆、导游、向导、保镖和熟知历史的侍从。我不得不改善他的行头，以免他玷污了各种职能。所以他丢掉那件褐色陈旧的外套，像蛇蜕了皮似的。如今，他出现在要塞里时戴上了一顶时髦的安达卢西亚帽，穿上一件夹克，这让他极为满意，也让同伴们大为吃惊。诚实的马特奥的主要毛病，在于为让自己派上用场过分操心。他意识到自己千方百计让我雇用了，我简单好静的习惯使他有了一个闲职，这时他便无计可施了，不知如何想出法子让自己变得重要起来，以便使我过得平静快乐。而我在某种程度上成了他好管闲事的牺牲品。我只要一把脚跨出殿堂门口，在要塞附近散步，他就会来到我身旁，向我说明一切我见到的东西。假如我冒险去周围的山上漫游，他就会坚持作为保镖陪伴我，尽管我颇怀疑万一遇到攻击时，他会更易于依靠自己腿的长度，而不是胳膊的力量。然而，这个可怜的人毕竟有时是个有趣的陪伴。他头脑简单，性情特好，像乡村理发师那样喜欢多舌闲聊，知道这个地方及其周围的一切闲言碎语。不过，他最看重自己的是他储存着很多本地的信息，可以讲述要塞里每座塔楼、拱顶和大门最奇妙的故事，他对所有那些故事深信不疑。

按照他自己的说法，这些故事他大多是从祖父那里听来的。那是一位富有传奇的小裁缝，活了近一百岁，一生只有两次离开过要塞的范围。在半个多世纪里，其店铺成了一群爱闲聊天的可敬的人们常去的地方，他们会在那里度过半夜，谈论往日时光，以及此地奇妙的事件和隐藏的秘密。这位历史上的小裁缝整个的生活、迁移、思想和行动就这样局限于阿尔罕布拉宫的墙内，他在其中出生、生活、呼吸，有了自己的存在；他也在其中死去，让人埋葬。不过让后代幸运的是，他的那些传说没有伴随他一起消失。可信的马特奥还是个顽童时，经常专心地倾听祖父和聚集在柜台周围闲说聊天的人们讲故事。他因此有了许多关于阿尔罕布拉宫的、书本里见不到的知识，颇值得每个有求知欲的游人关注。

这些便是组成我王室成员的人们。我怀疑是否有任何君主——无论先于我住在宫殿里的穆斯林还是基督徒——受到过更加忠诚的侍候，或者享受过更加平静的统治。

我早晨起床时，口吃的少年佩佩从花园给我带来礼物，是一些刚挑选的鲜花，后来多洛雷丝用她灵巧的手把花儿插到花瓶里，她装饰我的房间时不无女性的骄傲。我想在哪里吃饭都随心所欲，有时在摩尔人的某个大厅，有时在狮子庭的拱形游廊里，周围有鲜花和喷泉。我出去时热情积极的马特奥便在前面引路，朝大山里最富于浪漫传奇的隐避处和邻近山谷中令人惬意的常去地走去，它们每个地方都是发生过某个奇妙故事的现场。

虽然我一天大部分时间喜欢独处，但偶尔傍晚也加入到安东尼娅夫人小家庭中。这通常在一个古老的摩尔式建筑的房间，它供好心的夫人用作起居室、厨房和客厅，在摩尔人时代一定因其光彩壮丽引以为豪——假如根据尚留存的痕迹进行判断。但到了现代，在一个角落建起一台粗糙的壁炉，冒出的烟雾使墙壁变了颜色，几乎将古老的阿拉伯式花纹弄得模糊不清。一扇窗户有个阳台凭临达罗谷，晚风从那里吹进来。我一边吃着有水果和牛奶的简单晚餐，一边与一家人闲谈。西班牙人有一种天赋，或者所谓的天生智慧，这使他们成为明智合意的同伴——无论他们的生活状况如何，或者他们的教育多么不够完善，有了这样的品质，他们便从来不庸俗，大自然已经赋予他们固有的精神尊严。好心的蒂亚·安东尼娅是个热情聪明的人，尽管比较粗鲁。眼睛明亮的多洛雷丝虽然一生只读过三四本书，但她天真纯朴、富有见识，两者令人惊喜地融为一体，并且常常以其辛辣朴实的俏皮话让我惊讶。有时安东尼娅的侄子读卡尔德龙[1]或洛佩·德·维加[2]的某出古代喜剧，他显然意欲改进，同时也想让表妹多洛雷丝开心。虽然小姑娘通常在第一幕还没结束时就睡着了，让他大失面子。有时，一些卑微的朋友和依赖者来向安东尼娅作个小早朝，他们是邻近村庄的村民，或者是伤残军人的妻子。这些人把她作为宫殿的管理者，对她极其敬仰，给她带来附近的消息或从格拉纳达散发出的谣传，以此向她献殷勤。在倾听这些傍晚的闲聊时，我偶然获得许多让人好奇的事实，它们表明了附近的人们的风俗习惯和奇异特性。

这些便是有着天真乐趣的简单情况。我行走在着魔的地面上，置身于充满浪漫传奇的联想之中。在少年时代之初我曾在哈得孙河岸，第一次聚精会神地读到希内斯·佩雷斯·德·伊塔[3]写的虽然不足凭信但富于骑士精神的《格拉纳达内战史》，以及英勇的骑士、泽格里斯和阿文塞拉赫两大家族之间的争斗，从那时起，这座城市就成了我做白日梦的对象，我想象中常漫步于阿尔罕布拉宫一座座浪漫传奇的大厅。这次，我注意到一个白日梦实现了。然而我简直不相信自己的感觉，或者不相信我确实住在了布阿卜迪勒的宫殿里，从阳台上俯视

1 卡尔德龙（1600—1681），西班牙剧作家，代表作为《人生是梦》。

2 洛佩·德·维加（1562—1635），西班牙剧作家、诗人和作家。

3 希内斯·佩雷斯·德·伊塔（1544？—1619？），西班牙小说家和诗人。

着下面不乏骑士精神的格拉纳达。我漫步穿过这些具有东方风格的房间，听见喷泉的潺潺声和夜莺的歌声。我呼吸着玫瑰的花香，感到气候温和宜人，这时我几乎在诱惑之下想象着自己身处穆罕默德的天堂，身材丰满的小多洛雷丝就是一个眼睛明亮的天堂女神，她注定要给虔诚的信徒带去幸福。

阿尔罕布拉宫的住户

我常注意到，一座宅第在其兴旺时越是有骄傲的居住者，它在衰败之日其住户就越是卑微，以致一座王宫最终成了乞丐的栖身处。

阿尔罕布拉宫即迅速处于类似的转变中。任何时候一座塔楼腐朽衰败下去，某个破败的家庭就会将它占领，他们与蝙蝠和老鹰共同成为那些金黄色大厅的住户，会时常将作为贫穷标准的破衣烂衫从窗口和枪眼里悬挂出来。

我饶有兴致地观察到各色如此夺取了古老皇宫的人物，他们被安置在那里，以便对人间骄傲得意的戏剧表演作出滑稽可笑的终结。其中一位甚至还有着王室称号。她是个小老太太，名叫玛丽亚·安东尼娅·萨沃纳，有着“麦仙翁王后”的称号。她身材小得足可以做个妖精，就我所见她也许是个妖精，因为似乎没人知道她的出身。她住在宫殿外梯下面某种密室一样的小房间。她坐在凉爽的石头走廊里，从早到晚一边忙针线活一边唱歌，随时向每个路人说笑话。因为尽管她是个最贫穷的人，但她也是个世上最快活的小女人。她主要的优点是具有讲故事的天赋，我颇相信，她拥有的故事与《一千零一夜》里不知疲倦的谢赫拉莎德[1]拥有的一样多。有的故事我在安

1 《一千零一夜》中的苏丹新娘。

东尼娅夫人的晚间聚会中听玛丽亚讲过，此时她偶尔也做个卑微的侍从。

这个神秘的小老太太一定有着某种妖精的天赋，这从她非凡离奇的幸运中显示出来：尽管她很小、很丑，也很穷，但根据她自己的说法，她有过五个半丈夫——她把一个年轻的骑兵算作半个丈夫，他在求爱期间死了。这个“小妖精女王”的对手是个肥胖的老者，他长着大鼻子，穿一件锈色衣服走来走去，戴着油布三角帽和红色的帽章。他是阿尔罕布拉宫的嫡子之一，一辈子生活在这里，担任过各种职位，比如，代理警察、教堂司事和修建在塔楼脚下的壁手球场的记分员。他是个一贫如洗的人，但他虽然衣衫褴褛却很自豪，吹嘘自己的血统源自著名的阿圭勒家族——从这个家族中产生了科尔多瓦重要的首领贡萨洛[1]。不仅如此，他实际上有着阿隆索·德阿圭勒的姓名，此人在格拉纳达征服史中相当有名。虽然，城堡那些爱说笑打趣的人给了他圣父的头衔——它通常是对罗马教皇的尊称，我以为在真正的天主教的眼中太神圣了，不至于被如此荒唐地使用。他是个衣衫褴褛的怪人，让他成为那位骄傲自豪的阿隆索·德阿圭勒的同名人和后裔，表明了命运的反复无常；他也因此成了安达卢西亚骑士的镜子，在一度傲然但祖先曾促使其衰败的城堡里，几乎过着乞丐般的生活。不过，假如阿伽门农和阿基里斯[2]的后代残存于特洛伊的遗迹中，他们也许有着同样的命运！

在这个由各种人组成的群体中，我发现喜欢闲言唠叨的侍从马特

---

1 贡萨洛（1453—1515），西班牙征服格拉纳达战役中的一名将领。

2 阿伽门农，特洛伊战争中希腊军队的统帅；阿基里斯，参加特洛伊战争的一个半人半神的英雄。

奥·西曼乃斯的家庭至少在数量上构成了很重要的部分。他自嘘是“阿尔罕布拉宫之子”，这并非没有根据。自从那场征服后，他的家人就住在这座城堡里，将世代的贫穷从父亲传给儿子，人们知道他家的人都一文不值。父亲靠编织缎带为生，他作为一家之主继任了具有历史意义的裁缝，如今近七十岁，住在他亲手用芦苇和灰泥修建的小屋里，小屋就在铁门上方。家具是一张摇晃的床，一张桌子，两三把椅子；一口木箱，里面除少量衣物外放着“家族档案”。它们不过是各代人保存下来的各种诉讼文件，他们尽管显得十分随意、乐观，但好像也是个好诉讼的家族。诉讼大多指控那些喜欢闲言碎语的邻居，因为邻居对于其血统的纯洁性提出质疑，否认他们是没有染上犹太人或摩尔人的习惯的老基督徒。事实上，我怀疑这种对于血统的猜忌使他们始终如此贫穷：他们将所有收入用到了公证人和警察身上。让小屋引以为豪的是，有一只饰有纹章的盾悬挂在墙上，盾上饰有凯塞多侯爵的盾面四等分[1]纹章，以及各种其他高贵家族的纹章，而这个为贫穷所困的一家人声称与之有姻亲关系。

至于如今约莫三十五岁的马特奥本人，他尽力让自己的家族维持下去，继续过着贫穷的生活。他有个老婆和不少孩子，他们住在这座村庄般的地方几乎被拆除的屋里。他们是如何设法生活的，只有了解所有秘密的人才知道。类似西班牙人的生存状态，对于我始终是个谜。然而他们确实维持着生活，而且好像还享受自己的生活呢。他老婆在格拉纳达的散步大道上像度假似的散步，怀里抱着一个孩子，另有半打孩子紧跟在后面。大女儿现在渐渐长成了一个女人，她用花儿装饰

1　纹章学术语。

头发，在响板的伴奏下欢快地起舞。

生活对于两种类型的人好像是个长长的假期，一是很富裕的人，二是很贫穷的人。前者因为不需做什么，后者因为没什么可做。但最懂得无所事事和不以任何东西为生的人，莫过于西班牙贫穷的一类人。天气因素占了一半，性情占了另一半。夏天给西班牙人一处阴凉，冬天一点太阳，再给他一点面包、大蒜、食油和鹰嘴豆，再有一件褐色的披风和吉他，那么世界想怎么着就怎么着吧。谈到贫穷，在他看来没什么耻辱的！它堂而皇之地伴随着他，就像破旧的披风一样。他即使衣衫褴褛，也是一位绅士。

那些“阿尔罕布拉宫之子”便是这一实用哲学的极好例证。摩尔人想象天堂就在这片受到优待之地的上方，所以我有时也易于想象到，黄金时代的光辉仍然照耀着这个衣衫破旧的群体，迟迟不去。他们什么也没有，什么也不做，什么也不关心。然而，他们尽管看起来一周都无所事事，却严格遵守所有的宗教节日和圣徒节，犹如极其勤劳的匠人一样。他们参加格拉纳达及其附近所有的节庆和跳舞：圣约翰节前夕在山上燃起篝火，还在城堡内出产几蒲式耳[1]小麦的一小块地的收获时节，通宵在月光下翩翩起舞。

在结束这些叙述之前，我必须提及此处一件特别触动我的有趣事情。我曾多次注意到某座塔楼顶上有个身材瘦长的人，他摆弄着两三根钓鱼竿，仿佛在钓取星星似的。一段时间那个空中渔夫的举动让我困惑，然后我看见别的人也在城垛和堡垒的各处那样忙着，我心中的困惑因此有增无减。直到我询问马特奥后，才揭开了这个谜团。

1 一种定量容器，一蒲式耳在英国等于 8 加仑，相当于 36.268 升（公制）。

似乎城堡纯净空幻的环境使其像麦克白城堡[1]一样，成为了各种燕子大量繁殖的场所，它们成千上万地在一座座塔楼周围嬉戏玩耍，像刚放学的玩童一样充满节日的欢乐。在这些鸟儿令人晕眩的盘旋中，用放上苍蝇作诱饵的钩子去捕捉它们，是衣衫褴褛的“阿尔罕布拉宫之子”们最大的乐趣之一。他们凭借彻头彻尾的游手好闲者无所事事的机灵，就这样发明了空中钓术。

1　出自莎士比亚的戏剧《麦克白》。

使节殿

好心的蒂亚·安东尼娅在一间老旧的摩尔式屋子做饭，接待来客。有一次我去参观时注意到角处有一扇神秘的门，显然通往宫殿古老的部分。我心生好奇，把门打开，发现来到了一条狭窄昏暗的走廊。我摸索着前进，走到模糊的盘梯顶端，它通向科马雷斯塔一角。我在黑暗中从梯子上下去，顺着墙一直到达底部的一扇小门，推开它时我突然眼花缭乱，因为这时我已进入了使节殿明亮的前厅。阿尔贝卡庭的喷泉在我面前闪闪发光。一条高雅的走廊将前厅与阿尔贝卡庭分开，它由细长的柱子支撑，具有摩尔人风格的拱肩裸露在外。前厅的每一端都有些壁龛，其天花板经过粉饰和描画显得极其富丽。经过一扇华丽的大门，我发现来到闻名遐迩的使节殿，那是穆斯林君主的谒见厅。据说有三十七平方英尺，六十英尺高，占去科马雷斯塔的整个内部，仍然留存着一度辉煌的痕迹。墙体粉饰得漂亮美观，凭借摩尔人奇异的构思设计予以装饰。高大的天花板最初用的是人们喜欢的同一材料，有着通常的霜花花纹和悬垂装饰或石钟乳装饰，再饰以鲜艳的色彩和镀金，一定曾经绚丽无比。不幸的是，在一次地震中它连同横跨殿堂的大拱门垮掉。眼下，那个用松木或雪松做的拱顶或圆屋顶将它取而代之，其中有交叉的拱肋，整个看起来做工奇特、色彩富丽，仍然保持着东方人的特色，让人想起某种“我们在《先知书》和《一千零一夜》里读到的由雪松和朱砂制作的天花板”[1]。

窗户上方高大的拱顶处，殿堂上部几乎模糊不清。然而，在这模糊中还有着某种富丽与庄严，因为，我们从中还能隐隐见到摩尔人描画的、富丽的镀金装饰和灿烂色彩。

王座位于凹处，与入口相对，它上面仍然有些铭文，表明优素福一世（最终建成阿尔罕布拉宫的君主）曾使其成为帝国的王座。这座高贵大殿里的一切，似乎都是为了使王座富有尊严和光彩显要。它没有宫殿其余地方普遍具有、极其讲究的妖娆气息。只见塔楼颇有气势，高耸在整座宫殿之上，突出于陡峭的山腰上面。在使节殿的三面，从厚实的大墙中开了一些窗户，由此可以俯瞰到广阔的景色。从中间窗户的阳台，尤其可以俯瞰到青翠的达罗谷及其走道、树林和花园。从左边可以享受到维加平原的远景，而在正前方便是高度不相上下的阿尔巴辛，它有各种各样的街道、露台和花园，顶端曾有一座与阿尔罕布拉宫相抗衡的城堡。查理五世[2]从这扇窗户俯视那片迷人的景色时，大声说道：“失去这一切的人真是不幸啊！”

窗户的露台——君王即由此喊出那句话——近来成了我最喜欢去的地方之一。我刚在那儿“登基”不久，享受着长长的、明媚的一天结束之时。太阳从呈现紫色的阿尔哈马群山后面沉下去，将余晖投向达罗谷，使阿尔罕布拉宫一座座红塔笼罩在令人忧郁的壮丽当中。而落日余晖下的维加平原则弥漫着略为闷热的水汽，像金色的大海一样伸向远方。没有一丝风打破此时的宁静，虽然从达罗谷的花园偶尔传

1　引自厄克特《海格立斯柱》。——原注

厄克特（1611—1660），英国翻译家、著作家。

2　查理五世（1338—1380），曾任法兰西国王（1364—1380）。

来微弱的音乐声和欢笑声，但这只是让我觉得这座给我以庇护的大殿远更宁静。正是在那样一个时刻和情景，记忆产生出几乎是神奇的魔力，犹如照耀在腐朽塔楼上的晚霞反射出令人怀旧的阳光，从而将昔日的荣耀照亮。

我坐在那儿观察这座越来越暗淡的摩尔式建筑，由此想到它的整个内部又是多么明亮优雅和艳丽奢华，并将其与西班牙征服者建造的宏伟堂皇但暗淡庄严的哥特式建筑作一对比。因此建筑本身就表明了两个好战的民族有着相互对立、不可调和的性质，他们为了统治半岛曾长期在此战斗。渐渐地我陷入沉思，想到阿拉伯人或摩尔-西班牙人[1]奇特的命运，他们的整个存在就像讲述的传说，在历史上无疑构成了一段极其异常而绝妙的插曲。由于他们的统治是有力、持久的，[2]所以我们几乎不知道如何称呼他们。它们是一个没有正当国家和名字的民族。它们像阿拉伯的一场巨大洪水，从遥远地方一浪浪地扑向欧洲海岸，似乎有着第一波洪流的所有冲力。它们从直布罗陀岩山到比利牛斯悬崖的征服过程，像穆斯林战胜叙利亚和埃及一样迅速而辉煌。并且，假如它们没有在图尔[3]平原遭到阻止，那么整个法国和欧洲都可能同样轻易地布满一个个东方帝国，而今天的新月[4]也将闪耀在巴黎和伦敦的寺院。

组成亚非混合体的人进行着那场大入侵，他们被击退在比利牛斯山的范围内，放弃了穆斯林征服的原则，在西班牙力图建立一个永久、

1 指有摩尔人血统的西班牙人。

2 摩尔人曾在西班牙统治了八个世纪，1492 年被打败后离开西班牙。

3 法国西部城市。

4 伊斯兰教的标记。

和平的统治。作为征服者，他们既十分英勇又同样温和节制，一段时间里，他们在两方面都是与之抗争的国家所不及的。他们远离了本国，热爱上他们认为真主赐予的土地，努力用一切有助于给人们带来幸福快乐的东西予以装饰。他们将政权的基础建立在明智公正的法律体系上，勤奋地培育艺术与科学，促进农业、制造业和商业的发展。他们逐渐建立起一个帝国，它以其繁荣让任何基督帝国无法匹敌。他们勤奋努力，将标志东方阿拉伯帝国最文明时期的种种气派与风雅引到周围，把东方的知识之光传播到整个蒙昧中的欧洲地区。

一座座由摩尔－西班牙人组成的城市，成为基督工匠常去的地方，以便他们在实用技术上学到知识。面容苍白的学生从异地来到托莱多、科尔多瓦、塞维利亚和格拉纳达的大学，希望掌握阿拉伯人的科学和宝贵的古老学问。喜欢诗歌艺术的人经常来到科尔多瓦和格拉纳达，以便吸收东方的诗歌与音乐艺术。北方身着盔甲的武士赶往那儿，以便在骑士精神的高雅运用与礼貌实践方面让自己变得更加完美。

假如西班牙的穆斯林遗迹、科尔多瓦的清真寺、塞维利亚的城堡和格拉纳达的阿尔罕布拉宫，仍然有深情地夸赞摩尔人统治如何有力持久的铭文，这样的夸赞能被嘲笑为自大和虚荣吗？一代又一代、一个世纪又一个世纪过去，他们依然占有着这片土地。那是一段漫长的岁月，甚至诺曼征服者[1]战胜英格兰后的岁月都没有如此长久。摩西[2]和塔里克[3]的后裔几乎不会料到自己被放逐穿越胜利的祖先们穿越过

1 指诺曼底公爵威廉 1066 年对英格兰的军事征服。

2 《圣经》故事中犹太人的古代领袖。

3 公元 711 年，受北非总督穆莎派遣入侵西班牙的将军，柏柏尔人。

的海峡，正如罗洛[1]和威廉[2]及其老练的同辈人几乎不会梦想到被赶回诺曼底海岸一样。

然而，尽管有这一切，西班牙的穆斯林帝国也不过是闪耀的舶来品，它在所美化的土地上无法永久生根。由于在信仰和习俗上存在不可逾越的障碍，摩尔－西班牙人与西方所有的邻里彼此相隔，同时大海和沙漠又将他们与东方的同胞分离，他们因此成为一个孤立的民族。为了在夺取的土地上有立足之地，他们一生都在进行英勇豪侠但旷日持久的斗争。

他们是伊斯兰教的前哨和前沿。这座半岛成为北方的哥特征服者和东方的穆斯林征服者的巨大战场，他们为夺取统治权彼此交战。勇敢激昂的阿拉伯人最终被英勇顽强的哥特人战胜。

没有一个民族像摩尔－西班牙人一样被消灭得如此彻底。他们在哪里？问问巴巴里[3]海岸及其荒凉的地方吧。他们一度强大的帝国里那些流亡的残余，消失在非洲的野蛮人当中，不再是一个民族。他们甚至没有留下一个独特的名字，尽管在近八个世纪里他们曾是一个独特的民族。他们长期占领和居住的家园拒不承认他们，而只将其看作是侵略者和篡夺者。仅剩下几处破败的遗迹，证明他们有过的势力与统治，犹如远在内地留下的孤寂的岩石，证明曾经有过的巨大洪流。阿尔罕布拉宫即如此，它是基督领地中的一座穆斯林建筑，是西方的哥特式建筑中的一座东方宫殿。它是一个勇敢、智慧和高雅的民族留下的精美的纪念碑，这个民族征服过、统治过、繁荣过，之后便消失了。

1 罗洛（860？—932？），斯堪的纳维亚海盗头子，曾从法国国王那里得到一块封地。

2 指上述诺曼底公爵。

3 北非伊斯兰教区。

耶稣会藏书室

我沉浸在上述思考之中，心生好奇，想对各位君王有所了解，是他们留下了这座具有东方风格与气派的不朽建筑，其名字仍然出现在墙上的铭文中。为满足此种好奇，我从这充满想象与传说的地方下去——在这儿一切都易于染上想象的色彩——置身于大学古老的耶稣会藏书室一本本落满灰尘的书里，从事着研究。它一度以储藏着丰富的学识而自夸，如今只是成了自己往日的影子，那些手稿和最珍贵的著作被当时格拉纳达的统治者们夺去。在许多耶稣会神父的厚重的著作中——法国人谨慎地将它们留下来——还有一些西班牙文学的珍奇小册子，尤其是不少古旧的羊皮纸编年史，我对它们特别敬重。

在这座古老的藏书室里，我安静地度过了许多令人愉快的时光，犹如在文学里觅食一般。因为主人和蔼地把门和书柜的钥匙交给了我，让我独自一人尽情翻阅——在学问的圣殿里这可是一种难得的特权，它仿佛用密封的知识源泉经常地逗弄着饥渴的学生。

在这些参观游览的过程中，我收集到各种与阿尔罕布拉宫有关的历史人物的实情，有些我添加在此，相信会受到读者欢迎。

阿尔罕玛——阿尔罕布拉宫的创建者

格拉纳达的摩尔人将阿尔罕布拉宫视为一座艺术奇迹，他们有个传说提到，建造它的国王曾从事魔法，或至少是点金术，他由此获得用于修建宫殿的大量黄金。略为看一下他的统治，就会发现他富裕的秘密。他在阿拉伯人的历史上以穆罕默德·本尔阿玛出名，不过他的名字通常简写为阿尔罕玛，据说是因为他长着红润的面容。[1]

他属于高贵、富裕的纳萨家族，伊斯兰教教元592年（公元1195年）出生于阿尔霍纳。据说，他出生时占星家们按照东方习俗给他算命，断言他会大吉大利。有一位圣人预言他将有辉煌荣耀的一生。为了让他与所预言的命运相称，人们不遗余力在他身上花费重金。他尚未完全成年时，著名的纳瓦斯－德托洛萨[2]战役粉碎了摩尔帝国，最后将西班牙的穆斯林与非洲的穆斯林分离。不久，在前者当中产生了一些由好战的首领率领的派系，他们野心勃勃地争夺半岛的统治权。阿尔罕玛也被卷入这些战争中。他成了纳萨家族的将军和首领，凭借这样的身份反击并挫败素有野心的阿文·胡德——此人在好战的阿普克萨

1 由于他的面容很红，摩尔人称他为阿文纳哈玛，意指“朱红色”……又由于摩尔人称他阿文纳哈玛，因此他以鲜红色作为自己的徽章，正如格拉纳达的国王们从此所采取的那样——布莱达（BLEDA）。——原注

2 1212年7月16日基督教徒重新征服西班牙的一次大战役。

拉斯山区举旗发兵，被宣布为穆尔西亚和格拉纳达之王。在这些敌对的首领之间发生了许多冲突。阿尔罕玛将对手从几个重要的地盘上赶走，被军队宣布为哈恩王。不过他满怀希望、志向远大，一心要掌握整个安达卢西亚的统治权。他既英勇又慷慨，两者相得益彰。他从一方面获得的，另一方面又使其得以稳固。就在阿文·胡德去世的那年(公元 1238 年)，他成了整个地区的君主，人们无不效忠于这位强大的首领。同年，他在众人热情的欢呼声中正式进入格拉纳达，人们向他致敬，将他看作是唯一能联合各个主要派系的人。

阿尔罕玛在格拉纳达建立了王宫，他是显赫的纳萨家族中第一位登上王座的。他立即采取措施让小小的王国得到防御，以便抵抗附近的基督徒可能的攻击。他修复和加固边防哨所，在首府建造堡垒。由于不满于穆斯林法律人人当兵的条文，他组建了一支正规军保卫要塞，并分配给驻扎在前线的每个士兵一块土地，使其能够供养自己、自己的马匹和家人。这样，士兵便与自己保卫并拥有一份财产的土地有了利害关系。这些明智的防范措施被一个个重大事件证明是恰当的。基督徒由于从穆斯林政权的分解中获益，所以迅速收复了他们古老的领土。“征服者詹姆斯”[1]让整个瓦伦西亚臣服于他，“圣人费迪南德”[2]亲自坐镇格拉纳达的壁垒哈恩的前面。阿尔罕玛冒险在战场上反击他，但是被严重挫败，他沮丧地回到首府。哈恩仍然坚守着，整个冬季让敌人陷入困境，不过费迪南德发誓在占领此地前决不拔营。阿尔罕玛发现不可能让增援部队打入围城。他看出要打垮它，自己的首府也会

1　指詹姆斯一世（1208—1276），西班牙的阿拉贡国王。

2　应指费迪南德三世（1201？—1252），西班牙的卡斯蒂利亚国王。

随之被封锁，他意识到自己力量不足，难以对付卡斯蒂利亚那位强大的君主。所以他突然作出决定，秘密前往基督营地，出乎意料地出现在费迪南德王面前，坦然地称自己是格拉纳达王。“我来，”他说，“是因为相信你很有善意，我想让自己受到你的保护。把我拥有的一切拿去吧，让我做你的封臣。”说罢他跪下来吻君王的手，以示效忠。

这样的信任赢得了费迪南德的欢心，他在慷慨大方上不甘示弱：他把最近的敌人扶起来，作为朋友拥抱他，不要他给予的财富，还让他成为其领土的君主；只是按照封地所有权每年进贡，作为帝国的一位贵族出席议会，在战争中提供一定数量的骑兵效劳。费迪南德还授予他骑士头衔，亲手为他佩带武器。

此后不久，阿尔罕玛便应召提供军事支援，帮助费迪南德王参加围攻塞维利亚的著名战斗。这位摩尔王带领五百名格拉纳达的精锐骑兵出发，世上没有谁比他们更懂得如何驾驭战马或使用长矛。然而那是一次让人感到羞辱的效劳，因为他们不得不拔剑反击忠诚的同胞们。

在这场著名的征服中，阿尔罕玛以其英勇行为赢得了可悲的荣誉，不过更多真正的荣誉在于他说服费迪南德将仁慈体现在战争惯例中。名城塞维利亚1248年向卡斯蒂利亚君主投降时，阿尔罕玛满怀悲哀与忧虑地回到自己领地。他看到越来越多的不幸威胁着穆斯林的事业，忽然说出在忧虑和烦恼时经常说的话：“假如我们的希望没有那么宽广了，生活将会多么困苦可怜啊！”

他返回接近格拉纳达时注意到了凯旋门，那是为他在战争中的英勇壮举而建的。人们蜂拥而至，怀着急不可待的喜悦心情前来看他，因为他仁慈的统治赢得了所有人的心。无论他经过哪里人们都向他呼喊“征服者！”听见这个称呼阿尔罕玛忧郁地摇摇头，大声说：“没有征服者，只有上帝！”从那时起这一呼声成了他的座右铭，也成了他子孙的座右铭，至今出现在阿尔罕布拉宫那些殿堂饰有纹章的盾牌上。

阿尔罕玛以屈服于基督徒的束缚换来和平。但他意识到，由于基本要素如此不相一致，敌对的动机如此深刻悠久，所以和平是不会永恒的。于是他按照古训采取行动，即“和平带武器，夏季备衣裳”，通过巩固领地、补充军库和提升带来财富与实力的有用技能，促进了当下的和平。他将各个城市的指挥权交给以英勇顽强、深谋远虑著称的人，他们似乎颇受人民欢迎。他组建了一支机警的警察部队，为实施正义制定了严格的纪律。贫穷困苦的人总是发现易于接近他，他还亲自给他们提供帮助、救济。他为盲人、老人、弱者和所有不能劳动的人建立医院，经常看望他们。他并非在设定的日子堂而皇之地去，让人有时间把一切安排得井井有条，也把所有的陋习掩盖起来。他是出乎意料的，通过实际观察和密切询问，让自己了解到病人的治疗情况，以及那些被派去给予帮助的人的作为。他建立中小学校和学院，也以同样方式去参观，亲自检查对青年的教育状况；他建立肉食店和公共烤坊，以便按正常合理的价格给人们提供健康的食品；他把充足的溪水引入城市，修建浴室和喷泉，建造渡槽和运河，让维加平原得到灌溉，变得肥沃。这些措施让美丽的城市繁荣富足起来，甚至门庭若市、商业兴旺，仓库里还堆满各个时节和地方的奢侈品以及普通商品。

而且他还给最优秀的工匠提供奖金和优待，改善马和其他牲畜的品种，鼓励发展农业。通过他的保护使土壤的自然肥力增加了两倍，让王国可爱的山谷像花园一样开满鲜花。他还促进丝绸的发展与生产，直到格拉纳达的纺织品在生产的精细与美观方面甚至比叙利亚的更佳。在他领地内的崇山峻岭中发现了金矿、银矿和其他金属矿，他又让人们努力开采，并成为格拉纳达第一位用自己名字铸造金银币的国王，并颇为用心地让钱币制作得十分精巧。

临近 13 世纪中期，就在他从围攻塞维利亚回来之后，他开始建造宏伟的阿尔罕布拉宫。他亲自监督宫殿的修建，经常置身于艺人和工匠当中，对他们的劳动给予指导。

尽管他的建筑工程如此宏伟，事业干得非同寻常，但他本人却是简单朴实的，他的享乐也很普通。他的服饰不仅不华贵，而且十分一般，以致难以将他与臣民区分开。他的后宫只有少许美女，他偶尔才去见她们，尽管她们受到极好的款待。他的妻妾们都是大贵族的女儿，他把她们像朋友和理性的同伴一样对待。而且，他设法让她们彼此友善地生活在一起。他很多时间都在花园里度过，尤其是在阿尔罕布拉宫的花园，他在里面种植了最珍贵的植物和最美丽、芳香的花儿。他喜欢在这儿读历史，或者让人读后讲给他听。有时，在闲暇的时候他亲自教三个儿子知识，给他们请了最有学问、最为正直的老师。

他坦诚自愿地做费迪南德进贡的封臣，总是忠于诺言，一次次证明了他是个忠诚守信的人。当那位著名的君主 1254 年在塞维利亚驾崩时，阿尔罕玛派出使节前去与其继承者阿隆索十世一起吊唁；随同的还有由一百名卓越的摩尔骑士组成的威武队伍，他们将在举行葬礼时每人手持一支点燃的蜡烛，伴随在皇柩周围。后来这位穆斯林君主在他的余生里，在费迪南德国王每年的忌日都会举行隆重的纪念仪式，以示敬意，此时有一百名摩尔骑士从格拉纳达前往塞维利亚，他们也手持蜡烛，站在位于华丽教堂中央的死者的纪念碑周围。

阿尔罕玛直到老年仍然意志坚强,充满活力。他七十九岁那年(公元 1272 年)还在精锐骑兵的随同下骑马上阵,抵抗外来入侵。就在部队从格拉纳达出发时,一个骑马行进在前的主向导意外地在拱门上折断了长矛。这一情况让国王的顾问惊恐,它被视为是个凶兆,他们恳求他返回,但是没用,国王坚持出击。摩尔编年史家们说,正午时凶兆不幸应验了:阿尔罕玛突然发病,差点从马上跌下来。他被放在担架上抬回格拉纳达,可是病情加重,不得不在维加平原为他搭起帐篷。他的医生们满怀惊恐,不知如何治疗才好。几小时后他又是吐血又是剧烈抽搐,随后就驾崩了。他死时,卡斯蒂利亚的君王、阿隆索十世的兄弟堂·菲利普在旁。人们对他的遗体做了防腐处理,放入银柩,埋在阿尔罕布拉宫内用珍贵大理石修建的陵墓里,臣民们发自内心地哀悼他,仿佛他就是他们的父亲。

我说过他是显赫的纳萨家族中第一位登上王座的。我还可以补充说他是一个灿烂王国的缔造者,其作为最后的聚集地,在有关这座半岛的穆斯林政权及其辉煌的历史传说与浪漫故事中,将永远闻名于世。虽然他的事业广泛、支出巨大,但他的金库总是满满的。这似乎矛盾的现象引起了传说,即他精通于巫术,拥有把较差的金属转化成金的秘密。留意过其国策的人,正如这里所讲述的,不难理解使他丰富的金库得以充盈的自然巫术与简单魔法。

优素福·阿布·哈杰格——建成阿尔罕布拉宫的君主

一些穆斯林君主曾经君临过阿尔罕布拉宫，对于上述有关他们的详情，我将再简介一下使宫殿得以建成和美化的君主。优素福·阿布·哈杰格（或有时写为哈克斯），是高贵的纳萨家族的另一位君王。他于公元 1333 年在格拉纳达登基，穆斯林作家们描写他有着高贵的风度、巨大的体力和英俊的面容。他们说，他让胡子长得显示出高贵的样子，并将它染成黑色，这使其容貌看起来更富有尊严。他举止温和、亲切而文雅，将天生的仁慈带到战争中，禁止一切蛮横的暴行，对于妇女、儿童、老人弱者和所有修士，以及过着圣洁隐居生活的人，他要求给予怜悯和保护。尽管他不乏宽宏大量的人们通常具有的勇气，但其天赋更多地用于和平而非战争。他不断被迫拿起武器，但通常是不幸的。

在其他运气不佳的事件中，为反击卡斯蒂利亚和葡萄牙的国王们，他与摩洛哥国王协力参与了一次重大战役，不过在难忘的“萨拉多河战役”中被打败，这几乎证明对于西班牙的穆斯林政权是个致命打击。

优素福此次失败后便长期休战，这时他的个性焕发出了真正的光彩。他记忆极佳，头脑里装着不少科学知识和学问。他品位高雅脱俗，被视为当时最优秀的诗人。他致力于给人民提供教育，完善他们的道德准则与行为举止，在所有村庄创办学校，使其教育体系变得简单而统一。他要求凡是超过十二户家庭的村庄都要有一座清真寺，让宗教仪式、各种节庆和大众娱乐得到净化，消除已经渗入其中的种种陋习与非礼。他十分注意加强城市的警察队伍，建立夜间守卫队和巡逻队，监督所有的市政工作。他致力于完成前任们开始修建的重大建筑项目，并按照自己的计划从事其他工程。虔诚的阿尔罕玛创建的阿尔罕布拉宫现在已经建成。优素福建造了漂亮的“正义之门”，它是进入城堡的大入口，于 1348 年完工。他还装饰了宫殿的许多内庭和厅堂，这从墙上那些铭文即可看到，他的名字一次次出现在其中。他又建造了马拉加城堡，可惜它如今仅仅成为一堆破碎的废墟，不过很可能其内部展现出与阿尔罕布拉宫类似的高雅与瑰丽。

一位君主的特性会给他所处的时代留下印记。格拉纳达的贵族们仿效优素福典雅大方的品位，不久在格拉纳达修建了很多华丽的宫殿。一座座厅堂铺上马赛克，墙体和天花板饰以浮雕细工，并被精致地镀上或漆上天蓝色、朱红色和其他鲜艳的颜色，或者精密地嵌入雪松和其余珍贵木料。它们的样本已留存几个世纪，至今仍充满光彩。

这些房屋很多都有喷泉，它们喷起一股股水柱，使空气变得清新凉爽。它们还有用木料或石头建起的高塔，这些高塔有着奇特的雕刻和装饰，而且表面上铺着在阳光下闪闪发光的金属板。这便是在建筑上流行于高雅的人们当中那种优雅、精美的品位。就此而言可以引用一位阿拉伯作家美丽的比喻：“格拉纳达在优素福时代，犹如装满绿宝石和红锆石的银瓶。”

有一件逸事足以表明这位慷慨的君王如何宽宏大量。继“萨拉多河战役”之后，长期的休战结束了，虽然优素福尽一切努力使之继续下去，但是徒劳。他的死敌，即卡斯蒂利亚的阿方索十一世，全力以赴出征上阵，围攻直布罗陀。优素福勉强拿起武器，派遣部队前去解救。正当他焦虑的时候，得到自己的死敌突然患黑死病的消息。此时优素福并没表现出狂喜，而是想到死者了不起的品质，他感到一种不无高尚的悲哀。“唉！”他大声说，“这个世界失去了一位最杰出的君主，无论朋友还是敌人，他都懂得敬重他们身上的优点！”

西班牙的编年史家们也证明了他的这种宽宏大量。按照他们的描述，摩尔骑士也像自己的国王一样感到可悲，他们为阿方索之死表示哀悼。即使遭到紧紧围攻的直布罗陀的骑士，在得知敌人的君主死于营地后，也彼此决定不要对基督徒采取任何敌对行为。就在对方拔营、部队带着阿方索的遗体离开那天，从直布罗陀来了大量的摩尔人，他们静穆悲哀地站在那里，看着悲伤的队伍过去。前线所有的摩尔将领同样向死者表示了崇敬，他们让丧葬队伍安全通过，带着基督君主的遗体从直布罗陀前往塞维利亚。[1]

优素福并没比自己如此宽宏大量地哀悼的敌人活得很久。1354年，正当他有一天在阿尔罕布拉宫的皇家清真寺祈祷时，有个疯子突然从后面冲上去，将匕首从他身体一侧猛刺进去。国王的呼喊声引来卫兵和侍臣相助，他们发现他倒在血泊中。他示意着什么，好像要说话，可是说出的话模糊不清。他失去了知觉，他们把他抬到皇家寓所，他在那里几乎立即断了气。凶手被碎尸万段，人们当众将他的四肢烧毁，以解民众心头的巨大愤怒。

国王的遗体埋葬在豪华的汉白玉陵墓里。一段记载着其美德的

1 直布罗陀城及其城堡里的摩尔人得知阿方索去世后，在他们当中发布命令不准任何人反对基督徒，或者向他们发起攻击；他们都静静地待在那里，相互告知就在这天世上一位高尚的国王和伟大的君主驾崩了。——原注

长长的铭文用金字刻在蓝色的底面上："此处安息着一位国王和烈士，他出身于一个显赫家族，他温和、博学和善良。他以容貌和举止优雅而闻名。他的宽厚、虔诚和仁慈，在整个格拉纳达王国受人赞美。他是一位伟大的君主和杰出的统帅，是穆斯林的一把利剑，也是最有力的君主中一位英勇的旗手。"等等。

那座曾经回响起优素福临终呼喊的清真寺仍然存在，不过记载有他的美德的纪念碑早已消失。然而，他的名字还刻在阿尔罕布拉宫那些精美高雅的饰物上，并将与这座他自豪而喜悦地装饰的著名建筑一道永垂不朽。

神秘的内宫

有一天我漫步于摩尔人的一座座大厅，第一次注意到远处屋子有一扇门，它显然与我尚未探索的阿尔罕布拉宫的某部分相连。我试图打开它，但是锁着。我敲了敲，无人回应，声音似乎回响着穿过空荡的密室。那么，这儿便是秘密所在了。这里是城堡里鬼魂出没的边房。我如何获得公众看不到的大秘密呢？我应该按照富于浪漫的英雄喜爱打探的习惯，带上火把与剑夜晚悄然去看看吗？或者试图从口吃的园丁佩佩那里把秘密掏出来，要不然就从天真的多洛雷丝或多嘴的马特奥那里打听？或者真诚坦然地找到女主人安东尼娅夫人，向她了解所有的情况？我选择了最后一种方式，虽然这最不浪漫但最为简单。我有些失望地发现此事根本没什么秘密。她欢迎我去探看那些房间，把钥匙交给了我。

拿到钥匙后我立即回到门旁。正如我猜测的，此门通往一些空荡的房间，不过它们与宫殿其余的房间颇有差别。其建筑尽管富贵、古老但却是欧式的，毫无摩尔人的风格。前两间屋很高大。雪松天花板多有破裂，深深地镶着饰板，精巧地雕刻有水果和鲜花图案，其中融合着奇特的面模或面像。

古时墙上明显挂有锦缎，但现在裸露着，被富有抱负的旅行者们胡乱涂写，这种人用自己一文不值的名字将珍贵的古迹沾污。已被拆除的窗户任凭风吹雨打，窗外是一座可爱隐蔽的小花园，那儿有个雪花石膏喷泉在玫瑰与桃金娘中闪闪发光，周围是一些橘树和香橼，有些树木的枝条落入房间。房间那边是两座更长但更矮的厅堂，也朝向花园。在用天花板镶饰的隔间里，有非等闲之辈画的一篮篮水果和花环，它们保存尚好。墙上也有意大利风格的壁画，不过几乎被涂掉。窗户也像其他房间一样破损。在这一套套稀奇的屋子末端是露天里有栏杆的走廊，它呈直角与花园另一边平行。整个房间的装饰极其精美雅致，沿着隐蔽的小花园的位置十分美观幽静，建筑风格与周围的厅堂截然不同，这使人对其历史产生了兴趣。经询问，我得知它是上世纪初由意大利艺术家装饰的一套房间，当时期待着菲利普五世和他的第二任妻子——法纳斯家族美丽的伊丽莎白，帕尔马公爵的女儿——到来，是给王后及其侍女们预定的。最高大的一个房间是她的卧室。一道狭小的楼梯如今已堵塞，它通向可爱的观景台，最初是摩尔族苏丹女眷[1]的眺楼，与闺房相通。不过，它被装饰成美丽的伊丽莎白的梳妆室，如今仍然保持着“王后梳妆室”的名字。

王后的卧室内有一扇窗俯瞰格内拉里弗宫[2]以及掩映在树木中的露台，另一扇窗朝向我已提及的隐蔽的小花园，它明显有摩尔人的特征，但也有自身的历史。事实上它就是琳达拉克萨园，人们在描述阿尔罕布拉宫时经常提到它。不过琳达拉克萨是谁，我先前从未听人说明。在作了一点调查后，我了解到几个关于她的众所周知的细节。她是一位摩尔族美女，在宫廷里有过辉煌；她父亲是穆罕默德忠实的随

1　苏丹，指某些伊斯兰国家统治者的称号。苏丹女眷，指王后、妃、母、女、姐或妹。

2　格内拉里弗宫，又称夏宫（类似中国的颐和园），位于格拉纳达附近。

从，即马拉加的要塞司令，他在穆罕默德被赶下台时曾让君王躲避在自己城里。君王恢复王位后，这位要塞司令因忠诚受到奖赏。他女儿在阿尔罕布拉宫也有了自己的房间，君王把她许配给纳萨，即“正义者阿文·胡德”的后裔、塞提米安家族年轻的王子。他们的订婚仪式无疑是在皇宫里庆祝的，或许蜜月正是在这些林荫中度过的呢。[1]

自从美丽的琳达克拉萨离世后已过去四百年，然而在她居住过的这片场景中，仍然保存着一些纤巧精美的东西：令她喜悦的花园仍然鲜花盛开；喷泉仍然清澈得像镜子一样，她那妩媚的身姿或许曾经映照于其中。雪花石膏确实不再洁白，下面的水池长满杂草，成了蜥蜴的藏身之地。可正是在这种衰败中所包含的某种东西才引起人们对这片场景的兴趣，它仿佛讲述着事物的易变性——而这也是人及其一切创造物不可改变的命运。

这些房间一度是自豪、高雅的伊丽莎白的住所，其荒凉景象在我看来有着更加动人的魅力。假如我看见它们呈现出最初的壮美，闪耀出一般宫廷的光彩，也许我还看不到这样的魅力呢。

我回到总督套间内的住处，在我离开那片富有诗意的地方后一切都是普通平凡的。我暗自想：为什么不能把住处换到那些空荡的房间呢？那才是真正住在阿尔罕布拉宫里，置身于花园与喷泉之中，仿佛处在摩尔君主统治时期。我向安东尼娅夫人和她的家人提出改变住处，让他们大为吃惊。对于我选择如此荒凉、偏远、寂寞的房间，他们想不出任何合理的原因。多洛雷丝大声叫嚷，说它寂寞得可怕：只有蝙

1　摩尔国王所插手的一件事就是其贵族们的婚姻，因此所有的男性皇室成员都要在宫殿里举行婚礼。于是，总有一间屋子被用于这种仪式——《格拉纳达的旅游》。——原注

蝠和老鹰飞来飞去，然后是狐狸和野猫，它们躲藏在附近澡堂的地下室里，夜晚出来活动。好心的蒂亚有更合理的反对意见：附近一带有不少流浪汉出没；周围那些山洞里挤满了吉卜赛人；宫殿遭到破坏，容易从多处进入；人们会传言说，有个陌生人独自住在偏远荒废的房间里，别的居民听不到他的声音，这或许会在夜里引来不速之客，尤其是人们总认为外国人很有钱。然而我不想改变自己的念头，对于这些好心人我的意愿就是法律。于是，我叫来了木匠和总是好事的马特奥帮助，很快把门和窗弄得比较安全了，威严的伊丽莎白的卧室准备好接待我了。马特奥善意地自愿做保镖睡前室，但我感到不值得让他去证明自己的勇气。

尽管我非常大胆，也采取了一切预防措施，但我得承认在这些屋里度过的第一个晚上沉闷得难以形容。我认为这与其说担心外面的危险，不如说此处本身的特征所致，它有着那一切让人产生奇异联想的事情：在这儿曾经犯下的暴行，许多有过辉煌统治的人的可悲结局。我去自己房间，从科马雷斯塔厄运注定的厅堂下面经过时想到一节引语，小时候它经常让我感到紧张不安：

命运在黑暗的城垛上皱起眉头，
正当大门打开对我说请进，
有个回响在庭院的声音十分忧愁，
它讲述着某个不可名状的事情！

全家人送我到房间，然后把我当成一个将从事一项危险工作的人留下。我听见他们的脚步声沿着荒废的前厅消失，在走廊里回响。我把门锁好，想起了一个个妖怪故事，其中，主人公就留在中魔的房子里独自冒险。

即使关于美丽的伊丽莎白及其宫中美女的想法——她们曾经让这些房间熠熠生辉——此时在反常的想象下更让人阴郁。就是在这儿她们有过一时的欢乐与可爱，就是在这儿她们有过优雅与乐趣。可是她们此时在做什么呢？在哪里呢？——已经化为尘土！成为墓中的房客！成为记忆里的幽灵！

我渐渐感到一种朦胧模糊、难以形容的敬畏。我本可以把这归因于晚上的谈话让我想到了强盗，但我觉得是由于某种更加虚幻荒谬的东西所致。幼儿园里那些久已埋没的恐惧复苏了，它们对我的想象产生了作用。一切开始受到我头脑活动的影响。窗下的香橼中呼呼的风声包含着某种阴险。我瞥一眼琳达克拉萨园，只见小树林投下大片阴影。一簇簇灌木丛模糊不清，形状可怕。我情愿关上窗户，可是房间本身仿佛已经受到感染，头顶上传来轻微的瑟瑟声，一只蝙蝠突然从天花板的破裂镶板中钻出，在屋子里、在我的孤灯上飞来飞去。就在这只不祥鸟用无声的翅膀几乎拂着我的脸对我嘲弄时，刻在雪松天花板上的一张张高浮雕的奇特面容——蝙蝠即从那儿钻出——似乎在向我做怪相扮鬼脸呢。

我鼓起勇气，面对一时的软弱半带微笑，决心怀着这座中魔房子的英雄的真正胆量坚持到底。于是我提着灯，动身去宫殿里漫游。尽管我精神奋发，但此行也颇不容易。我不得不穿过废弃的厅堂和神秘的小屋，这儿的光线十分黯淡。我好像仅仅行走在光环里，周围一片漆黑。拱形廊道像洞穴一般，厅堂的天花板消失在昏暗中。有人说，在这些偏远破败的房间里有遇到闯入者的危险，这些话我都想了起来。

不会有某个游荡的坏蛋，潜藏在黑暗的外面或前或后的地点吧？我自己投在墙上的身影开始让我不安。我在走廊里回响起的脚步声使我停下来，环顾四周。我正穿过充满可怕回忆的场景：一条暗道通向清真寺，那位摩尔君王优素福——他是阿尔罕布拉宫最后的优胜者——即在此被可耻地谋杀；我漫步于另一个地方的走廊，那儿又有一位君王在此被亲戚用匕首杀死，因为他阻碍了对方的爱。

我这时听见轻微的喃喃声，声音仿佛受到了压抑，又像有链条碰撞的叮当声，似乎从阿文塞拉赫斯厅传出来。我认为是经过地下通道的流水，不过在夜里听起来怪异，这让我想起那些阴郁凄凉的故事。然而不久传进我耳里的声音太真实了，不可能是想象的。我穿过使节厅时听见低声的呻吟和断断续续的惊叫，好像是从我脚下发出的。我驻足倾听，声音又像是在塔楼外面，然后又在里面。然后忽地像动物一样嗥叫着，然后是受到压抑的尖叫和口齿不清的胡言乱语。在半夜三更，在非同寻常的地点听见这声音，真是让人毛骨悚然。我无意再漫游下去，而是比出去时远更敏捷地回到房间，一旦进入屋内把门关好后，呼吸就自如了。早晨我醒来，阳光照耀在窗前，用它那欢快愉悦、显示真相的光线照亮房子各处，此刻对于阴暗的前夜让人产生的种种阴影和想象，我简直想不起来。或者我难以相信，周围那些如此裸露明显的场景，竟然会笼罩着如此虚幻的恐怖。

而且，我听见的那些可怕嗥叫与尖叫也并非想象出来的。不管怎样负责照顾我的多洛雷丝很快说明了原因：那是一个可怜的疯子发出的狂言，他是她姑妈的弟弟，他的疯病正在剧烈发作，这期间他被关在使节厅下面一间拱形屋内。

几个晚上后，这里呈现出的情景和给人的联想发生了彻底变化。

我刚搬到这些房间时看不见月亮，现在它每晚逐渐出现在黑夜里，终于光辉灿烂地照耀在塔楼上空，将大量柔和的光线投射到庭院和大厅内。窗户下面的花园先前笼罩在阴暗里，此时渐渐被照亮，橘树和香橼的顶端也抹上了银色。喷泉在月光下闪烁，即便玫瑰的红润色彩也隐约可见。

我现在感到墙上的阿拉伯题词富有诗意："花园多么美丽，大地的鲜花与天上的星星竞相争辉！满盈的雪花石膏喷泉清澈透明，什么能与之媲美？唯有照耀于晴朗天空中的满月！"

在这如天国般的夜晚我数小时坐在窗前，尽情吸取着花园的芬芳，沉思着那些人沧桑的命运，他们的历史隐约显现于周围精美的纪念碑。有时，当万籁俱寂的时候，当远处格拉纳达大教堂的钟声敲响午夜时分，我又一次走出去，在整座建筑中漫步，但是已与我第一次完全不同！不再显得黑暗神秘，不再有模糊不清的坏蛋，不再让人回想到暴力与谋杀场面。一切开阔、宽敞而美丽，一切让人产生愉快、浪漫的想象。琳达克拉萨又在花园里散步，格拉纳达的穆斯林骑士又引人注目地在狮子庭出现！在此种环境、此种地方，谁又能够尽情地享受月夜呢？在夏季，安达卢西亚午夜的气温极尽美妙。我们仿佛升入更纯净的大气中，感到心灵宁静、精神轻松、身体柔和，这使人觉得仅仅活着都是幸福的。而当这一切又增添上月光后，就像中了魔法似的，在其富有创造力的作用下，阿尔罕布拉宫恢复了最初的荣耀。岁月留下的每一道裂缝、褪掉的色彩和斑驳的地方都不复存在。大理石又像当初一样洁白；长廊在月光下变得明亮起来。柔和的月光照进一间间厅堂——我们行走在阿拉伯故事中的魔宫里！

在这样的时刻，登上王后的梳妆室那小小的空中闺房——它像一只鸟笼悬挂在达罗谷上——从明亮的拱形游廊凝视月光下的美景，多么令人惬意！右边，是内华达山脉高耸的大山，它们已不再崎岖险峻，而是变成了仙境，其雪山顶峰像深蓝色天空下的一朵朵银云。然后我把身子探过梳妆室的栏杆，注视下面像地图般展开的格拉纳达和阿尔巴辛。一切都彻底静止了。白色宅第和修道院在月光下睡去，在所有这些建筑那面，朦胧的湿地大平原像梦乡一样消失在远方。

时而响板微弱的敲击声从阿拉梅达林荫道上传来，一些快乐的安达卢西亚人正在那儿跳舞消磨夏夜；时而某只吉他模糊的音调和多情的歌声，或许泄露了某个月光照着的男子正在情人的窗前唱小夜曲。

我在这座最引人联想的大殿的庭院、厅堂和阳台流连，度过一个个月夜。以上便是我看到的朦胧画面，它“用甜蜜的假设滋养我的想象”。幻想与感知融为一体，我享受着，不知不觉在这南方的气候中度过时光。所以我睡觉前几乎已是早晨，我在琳达克拉萨园的流水声中平静地睡去。

登临科马雷斯塔

这是一个宁静、美丽的早晨，太阳尚无足够威力驱除夜晚的清新凉爽。在这样的早晨爬上科马雷斯塔顶，俯瞰格拉纳达及其周围的景色，多么令人开心!

那么来吧，可敬的读者和朋友，跟随我的脚步跨入门廊，它用精美的窗花格装饰，通向使节厅。然而咱们不会进入使节厅，而是转向通往墙内的小门。当心！这儿的台阶陡峭曲折，光线黯淡。不过当年，自豪的格拉纳达的君主和王后们即经常沿着这狭窄阴暗的螺旋梯爬上城垛，观察侵略军逼近，或者怀着焦急的心情注视着大平原上的战斗。

我们终于爬到平台顶，喘息片刻后便扫视了一下壮丽的全景：城市和乡村、落基山脉、青翠的山谷、富饶的平原、城堡、大教堂、摩尔人的塔楼、哥特式圆屋顶、坍塌的废墟、茂盛的树林。让咱们靠近城垛看看正下方吧。瞧，在这面，阿尔罕布拉宫的整个平台展现在眼前，我们得以看到一座座庭院和花园。塔底是阿尔贝卡庭，那里有个大水池或鱼塘，周围是鲜花。那边是狮子庭，那里有著名的喷泉和浅色的摩尔式拱形游廊。中间是小小的琳达克拉萨园，它掩蔽于建筑里面，种植着玫瑰、香橼和鲜绿的灌木。

带状般的城垛是城堡的外界，布满了方形塔楼，塔楼环绕着整个山脊。你会发觉有些塔楼成为废墟，大量的残砖碎片埋没在葡萄藤、无花果和芦花当中。咱们再看看塔楼北面，这儿的高度令人晕眩，连塔楼的基脚都高出陡峭山坡的树林。我看见庞大的墙体里有一条长缝，表明塔楼曾被某些地震撕裂，地震时让格拉纳达惊慌失措，它迟早一定会使这座破损的建筑仅仅成为一堆废墟。我们下面深深的狭谷随着不断从大山中展现，渐渐变得宽阔起来，它就是达罗谷。瞧，小河在成荫的狭长平地下面、果园和花园当中蜿蜒流去。它古时就因出产金子而闻名，如今人们仍然时而筛选它的沙子，寻找那种贵重矿石。有些白色亭子这儿、那儿显现在树林和葡萄园里，它们是摩尔人的乡村休养地，这些人在自己的花园中享受着清新的空气。有一位摩尔诗人，十分恰当地将这些亭子比作许多镶嵌于绿宝石中的珍珠。

那座置身于高处的宫殿就是格内拉里弗宫，它是摩尔国王的夏宫，他们在闷热的月份常去那儿，在此享受比阿尔罕布拉宫更凉爽的环境。格内拉里弗宫有高大的白塔和长长的游廊，它们面对那边的大山，处于壮观的树林和空中花园里。在上方光秃的顶部你注意到一些不成形的遗迹，它就是"摩尔人的王座"，因为在暴乱期间它曾经是不幸的布阿卜迪勒退避的地点。他来到这儿，悲哀地看着下面反叛的城市。山谷里不时传来潺潺的水声，是从那边摩尔人的磨坊水槽中发出的，就在山脚附近。那边的林荫道就是沿达罗谷的阿拉梅达林荫道，人们傍晚特别喜欢去那儿，它也是情人们夏夜约会的地点，在很晚时可听见吉他声从道边的长凳上传来。眼前只能看见那儿有几个闲荡的僧侣和一群水贩，后者负载着摩尔人使用的水罐，其构造属于古老的东方。人们在称为阿维拉罗斯泉的地点把水罐装满，泉水冷凉而清澈。远处的山道通向这口泉水，它是穆斯林和基督教徒都喜欢常去的地方，因为据说这是旅行家伊本·巴图塔[1]提到的“泪泉”，在摩尔人的历史与传奇故事中十分有名。

你吓了一跳吧！原来不过是一只鹰被我们从巢里吓跑。这座古塔是流浪鸟完美的繁殖地。每条裂缝里都有不少燕子和无足鸟，它们整天在高塔上方盘旋。夜晚，当所有其他的鸟都休息后，没精打采地闲荡的猫头鹰便从潜藏的地点钻出，在城垛上发出不祥的叫声。瞧，被我们赶出来的老鹰从下面一掠而过，飞越树顶上空，然后朝着格内拉里弗宫上方的遗迹飞去！

我似乎看见你抬眼望着那些大山的雪峰，它像夏季里蓝天下的白云一样闪亮。那就是内华达山脉，它是格拉纳达的骄傲，让人喜悦。它给这座城市送去凉爽的微风，使之四季常绿；还使城市涌出泉水，河流不断。正是这些雄伟的大山，给格拉纳达带来了种种南方城市中罕有的欢喜：通常在北方气候中才有的新鲜植物与柔和空气，同时具有了热带阳光生机勃勃的热情和南方万里无云的碧空。正是这座高耸的宝贵雪库——它随着暑热的增加相应地融化——让一条条溪流穿过阿普克萨拉斯的所有峡谷和山沟，让一座座令人惬意的僻静山谷变得碧绿而肥沃。

这些山不妨被视为格拉纳达的荣耀。它们俯瞰整个安达卢西亚，从这座城市的最远处也可看到。骡夫从闷热的平原遥望其寒冷的顶峰时，会发出欢呼。远在地中海中央的甲板上的西班牙水手，带着沉思的目光眺望它们，心里想着令人愉快的格拉纳达，低声吟唱起关于摩尔人的某支古老的浪漫曲。

---

1 伊本·巴图塔，公元1342年旅行到马拉巴海岸的阿拉伯旅行家。

瞧，南面的大山脚下有一排贫瘠的小山，一支长长的骡队正缓缓向下移动。这儿便是穆斯林统治下最终的场所。在一座小山顶上，不幸的布阿卜迪勒最后看了一眼格拉纳达，将心中的痛苦发泄出来。正是此处在歌曲和传说中十分有名，它是“摩尔人最后的叹息”。

在这面更远一些，贫瘠的小山倾斜着向物产丰富的平原延伸，布阿卜迪勒正是从那儿钻出去的：那里是一大片盛开的树林与花园，以及多产的果园，赫尼尔河如银色的纽带蜿蜒流过，给无数小溪送去水源。溪水通过摩尔人修建的古老渠道，让这片景色常年翠绿。这儿有可爱的凉亭和花园，有乡村风味的楼阁，不幸的摩尔人曾不顾一切、英勇无畏地为之战斗。就是一间间小屋和粗糙的农庄——如今农民居住在里面——根据残留的阿拉伯式花纹和其他富有品位的装饰，表明在穆斯林时期它们曾是优雅的住所。瞧，就在这片多事的平原中央有个地方，它在某种意义上连接着新旧世界的历史。那面，在朝阳中闪现的一排排墙壁和塔楼是圣菲市，由天主教君主在一场大火烧毁营地后，在围攻格拉纳达期间建造的。当年哥伦布就是被英勇的女王召回到这些城墙内，签订了协议，从而得以发现西方世界。在西边那座海岬后面是皮罗斯桥，它因摩尔人与基督徒之间在此有过许多血腥战斗而闻名。就在这座桥旁信使赶上了哥伦布，当时他对与西班牙君主谈判未能成功感到失望，想把发现新大陆的计划献给法国宫廷。在桥上方，连绵的群山把大平原与西方连在一起——它是格拉纳达与基督领地之间由来已久的屏障。在那儿的高处你仍能辨别出一座座尚武的城镇，它们的一堵堵灰墙和城垛仿佛与建立于其上的岩石成为一体。处处有一座独立的瞭望塔，它伫立于山峰，好像从天上俯视两边山谷。这些瞭望塔曾多少次发出警报，晚上升火或白天升烟，报告敌人逼近。

就是沿着这些大山中一条崎岖的、称为洛佩关口的隘道，基督军队往下进入了大平原。在那边灰暗光秃的大山（埃尔韦拉山）底部周围，险峻多岩的海岬伸入平原中央，入侵的军队会突然出现在眼前，他们又是挥舞旗子又是打鼓吹号。一位名叫伊斯梅尔·本·费拉格的格拉纳达国王，即从此塔看到这种入侵行为和对大平原的无礼掠夺，从那以后已过去了五百年。他当时表现出一种富有骑士精神的慷慨大度，这在穆斯林君主中经常可见。"他们的历史，"一位阿拉伯作家说，"充满慷慨的举动和崇高的行为，这将在以后所有的岁月永垂不朽，永远留存于人们的记忆里。"——不过让咱们在这道护墙上坐坐吧，我将讲述一下这件逸事。

那是公元1319年，伊斯梅尔从这座塔上注意到，基督徒把白色帐篷扎在那边的埃尔韦拉山的周围。皇家贵族唐璜和唐佩德罗，在阿方索十一世少年时期是卡斯蒂尔的摄政王——已经把从阿尔考底特到阿尔卡拉的地方摧毁，夺取了伊罗拉城堡，烧毁郊区；此时无礼地掠夺到格拉纳达的大门，激发国王出去与他们开战。伊斯梅尔尽管是一位年轻无畏的国王，但他迟迟不迎接挑战。他手头没有足够兵力，等待着从周围的城镇调来部队。基督要员们误解了他的意图，放弃所有引他出来的希望，大肆掠夺了一番，然后拔营返回。唐佩德罗领头，唐璜殿后，不过队伍行进得一片混乱，参差不齐，因为大量拖累着抢夺来的东西和俘虏。

此时伊斯梅尔国王已获得所期待的援兵，并把部队交给最勇敢的将军之一奥斯姆恩指挥，让他们对敌人穷追不舍。基督徒在那些山隘中被追踪赶上，他们大为恐慌，彻底溃败，被狠狠杀戮并赶出边界。两位贵族都送了命。唐佩德罗的遗体被士兵抬走，但唐璜的遗体不知在夜色中的什么地方。他儿子给摩尔国王写信，恳求找到父亲的遗体并让其受到体面待遇。伊斯梅尔暂时忘了唐璜是个敌人，曾掠夺到他的首府大门，只把对方看作是一位英勇的骑士和皇家贵族。他命令竭尽全力寻找遗体，结果在一座深谷里发现并带到格拉纳达。伊斯梅尔让人把遗体庄重地放在阿尔罕布拉宫一间厅堂内的高级棺材上，周围有火把和蜡烛。奥斯姆恩和其他高贵的骑士被指定组成仪仗队，基督俘虏们聚集到他周围祈祷。

与此同时伊斯梅尔给唐璜的儿子写信，希望派一支队伍把遗体护送回去，保证将会诚心诚意交出遗体。为此，一支基督骑士在适当的时候到达了。他们受到伊斯梅尔体面的迎接和招待，在带着遗体离开时由摩尔骑士组成的仪仗队把丧葬队护送至边界。

不过，足够了——太阳已高高地在山上升起，将全部的炽热倾注到我们头上。脚下的平台已经发热。让咱们离开吧，到狮子泉旁的游廊下去凉快凉快。

逃跑的鸽子

在阿尔罕布拉宫曾出现过有点令人烦恼的情景，它让多洛雷丝充满阳光的脸上笼罩上阴云。这个小少女对各种宠物有一种女性的爱，由于她满怀仁慈之心，在阿尔罕布拉宫一个荒废的庭院里便有了许多她喜欢的动物。一只威武的雄孔雀及其配偶似乎像帝王一样统治着这里，那些自大的火鸡、爱抱怨的珍珠鸡和乌合之众一般的普通公鸡、母鸡，均在它们的管辖之下。然而，过去一段时间颇让多洛雷丝欢喜的却是围着一对年轻的鸽子转，它们近来已步入神圣的婚姻，甚至一只花斑猫和一些小猫在她的爱里都受到了排挤。

为了给它们提供住处，开始家务管理，她在厨房隔壁布置了一间小屋，它的窗户面朝一个宁静的摩尔式庭院。它们在这里快乐地生活着，对于庭院和阳光明媚的屋顶以外的世界毫不知晓。它们也不渴求高高地飞到城垛上去，或者飞到塔顶上面。两只洁白的蛋，使这对鸽子有效地结合，最终变得圆满，让珍爱它们的小女主人欢喜不已。最值得称赞的莫过于在这有趣的时刻，那对新婚夫妇所表现出的举止。它们轮流蹲在那儿，直到蛋孵化，这时羽毛未丰的小鸽子需要温暖和庇护。就在一只鸽子待在家里时，另一只则出去觅食，带回来不少吃的。

这一美满的姻缘突然遇到了挫折。这天一大早，就在多洛雷丝喂母鸽时，她忽然产生一个念头，想让那只公鸽瞧一眼外面的大世界。

因此她打开一扇面临下面的达罗谷的窗户，并立即让它飞出阿尔罕布拉宫的墙外。这只惊讶的鸽子有生以来第一次全力振翅飞去。它先是向山谷俯冲，然后激剧上升，几乎飞到云端。它从来没有飞过这么高，或者有过此种飞翔的喜悦。它像个挥霍无度、刚获得了巨大财产的年轻人，由于获得过度的自由，突然有了无限的活动范围，它似乎感到眼花缭乱了。它整天都在反复无常地盘旋，从一座塔飞到另一座塔，从一棵树飞到另一棵树。虽然在屋顶上撒了些粮食诱使它回来，但一切努力都白搭。它好像把自己的家、温柔的配偶和羽毛未丰的小鸽子完全忘了。更让多洛雷丝焦虑的是，有两只强盗鸽子与它掺和到一起，它们的本能就是把流浪鸽引诱到自己的鸽棚里。这只逃跑的鸽子像许多初次投向世界的轻率青年一样，似乎为精明但粗野的同伴感到非常着迷，它们让它看到了生活，将它带入社会。它同它们一起高高地飞过格拉纳达所有的屋顶和尖塔。城里已有过一场雷雨，可它还没有找回家。夜幕降临，但它仍然没有返回。这次事件还让人悲哀的是，母鸽在窝里待了几个小时觉得放心不下，终于飞出找不忠的配偶去了。可是它离开得太久，小鸽们因为缺少母亲的温暖和庇护而死亡。较晚时多洛雷丝得到消息说，有人看见逃跑的鸽子在格内拉里弗宫塔楼上。瞧，碰巧那座古老宫殿的管理者也有一个鸽棚，里面的住户据说有两三只那种诱鸽，这使得整个附近的鸽子迷十分担忧。多洛雷丝马上断定，那两只被看见与她逃跑的鸽子一起的、长有羽毛的骗子，是格内拉里弗宫的浪荡子。因此，在蒂娅·安东尼娅的房间里立即举行了一个“军事会议”。格内拉里弗宫有着与阿尔罕布拉宫不同的“司法程序”，无疑在它们的管理者之间存在某种拘泥形式——如果不是嫉妒的话。所以，决定派花园里干活的有口吃的少年佩佩作为特使前去拜见对方的管理者，说假如这样的逃跑家伙出现在他的地盘上，便请求他将它当作阿尔罕布拉宫的臣民予以放弃。佩佩于是踏上执行外交任务的征途，他穿过月光照耀的树林和大道，但一小时后就带着令人苦恼的消息回来，说在格内拉里弗宫的鸽棚里根本没发现那只鸽。不过那位管理者立下至高无上的誓言，说假如此类流浪者出现在那儿，即使在午夜，它也将会被马上逮捕，并当作囚犯送回到黑眼珠的小女主人那里。

这便是让人忧愁的事情，它在宫殿里引起不小麻烦，让多洛雷丝夜不能寐。

“悲哀一整夜，喜悦早晨来。”谚语这样说。这天早晨我走出房间时，第一眼看到的便是多洛雷丝，她双手捧着那只逃跑的鸽子，两眼闪耀出喜悦。原来它一早就出现在城垛上，羞怯地从一处屋顶飞到另一屋顶，不过最后钻进窗里，像囚犯一样投降了。然而它的归来并没受到什么赞扬，因为它吃面前的食物时表现得狼吞虎咽，这说明它像个浪荡子一样因极度饥饿才被迫回家。多洛雷丝责备它行为不忠，用各种对流浪汉的称呼骂它，虽然她同时像个大女人一般把它捧在胸前爱抚，不住地亲吻。然而我注意到她小心地剪掉了它的翅膀，以免它将来又高飞而去。为了有利于所有那些有着私逃情人或游荡丈夫的人，我提出这样一个警告。从多洛雷丝和她的鸽子的故事中，可以得到不止一个可贵的寓意。

阳　台

我曾说到使节殿中间的窗户有个阳台，它充当着某种瞭望台。我常坐在这儿，把天上和地下的情景都仔细地观察一番。除了可以俯瞰到大山、山谷和平原壮丽的景色，在下面还展现出有些繁忙的生活场景。山脚下有一条供散步的林荫道，它虽然不如更现代、壮观的赫尼尔大道那么时髦，但仍然因会聚了各种独特的人们而引以为荣。郊区的小贵族以及牧师和修道士们为了消化，有个好胃口，常去那里散步。也有一些更下层的情郎美女，他们身着安达卢西亚的服饰。还有大摇大摆的走私贩，间或有更高阶层的神秘的闲荡者，他们半蒙住头，在进行什么秘密约会。

这是西班牙人的生活与特性的一个动人画面，我乐于仔细观察。正如天文学家有大望远镜扫视天空，仿佛把星星拉得更近一些观察似的，我也有一只更小的袖珍望远镜用来观察，借助它可以扫视到下面的区域，把各种人群的面容拉得很近，有时几乎让我觉得可以通过他们面部的变化和表情猜测出他们谈的是什么。因此，我在某种程度上成了一个隐形的观察者，一方面，不用离开自己幽居独处的地方；另一方面，我又能马上投入社会当中——这对于一个有点羞涩、习惯宁静，又喜欢像我一样观察人间戏剧而不用成为其中一名演员的人，是一个难得的优势。

在阿尔罕布拉宫下面有个很大的郊区，它包括了整个峡谷，一直延伸到对面的阿尔巴辛山上。许多房屋都建造成摩尔风格，圆圆的庭院裸露在天空下，一处处喷泉使其变得凉爽。每到夏季，住户大多在这些庭院和平台屋顶上度过，所以一个像我这样可以从云端俯视他们的空中观众，便能够瞥见到不少他们的家庭生活。

在一定程度上，我享受到某个著名古老的西班牙故事中那位学生的有利条件，他清楚地看到了整个显露的马德里。爱闲言碎语的侍从马特奥不时充当我的阿斯摩得[1]，他将各个房屋及其住户的逸闻趣事告诉我。

然而，我更喜欢自己推测出一个个历史故事，所以会一连坐几个小时，根据眼下偶然发生的事情和显示的迹象，将下面忙碌的人们的计划、密谋与职业编织出一个完整的画面。我每天看见一张漂亮的脸蛋或某个突出的人物，总会从他们身上逐渐构想出某个戏剧性的故事，不过有些人物偶尔会与分配给他们的角色背道而驰，从而将整个剧情破坏。有一天我用望远镜观察阿尔巴辛的街道，注意到一支为即将做修女的女子送行的队伍。我还看到几个情景，让人对就这样被送进活棺材的青年的命运深感同情。我高兴地看清楚了她是个美女。从其苍白的面颊上看，她是个牺牲品而非出家人。她身着新娘服饰，饰以白色花冠，不过她心里显然厌恶这种可笑的精神结合，而渴望世间的爱情。队伍里有个显得严肃的高大男人走在她旁边。他无疑是她专横的父亲，由于某种固执的或卑鄙的动机，迫使她做出牺牲。众人当中有个忧郁的英俊小伙子，他身着安达卢西亚的服饰，似乎露出痛苦

1 阿斯摩得，后期犹太教传说故事中的恶魔。

的目光盯住她。他一定是她暗中的情人，她将永远与他分离。我注意到那些伴随的僧侣、修士露出恶意的表情，因此心生愤怒。这时队伍到达修道院的礼拜堂，太阳最后一次照在可怜的见习修女的花冠上，此刻她跨过致命的门槛，消失在房屋里。身穿修道士服、佩戴十字架的队伍吟唱着涌了进去。那个情人在门口停了片刻。我能猜测出他感到烦乱不堪，不过他控制住自己，也走进去。这当中隔了很长时间，我想象着里面发生的情景：可怜的见习修女一时穿着的服饰被脱掉，她穿上了修女服；新娘花冠从她头上取下来，柔软的长发也从她漂亮的头上剪掉了。我仿佛听见她低声说出缺一不可的誓言，似乎看见她躺在一副棺材上：她的身上盖着柩衣，人们为她举行葬礼，宣布她在世间已经死亡。她的叹息被淹没在管风琴深沉的曲调里，以及修女们吟唱的哀伤的安魂曲里。她父亲无动于衷地旁观着，没有一滴眼泪。那个情人——不——我的想象拒不将他痛苦的情景显示出来，仍然是个空白。

一段时间后众人又涌出来，从各处散开，他们去享受阳光，融入激动人心的生活场景里。但是，那个牺牲品连同自己的新娘花冠不再出现在那儿。修道院的门已合上，永远将她与世隔绝。我看见她父亲和情人走出来，他俩认真地谈着话，后者在剧烈地做手势。我料想我的戏剧会在狂暴中终止，但一座建筑的角落挡在那里，将场景关闭了。后来我怀着不无痛苦的兴趣，把目光经常转向那座修道院。我注意到深夜的时候，从远处一座塔楼的窗格里闪烁着一盏孤灯。“那儿，”我对自己说，“不幸的修女正坐在小屋里哭泣，而她的情人也许怀着徒劳的悲伤在街上踱来踱去。”

多事的马特奥打断我的沉思，瞬间破坏了我像蜘蛛网一般编织起来的想象。他怀着通常的热情已收集到一些关于眼前情景的事实，把我虚构的故事赶得无影无踪。我那个浪漫故事里的女主角既不年轻又不漂亮，她根本没有情人，是自愿进修道院的。她将它作为一座不错的庇护所，也是住在里面的最快乐的人之一。

修女在她的小室里生活得如此开心，与一切浪漫故事的规律相矛盾，这可冤枉了我，过了一些时间我才予以原谅。不管怎样，我在一两天里观察着有个眼睛和肤色都黑黑的女人，以此转移自己的怒气。她从一个掩蔽在开花灌木和丝制遮篷里的阳台那儿正与一个皮肤深色、胡须浓密的英俊骑士秘密交流，他经常潜伏在她窗户下面的街上。有时我一大早就看见他，他穿着一件遮至眼睛的大氅悄悄走上去。有时他以各种打扮在角处闲荡，显然等着某个秘密暗号溜进房子。然后夜里传来弹奏吉他的乐音，一只提灯在阳台上从一个地方移到另一地方。我想象着另一个阿玛维瓦[1]那样的阴谋，不过所有的想象再次被破坏。那个假定的情人原来是女人的丈夫，一个有名的走私贩，而他所有神秘的手势和动作，无疑都与某个考虑中的走私计划有关。

根据每天的不同阶段，我时不时地从阳台上注意着下面场景逐渐的变化，以此自娱。

天空刚出现灰蒙蒙的曙光，从山腰上的村舍里传来第一声鸡叫，郊区就有了复苏的迹象，因为在气候闷热的夏季，黎明清新的时刻是宝贵的。大家急于赶在太阳出来前做些事情。骡夫赶着满载货物的队伍上路了。旅行者把卡宾枪挂在马鞍后面，在旅舍门口骑上马。从乡下来的、皮肤褐色的农民吆喝着闲荡的牲畜往前赶，它们驮着一篮篮

1 莫扎特歌剧《费加罗的婚礼》中好色的伯爵。

金黄色的水果和带有露水的新鲜蔬菜，节俭的主妇们正赶向市场。

太阳已经升起，在山谷上空闪耀，仿佛轻轻触碰着树林里透明的叶子。晨祷的钟声悦耳地回响着穿过纯净明亮的天空，预示祈祷的时刻到来。骡夫在小教堂前让驮着货物的牲畜停下，把鞭子插入身后的皮带，他进去听弥撒时帽子拿在手里，并抚了抚墨黑色的头发，祈祷着能够顺利穿过一座座起伏的山头。这时悄然走上来一个两脚纤巧的优雅的夫人，她衣着整齐，一只手不停地摇着扇子，黑黑的眼睛在雅致地折叠起来的小披风下闪烁。她在找某座常去的教堂做晨祷。不过她那身精心穿戴的服饰，那双考究的鞋和网状长袜，巧妙地辫起来的乌黑长发，以及刚摘来的玫瑰——它犹如宝石一样闪耀——表明世间与天堂分享着她思想的帝国。密切注意她吧，谨慎的母亲，或纯洁的姑母，或警醒的保姆，不管你是谁——就是那个走在后面的人。

随着早上慢慢过去，各处干活的声音越来越喧闹。街上挤满了人、马和驮兽，有一种嗡嗡声和咕哝的声音，像海洋的波涛声。太阳上升至头上时，嗡嗡声与喧闹声渐渐退去，到正午停止了一下。喘息的城市疲乏了，在几个小时里普遍安静下来。窗户都已关闭，窗帘也拉上了。居民们躲到房子里最凉快的角落。吃得饱饱的僧侣在寝室里打鼾。强壮的搬运工躺在人行道上，旁边搁着运送的货物。农民和工人睡在阿拉梅达林荫道的树林下，蚱蜢热烈的叫声使他们感到平静。街上除了送水工已不见人影，他声称自己泡发的饮料如何好，说“比山上的雪更凉”，让人听起来精神一振。

这时太阳西沉下去，再次渐渐恢复了生机，当晚祷的钟声发出哀伤的音调时，万物似乎为白天的暴君陷落下去而高兴。现在人们又欢喜地活跃起来，市民们纷纷涌出去呼吸傍晚的空气，在达罗谷与赫尼尔河岸的人行道与花园里愉快地度过短暂的黄昏。

夜幕降临时，那变化无常的场景出现了新的特征，一盏又一盏亮光渐渐闪烁起来。这儿，从一扇有阳台的窗口亮起一支蜡烛；那儿，在某一位圣人面前亮起还愿灯。因此，城市渐渐从弥漫的昏暗中显现出来，四处闪耀着灯光，犹如布满星星的天空一般。这时从庭院和花园、街道和小巷忽然传来无数吉他的声音，以及响板的打击声，在这高处听起来就像大型音乐会隐约传来的协奏曲。“享受当下”，这是快乐多情的安达卢西亚人的信条，而他们实践这一信条最积极的时刻莫过于夏日令人清爽的夜晚，他们用跳舞、唱爱情小调和热情的小夜曲向情人求婚。

一天晚上我坐在阳台上，享受沿着山腰吹来的微风，风在树顶间沙沙作响，这时我身旁那个谦恭的历史学家马特奥忽然指着阿尔巴辛一条昏暗的街道上的某座大房子，并向我讲述了一件趣闻，我尽量根据回忆转述如下。

砖瓦匠的奇遇

从前格拉纳达有个贫穷的砖瓦匠，所有的圣徒节和普通节日他都要过，也包括圣星期一[1]。然而，他尽管十分虔诚，却变得越来越贫穷，几乎不能为众多的家人挣到面包吃。有一天晚上传来敲门声，把他从睡梦中惊醒。他打开门，有个身材高瘦、面色苍白的牧师出现在面前。

"瞧，诚实的朋友！"牧师说，"我注意到你是个虔诚的基督徒，值得信任。今晚你愿意干一份活儿吗？"

"完全愿意，牧师先生，只要我得到应有的报酬。"

"会的，不过得蒙上你的眼睛。"

对此砖瓦匠没反对。于是他的眼睛给蒙上了，让牧师领着穿过高低不平的小巷和弯弯曲曲的通道，直到他们在一座房子的大门前停下。这时牧师用钥匙转动着嘎吱作响的锁，把一扇听起来显得笨重的门打开。他们走进去，门随身关闭并用闩插上，砖瓦匠又被领着穿过一条发出回音的走廊和一座宽大的厅堂，来到房屋内部。在这儿牧师取下了蒙住他眼睛的绷带，他发现自己在一座庭院内，只有一盏灯昏暗地照着。中间是古老的摩尔式喷泉干枯的水池，牧师要求他在那下面建一座小墓穴，此时砖和灰浆都已放在旁边。他因此干了一晚上，但没

1　制鞋工人的假日。

把活干完。就在天亮前牧师将一块金币放到他手里，再次蒙上他的眼睛，把他带回了住处。

“你愿意回去把活干完吗？”牧师问。

“愿意，牧师先生，只要给我的报酬不错。”

“唔，那么，明天午夜时我会再来叫你。”

他真的去了，墓穴得以建好。

“现在，”牧师说，“你得帮我把要埋在墓穴里的‘bodies’[1]抬进去。”

可怜的砖瓦匠一听这话头发都竖起来了，不过他哆嗦着跟在牧师后面，进入大宅一间隐蔽的屋子，以为会看见什么可怕的死亡场面，但当发觉只是角处有三四只粗大的广口瓶时，他便放心了。它们显然装满了钱，他和牧师好不容易才搬进墓穴里。然后墓穴被封住，通道换了一条，所有干活的痕迹也都被清除掉。砖瓦匠又被蒙上眼睛，让牧师领着从另一条道路返回。

他们转来转去走了很久，穿过让人困惑的迷宫般的大小巷道，然后停下。牧师把两块金币放到他手里。“在这里等着，”他说，“直到你听见教堂敲响晨祷的钟声。如果那时以前你擅自取掉蒙住眼睛的绷带，不幸就会降临到你身上。”牧师说罢离开了。

砖瓦匠忠实地在那儿等待，在手里掂量着金币，让它们彼此碰得叮当响，以此自娱自乐。大教堂刚敲响晨祷的钟声他就取掉蒙住眼睛的绷带，发现自己在赫尼尔河岸边。他从这里尽力赶回家，同家人们为自己两个晚上干活赚来的钱狂喜了整整两周，之后他又像原来一样贫穷了。

---

1 此词多义，砖瓦匠以为是“尸体”，它另有“物体”等意，牧师这里指后者。

他继续干一点点活儿，一年又一年地经常做祈祷、过圣徒节和其他普通节日，而家人们则变得像吉卜赛人一样憔悴瘦削、衣衫褴褛。一天晚上他坐在自己简陋的小屋门口，有个富裕的老吝啬鬼同他搭讪，此人因为拥有许多房子而出名，是个把钱抓得紧紧的房东。这个有钱人长着粗粗的眉毛，他用一双担忧的眼睛从下至上打量砖瓦匠片刻。

“朋友，我听说你很穷。”

“这个事实不可否认，先生——这是不言而喻的。”

“我推测你会乐意干一份活儿，并且收费不高。”

“不会比格拉纳达的任何一个砖瓦匠贵，老板。”

“这正是我想要的。我有一座腐坏的老房子，花费在它上面的钱不少，实际并不值得花那么多维修费，因为没人愿意去住。所以我得设法把它简单修补一下，用尽可能少的钱不让它垮掉。”

于是砖瓦匠被带到一座荒废的大房子，它好像就要毁掉了似的。他穿过几座空空的厅堂和房间，进入内庭，在这儿看见一座古老的摩尔式喷泉。他停了片刻，如做梦一样回忆起这个地方来。

“请问，”他说，“以前谁住在这房子里？”

“一个讨厌的家伙！”房东大声说，“那是个小气的牧师，他只关心自己。听说他相当富裕，由于没有亲戚，人们认为他会把所有的钱财捐给教堂。可是他突然死了，牧师和修士们都赶去想拥有他的财产，但除了皮包里有一块硬币外他们什么也没发现。最让我不幸的事，老家伙死后继续占着我的房子，租金也不付，而法律又不能对死人进行处罚。人们声称说，整夜都听见从老牧师睡的房间里传来金币的叮当声，好像他在数自己的钱，有时又从庭院传来呻吟抱怨的声音。不管是真是假，这些传说都给我的房子带来了坏名声，没有一个房客愿意住在里面。”

“行啦，”砖瓦匠坚定地说，“就让我免费住在里面吧，直到某个更好的房客出现。我会把房子维修一下，让打扰它的那个困惑的幽灵安静下来。我是个虔诚的基督徒，也是个穷人，连魔鬼本身都不害怕，即使他以一大袋金钱的模样出现！”

诚实的砖瓦匠提出的要求被乐意地接受，他和家人搬进了房子，他也履行了一切承诺。他一点点地把房子修复到以前的状况。在已故牧师的房间里再听不到金币的叮当声，它开始白天从砖瓦匠的衣袋里传来。简言之，他很快变富了，让所有邻居羡慕，成为格拉纳达最有钱的人之一。毫无疑问，为满足自己的良心他给教堂捐了一大笔钱，并且直到临终时才把墓穴的秘密透露给继承家产的儿子。

狮子庭

这座梦幻般的古老宫殿的奇特魅力，在于它能唤起人们对于昔日隐约的思考，显现出种种朦胧的画面，让赤裸的现实笼罩着产生于回忆与想象中的幻觉。我喜欢在这些“虚幻的影像”中漫步，去寻找阿尔罕布拉宫里最利于产生梦幻的地方，而最好的莫过于狮子庭及其周围的厅堂。在这儿，时间之手很轻地击落下来，摩尔人遗留下的高雅壮丽的迹象，几乎像最初一样富有光彩。一次次的地震动摇了宫殿的基础，将十分粗糙的塔楼震裂。但是，瞧！没有一根细长的柱子被替换，没有一根轻而脆的柱廊的拱顶垮掉，这些拱顶上所有精巧的浮雕细工——它们显然并不坚固，犹如早晨的霜结成的晶莹织物——几个世纪后依然存在，几乎像最初那位穆斯林艺术家亲手制作的一样新。我就在往日这些使人联想的东西当中写作，在早晨空气清新的时刻，在注定毁灭的阿文塞拉赫厅里。那座血染的喷泉——那是他们遭到屠杀的富有传奇的纪念碑——就在我眼前，高高地喷射出的水珠几乎溅到我的纸上。要将血腥、暴力的古老故事与眼前这优雅、和平的场面协调起来，多么不容易啊！这儿一切似乎让人感到亲切快乐，因为一切都是优雅美丽的。就连拱顶上的灯也柔和地照着，它仿佛由纤巧的手涂上色彩并精细雕刻。穿过用回纹装饰的宽大拱门，我看到狮子庭，灿烂的阳光照射到一根根廊柱上，将喷泉照得闪闪发光。活泼的燕子飞入庭院，再腾空而起，吱吱地叫着飞过房顶。蜜蜂在花圃中辛勤忙碌，发出嗡嗡的声音，彩色蝴蝶从一棵植物飞到另一棵植物，在明媚的空中翩翩起舞，相互嬉戏。只需展开一点想象，就能幻化出后宫里某个忧愁的美女，仿佛她正漫步在这些不乏东方华贵的幽僻地方。

然而，想在与本身命运更为一致的面貌下看到这一情景的人，让他在明亮的庭院变得暗淡的暮色时分来吧，此刻周围一座座厅堂已笼罩上阴影。这时的宁静最令人忧伤，或者与有关逝去的辉煌传说最为协调。

这样的时候我常会去正义殿，它那笼罩着深影的拱形游廊横跨庭院的上端。在占领阿尔罕布拉宫后，这里曾在费迪南德和伊莎贝拉及其胜利庭前，举行过隆重的大弥撒仪式。如今墙上仍然可见到那副十字架，圣坛就曾经设在那儿，西班牙的红衣大主教和本地的宗教高官就曾在那儿行使职务。我想象着当时的情景，那时这里挤满了一大群征服者，他们中有头戴主教冠的高级教士和修过面的僧侣，有身穿盔甲的骑士和高雅华贵的朝臣。那时十字架、权杖和一面面教旗，与西班牙傲然的首领们的纹章旗及其他旗子会合在一起，在这些穆斯林的大厅里胜利地飘扬着。我想象着哥伦布——这位世界的未来的发现者——谦恭地站在远处一角，成为那盛大场面卑微恭顺、被人忽略的旁观者。我在想象中看见天主教高官们拜倒在圣坛前，为取得的胜利感激不已。而一座座拱顶内则回响起神圣的吟唱声，以及深沉的《感恩赞》。

短暂的幻想结束了——盛大的场面从想象中消失——君主、牧师和武士同他们狂喜地战胜的穆斯林教徒一起湮没。他们的凯旋厅也荒废了。蝙蝠在昏暗的拱顶周围飞来飞去，猫头鹰从附近的科马雷斯塔上发出叫声。

几个晚上后我进入狮子庭，注意到有个包着头巾的摩尔人静静地坐在喷泉旁，几乎吓我一跳。一时间此地的某个故事似乎变成现实：一个着魔的摩尔人打破几百年的咒语，这时显现出来。然而，事实证明他只是个普通人，一个巴巴里地区得士安市的柏柏尔人，他在格拉纳达的萨卡丁开了一家商店，出售大黄、小饰品和香水。他西班牙语说得流利，所以我能够同他交谈，在交谈中发现他是个精明机智的人。他告诉我，夏天他偶尔会到这山上来，白天在阿尔罕布拉宫度过一段时间，这使他想起巴巴里那些古老的宫殿，它们建造和装饰的风格相似，不过更加富丽堂皇。

我们在宫殿里走着，他向我指出几处阿拉伯人的铭文，它们颇有诗意之美。

“嗳，先生，”他说，“摩尔人占据格拉纳达时比如今快乐。他们只想着爱情、音乐和诗歌，任何场合都会作诗，并且全部谱上曲子。能作出最好诗歌的男人和具有最美嗓音的女人，必然会得到青睐和优先。在那些日子，假如谁要求得到面包，回答是请给我作个对句[1]吧。最贫穷的乞丐假如用韵文乞讨，常常会得到一块金币的奖赏。

“这种对于诗歌普遍怀有的情感，”我说，“在你们当中完全丧失了吗？”

“绝没有，先生。巴巴里的人，即使那些下层阶级的人，仍然在作对句，并且也作得像过去一样好，不过这种才能不像往日那样受到奖赏了。富人们更喜欢金币的叮当声，而不是诗歌或音乐的声音。”

1　两行同长度并押韵的诗句。

他这样说时瞧见一处铭文，它预言穆斯林君主们——这座宫殿的主人——将拥有永恒的权力与荣耀。他摇摇头，耸耸肩，一边进行解释。“本来应该那样的，”他说，“如果布阿卜迪勒没有叛变，把首府交给基督徒，那么穆斯林仍然在阿尔罕布拉宫统治着。要是公开打仗，西班牙君主们永远也征服不了。”

我极力为不幸的布阿卜迪勒的名声辩护，不让他受到这一中伤，说明那些导致摩尔王权垮台的分歧，源于他凶暴的父亲行为残酷。但这个摩尔人不接受任何辩解。

“穆勒·阿布·哈桑或许残酷，”他说，“可是他也勇敢、机警、爱国。假如他得到恰当支持，格拉纳达仍然会是我们的。然而，他儿子布阿卜迪勒反对他的计划，削弱他的权力，在宫殿里引起叛变，在营地里造成分歧。愿他因自己的叛变行为受到上帝诅咒！”摩尔人说完这些话便离开了阿尔罕布拉宫。

我这位包头巾的同伴所表现出的愤怒，与一个朋友讲述的逸事是一致的，他在巴巴里旅行时曾见过得士安的一位高官。那位摩尔高官对西班牙作过详细调查，尤其涉及安达卢西亚受人喜欢的地区、格拉纳达的种种乐趣及其皇宫遗留下的东西。他所得到的回答，唤起了摩尔人深深珍藏的一切令人高兴的回忆，它们让人想到摩尔人在西班牙的古老帝国曾经如何壮大辉煌。这位高官转向自己的穆斯林侍从，捋一下胡子，突然激动且悲哀地说，这样的王权竟然会在虔诚信徒的统治下垮台。然而，他安慰自己，相信西班牙民族的政权与繁荣处于衰败之中；终有一天摩尔人会再次征服他们正当占有的领地；这一天也许并不遥远，那时科尔多瓦的清真寺里会再次向穆罕默德顶礼膜拜，穆罕默德的君王也将坐上阿尔罕布拉宫的宝座。

这便是巴巴里的摩尔人中普遍怀有的渴望与信念，他们把西班牙——或者往日所称的安达卢兹[1]——视为自己正当的遗产，它是因叛变和暴行而遭到抢夺。格拉纳达那些被放逐的摩尔人的后代永远怀抱这些想法，他们四散在巴巴里的各个城市。有少数摩尔人居住在得士安，他们还保留着古老的姓氏，比如，派斯和梅地纳，而且拒绝与任何不能承认同样出身高贵的家族联姻。他们被夸耀的血统如今在某种程度上受到大众尊敬，而在伊斯兰社会里，这种尊敬则很少显示出世袭的荣耀——除非在王室家族当中。

据说，这些家族至今为祖先的伊甸园叹息，他们星期五在清真寺里祈祷，恳求真主加快让格拉纳达回归虔诚的穆斯林的时间：他们深情而自信地期盼着这一重大事件的到来，正如基督徒十字军战士期盼收复“圣墓”[2]一样。不仅如此，另有人补充说，格拉纳达那些祖先的房产和花园的老地图与契约，一些人至今仍保留着，他们甚至还有房子的钥匙，以此作为拥有世袭权利的证明，以便在期望的收复之日拿出来。

我与那个摩尔人的谈话，让我思考起布阿卜迪勒的命运。从来没有哪个别号，比臣民们给予他的埃尔·佐哥比或“不幸者”更适合了。他的不幸差不多从摇篮里就开始，即便在他死后也没终止。假如他曾希望在历史上的一页留下可敬的名声，那么他的希望如何被残酷地剥夺啊！对于摩尔人在西班牙统治时富于传奇的历史，谁只要给予丝毫关注，而没有对布阿卜迪勒所谓的暴行产生愤怒呢？谁没有为美丽温

1　8 世纪摩尔人入侵时的称谓，即安达卢西亚。

2　基督教传说中，耶稣葬于其中直至复活的圣墓。

柔的王后的悲痛所感动？她由于被诬告不忠而受到他的生死考验。有人声称他一气之下杀死了姐姐和她的两个孩子，谁没有为此震惊呢？他残忍屠杀了英勇的阿文塞拉赫家族的人，有人说，他下令将其中36人在狮子庭斩首，谁没有为此感受到他的血腥残酷呢？人们以各种方式重复这一切指控，它们被写进歌谣、戏剧和传奇故事，直到完全占据民心，无法根除。凡是受过教育的外国人参观阿尔罕布拉宫时，都会问及阿文塞拉赫家族的人被斩首的那座喷泉，并惊骇地注视着据说关押王后的有格栅的狭长房间。所有维加平原或内华达山脉的农民都会在吉他伴奏下，用粗糙的对句唱出这个故事，而听的人连布阿卜迪勒的名字也学会了诅咒。

然而，从来没有哪个名字受到如此卑鄙、不公的诽谤。我仔细看过西班牙作家写的所有真实可信的编年史和信件，他们与布阿卜迪勒是同代人，有的深受天主教君主们信任，实际上整个战争期间都身在营地。我借助翻译，仔细查阅了一切能够得到的阿拉伯人的权威著作，没有发现任何材料证明那些险恶、可恨的指控是正当的。这些传说大多可以追溯到一部通常称为《格拉纳达内战史》的著作，它包含了摩尔帝国最后的斗争期间，关于塞格里斯家族与阿文塞拉赫家族的世仇的虚假历史。这部书最初用西班牙语出版，据称由一个叫希内斯·佩雷斯·德·伊塔的人译自阿拉伯语，他是穆尔西亚[1]的一个居民。此后这本书被译成各种语言，弗洛里安[2]在他的《科尔多瓦的贡萨尔沃》中用了其中不少传说。因此，它在很大程度上占取了真正历史的权威

1 西班牙东南部城市。

2 原文为 Florian。

性，被现今的人们相信，尤其是格拉纳达的农民。然而它整个就是一堆虚构的东西，其中混合着几个被歪曲的事实，使之貌似真实的样子。它本质上证明了其虚假性。摩尔人的风俗习惯在书中被大肆歪曲，所描述的情景完全与他们的习惯和信仰不符，而一位伊斯兰作家是绝不会那样记述的。

我承认在这部著作故意的歪曲中，有某种在我看来几乎是犯罪的东西。无疑，对于浪漫传奇故事的描写允许有很大自由，但是也有不可逾越的界线。属于历史的已故名人的名声，不应比在世名人的名声受到更多中伤。有人也会认为，不幸的布阿卜迪勒由于王国被夺去，为自己对西班牙人怀有的正当敌意吃尽苦头——即使他没有在故土，甚至没有在祖先的大殿里，让自己的名声被这样肆意诽谤，成为一个笑柄和可耻的主题！

假如读者对这些问题有足够兴趣，可以容忍一点历史细节，那么下面的事实——它们从似乎可信的原始资料收集而来，对阿文塞拉赫家族的命运进行了探索——也许可以证明不幸的布阿卜迪勒是无罪的，证明他没有背信弃义地屠杀那个著名家族的人，虽然他为此受到厚颜无耻的指控。而且对于王后所谓的指控与监禁，也会让人获得一个恰当的认识。

阿文塞拉赫家族

在西班牙的穆斯林当中，在具有东方血统与来自西非的人之间，有一个著名的大家族。在前者当中，阿拉伯人自认为是最纯洁的种族，因为他们是先知的同乡的后裔，先知首先举起了伊斯兰教的旗帜。在后者当中，最为好战、强大的是来自阿特拉斯山和撒哈拉沙漠的柏柏尔[1]部落，他们通常被称为摩尔人。他们征服了沿海一些部落，建立了摩洛哥城，长期与东方的种族争夺穆斯林的西班牙[2]的控制权。

阿文塞拉赫家族在东方的种族里拥有显赫的地位，他们自豪于具有贝尼－塞拉杰的阿拉伯人纯洁的血统，贝尼－塞拉杰是先知的弟子们的部落之一。阿文塞拉赫家族在科尔多瓦兴旺了一段时间，但在西方哈里发[3]垮台后，他们大概到了格拉纳达。在这里他们获得了富于浪漫传奇的历史性的声望，在为阿尔罕布拉宫带来荣耀的卓越的骑士中名列前茅。

他们最繁荣也是最危险的时候，是在穆罕默德·纳萨岌岌可危的统治期间，他的别号是埃尔·哈亚里或左撇子穆罕默德。这位命运不

1　居住在北非。

2　指中世纪在穆斯林统治下的西班牙。

3　哈里发，伊斯兰政治、宗教领袖的称谓，穆罕默德继任者的称号。这里应指入侵欧洲的摩尔族高官。

佳的君主 1423 年登基时，对英勇的阿文塞拉赫家族滥用恩赐，让自己的高官或大臣优素福·阿文·泽拉格做了部落首领，将亲戚朋友提升到宫殿里最显要的职位。这极大地冒犯了其他的部落，使得他们的首领彼此钩心斗角。纳萨尔也由于自己的行为不再受人欢迎。他自负、轻率和高傲，不屑于与臣民们一起。他禁止无论地位高低的人都喜欢的竞技与比赛，隐居在阿尔罕布拉宫里过着奢侈放纵的生活。宫殿因此遭到猛烈攻击，国王通过花园逃到海岸，他把自己伪装起来，穿越海上到了非洲，躲避到他的亲戚即突尼斯的君主那里。

这位逃亡君主有个表弟叫穆罕默德·埃尔·扎古尔，他占有了空出的王位。他走着与前任不同的路线，不仅举行各种节庆和比赛，而且自己也穿着盛装华服参与。他在骑马、冲刺、钻圈和其他具有骑士风度的运动中出类拔萃。他与骑士们一起参加盛宴，并送给他们可贵无比的礼物。

曾经被他的前任宠爱的人现在不再受宠了，他对他们表现出敌意，以致有五百多名主要的骑士离开城市。优素福·阿文·泽拉格带领四十名阿文塞拉赫家族的人在夜里离弃了格拉纳达，到了卡斯蒂利亚的国王胡安的宫廷。这位年轻、慷慨的君主为他们的陈述所感动，他写信给突尼斯的君主，请求对方帮助惩罚那个篡位者，让流亡的国王重新回到王位。忠实可靠、不屈不挠的高官陪同信使去了突尼斯，在那儿与自己流亡的君主聚合。信函取得了成功。埃尔·哈亚里带领五百名非洲骑士到达安达卢西亚，阿文塞拉赫家族的人、他的追随者和基督盟友加入到他们当中。他无论出现在哪里人们都归顺于他，派去攻打他的部队也投奔到他旗下。格拉纳达不费一兵一卒就收复了。那个篡位者躲避到阿尔罕布拉宫，但是他在称王两三年后却被自己的士兵斩首（1428年）。

埃尔·哈亚里再次登上王座，他给予忠诚的高官很多荣誉，正是有了这位高官忠心耿耿的效劳他才得以恢复王位，阿文塞拉赫家族也再次沐浴在皇家恩典的阳光里。埃尔·哈亚里向胡安国王派去使节，感谢他相助，并提出永远成为友好联盟。但卡斯蒂利亚国王要求他效忠，并且每年进贡。左撇子君主对这些予以拒绝，他认为年轻的国王也深陷于内战，需要加强自己的权力。格拉纳达王国再次被一次次入侵困扰，维加平原也荒废了。埃尔·哈亚里在各种战斗中取得了不同的成功，但是他最大的危险还在于家族内部。当时在格拉纳达有个名叫唐佩德罗·贝内加斯的骑士，他有着穆斯林的信仰和基督的血统，其早期的经历近于浪漫。他属于高贵的卢克家族，可还是个八岁的孩子时被阿尔梅里亚的王子锡德·叶海亚·阿尔纳亚捕获，王子将他收养做自己的儿子，让他接受穆斯林信仰的教育，在自己的孩子当中长大——他们是塞提米安家族的王子，属于一个骄傲的家族，是早期格拉纳达国王之一的阿文·胡德的直系后裔。后来堂·佩德罗·贝内加斯与锡德·叶海亚的女儿塞提米安公主产生了恋情，塞提米安公主以其美貌而著称，格拉纳达宫殿的一座座遗迹使她的名字变得不朽，它们仍然保留着摩尔人一度高雅奢华的痕迹。随着时间的推移他俩结婚了，这样西班牙卢克家族的一个子孙便融入了阿文·胡德的皇家血统。

这便是堂·佩德罗·贝内加斯早年的故事，他在我们谈及的那个时候是一位日趋成熟的男人，积极活跃，富有雄心。大约此时有个密谋正在进行，他似乎是中心人物，目的是将左撇子穆罕默德从摇摇欲坠的王座上推翻，以便让塞提米安家族最年长的王子优素福·阿文·阿尔罕玛取而代之。这需要得到卡斯蒂利亚国王的帮助，于是堂·佩德罗·贝内加斯为此秘密出使科尔多瓦，将密谋的计策告诉胡安国王，说一旦他出现在维加平原，在他的帮助下夺取王权，然后，堂·佩德罗·贝内加斯就会带领大部队投奔到他的旗下，自认做他的封臣。胡安国王应诺相助，堂·佩德罗·贝内加斯带着这一消息迅速返回格拉纳达。这时密谋者们离开城市，每次以各种借口出去几个人。就在胡安国王越过边境时，阿尔罕玛带领八千人投奔了他，吻着他的手以示效忠。

不用说随后发生了各种各样的战斗，王国遭到破坏，种种阴谋里有一半是为了叛乱。整个战争中阿文塞拉赫家族站在命运不佳的左撇子穆罕默德一边。他们的最后反击是在洛克莎，在那里其首领优素福·阿文·泽拉格于英勇的搏斗中阵亡，许多高贵的骑士被杀死：事实上，在那场战争中这个不幸的家族几乎被摧毁。

这位命运不佳的左撇子穆罕默德再次被赶下台，躲避到马拉加，马拉加司令仍然忠诚于他。

优素福·阿文·阿尔罕玛，俗称优素福二世，于 1432 年 6 月 1 日胜利进入格拉纳达，可是他发现这是一座忧郁的城市，有一半居民在服丧。每个贵族家庭都失去了某个成员，在洛克莎对阿文塞拉赫家族的杀戮中，有些最显赫的骑士也倒下了。

盛大的皇家队伍穿过寂静的街道，在阿尔罕布拉宫的殿堂里举行着沉闷无趣的效忠仪式，其中必然缺少了真心与虔诚。优素福·阿文·阿尔罕玛感觉到自己的王位并不安全可靠：那位被废黜的君主就在不远的马拉加，突尼斯的君主支持他的事业，并请求基督君主给予援助。总之，阿尔罕玛感到自己在格拉纳达不受欢迎。先前的劳累也损害了他的健康，他忧郁不堪，半年后进了坟墓。

得知他死亡的消息后，左撇子穆罕默德急忙从马拉加赶回来，再次登上王座。从阿文塞拉赫家族的残兵败将中，他挑选了阿卜勒巴做自己的高官，此人在那个颇有雅量的家族中是最为可敬的。在他的建议下，穆罕默德将仇恨压制下去，采取了一种怀柔政策，他对多数敌人予以宽恕。那位死去的篡位者留下三个孩子，他的财产被分配给他们。长子阿文·切利姆被授予阿尔梅里亚王子和阿普克萨拉斯的马切纳勋爵的头衔；小儿子艾哈迈德被命名为“卢查尔绅士”；女儿埃奎维娜在富饶的维加平原获得祖传的肥沃土地，以及格拉纳达的萨卡丁的各种房屋与店铺。此外，阿卜勒巴高官还建议国王通过联姻让两个家族联系得更加紧密。因此左撇子穆罕默德的一个舅母嫁给了阿文·切利姆，而已故篡位者的弟弟纳萨王子则与穆罕默德忠实的追随者、马拉加司令美丽的女儿琳达克拉莎达成婚约，阿尔罕布拉宫的一座花园至今仍以她的名字命名呢。

只有塞提米安公主的丈夫堂·佩德罗·贝内加斯没得到任何好处。他被认为用阴谋制造了最近的麻烦。阿文塞拉赫家族的人指责他使家族遭受挫折，并让许多最勇敢的骑士丧命。国王只要一说到他，就会骂他是个可耻的“变节者”。他发现自己有被逮捕受惩罚的危险，便离开了身为公主的妻子和两个儿子阿布·卡西姆与雷杜安以及女儿塞提米安，逃到哈恩。他在那儿像做了篡位者的表兄一样，为自己的阴谋和无限的野心赎罪，他深感羞辱忧郁，于 1434 年在忏悔失意中死去。

穆罕默德注定要遭受更多挫折。他有两个侄子，名叫阿文·奥斯姆（别号埃尔·阿纳夫或跛子）和阿文·伊斯梅尔。前者是个野心勃勃的人，住在阿尔梅里亚，后者住在格拉纳达，他在那里有很多朋友。他正要娶一位漂亮的姑娘时国王伯父突然干涉，把她许配给了一位自己宠爱的人。阿文·伊斯梅尔王子对这一暴行大为愤怒，他骑马带上武器和许多骑士，从格拉纳达冲到前线去了。这个事件引起普遍的反感，尤其是附属于王子的阿文塞拉赫家族。大众不满的消息一传到阿文·奥斯姆耳里，就激起了他的雄心壮志。他突然冲进格拉纳达，引起大乱，使伯父感到意外，不得不退位，他因而自我宣布为王。此事发生于1445年9月。

阿文塞拉赫家族的人现在认为这位左撇子国王无望了，于是将他放弃，他自己也感到无力统治。他们在亲属阿卜勒巴高官的带领下，在许多其他骑士的随同下，放弃了宫殿，驻扎在蒙特弗里奥。阿卜勒巴由此给在卡斯蒂利亚避难的阿文·伊斯梅尔写信，邀请他来营地，提出支持他登基的主张，建议他暗中离开卡斯蒂利亚，以免胡安二世反对。不过，王子相信那位卡斯蒂利亚君主是慷慨大度的，坦然地把整个事情告诉了他。他是对的。国王胡安不仅允许他离开，而且答应帮助他，为此专门给前线的司令写了信。阿文·伊斯梅尔在隆重的护送下出发了，安全到达蒙特弗里奥，被阿卜勒巴及其党羽宣布为格拉纳达国王，其中最重要的便是阿文塞拉赫家族的人。随后为争夺王位，在两个表兄弟之间发生了长期的内战。阿文·奥斯姆得到纳瓦拉[1]和阿拉贡[2]国王的援助，而正与反叛的臣民发生冲突的胡安二世，则几乎无法援助阿文·伊斯梅尔。

因此，几年里这个国家被内乱弄得四分五裂，也让外来入侵弄得一片荒凉，差不多每一块土地都染上了鲜血。阿文·奥斯姆十分勇敢，

1　中世纪时期位于西班牙东北部和法国西南部的王国。

2　位于西班牙与法国交界处。

常常在使用武器上表现得非常出色。但是他残酷专横，实行铁腕统治。他因为任性冒犯了贵族，又因为暴政伤害了平民，而对手表兄弟则因为仁慈而赢得了所有的人。于是不断有人开小差，离开格拉纳达来到蒙特弗里奥坚固的营地，使阿文·伊斯梅尔的党羽日益增强力量。最后，卡斯蒂利亚国王阿拉贡和纳瓦拉国王讲和，他得以派出一支精兵支援阿文·伊斯梅尔。后者此时离开蒙特弗里奥的战壕，上阵作战。联合部队于是向格拉纳达进军。阿文·奥斯姆出发迎战，随即发生了一场血腥的战斗，两个对抗的表兄弟打得英勇顽强。阿文·奥斯姆被打败，退回到大门口。他号召居民拿起武器，可是响应的人寥寥无几，因其残酷的行为让所有人疏远了他。眼见自己完蛋了，他决定采取非常的报复行动，以此结束自己的生涯。他将自己关在阿尔罕布拉宫里，召来许多他怀疑不忠的主要骑士，他们进去时便被一个个处死。有人认为，这便是那场让“阿文塞拉赫家族”有了致命名声的大屠杀。阿文·奥斯姆实行残酷的报复后，从民众的呼声中听到阿文·伊斯梅尔已在城里被宣布为王，因此，他带领随从由太阳丘和达罗谷逃往阿普克萨拉斯山区，在那里与随从过着某种强盗生活，让一些村庄向他们捐献，还让人留下买路钱。

阿文·伊斯梅尔二世就这样于 1454 年登上王位，他效忠胡安二世，向对方奉献丰厚的贡品，以此增进了友谊。他对曾经忠诚于自己的人给予重奖，对那些为了他的事业而衰落的家族给予安慰。他统治期间，在给其宫殿带来荣耀的卓越的骑士当中，阿文塞拉赫家族再次变得最受青睐。不过，阿文·伊斯梅尔并非是个好战分子，他的统治之所以卓著，还在于建立了公共设施，它们的一些遗迹在太阳丘至今仍然可见。

就在这一年，胡安二世驾崩，由别号为“无能者”的卡斯蒂利亚亨利四世继位。阿文·伊斯梅尔忽略了继续保持与前任的友好联盟，他发现格拉纳达的人们并不欢迎这种关系。亨利国王对这一忽略感到怨恨，他借口拖欠贡品，不断对格拉纳达王国发起突袭。他还支持阿文·奥斯姆及其一帮强盗。不过他那些骄傲的骑士拒绝与异教不法之徒联合，并决定抓住阿文·奥斯姆，然而后者逃掉了，先是去了塞维利亚，然后再到了卡斯蒂利亚。

1456年基督徒对维加平原进行大突袭时，阿文·伊斯梅尔为了取得和平，同意每年向卡斯蒂利亚国王交纳一定贡品，同时释放六百名基督俘虏。或者，假如达不到这个数目，就用摩尔人质补上。阿文·伊斯梅尔严格履行条约，更加平静地统治了许多年，而没有遭遇这个好战的王国诸多君主常有的命运。在他统治期间格拉纳达享有着极大的繁荣，成为欢庆活动与繁华生活的中心。他的苏丹女眷是阿尔梅里亚的王子锡德·叶海亚·阿尔纳亚的女儿，她生了两个儿子，名叫阿布尔·哈桑和阿比·阿布杜拉（别号埃尔·扎加尔），他俩分别是布阿卜迪勒的父亲和叔父。现在我们说到了多事之秋，这个时期因征服格拉纳达而闻名。

穆勒·阿布·哈桑于1465年父王驾崩后继承王位。他采取的第一个行动，是拒绝交纳卡斯蒂利亚君主索取的令人可耻的贡品。随后发生了灾难性的战争，他的拒绝成为原因之一。不过，我只讲讲与阿文塞拉赫家族的命运相关的事实，以及有关对布阿卜迪勒的指控。

读者会记得，别号为“变节者”的堂·佩德罗·贝内加斯1433年从格拉纳达逃走后，留下两个名叫阿布·卡西姆和雷杜安的儿子，还有一个名叫塞提米安的女儿。他们在格拉纳达一直享有高贵的地位，因为母亲一方有皇家血统，也因为通过阿尔梅里亚的王子们与现任末代国王有姻缘关系。儿子们以其才能与勇敢出类拔萃，女儿塞提米安嫁给了阿尔罕玛国王的孙子和埃尔·扎加尔的表弟锡德·希阿亚。这样具备了强有力的姻缘关系后，发现阿布·卡西姆·贝内加斯被提升为穆勒·阿布·哈桑的高官，雷杜安·贝内加斯成为他的一名最受宠的将军，就不意外了。阿文塞拉赫家族用狠毒的眼光看待他们的升起，因为记得自己的家族在优素福·阿文·阿尔罕玛时期，在密谋的堂·佩德罗·贝内加斯挑起的战争中所遭遇的灾难，家族中许多人因而丧生。从此，在阿文塞拉赫家族和贝内加斯家族之间便有了世仇。不久在后宫里发生可怕的分裂，使这种世仇更加恶化。

穆勒·阿布·哈桑年轻时娶了表妹阿克莎·拉·奥拉公主，她是他叔父——那位运气不佳的苏丹、左撇子穆罕默德的女儿。她生了两个儿子，长子是布阿卜迪勒，他是王位推定的继承人。不幸，晚年他又娶了一位名叫伊莎贝拉·德·索利斯的妻子，那是个美丽的基督俘虏，以其佐拉亚的摩尔名字更为人所知。她也生了两个儿子。两个苏丹女眷于是在宫里彼此相斗，形成两派，各自都急于让自己的孩子继承王位。佐拉亚得到高官阿布·卡西姆·贝内加斯、他的兄弟雷杜安·贝内加斯和其他许多亲属的支持，部分由于同情她像他们自己一样有着基督血统，部分由于他们看到那位昏聩的君主宠爱她。

相反，阿文塞拉赫家族则聚集在苏丹女眷奥拉周围，部分是因为对贝内加斯家族有着世代相传的敌意，但毫无疑问，主要因为对作为家族老恩人穆罕默德·哈拉扎里的女儿强烈的忠诚之情。

宫中的纷争有增无减，产生了各种各样的阴谋，正如在皇宫中常见的那样。种种猜疑被巧妙地灌输给穆勒·阿布·哈桑，使他怀疑阿克莎·拉·奥拉正在图谋夺取自己的王位，以便让她的儿子布阿卜迪勒登基。于是，他一气之下将母子俩关进科马雷斯塔，威胁要把布阿卜迪勒杀死。深夜时分，焦急的母亲用自己和女侍的围巾把儿子从塔楼的一扇窗口放下去。一些用骏马等候着的侍从把他带到了阿普克萨拉斯。正是对这位苏丹女眷的监禁，可能才产生了布阿卜迪勒王后被他关在塔楼里接受生死审讯的传说。此事再没有其他些许根据了，我们在这儿发现那个专横的关押者就是布阿卜迪勒的父亲，而被俘的苏丹女眷就是他的母亲。

大约这个时候，有些人认为在阿尔罕布拉宫里对阿文塞拉赫家族实行屠杀，是因为怀疑他们与阴谋有关，此事也被归因于穆勒·阿布·哈桑的所为。据说是阿布·卡西姆·贝内加斯高官让那个家族的若干骑士送命的，以便杀一儆百让其余的人受到恐吓。如果真是如此，那么这一残暴的手段证明是失败的。阿文塞拉赫家族的人仍然勇敢无畏，在整个随后发生的战争中，他们忠诚地坚守着奥拉和她儿子布阿卜迪勒的事业。而在穆勒·阿布·哈桑和埃尔·扎加尔的官衔中，贝内加斯家族的人则总是名列前茅。这两个对抗的家族最终的命运值得注意。在格拉纳达最后的斗争中，向征服者屈服的人里面就有贝内加斯家族，他们放弃了穆斯林的信仰，又回到祖先放弃的信仰上。他们因此得到了官职和财产，与西班牙家族通婚，在这片土地上的贵族当中留下后代。而阿文塞拉赫家族则仍然忠实于自己的信仰，忠实于自己的国王，忠实于令人绝望的事业，随着穆斯林统治的垮台而衰落下去，只在历史上留下一个英勇无畏、富于传奇的名声。

在这篇历史性的概述中，我相信，对有关布阿卜迪勒和阿文塞拉赫家族的传说足以展现出了真实的状态。关于王后受指控和他对姐姐采取残酷行为的故事，也同样是无稽之谈。他在家庭关系中似乎是亲切和蔼的。根据历史记录，他只有一个名叫莫拉玛的妻子，她是洛克莎身经百战的司令老阿利亚塔的女儿，这位司令在边境战斗中取得了丰功伟绩，因而在歌谣和传说中很有名。他在进入基督领地那场损失惨重的突袭中阵亡，布阿卜迪勒也被俘。莫拉玛在整个人生的沉浮中都对布阿卜迪勒忠心耿耿。布阿卜迪勒被卡斯蒂利亚的君主废黜后，妻子同他一起退隐到在阿普克萨拉斯谷分配给他的小小地方。只是他准备前往非洲时（多疑警惕的费迪南德采取精明手段，连那点地方也剥夺了，仿佛要将他赶出故土），由于焦虑和长期痛苦，致使身心垮掉。妻子也长期患病，因日益忧郁病情加剧。布阿卜迪勒自始至终都对她忠贞不渝，满怀深情。将要启航的船只拖延了几周，使多疑的费迪南德大为烦恼。最终莫拉玛进了坟墓，显然是心灵破碎致死，费迪南德的特工把此事报告给了他，而这是有利于他的企图的——将布阿卜迪勒登船离开的唯一障碍排除了。

布阿卜迪勒的遗踪

我心里还热衷于不幸的布阿卜迪勒的问题时，便开始追寻着在他统治和遭遇不幸的地方至今尚存的遗踪。就在使节殿下面的科马雷斯塔里，有两间被一条狭窄长廊隔开的圆顶屋，据说这是曾经关押布阿卜迪勒和他母亲——善良的阿克莎·拉·奥拉的地点。的确，塔里再没有别处可以用作囚室了。屋子的外墙相当厚实，其中有些用铁条固牢的小窗口。有一条带有低矮栏杆的狭小的石头长廊，就在窗口下面沿着塔的三面延伸，不过离地面相当高。据推测，就是从这条走廊上，王后在黑暗的夜晚用她和女侍们的围巾把儿子放到下面的山腰上，一些忠诚的随从用骏马在那儿等候着，将他带进山里。

三四百年过去了，可是这个戏剧性的场所几乎没变。我一边在走廊上踱步，一边想象焦急的王后把身子俯过栏杆的情景，她怀着一个母亲怦怦跳动的心，倾听儿子沿达罗狭谷飞奔而去时马蹄声最后发出的回音。

接下来，我找到布阿卜迪勒最后从阿尔罕布拉宫出去的大门，当时他即将把首府和王国交出去。他怀着一个内心破碎的人忧郁、悲伤的念头，或者也许怀着某种迷信的意识，请求天主教君主们此后不允许任何人经过那扇门。根据古代编年史，由于伊莎贝拉同情他，依从了他的请求，那扇大门因而被封死。[1]

我一时寻查着这样一扇大门，但是没用。最后谦恭的随从马特奥说一定是用石头封起来的那扇门，根据他从父亲和爷爷那里听到的，那里便是布阿卜迪勒国王离开要塞的通道。关于它笼罩着一个秘密，在最年老的居民的记忆里它从未被打开过。

他把我带到那个地点。门在一座称为“七楼塔”的中央，它曾经是一座庞大的建筑。这儿在附近一带很有名，是产生奇异幽灵和摩尔魔法的地方。按照旅行家斯温伯恩的说法，它最初是进入的大门。格拉纳达的古物研究者们断言它是进入皇室住所的地方，国王的保镖就守卫在那里。因此，它有可能成为进出宫殿的直接通道，而宏伟的“正义之门”则是要塞正式的入口。布阿卜迪勒从那扇门出去，屈尊前往下面的维加平原，在那里他将把城门的钥匙交给西班牙君主。这时他把高官阿文·科米克莎留在“正义之门”，以便迎接基督军队的分遣队和官员，把要塞交给他们。[2]

一度令人敬畏的“七楼塔”如今成了一堆废墟，因为法国人遗弃要塞时将它炸毁。大块大块的墙体四处散落，或者埋没在茂盛的草丛中，或者被藤蔓和无花果树遮蔽。拱门尽管被震裂，但是仍然存在。

---

1 在阿尔罕布拉宫里有一扇门，摩尔人的布阿卜迪勒国王成为俘虏向西班牙国王唐费迪南德投降并将城市和城堡交出时，时即由此出去。为纪念如此重要的一次征服，这位国君请求给予特许将大门永远封闭。费迪南德国王同意了这一请求，从那时起不仅这扇门不再打开，而且在周围建造了牢固的堡垒。——原注

2 关于格拉纳达投降的一些小细节，即使目击证人也各说不一。笔者在修订版《征服格拉纳达》中，力求根据最新的显然也是最权威的引证予以修订——莫雷里著《历史词典》。——原注（莫雷里，1643—1680，法国牧师和百科全书编纂者。——译注）

不过可怜的布阿卜迪勒最后的愿望无意中得到满足，因为门已经用从废墟里弄去的松散石头堵住，至今不能通行。

我骑上马，沿着那位穆斯林君主离去的路线行进。我翻过洛斯－马提罗斯山，沿着一座同名的女修道院的院墙前行，再顺着长满芦荟和印度榕树的崎岖的峡谷下去，这儿有不少居住着吉卜赛人的洞穴和茅舍。下坡十分陡峭，起伏不平，我不得不下马牵住它往前走。可怜的布阿卜迪勒就是从这条“苦难的历程”[1]在悲哀中离开的，以免从城里经过，也许部分原因是不愿让居民们看到他的羞辱，但多半是为了避免引起大众骚动。无疑，由于后一个原因，派来接管要塞的分遣队也是从同一路线上来的。

这座崎岖的峡谷让人充满忧郁的联想，我由此走出去，来到称为普拉多林荫道的公共大道，再沿赫尼尔河向前到了一座小教堂，它曾经是清真寺，如今成为圣塞瓦斯蒂安隐士院。根据传说，布阿卜迪勒就是在这里把格拉纳达的钥匙交给费迪南德国王的。我骑马由此慢慢穿过维加平原到达一座村子——不幸的国王的家人即在那儿等他，他头天晚上已先将他们从阿尔罕布拉宫送走，以免母亲和妻子也像自己一样感到羞辱，或者暴露在征服者们的目光之下。我顺着被放逐的忧伤的皇家队伍离去的路线，来到一些贫瘠、悲凉的高山脚下，它们形成了阿普克萨拉斯山的外围。不幸的布阿卜迪勒就是从其中一个顶点最后看了一眼格拉纳达，它如今有个表现布阿卜迪勒的悲哀的名字，即“泪水山”。在它那面是一条蜿蜒穿过崎岖惨淡的荒地的沙路，这又使得不幸的国王悲哀有加，因为它通向放逐的地方。

1　原指耶稣前往殉难地点的路线。

我策马朝一座岩石的顶部走去，布阿卜迪勒就是在那里向格拉纳达告别后转过眼去时，发出了最后可悲的叹息，至今这仍然被称为“摩尔人最后的叹息”。他从那样一个王国、那样一座宫殿被赶走，谁会为他极度的痛苦吃惊呢？他似乎连同阿尔罕布拉宫一起，将家族所有的荣誉和生活里所有的荣耀与欢乐都放弃了。

也是在这里，母亲阿克莎的责备让他更加痛苦，她经常在他面临危险时给予帮助，却没能把自己不屈不挠的精神灌输给他。“你真行，”她说，“像个女人对自己不能像个男人一样保卫的东西哭泣。”这句话更多地表现出皇族女性的傲然之气，而不是母亲的温柔之情。

格瓦拉主教向查理五世讲述这件逸事时，皇帝同样对软弱犹豫的布阿卜迪勒表示轻蔑。“假如我是他，或者他是我，”高傲的君主说，“我宁愿让阿尔罕布拉宫成为我的坟墓，也不愿丧失王国去阿普克萨拉斯生活。”那些享有权力与荣华的人，多么容易对被征服者鼓吹英雄气概啊！他们几乎不能明白，当只留下一条生命的时候，对于不幸者而言生命本身的价值便更加珍贵。

我缓缓走下“泪水山”，让马自己悠然地闲荡回格拉纳达，而我则在头脑里反复想着不幸的布阿卜迪勒的故事。对各种细节总结之后，我发现自己对他是有好感的。他在整个短暂混乱、充满灾难的统治期间，证明了自己是个温和友善的人。首先，他以其和蔼可亲的举止赢得了人们的心。他总是温和宽大，从来不对偶尔反抗自己的人严加惩罚。他本身是勇敢的，只是缺乏道义上的勇气，在面临艰难与困惑时犹豫不决。这种精神上的软弱加速了他的垮台，让他丧失那种英雄气概，而这本来会使他的命运显示出崇高与尊严，使他配得上结束穆斯林在西班牙的统治这一出辉煌的戏剧。

格拉纳达的公共节庆

我忠诚的侍从和先前衣衫褴褛的向导马特奥，对于各种节庆和假日有着非常强烈的热情，他只有在详细讲述格拉纳达的民间宗教节日时，才变得如此富有口才。在为每年的天主教基督圣体节作准备期间，他不断在阿尔罕布拉宫和下面的城市之间奔波，每天向我讲述正在进行的奇妙的安排，极力诱导我从通风凉爽的隐居处下去亲眼看看，但是没用。最后，就在重大日子的前夜我听从了他的请求，在他陪同下从阿尔罕布拉宫下山，正如往昔寻求冒险的哈龙·阿拉斯切德[1]在贾法尔高官的陪同下一样。尽管太阳几乎西沉，但一道道城门已经挤满山里来的、别具一格的村民，以及维加平原那些被晒得黝黑的农民。格拉纳达总是庞大山区的一个汇聚地，这里散布着一些城镇和村庄。在摩尔人统治时期该地区的骑士经常来到这里，参加维瓦拉布拉十分壮观、半具战争性质的节庆，其精英们至今仍然常到此处参加教堂隆重的仪式。的确，许多来自阿普克萨拉斯和龙达山脉的山民，尽管如今作为热情的天主教徒向十字架俯首鞠躬，可他们身上还留着摩尔血统的印记，无疑是布阿卜迪勒那些易于变化的臣民的后代。

1 英国小说家阿内·曼宁（1807—1879）写的《哈龙·阿拉斯切德的冒险故事》中的人物。

在马特奥带领下，我穿过一条条已经充满了过节的人们的街道，来到维瓦拉布拉广场，这是举行骑马冲刺和马上比武的宽阔地方，在摩尔人关于爱情与骑士精神的歌谣里经常唱到。广场周围用木料搭建起一条走廊或拱廊，以便次日举行盛大的宗教游行。它作为一条用来行进的大道，晚上照得灯火辉煌，在广场四面的露台上均布置有乐队。格拉纳达的一切时尚与美丽，一切有着美貌或漂亮服饰要展示的男男女女都挤满了拱廊，沿着维瓦拉布拉广场一圈又一圈地漫步。这儿也有乡村的情郎和美女，他们身材好看，两眼闪烁，穿着鲜艳的安达卢西亚人的服饰。有的来自龙达本地，那里是一座座大山的中心地段，以其走私贩、斗牛士和漂亮女人闻名于世。

就在这些各种欢乐的人们不断环绕走廊漫步时，广场中央有不少从周围乡村赶来的农民，他们毫无炫耀展示的意图，只是来好好地简单享受一下。整个广场上都是这样的农民，他们由各个家庭和邻里形成不同的群体，就像吉卜赛人的露营地一样，有的听着伴随吉他的乐音慢吞吞地唱出的传统民谣，有的快乐地谈着话儿，有的又伴随响板的咔嗒声跳舞。我穿过这片拥挤、热闹的地方，马特奥紧跟在后面。我不时经过某一群乡下人，他们坐在地上，吃着虽然俭省却令人欢喜的食物。如果我闲荡过去时他们瞥见我，那么他们差不多无一例外会邀请我吃他们的便餐。这种热情好客的习惯从其穆斯林侵略者那里继承而来，它起源于阿拉伯人的帐篷，在整个这片地方很普遍，即使最贫穷的西班牙人也会这样做。

夜晚来临时，欢乐的气氛渐渐在拱廊里消失。乐队不再弹奏，充满喜气的人群四散回去。但广场中央还留下不少人，马特奥确切地告诉我，大部分农民无论男女老少都会在那儿过夜，就睡在苍穹下光秃秃的地上。确实，在这宜人的气候里夏夜并不需要盖任何东西。床成了一种奢侈品，西班牙很多强壮的农民从没享用过，他们有些人假装不屑一顾。普通的西班牙人把自己裹在褐色披风里，躺在外套或骡布上面，睡得很香，而假如还能有个马鞍做枕头，他就算得上奢侈了。不久证明马特奥的话是对的，一大群农民舒适地躺在地上过夜，午夜的时候，维瓦拉布拉广场上的情景犹如露营的军队一般。

次日早上，在马特奥陪同下我日出时再次去了广场。那里仍然到处是一群群睡觉的人：他们有的晚上跳舞狂喜后正在休息；有的前一天干完活后离开村子，一路跋涉了大半个晚上，正酣睡着，以便为参加这天的欢庆活动恢复好精神。大批从山里和平原上遥远的村子来的人夜里就出发了，他们带着妻子和孩子源源不断地到来。人人兴高采烈，相互问候，彼此说笑话、开玩笑。随着时间的过去，人们也越来越欢快热闹。现在来自各村的代表涌入城门，行进着穿过一条条街道，这必然会使壮观的队伍更加庞大。这些村子的代表由牧师带领，他们举着各自的十字架和旗子，以及圣母马利亚和主保圣人的画像。所有这些让农民们觉得颇有竞争性，也颇让人妒羡。这就像古代那些富有骑士精神的聚会，那时为了保卫首府或者给它的欢庆增光添彩，每座城镇和村子都送出自己的首领、武士和旗子。

最后，所有这些各种各样的分队组合成一支盛大队伍，缓缓地绕着维瓦拉布拉广场行进，并穿过主要的街道，那里的窗户和阳台无不悬挂起一面面织锦。这支队伍完全由各个宗教教派、军政当局和教区与村庄的要员组成：每座教堂和修道院都捐出旗子、画像和纪念物，为此次重大活动花费了大量钱财。大主教走在队伍中间，他的头上撑着缎子华盖，身边是一些下级官员及其随从。整个队伍和着不少乐队发出的越来越响亮的节奏行进着，从无数但平静的人群中间穿过，向前面的大教堂走去。

这支如僧侣般的盛大队伍穿过维瓦拉布拉广场——它是显示穆斯林的壮丽辉煌和骑士精神的古老中心——见此情景我不得不为时代与风俗的变迁所打动。确实，广场上的那些饰物必定会让人在头脑里形成对照。为此次游行搭建起来的整个木廊的正面，有几百英尺长，上面覆盖有一层画布，一些卑微但爱国的艺术家按照协议画了一系列在编年史和传奇故事中记载的征服格拉纳达的主要场景与壮举。因此格拉纳达的浪漫传奇与一切事情融合在一起，在公众的头脑里保持着新的活力。

我们走回阿尔罕布拉宫时，马特奥喜气洋洋，喋喋不休。“啊，先生，”他大声说，“世上没有任何地方像格拉纳达这样举行盛大的仪式。人们在这里娱乐不需要花一分钱，完全是免费的。可是那个征服的日子！啊，先生，那个征服的日子！”——在马特奥关于完美幸福的观念中，那个伟大的日子位居榜首。我发现那个征服的日子，就是费迪南德和伊莎贝拉的军队夺取或占领格拉纳达的周年纪念日。

按照马特奥的说法，那一天整座城市都彻底狂欢起来。阿尔罕布拉宫瞭望塔上的大警钟从早到晚发出铿锵的声音。钟声传向整个维加平原，在一座座大山里回响，召唤着远近的农民去参加首府的节庆。“那个有机会敲响钟声的少女是幸运的。它有一种魔力，必定会让她在这一年里得到丈夫”。

这一天阿尔罕布拉宫都向公众开放。它的一座座厅堂和庭院——摩尔君主们一度在那里执政——回响起吉他和响板的声音，一群群欢乐的人穿着安达卢西亚奇异的服装，跳起从摩尔人那里继承来的传统舞蹈。

一支象征夺取城市的庞大队伍行进着穿过大街。费迪南德和伊莎贝拉的旗子，即以前征服格拉纳达时留下的遗物，被从存放的地点取出，由旗手市长或优秀的大旗手胜利地高举起来。在所有战役中伴随君主们的便携式营地祭坛，被运送到大教堂的皇家礼拜堂，置于他们的陵墓前面，其雕像刻在不朽的大理石上。为纪念那次征服举行了隆重的大弥撒，仪式进行到某处时旗手市长戴上帽子，并在征服者们的陵墓上方挥舞旗子。

晚上，在剧院里就那次征服举行了一种更加奇特的纪念仪式，并演出了一场名为《万福马利亚》的受人喜欢的戏剧，它表现出埃尔南多·德尔·普尔加取得的著名战绩。此人别号为“英勇善战者”，他是个奋不顾身的武士，也是格拉纳达平民最受欢迎的英雄。在围攻期间，年轻的摩尔骑士和西班牙骑士针锋相对，显示出极大的勇气。有一次，这位埃尔南多·德尔·普尔加带领一些随从深夜冲入格拉纳达，用匕首把“万福马利亚”的铭刻钉在大清真寺的门上，以示已将清真寺奉献给圣母马利亚，然后他们安全地撤回。

摩尔骑士一方面钦佩这个大胆的举动；另一方面，感到一定要将它送回去。因此，次日有个名叫塔尔弗的相当勇敢无畏的骑士行进在基督军队前面，将刻着神圣的“万福马利亚”铭文的木匾拖在马尾上。维加平原的加尔西拉索骑士满怀热情地维护圣母马利亚的事业，他单独与摩尔人展开搏斗，将对手杀死，虔诚地在胜利中用长矛的末端将木匾高高举起。

以这一英勇壮举为根据的戏剧深受民众喜欢。虽然它在很久很久以前就开始演出，但始终都能够吸引观众，他们会完全沉迷于种种幻觉里。当他们最喜欢的普尔加就在摩尔人的首府中间，迈着大步并大肆叫嚣的时候，观众向他发出狂热的欢呼。他把木匾钉在清真寺的门上那一时刻，剧院里简直震动起来，爆发出雷鸣般的掌声。另外，扮演摩尔人的不幸演员则不得不忍受民众的愤怒，这有时与希内斯·德·帕莎蒙特[1]的木偶戏中那位“拉曼却英雄”的愤怒不相上下。因为，当异教徒塔尔弗把木匾系在自己的马尾巴上时，有些观众狂怒地站起来，准备跳到舞台上对这一侮辱圣母马利亚的行为予以报复。

顺便说一下，埃尔南多·德尔·普尔加实际的直系后裔是萨拉尔侯爵。作为那位狂妄的英雄的合法代表，为了纪念和奖赏所说英雄的非凡功绩，他继承了在某些场合骑马进入大教堂的权利。他还可以坐在合唱队里面，在奉举圣体时仍然戴着帽子，尽管神职人员经常坚持对这些特权提出质疑。我在社交中偶尔遇见他。他年轻，外表和举止讨人喜欢，长着一双明亮的黑眼睛，其中似乎潜藏着祖先的某种激情。每到基督圣体节，在维瓦拉布拉广场上的那些画中，有的栩栩如生地描绘了这位家族英雄的英勇壮举。有个普尔加家族的头发灰白的老仆看见它们时流下眼泪，急忙回去告诉了侯爵。这个老仆极大的热情只是让年轻的主人微微一笑。于是他凭着在西班牙给予年老家仆的自由，转向侯爵的哥哥大声说道：“瞧，先生，你比弟弟更加体贴。走，去看看你的祖先多么荣耀啊！”

为了模拟那个征服格拉纳达的伟大日子，几乎大山里的每座村庄和小镇都有自己的周年纪念，它们用乡村的盛况和粗笨的仪式，庆祝

1 塞万提斯小说《堂吉诃德》中一位诡计多端、不同寻常的莎士比亚式的人物。“拉曼却英雄”指小说主人公堂吉诃德。

从摩尔人的束缚中解脱出来。按照马特奥的说法，在这些场合，古老的盔甲和武器获得了某种复兴，其中有双手大刀剑、笨重的火绳钩枪，以及其他的战争遗物，自从征服之后，它们被一代代珍藏下来。而拥有某架古老火炮的社区是幸运的，它或许就是征服者们使用过的火炮之一。只要社区能够支付足够的弹药费用，人们就会让它整天在山里发出轰隆隆的声音。

这一天还会演出某种战争剧。一些民众在街上游行，他们用昔日的盔甲装扮起来，犹如信仰的斗士一般；另一些人则装扮成摩尔武士。广场上搭起了一个帐篷，里面放着有圣母马利亚像的祭坛。基督武士走上去做祈祷，但异教徒将帐篷包围，阻止他们进入。随后是模拟的搏斗，武士们有时忘了自己只是在扮演角色，因此彼此容易发生冷漠无情、剧烈惨痛的打击。然而，这样的搏斗总以有利于基督神圣的事业告终，摩尔人被打败，成为俘虏。圣母马利亚的像被从摩尔人手中夺回，胜利地举起来。接着举行隆重的游行，征服者们在热烈的掌声和夸耀中出现，而俘虏则被戴上镣铐领着走去，这显然让观众开心，并受到启迪。

这些庆祝活动让一个个小社区消耗掉不少财力，有时由于缺乏资金不得不暂停。可一旦境况变好，或者为此储备了足够的费用，人们就会再次满怀热情、慷慨大方地举办它们。

马特奥告诉我他有时也参加这些节庆，加入到搏斗的表演中，不过总是在真正的基督信仰一边。“因为，先生，”红衣大主教西曼乃斯的这个衣衫褴褛的后裔，有点神气地拍着胸口补充说，“因为，先生，我可是个老基督徒呀。”

本地的传说

西班牙的民众有着东方人讲述故事的激情，他们喜欢奇妙惊人的东西。在夏日的夜晚，他们会聚集在村舍门口，或者，冬天聚集在房间里如大洞穴般的烟囱角，怀着无法满足的乐趣倾听关于圣人的神奇传说、旅行者危机四伏的冒险，以及强盗和走私贩十分胆大的壮举。这个地方具有荒凉、孤寂的特点，知识的传播还不够完善，缺少大众化的话题，每个人在旅行尚处于原始状态的地方过着富于浪漫冒险的生活——这一切有助于让人们喜欢用口述的形式表现出来，并在其中极大地注入过于放纵和难以置信的东西。不过，最流行、普遍的主题莫过于摩尔人埋藏的财宝，这个主题遍及整个国家。在穿越荒凉的山脉那些往昔有过战斗和壮举的地方时，只要你看见一座摩尔人的瞭望塔——它高高地建立在悬崖峭壁当中，或者凸显于岩石上面的村庄的上方——那么你的骡夫在被紧紧追问之后，必然会放下正抽着的小雪茄，开始讲述穆斯林的金子被埋藏在它基脚下面的某个故事。城里的某座毁坏的城堡也必然有其宝贵的传说，它在邻近的穷人中间一代代传下来。

这些也像颇流行的故事一样，产生于某个并不充分的事实根据。摩尔人与基督徒的战争几百年来让这个国家的四分五裂，在此期间，那些城镇和城堡易于经常突然更换主子，居民们在围攻期间不得不把钱和珠宝埋在地下，或者藏在地窖和井里。在驱逐摩尔人时，他们中许多人也将最贵重的东西隐藏起来，希望自己被放逐只是暂时的，将来某一天他们能够回去重新找到自己的财宝。经过几百年后，必然时时有隐藏的金币、银币被偶然从摩尔人的要塞和住所的废墟中挖出。而只需几个类似的事实，就可以产生出上千个故事来。

如此产生的故事通常带有东方色彩，它们有将阿拉伯与哥特风格融为一体的明显标志，在我看来西班牙的一切无不具有这样的特征，尤其在南部各省。埋藏的财物总是被施了魔法，用咒语和护符保护起来。有时是用粗野的怪物或火龙守卫着，有时是中了魔法的摩尔人，他身穿盔甲坐在旁边，剑已出鞘，不过像雕塑一样岿然不动，长久以来永不停息地看守着。

由于特殊的历史条件，阿尔罕布拉宫无疑成了类似通俗故事的大本营，时时挖掘出来的各种遗物又增加了它的效果。曾经发现一只装有摩尔人的钱币和公鸡骨架的陶器，根据某些精明的审查者的看法，公鸡一定是被活埋的；另有一次挖出一只装着陶制大甲虫的器皿，上面有阿拉伯铭文，据称那是一种有着神秘效力、非常奇妙的护身法宝。于是，居住在阿尔罕布拉宫的衣衫破旧却不乏机智的人被弄得整天想入非非，最后这座古堡的每一座殿堂、塔楼和拱顶都成了某个奇妙传说的现场。我相信，在前面的篇章中，我已让读者在一定程度上熟悉了阿尔罕布拉宫所处的位置，现在我将更多地讲述与它有关的神奇传说——我在宫里漫步巡察期间，偶然获得各种零星的传说与提示，我已不辞辛劳地将它们组合起来。这就像一位古物研究者从几乎毁坏的铭文中，根据几个零散的字母写出一份正式的历史文献来。

假如在这些传说中，有什么东西使过于谨慎的读者有所疑虑，那么他必须记住此地的性质，并给予适当容忍。他一定不要在此期待支配普通场面和日常生活的、相同的概率律[1]，他必须记住自己行走在一座魔宫的殿堂里，这儿，整个都是“中魔的地方”。

1 数学用语。

风信楼

在高高的阿尔巴辛山的悬崖边上——这里是格拉纳达的最高处，它由达罗峡谷耸立起来，就在阿尔罕布拉宫对面——留下了曾是摩尔人的皇宫的所有遗迹。事实上它已变得湮没无闻，我颇费了一番周折才找到它，尽管我作过调查，又有聪明智慧、无所不知的马特奥帮助。这座建筑几个世纪以来有着“风信楼”的名字，因为古时在其一座塔楼上有个骑马的青铜武士，只要一吹风它就会转动。这个风标被格拉纳达的穆斯林教徒视为显示预兆的护符。根据一些传说，它上面有阿拉伯铭文，那些文字已经译成西班牙文，意思是：

明智的阿文·哈布兹说，以此方式，
安达卢兹便能够防止遭受袭击。

按照摩尔人昔日的某些编年史，这位阿文·哈布兹是塔里克侵略军的一名首领，塔里克是西班牙的征服者之一，他任命阿文·哈布兹为格拉纳达的要塞司令。塔里克希望他让那尊雕像作为对安达卢兹的穆斯林永久的警告：他们已被敌人包围，只有随时保持警惕，准备打仗，才能防止危险。

另一些人——其中有基督历史学家马莫尔——断言阿文·哈布兹

曾经是格拉纳达的摩尔苏丹，而风标的用意在于对不稳定的穆斯林政权发出永久警告，它上面用阿拉伯语刻着如下文字：

“阿文·哈布兹因此预言，安达卢兹有一天会消亡。”

有一位穆斯林史学家对这个预示性的铭文提出了另一版本，并得到西迪·哈桑的权威认可，后者是一名托钵僧，大约在费迪南德和伊莎贝拉时代享有盛名。取下风标的时候他在现场，那时老卡萨巴正要对它进行维修。

“我亲眼看见的，”可敬的托钵僧说，“它是七角形，上面有如下诗体铭文：

美丽的格拉纳达的这座宫殿有一个护符。
那位骑士虽然是个固体之物，但风一吹它就会转动。
对于智者这揭示出了一个秘密：
不久会出现一场灾难，将宫殿及其主人摧毁。”

实际上，那次去动了显示预兆的风标后没多久，就发生了下面的事。格拉纳达的国王老穆勒·阿布·哈桑当时坐在华丽的帐篷下，检阅从前面列队行进的部队，武士们穿着亮锃锃的盔甲和富贵的丝绸长袍，一个个骑在骏马上，佩带着饰以金银的宝剑、长矛和盾牌。突然，一场风暴从西南方席卷而来，片刻后乌云遮住天空，暴雨倾盆。洪流从山上咆哮着滚滚而下，把岩石和树木也卷了下来。达罗河洪水泛滥，一座座磨坊被冲走，桥梁被摧毁，花园遭到破坏。洪水卷入城里，毁坏房屋，淹死居民，甚至将大清真寺的内庭淹没。人们惊恐地冲向一座座清真寺，乞求真主安拉怜悯，把这咆哮的恶劣天气视为可怕灾难的前兆。确实，根据阿拉伯史学家毛卡里[1]的看法，它不过是可怖战争的象征和前奏，那场战争以格拉纳达的穆斯林王国垮台而告终。

我已这样提供了历史的根据，足以让人看到与风信楼及其作为护符的骑士有关的奇特秘密。

关于阿文·哈布兹和他的宫殿，我现在继续讲述一些更加令人吃惊的事。假如读者对其真实性有任何怀疑，我恳请他去向马特奥及其阿尔罕布拉宫的史学家朋友们求助。

1　原文为 Al Makkari。

阿拉伯占星家的传说

在许多世纪以前，有个名叫阿文·哈布兹的摩尔国王，他统治着格拉纳达王国。他是个隐退的征服者，就是说，他年轻时过着经常袭击掠夺的生活，现在年老体弱了“渴望安宁”，只求与世人和睦相处，好好利用自己的殊荣，静静地享受从邻国掠夺来的财富。

然而，这个最通情达理、爱好和平的老君王却要对付一些年轻的对手。一个个王子满怀他早年追求名誉和搏斗、好战的激情，要让他对自己与其父辈结下的旧怨负责。在他领地以内的某些遥远地区——他年富力强时曾对它们采取高压手段——如今在他渴望安宁时也易于奋起反抗，威胁着要把他围困在首府里。这样他便四面受敌。格拉纳达周围是一座座荒凉崎岖的大山，难以看到敌人靠近，所以不幸的哈布兹随时处于警觉、戒备状态，因为不知哪里会突然出现敌情。虽然他在山上已修建瞭望塔，在每个关口安置守卫，命令他们一旦敌人靠近就晚上点火白天升烟，但是没用。机警的敌人避开所有防范措施，会突然从某个意想不到的狭谷冒出来，就在他鼻子下面的地方进行掠夺，之后把俘虏和战利品带进山里。有哪个追求和平、隐退的征服者处于比这更不安的困境呢？

正当哈布兹被这些麻烦和骚扰困惑时，一名年老的阿拉伯占星家来到他的宫廷。占星家灰白的胡须长至腰带，每种迹象都表明他年事颇高，然而他却仅借助一只刻有象形文字的拐杖，几乎靠步行从埃及走完全程至此。他的名声已经先一步传来。他名叫易卜拉欣·埃本·阿布·阿尤布，据说，自从穆罕默德时期就来到世上，是先知的最后一个弟子阿布·阿尤布的儿子。他小时候跟随阿姆鲁的征服军进入埃及，许多年来留在埃及牧师们当中研究神秘术，尤其是魔法。

另外，据说他发现了延年益寿的秘密，借此他已活到两百岁高龄。不过由于他上了年纪才发现这个秘密，所以他只能让自己灰白的头发和皱纹保持下去。

这位奇妙的老人受到国王体面的款待，国王像大多年老体弱的君王一样，开始对占星家极其宠爱。国王本来要在宫殿里给占星家一套房间，但他宁愿住在山腰上的一个洞穴里，这座山俯瞰格拉纳达城，后来阿尔罕布拉宫正是建造于它上面。他让人把洞穴扩大，以便形成一个高大宽敞的大厅，顶部有个圆形洞孔，穿过它就像穿过井口一样，他可以看见天空，甚至正午也能看到星星。大厅的墙上全是埃及象形文字，有一些神秘的符号，其中还有星星图案。他采用多种手段装饰大厅，格拉纳达的能工巧匠们在他的指挥下进行装配组合，不过其神秘的特性只有他才知道。

不久这位贤明的占星家易卜拉欣成为国王的知心顾问，国王面临任何紧急情况时都会征求他的意见。一次哈布兹对邻国的不义行为展开猛烈反击，他哀叹自己不得不随时保持警惕，以防邻国入侵。这以后，占星家沉默了片刻后说：“知道吗，唔，国王，我在埃及时注意到有个昔日的异教女祭司，她发明了一个非凡的奇迹。在俯瞰布斯拉城的一座山上有一只公羊塑像，它的上面是一只公鸡塑像，下面是尼罗河大峡谷，公羊和公鸡均用黄铜铸造，在一根枢轴上转动。只要王国受到侵略的威胁，公羊就会转向敌人那边，公鸡就会叫起来。于是，居民们知道危险来临，而且知道来自何处，从而及时采取预防措施。

“上帝真伟大！”爱好和平的哈布兹大声叫道，“那是一只多么珍贵的公羊，可以时刻监控我周围的这些大山。还有那样一只公鸡，可以在危险的时候啼叫！真主啊！山顶上有这样的哨兵，我就可以在宫殿里安安心心睡觉啦！”

国王欣喜若狂，占星家等他平息下去后继续说道：

“在获取胜利的阿姆鲁（愿他安息！）征服埃及后，我在那片国土的牧师们当中留下来，研究其具有偶像崇拜性质的信仰的种种礼节和仪式，力求掌握让他们闻名四方的神秘知识。有一天我坐在尼罗河岸与一位老牧师交谈，他忽然指着像山头一般从附近沙漠中升起的雄伟的金字塔。‘我们所有能够教你的，’他说，‘就埋藏在那些大金字塔里的知识而言，是无足轻重的。在中央金字塔的中心有一间墓室，里面是大祭司的木乃伊，他曾帮助建造那座大金字塔。与他一同埋葬的是一本奇妙的智慧之书，其中包含魔法的一切秘密。亚当坠落尘世后得到了这本书，被一代一代传至智慧王所罗门，借助它，所罗门国王建造了耶路撒冷圣殿。至于书是如何落到那位金字塔的建造者手里的，只有无所不知的人才清楚。’

“听到埃及牧师说完这番话后，我心中渴望得到那本书。我可以指挥我们征服军的许多士兵和不少本土埃及人：我带领他们着手工作，穿过坚实的金字塔，经过艰苦努力我进入一条隐秘的内部通道。我沿着它进去，穿过一座可怕的迷宫，深入到金字塔中心，甚至来到墓室，那位大祭司的木乃伊已在此躺了数个时代。我打开木乃伊的一些外棺，然后打开许多包装和绷带，终于在它胸口上发现了那本珍贵的书。我用颤抖的手抓住它，摸索着走出金字塔，把木乃伊留在黑暗寂静的墓里，让它在那儿等待复活与审判的最终日子。”

“阿布·阿尤布的儿子啊，”哈布兹叫道，“你是个了不起的旅行家，见识过奇妙的东西。不过金字塔的秘密和智慧王所罗门的智慧之书，对我有什么用处呢？”

“是这样的，哦，国王！通过研究那本书我学会了所有魔法，能够指挥魔仆帮助完成我的计划。我因此熟悉布斯拉的法术之秘，自己也可以弄出法术，而且是更有效力的法术。”

“啊，阿布·阿尤布聪明的儿子，”哈布兹叫道，“这样的法术胜过山上所有的瞭望塔和边界上的哨兵。给我一种安全的保障吧，那么我金库里的财富就任你支配了。”

占星家立即着手满足君王的愿望。他让人在皇家宫殿的顶部建造一座巨塔，宫殿耸立在阿尔巴辛的山脊上。巨塔用来自埃及的石头建成，据说是从一座金字塔拆下来的。塔的上部有一座圆形大厅，其窗口面朝指南针的每一标点。每扇窗前有一张桌子，上面像在棋盘上一样布置着由骑兵和步兵组成的模拟军队，并有一尊管辖那方的指挥官的塑像，全部用木头雕刻而成。每张桌上有一支小长矛，它并不比刺针大，上面刻着某些古巴比伦人的符号。一扇黄铜大门经常把大厅关闭，一把巨大的钢锁把它锁住，钥匙掌握在国王手中。

在塔顶有一尊摩尔族骑士的青铜塑像，它固定于枢轴上，一只手拿着盾，长矛垂直地握在另一只手里。骑士面朝城市，仿佛守卫着它。但假如有敌人靠近，塑像就会转向那边并用长矛对准，好像在指挥行动。

等这个法术弄好后，哈布兹迫不及待地要试试它的效力，渴望有人入侵，就像他先前渴望安宁那么强烈。他的愿望不久得到满足。某天一大早，受命看守巨塔的哨兵带来消息，说青铜骑士的面部转向了埃尔韦拉群山，它的长矛直指诺普要道。

“敲响锣鼓吹响喇叭，发出号令拿起武器，让整个格拉纳达进入警戒状态。”哈布兹说。

“啊，国王，”占星家说，“别打扰你的城市，也别让你的武士拿起武器，用不着借助武力摆脱敌人。把你的侍卫打发走吧，咱们独自前往巨塔的秘密大厅。”

年老的哈布兹让比他更年老的占星家易卜拉欣扶着爬上高塔的楼梯，他们把黄铜门上的锁打开后走进去。朝向诺普要道的窗户开着。“这面有危险，”占星家说，“哦，国王，来看看这张桌子的秘密。”

哈布兹国王走近像棋盘一样的桌子，上面摆放着一些小小的木雕像，他忽然吃惊地发觉他们全都动起来。一匹匹马直立腾跃，武士们挥舞着武器，同时传来锣鼓与号角微弱的声音，以及武器的碰撞声和战马的嘶叫声。但全都没有一个昏昏欲睡的人正午躺在阴凉里时，所听见的蜜蜂或夏虫的嗡嗡声那么大，那么清楚。

“注意，啊，国王，”占星家说，“这个证据表明敌人现在甚至进入了田野。他们一定正从诺普要道穿过那边的山。如果你想在他们当中引起恐慌和混乱，让他们活着撤退，就用这支魔法长矛的末端打击雕像。如果你想引起流血冲突和残杀，就用长矛的尖端打击雕像。”

哈布兹的脸色一时有些发青。他战栗、急切地抓住长矛，蹒跚着朝桌子走去，灰白的胡须似乎在得意地摆动。“阿布·阿尤布的儿子，”他带着窃笑的语调大声说，“我想得流一点血啦！”

说罢他将魔法长矛向一些小雕像刺去，又用长矛柄痛打其他雕像，前者像死了一样倒在棋盘上，其余的转身彼此对立，陷入混战之中。

占星家好不容易才让这位最和平的君王住手，阻止他将敌人彻底歼灭。最后，他说服国王离开高塔，并派遣侦察兵从诺普要道前往山里。

他们返回后得到情报，说有一支基督军队已穿过内华达山脉的中心，几乎到了格拉纳达可以看见的地方，他们自己的人在此发生一场冲突，转身彼此用武器相向，经过猛烈杀戮后撤退到边界那面。这证明法术产生了效力。"终于，"国王说，"我将过上平静的生活，能够控制所有敌人了。啊，阿布·阿尤布聪明的儿子，你给我带来这么大的好处，我能用什么报答你呢？"

"哦，国王，一个老人和达观的人的需求少而简单。让我能够把自己的洞穴打理得像个恰当的隐士住所，我就满足了。"

"真正的智者多么富有节制啊！"哈布兹叫道，为如此廉价的报偿感到窃喜。他叫来司库，吩咐无论易卜拉欣需要多少钱装修布置自己的隐士住所都要拨款。

占星家这时吩咐让人从坚硬的岩石中开辟出各种屋子，组成一排排与占星厅相连的套间。他又让人给套间配备奢华的搁脚凳和长沙发，并将最富丽的大马士革[1]丝织品挂在墙上。"我是个老人，"他说，"再不能让骨头靠在石椅上，这些潮湿的墙壁也需要遮挡一下。"他还让人做一些浴缸，配上各种香水和香油。"人老了身子僵硬，有必要用浴缸泡得软和些，还可让因从事研究而干枯的身子变得清新柔和。"

他让人在套间里挂上无数的银灯和水晶灯，给里面装满香油——那是他根据从埃及的坟墓中发现的处方精心配制而成。这种油的性质

1　大马士革，叙利亚首都。

永久不变，散发出一种柔和的光，就像温和的日光一样。“太阳光太鲜艳、强烈，”他说，“老人的眼睛受不了，这种灯光才更适合于一位哲人搞研究。”

国王哈布兹的司库为每天需要装备隐士住所的费用叫苦，他去向国王倾吐自己的怨气。然而王室的命令已经发布。哈布兹耸耸肩说：“咱们得忍耐一下。这位老人从埃及的金字塔和广阔的废墟中，获得了富有哲学意义的隐居想法。不过万事都有终止的时候，他对自己洞穴的装备也是如此。

国王说得对。隐士住所终于建造完毕，它形成一座豪华的地下宫殿。占星家表示非常满意，他把自己关在里面，整整三天埋头研究。之后他又出现在司库面前。“还有一样东西是必需的，”他说，“在脑力劳动之余需要有一点点舒缓。”

“哦，明智的易卜拉欣，我一定提供所有必要的东西解决你的寂寞。你还需要什么呢？”

“我想要有几个舞女。”

“舞女！”司库惊讶地重复道。

“舞女。”哲学家严肃认真地回答，“她们要看起来年轻美丽，因为看见年轻与美丽让人精神振奋。几个就足够了，我是个生活习惯简单的哲学家，容易满足。”

这位贤能的易卜拉欣如此明智地在隐士住所度过时光，与此同时爱好和平的哈布兹在高塔里用雕像展开激烈的战役。对一个像他那样有着安宁的习性的老人，让战争变得如此容易，能够在自己房间把整个敌军像大群的苍蝇一样赶走，以此自娱，这是一件多么美妙的事情。

他一时间放纵于自己的性情，甚至奚落、侮辱邻国，诱使他们入侵。但是他们从反复遭遇的不幸中逐渐变得谨慎，最后谁也不冒险侵略他的领土。许多个月来那尊青铜骑士一直待在建造的和平塔上，它高举着长矛。可敬的老君王开始抱怨缺少了他惯常的娱乐运动，对自己单调乏味的平静生活发起牢骚来。

终于有一天那尊辟邪的骑士突然转向，它放低长矛，冷漠呆板地指着瓜迪克斯山。哈布兹赶紧来到高塔，可是那里的魔法桌平平静静，武士们全都一动不动。他对这种情况困惑不解，派了一支骑兵迅速前往山里侦察。三天后他们返回。“我们搜索了每个山口，”他们说，“但没有任何头盔或长矛动一下。我们在侦察过程中只发现一个美丽非凡的基督少女，她正午时睡在一口泉水旁边，我们把她俘虏带回来了。”

“一个美丽非凡的少女！”哈布兹叫道，两眼放出富有生气的光彩。“快把她带到我面前来。”

美丽的少女因此被带到国王面前。她用一切奢华的装饰打扮，在阿拉伯人征服时期，这样的装扮在具有哥特式风格的西班牙人当中很流行。耀眼得发白的珍珠盘绕在她乌黑的长发上。珠宝在她的额头上光彩熠熠，比得上她那双明亮的眼睛。她的脖子上挂着一串金链，身子一边有一把银制的里拉琴悬挂在上面。

她那灿烂的黑眼睛在闪动，像火花一般照耀着哈布兹虽然枯萎但却易燃的心。她那令人眼花缭乱的性感步伐使他神魂颠倒。“最最美丽的女人呀，”他欣喜若狂地叫道，“你是谁，做什么的？”

“我是某位哥特君主的女儿，他不久前还统治着这片地方。我父亲的军队像中魔一样被消灭在这些大山里。他被流放，我成了俘虏。”

“当心，哦，国王！”易卜拉欣耳语道，“此人可能是我们听说过的北方的某个女巫，她打扮得极其妩媚诱人，欺骗那些不警惕小心的人。我想我从她的目光中看到了妖术，也从她的一举一动中看到了魔法。无疑这就是法术指出的敌人。”

“阿布·阿尤布的儿子啊，”国王回答，“我承认你是个聪明人，也许是个魔法师。但是就女人而言你了解得不多。这方面的知识我不会输给任何男人，我甚至不会输给智慧王所罗门本人，尽管他妻妾成群。至于这个少女，我看不出她会有任何伤害。她看起来美丽漂亮，在我眼里讨人喜欢。”

“听着，哦，国王！”占星家回答，“我用自己的法术让你取得了许多胜利，可是从来没分享过战利品。那么把这个迷失的俘虏给我吧，以便我孤独时她用银制的里拉琴安慰我。如果她确实是个女巫，我会用相反的法术对抗她的符咒。”

“什么！还要女人！”哈布兹叫道，“你不是已经有了足够的舞女让你获得安慰了吗？”

“我的确有了舞女，可是还没有任何歌女。我乐意有点吟唱的东西，以便在我艰苦的研究中感到疲乏时打打精神。”

“让你那些隐士的渴望打住吧，”国王不耐烦地说，“这个少女我已留给自己了。我从她身上看到不少让人安慰的东西，甚至是智慧王所罗门的父亲大卫从书念童女[1]亚比煞[2]的相伴中，所发现的那种安慰。”

占星家进一步恳求和劝说，但国王只是作出更加武断的回答，他们非常不快地分别了。贤明的人把自己关在隐士住所里，郁闷地思考

1 另有书念妇人、书念女子的名称。

2 一个年轻美貌的女子。大卫年迈时身体很冷，她被选来与大卫同睡一衾以使大卫保暖。大卫死后，其子亚多尼雅要求娶亚比煞为妻而被所罗门杀死。

着自己如何失望。不过他离开前，再次警告国王要谨防危险的俘虏。可是哪还有坠入爱河的老头还愿意倾听忠告呢？哈布兹完全任凭心中的激情摆布。他只考虑如何让自己在这位哥特美女的眼中感到亲切。他确实不再因为年轻而讨人喜欢，但是他有财富，而一个年老的情人通常慷慨大方。为了弄到东方最珍贵的商品，格拉纳达的扎卡丁商业广场被搜了个遍。丝绸、珠宝、高级香水，所有亚洲和非洲出产的、富贵罕有的东西都慷慨地送给了这位公主。为让她开心，还策划了各种精彩的表演和欢庆，有吟唱、跳舞、马上比武和斗牛——格拉纳达一时成为不断举行盛会的地方。

哥特公主用习惯于富丽堂皇的神态，看着所有光彩耀眼的东西。她接受了这一切，把它们当作对自己身份——或更确切地说是美貌，因为美貌的苛求甚至比身份更为高傲——应有的尊重。而且她似乎暗中喜欢促使君王大肆花费，从而削减他的金库。然后，她又把他过度的大方看成是理所当然的事。尽管这位可敬的情人如此殷勤慷慨，可他也不能自以为在她心中留下什么印象。她的确从来没有对他蹙眉，可也从来没有对他露出笑容。无论何时他请求得到她的爱，她就弹起银制的里拉琴，琴音中有一种神秘的魔力。君王马上开始打盹，不知不觉感到困倦，渐渐地睡着了，醒来时精神大振，但是激情已经完全平静下来。这大大挫败了他的追求。然而这样的睡眠中伴随着一个个令人愉快的梦，它们彻底把沉睡的情人的意识给奴役了，所以他继续做梦。同时，整个格拉纳达都在嘲笑他痴迷，抱怨为了廉价的东西金库被大肆挥霍。

终于危险突然降临到哈布兹头上，他的法术也无法发出任何警告了。就在他的首府爆发了叛乱：宫殿被一群武装暴徒包围，他们威胁着要他和他的基督情人的命。一线古老尚武的精神在君王的胸中复苏。他率领一小队守卫冲出去，使得叛匪逃之夭夭，从而把叛乱扼杀在摇篮中。

恢复平静之后他找到占星家，后者仍然把自己关闭在隐士住所里，仿佛咀嚼着充满怨恨与苦味的反刍食物。哈布兹带着安慰的语气走近他，说：“啊，聪明的阿布·阿尤布的儿子，你确实对我作出了很好的预言，说那个被俘的美女会给我带来危险——你既然能如此快地预见危险，那么请告诉我，我应该怎样避免它呢。”

“离开那个异教少女，她是祸根。”

“我宁愿先放弃自己的王国。”哈布大声说。

“那么你有失去两者的危险。”占星家回答。

“别这么严厉生气，啊，最为渊博的哲学家。考虑考虑一位君王和情人遭受的双重不幸，想出某种法子不让我受到邪恶的威胁吧。我不在乎堂皇显赫，不在乎权力，我只是渴望安宁。我希望隐退到某个平静的地方，在那儿可以躲避尘世及其所有的忧虑、浮华和麻烦，让余生过上拥有平静和爱情的生活。”

眉毛浓密的占星家注视了他片刻。

“如果我能给你提供这样一个隐退的地方，你愿意付出什么呢？”

“你想要什么报偿说就是了，不管是什么，我只要办得到，只要灵魂不死，我都会给你。”

“唔，国王，你听说过伊雷姆园吧？它是幸运的阿拉伯的一个奇迹。”

“我听说过它。《古兰经》里有记载，就在《黎明》那一章里。我还从去麦加的朝圣者们那儿听到与它有关的惊人事情。不过我把它们看成是一些狂热的传说，到过遥远国度的旅行者总爱讲述这样的传说。”

“哦，国王，别不相信旅行者的故事，”占星家严肃地回答，“它们包含着来自天涯海角的珍贵知识。至于伊雷姆殿和伊雷姆园，人们讲述的通常都不错。我亲眼见过它们——请听听我的冒险故事，它与你要求的东西有关。

“我年轻时只是个沙漠上的阿拉伯人，照看着父亲的骆驼。有一只骆驼在穿过亚丁沙漠时走丢了。我找了几天都没找到，最后我累得精疲力竭，正午时我躺在一口枯泉旁的棕榈树下睡去。醒来的时候我发现自己躺在城门边。我走进城里，看见一些宏伟的街道、广场和市场，不过一切寂静无声，一个居民都没有。我继续向前漫步，来到一座豪华的宫殿，里面有个花园装饰着喷泉、鱼池、小树林和簇簇鲜花，果树上结满了美味的果实。可是仍然不见人影。我对这样的寂静感到惊骇，于是匆忙离开。走出城门后我回头看看，可再也见不到那个地方，展现在我眼前的只是一片寂静的沙漠。

“我在附近遇见一位年老的苦行僧，他熟知当地的传说和秘密，我向他讲述了发生在自己身上的事。‘那是闻名遐迩的伊雷姆园，是沙漠上的一个奇迹。它只是偶尔出现在某个你这样的漫游者眼前，让他看见塔楼、宫殿和果树密布的围墙，随后便消失了，只留下一片寂静的沙漠。对此有如下传说：古时候这地方居住着阿德人，塞达德国王——他是亚德的儿子和诺亚的曾孙——在此建立了一座辉煌的城市。建造完毕后他看见城市非常宏伟壮观，于是变得妄自尊大起来，他决意建造一座皇家宫殿，其中的一座座园子要与《古兰经》里讲的天堂上的一切媲美。可是他太放肆了，遭到神的诅咒。他和自己的臣民被赶出大地，而他的辉煌城市、宫殿和花园也都被长久笼罩在魔法之中，它们因此无法让人看见，只是间或出现一下，让人们永远记住他的罪过。'

“这个传说，噢，国王，以及我看见的奇迹，始终留存在我的脑海中。在以后的岁月里我去过埃及，获得了智慧王所罗门的智慧之书，我决心回去重访伊雷姆园。我这样做了，看见那番景象呈现在受到启示的我的眼前。我拥有了塞达德国王的宫殿，并在他虚幻的宫殿中度过几天。看守那个地方的魔仆服从我施展的魔力，而且向我透露了法术——似乎整座花园因为有了它而显现，也因为有了它而隐身。哦，国王，我甚至能够在这儿，在高于你这座城市的山上，为你创造这样的宫殿和花园。我不是知道所有的秘密法术吗？我不是拥有智慧王所罗门的智慧之书吗？”

“啊，阿布·阿尤布明智的儿子！”哈布兹叫道，满怀热望地发抖，“你确实是个旅行家，看见过、听说过绝妙的事情！为我设计一座这样的乐园吧，你可以要任何报偿，甚至我的半个王国都行。”

“哎呀！”对方回答，“你知道我是个老者和达观的人，容易满足。我要求的唯一报偿是上等的驮兽及其背负的东西，它将进入宫殿的魔法门。”

君王高兴地同意了如此一般的条件，于是占星家开始工作。他在山顶上面——就在他的地下隐士住所上方——让人建了一条通往一座牢固高塔的大通道或外堡。

有一个外庭或门廊，它的拱门很高，里面的一道入口用厚重的大门隔着。占星家在入口的填缝石上亲手刻了一把巨大的钥匙图形，又在前庭外拱的填缝石（比入口的填缝石更高大）上，刻了一只巨大的手，这些便是有力的法术。他用一种陌生的语言对此重复讲了许多句话。

等到入口完成后，他在占星厅里把自己关闭了两天，秘密地念着咒语。第三天他爬上山，整天在山顶上度过。夜深时他下了山，来到哈布兹面前。

“瞧，国王，”他说，“我的工作终于完成啦。在这座山顶上耸立着人大脑曾经设计出的——或者人的心里所渴望的——最为合意的宫殿。它包括一些豪华的大厅和走廊、惬意的花园、凉爽的喷泉，以及芳香的浴室。总之，整座山都变成了乐园。它像伊雷姆园一样受到有力的魔法保护，除了掌握法术秘密的人外，凡人是无法看见它、找到它的。”

“够啦！”哈布兹高兴地大声说，“明天，咱们在曙光的照耀下上山去享有它吧。”

快乐的君王那晚没怎么睡着。阳光一出现在内华达山脉的雪山顶上他就骑上了马，只由几个精选的侍从陪同，他们爬上一条通往山上的陡峭、狭窄的道路。哥特公主骑着一匹驯马跟随在他旁边，她全身珠光闪闪，脖子上悬挂着那把银制的里拉琴。占星家则拄着象形手杖行走在国王的另一边，他从没骑过任何马。

哈布兹期待着看见宫殿的高塔在上方显现，以及花园里树荫下的露台展现在高处，可是至此没看见任何这类东西。“这是此地的秘密与护卫措施，”占星家说，“只有经过了被符咒镇住的入口才能看见什么，并享有这里。”

他们走近入口时占星家停下，向国王指着刻在拱门上的神秘的手与钥匙：“这些就是护卫乐园入口的法术。在那只手伸下去抓住钥匙前，无论是凡人的力量还是魔法都战胜不了这座山的主人。”

就在哈布兹于默默的惊讶中张大嘴巴盯住这些神秘的法术时，公主的驯马驮着她向前走进入口，来到外堡中间。“瞧，”占星家说，“那是答应给我的报偿：上等的驮兽及其背负的东西，它将进入宫殿的魔法门。”

哈布兹露出微笑，以为老人在开玩笑。可他发现对方是当真的时，气愤得灰白的胡须直抖。

“阿布·阿尤布的儿子，”国王严厉地说，“你这是什么谬误？你知道我允诺的意思：上等的驮兽及其背负的东西，它将进入宫殿的魔法门。把我马厩里最强壮的骡子牵去吧，再驮上我金库里最珍贵的东西，它们是你的了。但不可打她的主意，她可是讨我喜欢的。”

“我拿财富有什么用。”占星家轻蔑地说，“我不是有智慧王所罗门的智慧之书吗？借助它可以掌握世上的秘密宝库。我合法拥有了公主。既然你已经发出高贵的誓言，她就属于我了。”

骑在驯马上的公主骄傲地俯视着，对两个老者为拥有年轻与美丽彼此争论，噘起的玫瑰色嘴唇露出藐视的微笑。君王的愤怒胜过了谨慎。“沙漠上的卑鄙家伙，”他喊道，“你可以掌握许多本领，可要知道我是你的主人，别擅自欺骗你的国王。”

“我的主人！我的国王！”占星家应声道，“一座山丘的君主，竟然声称要支配拥有所罗门法术的人！再见了，哈布兹。去统治你小小的王国吧，为傻瓜们的乐园得意吧。至于我，我会在自己理性的隐退地方嘲笑你。”

说罢他抓住驯马的缰绳，用手杖击打地上，然后与哥特公主一道从外堡中间陷下去。地面在他们身后合拢，并且在他们沉下去的入口没有任何痕迹。

哈布兹一时惊讶得目瞪口呆。待恢复过来后，他命令一千个工人用镐和锹挖占星家消失的地点。他们挖呀挖，可是徒劳无益，山的内部很坚硬，他们的工具挖不下去。或者如果挖下去一点点，挖出的地方又迅速填满。哈布兹寻找山脚下通向占星家的地下宫殿的洞口，但再也找不到了，先前是入口的地方现在成了原始岩石坚固的表面。随着易卜拉欣的消失，他的法术也不起作用。青铜骑士仍然面朝山伫立着，长矛指向占星家沉下去的地点，仿佛那儿仍然潜伏着哈布兹的天敌。

音乐声和一个女人的声音时时隐约从山的地下传来。有个农民一天给国王带来消息，说头天晚上他在岩石里发现一处裂缝并爬进去，直到看见下面有一座地下大厅，占星家就坐在一张华丽的长沙发上——他正随着公主的银色里拉琴的琴声点头打瞌睡，公主似乎用魔力支配着他的意识。

哈布兹寻找岩石里的裂缝，可它又合拢了。他再次企图挖出对手，但一切白搭。那只手和那把钥匙的符咒太强大，人的力量抵挡不了。至于山顶——那里是许诺给他的宫殿和花园——它仍然是一片光秃的荒地。要么是所吹嘘的乐园被魔法隐身，要么它仅仅是占星家的无稽之谈。世人宽容地认为是后者，有人常把此地称为“国王的荒唐园”，其他人则把它叫作“愚人的天堂”。

更让哈布兹恼怒的是，他的邻邦——他在成为护符辟邪的骑士的主人时，曾于悠闲中蔑视、嘲笑和抨击它们——这时发现他不再受到魔法保护，便从四面八方入侵他的领土，把这位最和平的君王的余生弄得一团糟。

最后哈布兹死了，被人埋葬。那以后过去了许多岁月，阿尔罕布拉宫被建造于那座多事的山上，在一定程度上实现了伊雷姆园令人快乐的虚幻东西。被符咒镇住的大门仍然完好，它无疑受到神秘的手和钥匙保护，如今成了“正义之门”，成为通往这座堡垒的重要入口。据说，年老的占星家如今还待在入口下面的隐秘大厅里，他坐在沙发上点头打瞌睡，公主的银色里拉琴使他安然平静。夏夜时，在门口站岗的老弱哨兵时而听见乐曲声，他们受其催眠的影响，静静地在岗位上打起瞌睡来。不仅如此，整个地方都让人昏昏欲睡，甚至通常可见白天守卫的人都在外堡的石凳上点头打瞌睡，或者在附近的树下睡了，所以事实上这里成了整个基督世界最令人昏昏欲睡的军事据点。古老的传说中说，这一切将世世代代持续下去。公主将仍然成为占星家的俘虏，而占星家也将被公主困在中魔的睡眠里，直至最后审判日——除非那只神秘的手抓住宿命的钥匙，把中魔的大山所有魔法驱散。

关于《阿拉伯占星家的传说》的说明

毛卡里在其西班牙的穆罕默德朝代史中，从另一位阿拉伯作家的书里引用了一段关于护符雕像的描述，它与前面的传说有些类似。

他说，以前在加的斯[1]有一座一百多腕尺[2]高的方塔，它用大块石头建成，再用黄铜夹子固定。顶部是个男人的雕像，他右手拿着手杖，面向大西洋，左手食指指着直布罗陀海峡。据说那是古代由安达卢西[3]的哥特国王建造的，以便为航海员提供信标或指引。巴巴里和安达卢西的穆斯林把它视为一种护符，它对整个大海都施了魔法。在它的指引下，有个称为马尤斯的国家的大批海盗乘着大船出现在海岸，船首和船尾各有一面方帆。他们每隔六七年来一次，在海上遇见什么抢夺什么。他们在雕像的指引下穿过海峡进入地中海，登上安达卢西海岸，用武力摧毁一切，有时甚至掠夺到远至大海对岸的叙利亚。

最后，在内战时期有个穆斯林海军上将在占领加的斯后，听说塔

1　西班牙西南部港市。

2　古时的一种长度单位，自肘至中指端，长约 17~21 英寸。

3　安达卢西亚。

顶上的雕像是纯金的，就派人把它取下来打碎，结果却是镀金的黄铜。偶像被破坏后，对大海所施的魔法没有了。从那时起海洋上再没出现海盗，只见到他们的两只船毁在岸边，一只在马尤斯港，另一只在阿尔－阿格汉海角附近。

毛卡里提到的海上的入侵者一定就是维京人。

阿尔罕布拉宫的来客

近三个月来，我在阿尔罕布拉宫毫无打扰地享受到做君主的美梦——这段宁静的时间比我许多前任享受到的更长。在这期间，季节的更替带来了通常的变化。我到达时是5月，发现一切清新凉爽。树叶稚嫩而透明，石榴尚未开出鲜艳深红的花儿，赫尼尔河和达罗河的果园也鲜花盛开。岩石上悬垂着野花，格拉纳达似乎完全被茫茫的一片玫瑰包围。无数的夜莺在它们当中歌唱——不仅是晚上，整个白天也如此。

此时夏季到来，玫瑰已枯萎，夜莺沉默了，远处的乡村开始呈现出焦干晒黑的样子。虽然在城市周围和雪山脚下深深的峡谷里仍然保持着常绿。

阿尔罕布拉宫里有一些适合不同气温的隐避地方，其中最独特的便是一间间几乎成为地下室的浴室。它们依然保持着古老的东方特色，尽管留下了令人悲哀、衰败的痕迹。在通向一个先前装饰着鲜花的小庭的入口，是一座厅堂，它中等大小，不过建筑上显得明亮而优雅。它的上方有一条小走廊，走廊由一些大理石柱和具有摩尔人风格的拱门支撑。在铺石路面中间有一座汉白玉喷泉，它仍然喷出一股水让那儿变得凉爽。每一边都有些沉陷进去的凹室，它们有上升的平台，浴客洗过澡后躺在靠垫上，在芳香的空气和从走廊传来的柔和音乐中享受着宁静与舒适。在这座厅堂那面是一些内室，它们更加隐秘，是女人私密的至圣所，因为后宫的美女们就在这儿尽情享受奢华的洗浴。这里有一种柔和、神秘的光线，是从拱顶的一些小孔（天窗）里照进去的。昔日那些高雅的痕迹仍然可见，还有苏丹女眷们曾经躺过的汉白玉浴缸。这些拱顶室整个显得昏暗寂静，因而成了蝙蝠最喜欢的地方，它们白天待在黑暗角落，受到干扰时就神秘地在朦胧的房间里飞来飞去，难以形容地越来越表现出被迫放弃和感到憔悴的样子。

这个虽然荒废但是却凉爽幽雅的地方，有着洞穴那样的清新与隐蔽，夏季到来时我便在里面度过白天闷热的几小时，日落时才出去，晚上在这座主要内庭的大水池里洗澡或不如说游泳。这样，我便在一定程度上消除了气候所带来的令人萎靡不振的影响。

然而，我掌握绝对君权的梦想终于结束了。一天早晨我被火器的爆裂声惊醒，声音在塔楼之间回响，仿佛城堡遭到袭击似的。我冲出去，发现有一位老骑士带着不少仆人占有了使节殿。他是个年老的伯爵，从格拉纳达的宫殿里来到山上，准备在阿尔罕布拉宫度过短暂时间，呼吸呼吸更加纯净的空气。他还是个根深蒂固的老猎人，想要从阳台上射击燕子，以便早餐时有点儿胃口。这是一个并无伤害的消遣，因为随从们敏捷地给他的枪装上弹药，使他能够爽快地射击，而我也不能为一只燕子的死指责他。不仅如此，那些鸟儿自己好像也喜欢这种运动，它们仿佛取笑他缺乏技术，在离阳台不远处盘旋着，飞过去时发出叽叽喳喳的叫声。

这位老绅的到来从本质上改变了事情的面貌，但并没引起任何嫉妒和冲突。我们心照不宣地彼此分享这个帝国，就像格拉纳达最后的国王们那样，只是我们保持着极其友好的联盟。他绝对控制着狮子庭及其邻近的殿堂，而我则平静地拥有浴室和琳达克拉萨小花园那些区域。我们在庭院的拱廊下一起用餐，喷泉使空气变得凉爽起来，潺潺的溪水沿着大理石铺设的水渠流去。

傍晚，仆人们会围在可敬的老骑士身边。伯爵夫人，即他再婚的妻子，在继女卡门陪伴下从城里上来。她是独生女，一个可爱的小家伙，仍然还是少女。然后总有一些正式的官方侍从、牧师、律师、文书和管家，以及管理他庞大财产的其余官员和代理人给他带来城里的消息或传言，晚间聚会时玩起纸牌游戏。这样他便举行着某种家族式的朝拜，每个人都向他表示效忠，极力让他欢心，但又没有显得卑躬屈膝或者有失自尊。事实上，伯爵的举止中并没有任何那样的强求。因为无论人们怎样说西班牙人如何骄傲，它都很少使社会上或家庭中的交往让人扫兴或受到约束。在西班牙民族中，亲属间的关系是最坦然亲切的，而上下级之间的关系也是一方最不骄傲自大，另一方也最不会阿谀奉承。在这方面，西班牙人的生活中仍然保持着古时他们自夸的那种纯朴，尤其是在其他各省。

在我眼里，这个家庭团队最有趣的成员是伯爵的女儿，即可爱的小卡门。她大约十六岁，好像只被当作一个孩子，然而她却是家中的宠儿，通常有个虽然带孩子气但讨人喜欢的名字——拉尼娜。她的身材尚未完全发育成熟，不过已经长得优雅、匀称而柔美，这在该国是很普遍的。她长着蓝色的眼睛、白皙的皮肤和淡色的头发，在安达卢西亚与众不同，使她的举止显得温和柔顺，这与西班牙美女通常具有的火热激情形成对比。同时，她也有迷人的女同胞们天生的敏捷与多能。无论她做什么都做得很好，并且显然毫不费力。她唱歌、弹吉他和别的乐器，跳本国那些生动别致的舞，都会受到大家赞美，但她似乎从不寻求赞美。一切都是自发的，都是因为她自己开心快乐。

迷人少女的出现给阿尔罕布拉宫带来新的魅力，这似乎与此地是融洽的。当伯爵和伯爵夫人同牧师或文书在狮子庭的门廊下玩纸牌游戏时，她便在未婚侍女多洛雷丝陪伴下坐在一座喷泉旁边，伴着吉他的音乐唱起某些受人欢迎、在西班牙有不少的浪漫曲，或者更中我意的是，唱起某支关于摩尔人的传统歌谣。

我只要想到阿尔罕布拉宫，就会记起这个可爱的小姑娘，她在幸福而天真的少女时代，在一座座大理石殿堂里游戏玩耍，伴随摩尔人的响板翩翩起舞，或者将她银铃般的歌声与喷泉悦耳的声音融合在一起。

遗物与家系

如果说，伯爵及其家人表现出一幅西班牙人家庭生活的画面，让我感到高兴有趣，那么当获悉将他们与格拉纳达的英雄时代联系起来的历史境况时，我便更加如此了。事实上，这位可敬的老骑士根本不尚武，或者说他的尚武行为至多涉及燕子或无足鸟，从他身上，我发现了那位“大首领”即科尔多瓦的贡萨尔沃的直系后裔和实际代表人物。后者在格拉纳达的城墙前赢得过最光彩的荣誉，是费迪南德和伊莎贝尔委派去商议谈判条件的骑士之一。而且，如果伯爵愿意，他还可以通过自己家族的一个子孙堂·佩德罗·贝内加斯，即别号“变节者”，与某些年高德劭的摩尔王子组成远亲。同样地，他的女儿即迷人的小卡门，也可以成为公主塞提米安或美丽的琳达克拉萨的合法代表人物。[1]

---

1 为避免把这视为仅仅是一片想象，读者可求助于如下家谱，它由史学家阿尔坎塔拉获自科尔韦拉侯爵的档案里的阿拉伯人的羊皮纸文稿。在摩尔人的战争期间，这是通过捕获与联姻的方式，在基督徒和穆斯林教徒之间产生奇特亲缘关系的实例。从穆瓦希德王朝的征服者、摩尔国王阿文·胡德，传给直系后裔阿尔梅里亚王子锡德·叶海亚·阿尔纳亚，后者娶了贝尔梅霍国王的一个女儿。他们有三个孩子，通常被称为塞提米安贵族。长子是优素福·阿文·阿尔罕玛，他一段时期曾篡夺了格拉纳达的王位；次子是纳萨王子，他娶了著名的琳达拉克萨；第三个孩子是塞提米安公主，她嫁给了堂·佩德罗·贝内加斯，后者在少年时代被摩尔人俘虏，他是卢克家族的一个小儿子，而老伯爵又是这个家族眼前的首领。——原注

我从伯爵那里获悉，他有些征服时期留下的奇特遗物保存在家族的档案室内，因此，某天一大早我便同他一起下山，去他在格拉纳达的宫殿里看看。最重要的遗物是“大首领”的宝剑，这件武器已完全没有了惹人注目的装饰，正如大将军们的武器常常那样，只剩下简单的象牙刀柄和宽薄的刀片。眼见大首领的宝剑合理地落到如此无力的人手里，也许我们可以就世袭的荣耀作一番评述。

征服时期的其他遗物有不少滑膛枪，它们既不灵便又很笨重，即使与保存在老军械库里的大双刃剑放在一起也相称，它们像是从巨人族[1]时代传下来的遗物。

除了其余世袭的荣耀外，我发现这位老伯爵是一位旗手市长，或优秀的大旗手。凭借这一资格，他可以在某些庄严重要的场合举起古老的费迪南德和伊莎贝拉的旗帜，在他们的陵墓上挥舞。我还看见供六匹马用的丝绒马衣，上面华丽地装饰着金银，在格拉纳达和塞维利亚要宣布新的君主时，伯爵便庄严、堂皇地同它们一起出现。他骑在一匹马上，其余五匹则由身穿富贵号衣的男仆牵着。

我曾希望在伯爵的宫殿内的遗物和古物中，发现一些格拉纳达的摩尔人留下的盔甲和武器样本，我听说它们被征服者的后代作为战利品保存下来。但我失望了。由于许多人对西班牙的摩尔人的服饰怀有错误看法，以为它们属于通常的东方风格，我因此对这一情况更加好奇。不过相反的是，根据他们自己的作家所写的，他们在许多方面采用的是基督徒的风尚。尤其在观念上颇具有穆斯林标志的头巾，通常被人们放弃——除了西部各省，在那里有身份和富裕的人，以及在政

1　希腊神话中常与天上诸神作战的巨灵，称作癸干忒斯。

府有官职的人，仍然在使用。一顶红色或绿色的羊毛帽，通常作为代用品来戴。大概同样种类的帽子起源于巴巴里，人们知道它叫突尼斯帽或非斯[1]帽，如今整个东部都戴它，不过一般戴在头巾下面。犹太人则不得不戴那种黄颜色的。

在穆尔西亚、瓦伦西亚和其他东部各省，可看见那些地位极高的人在公众场合头上什么也没戴。尚武的国王阿文·胡德从来不戴穆斯林头巾，他的对手和竞争者、阿尔罕布拉宫的创建人阿尔罕玛也从来不戴。16 世纪和 17 世纪，在西班牙出现一种与之类似、称为塔伊拉山的短小斗篷，所有阶层的人都戴它。它有一个兜帽或披肩，有身份的人有时把它罩在头上，但下层阶级的人从不那样。

正如伊布努·萨德[2]所描述的，13 世纪有一位穆斯林骑士基本按照基督徒的样式装备起来参战，在一整套盔甲外面他还穿了一件深红色的束腰短外衣。他的头盔是光亮的钢盔，一只盾挂在身后。他挥舞着一支尖头不小的大矛，有时是双尖头的。他的马鞍很笨重，前后突出来很多，他骑马时一面旗帜在身后飘舞。

在格拉纳达的哈提比[3]时期——此人写作于 14 世纪——安达卢西亚的穆斯林教徒恢复了东方人的服饰，阿拉伯人的穿着和武装再次时兴起来：轻便的头盔、虽然不厚但锻炼得很好的铁甲、通常用芦苇做成的细长的长矛、阿拉伯人的马鞍和用双层羚羊皮制成的圆盾。格拉纳达的骑士在武器和装备上盛行非凡的奢侈，其盔甲镶嵌着金银。半月形刀是最锋利的大马士革刀，刀鞘经过精细加工并上了彩饰，有金

---

1 摩洛哥北部城市。

2 原文为 Ibnu Said。

3 原文为 Al Khattib（通常 Al 不译）。

色透雕细工的皮带镶上宝石。他们的非斯匕首的刀柄也镶有宝石，长矛上饰以鲜艳的风幡。他们还用相应的风格给马穿上带丝绒和刺绣的马衣。

有一位同时代的人——他也是卓越的作家——所作的这一切细致的描述，证实了摩尔－西班牙人的古歌里唱到的英勇画面（有时它们被认为是可疑的），在最高将领全副武装带兵向前，或者在维瓦拉布拉庆祝具有骑士风度的节日之际，让格拉纳达的骑士精神生动鲜明地再现出来。

格内拉里弗宫

在阿尔罕布拉宫上方的高处，在大山的突出部位，格内拉里弗宫的高塔和白墙从林中的花园与堂皇的露台间显现出来。它犹如一座仙境里的宫殿，让人充满了有关历史传说的回忆。在这儿，仍然可见到摩尔人时代长势茂盛的庞大柏树，它们的传说通常与布阿卜迪勒及其苏丹女眷的非凡故事联系在一起。

这儿保存着许多人的肖像，他们在征服格拉纳达的浪漫剧中十分突出。其中有费迪南德和伊莎贝拉，有英勇的加的斯侯爵庞塞·德利昂，有在殊死搏斗中杀死摩尔人塔尔弗的维加平原的加尔西拉索（前者是个力大无比的武士）。这儿还挂有一幅肖像，它长期以来被认为是不幸的布阿卜迪勒的，但现在据说是阿文·胡德的，就是那位传下阿尔梅里亚的王子的摩尔国王。其中一个王子——他在征服即将结束时投奔到费迪南德和伊莎贝拉的旗下，成为基督徒，取名为堂·佩德罗·贝内加斯——又传下了宫殿目前的主人，即坎波特加侯爵。然而主人居住在异地，所以宫殿不再有一位高贵的住户。

然而，这里一切都会让纵情于享乐的南方人欢喜：水果、鲜花、芳香、绿色乔木和桃金娘树篱，惬意的空气和涌出的水流。我在这里有机会目睹种种情景，画家们描绘南方的宫殿和花园时即喜欢画它们。这就像伯爵的女儿过的圣徒节，她已从格拉纳达带来几个年轻伙伴，以便在这些摩尔宫殿微风吹拂的厅堂和凉亭中度过长长夏日。早上去参观格内拉里弗宫令人开心。在这儿，快乐的人们三三两两分散到青翠的道路、闪亮的喷泉、意大利式的阶梯、壮观的露台和大理石栏杆周围。另外的人——我也是其中之一——则坐在宽敞的走廊或柱廊里的位子上，这儿俯瞰着下面远处广阔的景色，有阿尔罕布拉宫、格拉纳达城和维加平原，还能看到大山远方的地平线——这是一个如梦如幻的世界，在夏日的阳光里整个显得熠熠生辉。我们这样坐着时，遍及各处的吉他声和响板的打击声悄然从达罗谷传来，我们发现在半山腰上的树林下有一群欢乐的人，他们用地道的安达卢西亚人的方式享乐着，有的躺在草地上，其余的则在音乐伴奏下起舞。

这一切景象和声音，以及此地那种不无高贵的隐蔽状态，弥漫于四周可爱的宁静里；还有美好晴朗的天气，对大脑产生一种魔力；同时从其中某些精通本地故事的人身上，引出几个与这座摩尔人的古老宫殿相关的、受人欢迎的想象与传说来。他们“就是构成梦幻的材料”[1]，不过从他们那里我已写成了如下传说，并希望遇上好运：证明读者是欢迎的。

1 语出莎士比亚的戏剧《暴风雨》第四幕第一场。

爱的朝圣者

从前格拉纳达有一位摩尔国王，他只有一个儿子，取名艾哈迈德。侍臣们给王子补加了个阿尔·卡梅或“完美者”的别号，因为他们在他婴儿时期，就从他身上发觉了不容置疑的、非凡卓越的迹象。占星家们也赞成他们的远见，并预测一切有利于他的事都会造就一位完美的王子和成功的君主。在他的命运上只有一片阴云，而即使它也是玫瑰色的：他将是一个多情的人，由于满怀温柔的情感将会冒很大的危险。然而，假如他在成人之前能够不受爱情诱惑，那么这些危险都可避免，他从此也会一直过上幸福生活。

为了防止所有这类危险，国王明智地决定在一个隐蔽的地方培养王子，在那儿他根本看不到一张女人的面容，甚至听不到爱情这个名词。因此，国王在阿尔罕布拉宫上方的崖顶上建造了一座美丽的宫殿，它置身于可爱、惬意的花园里，不过周围都是高墙，实际上它正是如今人们所知的格内拉里弗宫。年轻的王子被关在这座宫殿内，交给埃本·博纳本监护和培养，后者是最为明智也最为单调乏味的阿拉伯哲人之一。他在埃及度过了大半生，专门钻研象形文字，在坟墓和金字塔中间从事研究，他在埃及的木乃伊里所看到的魅力，比在活着的、极其迷人的美女身上看到的更多。这位哲人受托要用各种知识培养王子，只有一样除外——要让王子对爱情一无所知。

“为达到这个目的，你可以采取一切认为恰当的措施，”国王说，“不过记住，瞧，埃本·博纳本，如果我儿子在你监护下学到任何那种禁锢的知识，那么你将拿自己的脑袋对此负责。”

明智的博纳本听到这一威胁，冷漠、淡然的面孔露出满是皱纹的微笑。“请陛下对你的儿子放心吧，正如我对自己的脑袋放心一样：我是个可能教授无益的感情的人吗？”

在这位哲人密切监护下，王子在隐蔽的宫殿及其花园中长大。他有黑奴伺候，他们都是些对爱情丝毫不懂的丑哑巴，或者他们即使懂得也无法用言语表达。他的心智天赋都是在埃本·博纳本特殊的培养下产生的，后者力图让他学习埃及的深奥知识。可是王子在这方面进步很小，不久显然看出他对哲学缺乏兴趣。

不过对于一位年轻的王子而言，他的可塑性令人惊讶，他一直坚持在那位权威的老师指导下学习。他克制住不打呵欠，耐心倾听埃本·博纳本冗长、博学的论述，从中零零星星吸收到各种知识，就这样快乐地长到了二十岁，成为一名拥有王子那种智慧的奇才——但就是对爱情一无所知。

然而大约在这时，王子的行为发生了一个变化。他完全放弃学习，开始喜欢在花园里漫步，在喷泉旁思考。他在各种技能中只学了一点音乐，现在音乐占去他很多时间，他对诗歌的兴趣也变得明显起来。哲人埃本·博纳本为此十分惊恐，于是他教王子严谨、精确的代数学，极力将王子那些没有价值的怪念头驱除掉。可是王子对这门课程感到厌恶。“我受不了代数学，”他说，“我很讨厌它。我想要某种更有吸引力的东西。”

明智的埃本·博纳本听到这话摇了摇缺乏感情的脑袋。“哲学到此为止了。”他想，“王子发现自己有了感情！”他现在焦虑地观察着自己的受监护人，看出王子天性中潜在的柔情萌动起来，只是缺少一个对象。王子漫步在格内拉里弗宫的花园内，陶醉在不知何故产生的感情中。有时他会坐在那儿，沉浸在美好的遐想里，然后他拿起琵琶弹出极其动人的曲子，接着将它抛在一边，发出叹息，突然说出什么来。

渐渐地，这种爱的情感开始延伸到静止的物体上面。他有一些特别喜欢的花儿，他对它们珍爱有加，悉心照料。然后他喜爱上各种各样的树，特别是其中一棵，它形体优美，树叶低垂，他对它满怀爱意，把自己的名字刻在树皮上，还给树枝挂上花环，在琵琶的伴奏下唱对句[1]赞美它。

埃本·博纳本对自己受监护人的兴奋状态感到惊恐。他看到王子正处于禁锢的知识的边缘，只要有丝毫暗示都会把致命的秘密透露给王子。他为王子和自己脑袋的安全担忧，赶紧让王子摆脱花园的诱惑，把他关在格内拉里弗宫最高的塔楼内。这儿有一间间漂亮的屋子，几乎可以看到无边无际的景色，但就是高高地远离美妙惬意的环境和富有魅力的林荫，它们对于太易动感情的艾哈迈德是非常危险的。

可是，他如何适应这样的限制，消磨掉单调沉闷的时间呢？他差不多用尽了各种适合的知识，代数学就别提啦。有幸的是埃本·博纳本在埃及曾跟一位犹太拉比[2]学过鸟语，后者是直接从智慧王所罗门那里学来的，而所罗门又是由示巴[3]女王亲自教的。王子一听说这样的学习就两眼放光，充满生气，他兴致勃勃地努力学习起来，不久便

1　也称对韵，两行同样长度并押韵的诗句、歌词。

2　原是奴隶对主人的称呼，后转为对宗教师的尊称。

3　《圣经》中前往耶路撒冷测试所罗门王智慧的女王。

像监护人一样通晓鸟语了。

格内拉里弗宫的高塔不再是个孤寂的地方，王子身边就有可以交谈的同伴。他首先认识的是一只夜鹰，它把巢筑在高高的城垛的缝隙里，从那里翱翔到四面八方去捕获猎物。然而，王子发现它身上没什么值得喜欢或钦佩的。它仅仅是空中的一只强盗，耀武扬威，夸夸其谈，满嘴只谈掠夺和残杀，以及不顾一切的英勇壮举。

他接着认识的是一只猫头鹰，它看起来相当聪明，脑袋大大的，两眼目不转睛，整天在墙洞里又是眨眼又是瞪眼。对于才智它十分自负，可以谈论什么占星术和月相，还可以暗示秘密科学。它太沉迷于玄学，王子发现它那些单调的语言甚至比哲人埃本·博纳本的更沉闷无趣。

之后有一只蝙蝠，它整天紧贴在一处拱顶的暗角里，但黄昏时草草地飞出去。不管怎样它对所有问题只是持有黄昏时的看法，嘲笑那些它不过带着偏见的东西，似乎对一切都不感兴趣。

除此外有一只燕子，王子最初被它深深吸引。它聪明健谈，但是焦躁不安，吵吵闹闹，总是飞个不停，很少停留足够时间把谈话继续下去。最终证明他仅仅是个半吊子，只是掠过事物的表面，自称什么都懂，实际却全然不懂。

这些便是王子唯一长有羽毛的伙伴，他有了机会与之练习刚学到的语言，因为塔楼太高，任何其他的鸟都难以经常飞去。他不久对新伙伴厌烦了，它们的谈话在智慧上表明的东西很少，在感情上就根本表明不了什么。他渐渐又孤独起来。冬天过去，春天到来，这时鲜花盛开，呈现出一片碧绿的世界，芳香四溢，鸟儿们成双成对地筑巢的幸福时刻到了。仿佛突然间，从格内拉里弗宫的树林和花园传来四处弥漫的歌声和美妙的音乐，一直传到待在孤寂的塔楼里的王子那里。他从四面八方听见同样的、普遍的主旋律——爱——爱——爱在歌唱，并以各种声调和音色作出回应。王子默然困惑地倾听着。“这爱会是什么呢？”他想，“全世界似乎充满了爱，而我却一无所知。”他去向朋友夜鹰询问，那只恶狠狠的鸟轻蔑地回答：“你得去问问地上那些粗俗温顺的鸟儿，它们生来就是让我们这些空中王子捕食的。我的职业是战争，搏斗是我的乐趣。我是一个武士，一点不懂这种叫作爱的玩意儿。”

王子厌恶地转过身，找到隐居处的猫头鹰。“这是一只爱好和平的鸟，”他想，“或许能解决我的问题。”于是他让猫头鹰告诉自己，下面林中所有鸟儿歌唱的爱是什么。

对于这个问题，猫头鹰表现出自尊受到伤害的样子。“我每天晚上都在学习研究，”它说，“白天也在洞里反复思考所有学到的东西。至于你谈到的那些歌唱的鸟儿，我从没听它们——我鄙视它们和它们唱的主旋律。感谢真主！我不会唱歌。我是个哲学家，对这种叫作爱的玩意儿一点儿不懂。”

王子这时转向拱顶，他的朋友蝙蝠还紧贴在那里，他向它提出同样的问题。蝙蝠皱起鼻子，露出极其暴躁的表情。“你干吗在我上午小睡时，拿一个无用的问题来打扰我呢？”它不耐烦地说，“我只是黄昏时才飞出去，这会儿所有鸟都睡了，根本不会拿它们的事来打扰我。谢天谢地，我既非鸟也非兽。我已发现所有鸟和兽的恶行，对它们无不憎恨。总之我是很厌世的，完全不明白这种叫作爱的东西。”

在万不得已时王子去寻找燕子，正当它在塔顶上盘旋时他让它停下。燕子也像平常那样异常仓促，几乎没有时间回答。“确实，”它说，“我有很多公共事务要处理，有很多工作要完成，根本没时间想这个问题。我每天都有上千个访问要进行，有上千个重要的事务要检查，所以没有片刻闲暇过问这些唱歌的小事。总而言之我是个世界公民，完全不明白这种叫作爱的东西。”说罢燕子向山谷俯冲下去，转眼消失了。

王子感到失望和困惑，但是由于他的好奇心难以满足，它反而被更多地激发起来。他正怀着这样的心情时，年老的监护人走进塔楼。王子急切上前去迎接他。“唉，埃本·博纳本，”他叫道，“你已把世上许多学问教给了我。可是有一样东西我还一无所知，很乐意你能告诉我。”

“请王子阁下尽管问，只要在为仆的有限知识范围以内，一切都听从您吩咐。”

“那么告诉我，唔，知识最渊博的哲人，那种叫作爱的东西的本质是什么呢？”

埃本·博纳本震惊得如晴天霹雳。他浑身颤抖，脸色转白，觉得脑袋似乎只松松地搁在肩头上一样。

“是什么会让我的王子想到这样一个问题——你从哪里学到这样一个无益的字呢？”

王子把他带到塔楼的窗前。“你听，唔，埃本·博纳本。”他说。哲人倾听着。那只夜莺蹲在塔楼下的灌木丛里，正对它的“情人”玫瑰歌唱。从所有开花的树枝和一簇簇林子里传来悦耳的旋律，而爱——爱——爱的旋律始终不变。

“真主伟大！上帝伟大！”明智的博纳本高声说，“当即便空中的鸟儿都在共同泄露这个秘密时，谁会假装不让人从心里知道它呢？”

然后他转向艾哈迈德。“我的王子啊，”他叫道，“别去听这些诱人的旋律。别去想这个危险的知识。你要知道，可怜的人类有一半不幸都是由这爱引起的。正是它让兄弟和朋友之间产生痛苦与不和，而这又引起不无奸诈的谋杀和摧毁一切的战争。伴随而来的便是忧虑与悲哀，白天令人厌倦，晚上夜不能寐。它让青春枯萎，将青少年的欢乐毁掉，给过早的老年带来不幸与忧伤。我的王子啊，真主保佑你，让你对这种叫作爱的东西全然不知！”

明智的埃本·博纳本赶紧退下，让王子陷入更加困惑的处境。他极力不去想这个问题，但是没用，它依然是他首先想到的事，并以徒劳无益的猜想惹得他苦恼，消耗着他的精力。他对自己说，在他倾听鸟儿们悦耳的旋律时，其中并无任何悲哀，一切都似乎是温柔欢快的。假如爱是引起不幸和争斗的一个原因，为什么那些鸟没有在孤独中消沉下去，或者没有彼此撕成碎片，而是快乐地在树林里飞舞，或者在花丛中相互嬉戏呢？

一天早晨，他躺在椅子上思考这件费解的事。房间的窗户开着，柔和的晨风吹拂进去，充满了达罗谷的橙花散发出的芬芳。这时传来夜莺微弱的叫声，它还在吟唱那个通常的主题。王子倾听着、叹息着，此刻空中突然传来急速飞行的声音。一只被鹰追击的鸽子猛地飞进窗口，气喘吁吁地跌落到地板上。而那只追击者由于失去猎物，高高地飞到大山里去了。

王子拾起喘息的鸽子，抚摸着它的羽毛，让它依偎在自己怀里。他这样爱抚之后，把它放在一只金笼子中，亲手喂它最白最好的麦子和最纯净的水。可是鸽子拒不吃东西，而是忧郁憔悴地蹲在那里，发出可怜的呻吟。

“是什么让你苦恼呢？”艾哈迈德问，“你心中没有任何希望的东西吗？”

“唉，有啊！”鸽子回答，“我心中的伴侣不是与我分开了吗？而且是在快乐的春天，那正是爱的季节呀！”

“爱！”艾哈迈德重复道，“请问，可爱的鸟儿，你能够告诉我什么是爱吗？”

“我太能够了，王子。它让一个生灵苦恼，两个生灵幸福，三个生灵产生争斗和敌意。它有着把两个生灵吸引到一块的魅力，通过美妙的共同情感将它们联结起来，让它们在一起时幸福，分离时痛苦。难道这些温柔的情感没有让你被某个人吸引住吗？”

“我最喜欢自己年老的老师埃本·博纳本了。不过他经常显得单调乏味，我有时觉得没有他相伴会更加快乐。”

“那不是我指的感情。我说的是爱，它是人生巨大的奥秘与法则：年轻时给人带来令人陶醉的狂喜，年老时在冷静中给人带来欢乐。你往前看，王子，注意在这个幸福的季节整个大自然都充满了爱。上帝创造的每个生灵都有配偶，最微不足道的鸟向自己的情侣歌唱，连甲虫也要向泥土中的甲虫女士求爱呢。你看那边塔楼上方高高地飞舞、在空中调情的蝴蝶，在彼此的爱中多么幸福。哎呀，我的王子，你度过了年轻时这么多宝贵的日子，却对爱一点不知道吗？难道没有一个温柔的异性——没有任何美丽的公主或可爱的姑娘，让你的心受到诱惑，使你胸中充满令人欢愉的痛苦和不无美好的希望？她们会让你感到既温柔又激动。”

“我开始明白，”王子叹息着说，“这种我有过不止一次的激动，但却不知道原因何在。在这个令人忧郁的孤寂地方，我从哪里去寻找你描述的对象呢？”

他们又继续谈了一会儿话，这样结束了王子关于爱情的第一堂课。

“啊！”他说，“假如爱的确如此令人高兴，而阻碍它又是如此让人痛苦，那么对于任何爱的追求者所获得的喜悦，真主绝不允许我去损害。”他打开金笼，取出鸽子，温柔地亲吻它一下，把它拿到窗前。“去吧，幸福的鸟儿，”他说，“在青春时期、在春天季节，去与你的心上人一起快乐地生活吧。我为何要让你也被囚禁在这座沉闷的塔楼里呢？爱是根本不会来到这里的。”

鸽子狂喜地拍打着翅膀飞向空中，然后拍打着飕飕作响的翅膀向达罗谷鲜花盛开的林荫俯冲下去。

王子目送着它，之后痛苦地烦恼起来。鸟儿的歌声一度让他欢喜，现在又使他更加难过。爱！爱！爱！唉，可怜的青春！此时他懂得了那个悦耳的旋律。

他看见明智的博纳本时两眼怒火中烧。“你为什么让我变得这样可怜无知？”他大声说，“为什么人生巨大的奥秘与法则我都不知道，而我发现即使最卑微的昆虫也很懂得呢？看看吧，整个大自然处于狂喜之中。上帝创造的每个生灵都在与自己的配偶同欢共乐。这个——这个就是爱，我已在寻求关于它的教导。为什么唯独不让我享受爱的喜悦？为什么我太多的青春被白白浪费，而我完全不知道其中的欢乐呢？”

明智的博纳本看出再沉默下去是无用的，王子已经获得了那种禁锢的危险知识。因此他把占星家的预言，以及为防止可能面临的邪恶而在王子的教育中采取的措施给透露出来。“现在，王子，”他补充说，“我的命掌握在你手中。只要让你的父王发现，你在我监护下懂得了爱情，那么我必须拿自己的脑袋对此负责。”

王子像他那般年龄的许多青年一样通情达理，不难听从了老师的告诫，因为他没有任何反驳的理由。此外，他确实很喜欢埃本·博纳本，如今他只是理论上懂得了爱情，答应把这个知识隐藏在心中，而不会让这位哲人的脑袋面临危险。

然而，他的谨慎注定要接受进一步检验。几个早晨后，他在塔楼的城垛上沉思默想时，放出去的那只鸽子在空中盘旋着飞来，大胆地落到他的肩上。

王子真心地爱抚着它。“幸福的鸟儿呀，”他说，“你似乎能够乘着黎明的翅膀飞到天涯海角。咱们分别后你去了哪里呢？”

“去了一个遥远地方，王子，我从那里给你带来好消息，以此报答你给了我自由。我在野外飞行的范围十分广阔，要越过平原和大山，在空中翱翔时我注意到下面有一座可爱的花园，那里面有种种水果和花儿。那是在一片绿色的草地里，位于一条蜿蜒的溪流岸边，花园中央是一座堂皇的宫殿。我飞行疲倦后落到一片林荫处休息，就在我下方的绿色水岸边有一位年轻的公主，她正值美好的青春年华。她的身边围着一些像她一样年轻的女侍，她们用花环花冠打扮她，不过田野或花园里没有任何花儿可与她媲美。然而，她却是隐秘地在那里盛开着，花园四周都是高墙，不允许一个凡人进去。我注意到这位美丽的少女——她如此年轻天真，没有让世人发现——此时我心想，这里有个天造的人儿，她会让我的王子产生出爱情。”

对于容易激动的艾哈迈德而言，这个描述犹如火花一般。所有潜在的感情马上发现了一个对象，他对公主产生出无限强烈的爱恋来。他写了一封情书，语言充满激情，其中流露出炽热的情感，不过也为自己不幸被束缚起来感到悲哀，因为他无法去找到她，拜倒在她的脚下。他还补充了一些最动人的对句，他天生是一位诗人，因爱产生灵感。他在信封上写着“被束缚的艾哈迈德王子致陌生的美人”，然后用麝香和玫瑰抹上香味，把它交给鸽子。

“去吧，最可靠的使者！”他说，“飞过大山、山谷、河流和平原。别在林荫里休息，也别落到地上，直至你把这封信交给我心中的情人。”

鸽子于是飞到高空，毫不偏离地直接朝公主的方向飞去。王子目送着它，直到它仅仅成了云中的一个小点，渐渐消失在大山后面。

他日复一日地等待着爱的使者返回，但却不见鸽子的踪影，他开始指责它疏忽。突然，一天傍晚日落时那只忠诚的鸟拍打着翅膀飞进他房间，跌落到他脚旁后就断气了。某个放肆的弓箭手的箭射穿了它的胸膛，但是它用残留的生命挣扎着完成了使命。王子悲痛地俯身于这个友善、忠诚的烈士上面，他注意到鸽子的脖子上有一串珍珠，在它翅膀下有一张彩饰的小画像系在珍珠上。画像上的人是一位正值花季的可爱公主。她无疑就是花园里那个陌生的美人。然而她是谁，在哪里——她如何得到了他的信？送来的这张画像标志着她接受他的感情吗？不幸的是忠诚的鸽子死了，让一切成为秘密，令人疑惑。

王子注视着画像，直到眼里涌出泪水。他把它紧贴在嘴唇和胸口上，数小时坐在那儿凝视它，几乎为一种柔情痛苦不已。“美丽的画像！”他说，“唉，你不过是一幅画像啊！可是你水灵灵的眼睛好像温柔地看着我，你红润的嘴唇似乎在鼓励我：真是无用的想象！你的眼睛是否也同样看着某个更加幸运的情敌呢？可是在这辽阔的世界上，我能指望去哪里找到画像里的人呢？谁知道我们之间隔着什么大山和区域，会遇到什么不利的意外呢？或许现在，甚至现在，情人们正围在她身边，而我却坐在这儿，被关在塔楼里爱慕着一幅画像，白白浪费时间。”

艾哈迈德王子作出了决定。“我要从这座房子逃出去，”他说，“它成了一座可憎的监狱。一个爱的朝圣者要寻遍世界找到那位陌生的公主。”白天所有人都没睡，要从这座塔楼逃走也许是一件困难的事。不过晚上塔楼守卫不严，谁也不担心王子会有任何那样的企图，他在被囚禁期间总是驯服、屈从的。然而，他对周围的地形不熟悉，黑暗中出逃如何自己找到路呢？

他想到猫头鹰，它习惯于夜间四处漫游，一定知道每一条小巷和秘密通道。于是王子在猫头鹰的隐居处找到它，询问它有关这个地方的情况。对此猫头鹰露出一种极其骄矜的表情。“你得明白，哦，王子，”他说，“我们猫头鹰属于一个非常古老的大家族，尽管已衰退了不少，我们在西班牙各处都拥有毁损的城堡和宫殿。大山里的每一座塔楼、平原上的每一座要塞，或者城市里的每一座古堡，都有我们的某个兄弟、伯父或表兄弟、姊妹住在里面。我巡回着前去拜访众多的亲属时，探寻到了每一个暗处和角落，了解到这里的所有秘密。”

王子发现猫头鹰对地势情况如此精通，高兴不已，他私下告诉了它自己的恋情和逃走的打算，说服它做自己的同伴和顾问。

“得啦！”猫头鹰说，露出不满的表情，“难道我这样一只所有时间都在思考和凝望月亮的鸟，会掺和到风流韵事中去吗？

“别生气呀，最严肃认真的猫头鹰。”王子回答，“暂时停止思考和凝望星星吧，快帮助我逃走，然后你心里想要什么都会有的。”

“我已经有了。”猫头鹰说，“我饮食俭朴，几只老鼠足够了，墙里的这个洞很宽敞，足够我学习、研究。一个像我这样达观的学者还有什么希求的呢？”

“你想想吧，非常聪明的猫头鹰，你百无聊赖地待在这洞里凝望月亮时，所有的才能都浪费掉了。有一天我会成为一位君主，可以把你提升到某个荣耀高贵的职位。”

虽然猫头鹰是个思想家，超越了一般的生活需求，但它并没有超越远大抱负。所以他最后被说服，与王子一起逃走，在朝圣般的旅程中做他的向导和良师。

一个情人的计划迅速得到实施。王子收集起所有的珠宝，把它们藏在身上作为盘缠。就在当晚他用围巾从塔楼的阳台上把自己放下去，翻过了格内拉里弗宫的外墙，并在猫头鹰带领下于黎明前成功逃到大山里。

对于下一步如何办的问题，他这时与自己的良师商议了一下。

“假如我可以建议，”猫头鹰说，“那么我劝告你前往塞维利亚。你要知道，许多年前我曾去看望一位伯父，它是一只十分高贵、很有势力的猫头鹰，住在那儿一座城堡破损的厢房里。我夜间在城市上空盘旋时，经常注意到有一座孤塔里亮着光。最后我飞落到城垛上，发现是从一个阿拉伯巫师的灯里照射出来的：他的周围是一些魔法书，肩上蹲着一只亲密的、同他一起从埃及来的老乌鸦。我现在已认识了它，自己的很大一部分知识都是从它那里学来的。后来巫师死了，但乌鸦仍然住在塔楼里，这些鸟的寿命相当长。我建议你，啊，王子，去找到那只乌鸦，它是个预言者和巫师，专门从事魔法——所有的乌鸦都因此出名，尤其是埃及的乌鸦。”

王子被这个明智的建议打动，于是前往塞维利亚。为了与同伴保持协调，他只在夜里旅行，白天在某个阴暗的洞穴或坍塌的瞭望塔里休息，因为猫头鹰知道每个这类隐藏的洞，对于废墟、遗迹颇有古物研究者的品位。

一天破晓时他们终于到达塞维利亚城，猫头鹰由于不喜欢刺眼、喧闹和拥挤的街道，便在城门外停下，在一棵空心树里住下来。

王子则进了城门，很快发现那座魔塔，它高高地耸立在城市其余的房子之上，正如一棵棕榈树升起在沙漠的灌木丛上一样。事实上它正是如今还耸立着的称为吉拉尔达的塔，是塞维利亚著名的摩尔塔。

王子通过大旋梯爬上塔顶，在那里发现那只神秘的乌鸦—— 一只不可思议、“头发”灰白的老鸟，它的羽毛参差不齐，一只眼睛上面有一层膜，让它像个幽灵似的瞪着眼。它蹲在一只腿上，头偏向一侧，用另一只眼凝视着人行道上的某个图表。

王子怀着被它庄严的外表和超凡的智慧自然引起的敬畏，朝它靠近。“原谅我，最神秘聪慧、年高德劭的乌鸦，”他大声说，“你的研究真是世界的奇迹，我能否打断片刻。瞧，你面前是一个爱的崇拜者，他对如何获得爱的对象问题乐于寻求您的忠告。”

“换句话说，”乌鸦带着意味深长的表情说道，“你是想试试我的手相术如何。来吧，让我看看你的手，破解一下你神秘的命纹。”

“请原谅，”王子说，“我来不是打探天命如何的，真主把它隐藏了起来，不让凡人看到。我是一个爱的朝圣者，只想寻求找到自己朝圣的对象的线索。”

“你在多情的安达卢西亚寻找某个对象会不知所措吗？”老乌鸦问，用一只眼斜睨着他，“首先，你在放纵的塞维利亚会感到茫然无措吗？在这儿，黑眼睛姑娘们都在橘子林里跳摩尔舞。”

王子脸红了，他听到一只脚已伸进坟墓的老鸟竟然说得如此轻松有点吃惊。“相信我，”他严肃认真地说，“我绝不是像你暗讽的那样，在办一件轻浮随意、变化无常的事情。那些在瓜达基维尔河岸的橘子林里跳舞的安达卢西亚的黑眼睛姑娘，对于我无足轻重。我寻找的是一位完美无瑕的陌生美女，就是这幅画像中的人。我请求你，最有力的乌鸦，告诉我在哪里可以找到她吧——如果你知道，或者有什么办法知道。”

王子严肃认真的行为让年老的乌鸦受到责备。

“我对年轻美貌知道什么呢？”它干巴巴地回答，“我去的地方都是古老干枯的，不是新鲜美丽的。我是命运的预告者，从烟囱顶上呱呱地叫着死亡的前兆，在病人的窗口拍打着翅膀。你得去别处打听那位陌生美女的消息。”

“假如我不在精通命运之书的智慧之子当中去寻找，我能到哪里去打听呢？要知道我是一位高贵的王子，命运已由星星注定，被派来完成一项秘密任务，它决定着各个帝国的命运。”

乌鸦听说这是一件相当重要的事，连星星都关注起来，它便改变了语气和举止，十分专心地倾听王子讲述的故事。最后它回答说：“关于那位公主，我本人不能给你任何消息，因为我并不去花园中和小姐们的闺房周围飞行。不过你快去科尔多瓦吧，找到那棵了不起的阿布德拉曼的棕榈树，它长在第一清真寺的庭院里。在树脚下你会发现一个非凡的旅行者，他访问过所有的国家和宫廷，深受女王和公主们喜欢。他会把你寻找的对象的消息告诉你。”

“多谢提供这一宝贵的情况。”王子说，“再见，最可敬的巫师。”

“再见，爱的朝圣者。”乌鸦干巴巴地回答，再次凝视着地上的图表。

王子于是从塞维利亚出发，他找到同行的猫头鹰——它还在空心树里打瞌睡，他们一起前往科尔多瓦。

他沿着空中花园、橘子林和香橼林渐渐接近科尔多瓦，一路俯瞰着美丽的瓜达基维尔山谷。到达城门后，猫头鹰往上飞进一个黑暗的墙洞里，王子则继续寻找很久以前大阿卜杜勒－拉希姆种下的棕榈树。它位于清真寺的大庭院中央，高耸于橘子树和柏树当中。苦行僧和托钵僧们分组坐在庭院的回廊里，许多虔诚的人进入清真寺前正在泉水旁做洗礼。

在棕榈树旁有一群人正在倾听某人说话，他似乎非常健谈。“这位，”王子心想，“一定是那个非凡的旅行者，他将把陌生公主的消息告诉我。”他加入到人群中，但是吃惊地发现所有人正在听一只鹦鹉说话，它身着鲜绿色的外衣，显露出讲求实用的目光和自命不凡的“头饰”，以及鸟儿那种自我感觉很不错的神气。

“这么多严肃认真的人，”王子问一个旁观者，“怎么会喜欢听一只鸟儿喋喋不休地唠叨呢？”

“你不明白自己说的是谁。”对方说道，“这只鹦鹉是波斯著名鹦鹉的后代，以它会讲故事的才能闻名于世。它的舌头上有着东方的所有学问，它引用诗歌就像谈话那么快。它访问过各种各样的外国宫廷，在那里被视为博学多才的圣贤。它也普遍受到异性喜欢，它们对能够引用诗歌、知识渊博的鹦鹉非常钦佩。”

“行啦，”王子说，“我要去同这个著名的旅行家私下谈谈。”

他设法与鹦鹉取得了一次私下会面，说明自己要办的事情。他刚一提起，鹦鹉就干巴巴地笑得身子都晃动起来，简直眼泪都笑出来了。“原谅我这么好笑，”它说，“不过只要一提到爱我就总会笑起来。”

王子对这不合时宜的欢笑感到吃惊。“难道，”他说，“爱不是自然的巨大奥秘、生活的秘密法则和感情通常的纽带吗？”

“没有价值的东西！”鹦鹉大声说，打断他，“请问，你从哪里学到了这句感情用事的话呢？相信我，爱已完全过时了，在智慧和高雅的人们当中根本听不到它。”

王子回忆起鸽子朋友说过的不同的话，叹口气。他想，这只鹦鹉在宫廷附近生活过，它假装智者和高雅的绅士，却对称为爱的东西全然不知。他无意让自己满怀的感情受到更多嘲笑，便说出前来访问的直接意图，就此作了一些询问。

“请告诉我，”他说，“最有才艺的鹦鹉呀，你每个地方都被允许进入美人最隐秘的闺房，你在旅行中遇见过这幅画像里的人吗？”

鹦鹉用爪子接过画像，把头从一边转向另一边，好奇地用一只眼仔细查看。“这确实是一张很漂亮的脸蛋，”它说，“很漂亮的。可是一个人在旅行中会看见太多漂亮的女人，几乎难以——不过打住——好家伙！我再看看——果然是阿尔德贡达公主，我怎么会忘记一个自己非常喜欢的人呢！”

“阿尔德贡达公主！”王子重复说，“在哪里可以找到她？”

“轻声点，轻声点，”鹦鹉说，“找到容易得到难。她是统治托莱多的基督国王的独生女，在十七岁以前都与世隔绝，因为爱管闲事的占星家们作出了某个预言。你不会看到她的，任何凡人都看不到她。我曾被允许去讨她开心，我以一只见过世面的鹦鹉的名义发誓，我一生中与一些相当愚蠢可笑的公主谈过话。”

“私下对你说一下，亲爱的鹦鹉。”王子说，“我是一个王国的继承人，有一天会登上王位。我看出你是一只很有才华的鸟，懂得这个世界。请帮助我得到这位公主，然后我会把你提升到宫里某个显要的职位。”

“愿尽全力。”鹦鹉说，“不过如果可能，有个闲职就行了，我们这些智者很不喜欢工作。”

于是马上作出了安排。王子从进去的那扇大门离开科尔多瓦，他把猫头鹰从墙洞里叫下来，再把它作为兄弟行家介绍给新的旅行伙伴，然后他们便踏上了旅程。

王子虽然十分着急，但是他们三个却旅行得很缓慢：鹦鹉习惯于过上层社会的生活，不喜欢一大早受到打扰；而猫头鹰喜欢午睡，它睡的时间很长，耽搁了不少时间。它对于古文物的兴趣也对行程有所妨碍，因为它坚持要停下来仔细查看每一处遗迹，对于国土上的每一座古塔和城堡都要讲述长长的传奇故事。王子原以为它和鹦鹉都是有学问的鸟，会乐意彼此相伴，可他大错特错了。它们一直吵个不停，一个是智者，另一个是思想家。鹦鹉引用诗歌，对于新的书本知识很挑剔，对于小小的学识问题说得头头是道。而猫头鹰则把所有这样的知识视为无聊，它只喜欢玄学。然后，鹦鹉总是唱歌，重复妙语警句，对严肃的同伴开玩笑，又为自己的聪明才智放肆地发笑。猫头鹰把这一切行为看作是对自己尊严的严重侵害，会怒目而视，情绪高涨，一整天沉默不语。

王子并不留意两个同伴的争吵，他沉浸在自己的梦想中，凝视着美丽公主的画像。他们就这样旅行着，穿过莫雷纳山脉一道道险峻的关口，跨越拉曼查和卡斯蒂利亚日照强烈的平原，沿着“金塔霍河”行进——它犹如富有魔力的迷宫，弯弯曲曲穿过半个西班牙和葡萄牙。他们终于在多岩的海角上面看见了一座强大坚固、有城墙和高塔的城市，塔霍河环绕着它的脚下哗哗地迅速流去。

“瞧，”猫头鹰大声说，“那就是著名的托莱多古城，是一座以古代遗迹闻名的城市。瞧那些庄严的圆屋顶和塔楼，它们因年代久远而发白，笼罩于传说里的壮丽之中，我的许多祖先对它们有过沉思默想。”

“呸！”鹦鹉叫道，打断对于古物遗迹显得严肃认真、心醉神迷的猫头鹰，“咱们与古物、传说和你的祖先有啥关系？看看什么是更有意义的——看看年轻和漂亮的人的住所——最后，啊，王子，快看看你长久寻找的公主的住所吧。”

王子朝鹦鹉指的方向看去，注意到在塔霍河岸的一片可爱的草地上，有一座富丽堂皇的宫殿从可爱的花园的凉亭中凸显出来。它正是鸽子描述的画像中的人居住的地方。王子注视着它，心怦怦地跳动。“也许此刻，”他想，“美丽的公主正在那些多荫的凉亭下玩耍，或者在豪华的游廊里优雅地踱步，或者在高大的屋顶下休憩！”他看得更仔细一些时，发现花园的围墙很高——以免外人进去，同时还有不少武装警卫在周围巡逻。

王子转向鹦鹉。“啊，最多才多艺的鸟儿，”他说，“你有人类说话的天赋。快到那边的花园去吧，找到我心中的偶像，告诉她艾哈迈德王子—— 一个爱的朝圣者——为了找到她，在星星指引下已到达塔霍花香四溢的河岸。”

鹦鹉为自己担当起特使的任务而自豪，它朝花园飞去，越过高高的城墙，在草地和树林上空翱翔了一会儿，然后落在悬垂于河流上面的亭子的眺望台上。它在这儿往窗扉看去，注意到公主斜靠在椅子上，眼睛盯着一封信，泪水慢慢地流下苍白的面颊。

鹦鹉用喙整理了一会儿翅膀，再整理一下鲜绿色的外衣，抬起自己的“头饰”，带着一副献殷勤的神态蹲在她身边，用温柔的语气对她说：“快擦干眼泪，最美丽的公主啊，我给你带安慰来啦。”

公主听到说话声吃了一惊，转过身时仅看见一只身着绿衣的小鸟在面前跳动、鞠躬。“唉！你能给我带来什么安慰呢？”她问，“你不过是一只鹦鹉呀。”

这个问题让鹦鹉感到不高兴。“我有生以来安慰过许多美丽的小姐，”他说，“不过这暂且不管。现在我是一位高贵的王子派来的特使。知道吗，格拉纳达的艾哈迈德王子已来寻找你了，甚至眼下就在芳香四溢的塔霍河岸扎营呢。”

听到这些话后，美丽的公主的眼睛闪烁起来，比她小冠冕上的钻石还明亮。“啊，最可爱的鹦鹉，”她大声说，“你带来的消息确实让我高兴，我因为怀疑艾哈迈德是否忠贞不渝，感到衰弱疲乏，病得快要死了。你快回去，告诉他说他信里的话已铭刻在我心里，他的诗成了我心灵的养料。不过也告诉他，他必须准备好靠武力证明自己的爱情。明天就是我十七岁生日，父王将举行一场盛大的比武，有几位王子参加比赛，谁胜了我就会嫁给谁，以此作为奖励。”

鹦鹉再次振翅高飞，穿过一片片树林，发出沙沙的声音，它飞回到王子等候的地方，把公主的情况告诉了他。艾哈迈德终于发现了他喜爱的画中人儿，并且发现她亲切真诚，为此狂喜不已。而这样的狂喜，只有幸运地实现白日梦，并将幻影转为现实的人才能获得。不过还有一件事使他的喜悦受到影响——即将到来的比武。事实上，塔霍河岸已经闪耀着各种武器，回响起各种骑士的号角声，他们带着骄傲的随从，正昂首阔步前往托莱多参加比武仪式。那颗掌握王子命运的星星也掌握着公主的命运，她十七岁以前都与世隔绝，以防产生爱情。但是有关她的魅力的名声，并未因为这样的隐居被掩盖，反而有增无减。已有几位势力强大的王子争相想得到她。她父亲是一位相当精明的国王，为了避免由于表现出偏心而树敌，他让他们以武力作为裁决。在竞争者中有几位王子以力大勇猛闻名。这让不幸的艾哈迈德面临着多么大的困境，他从来没碰过武器，又不精于骑士之道！“我是个运气不佳的王子！”他说，“在一位哲人的眼皮底下、在隐蔽的地方长大！代数学和哲学对爱情有什么用呢？哎呀，埃本·博纳本！你为何忽略了让我学习使用武力呢？”对此猫头鹰打破沉默，它在高谈阔论之前，先突然虔诚地做了简短的祈祷，因为它是一个虔诚的伊斯兰教徒。

“真主伟大！上帝伟大！”它高声说，“他的手里掌握着所有秘密——只有他掌握着王子们的命运！知道吗，啊，王子，这个地方充满各种秘密，除了像我这样能够在暗中寻求知识的生灵，所有生灵都看不到它们。知道吗，在附近的大山里有一个洞，洞里有一张铁桌，桌上放着一副魔法盔甲，桌旁站着一匹着魔的骏马，它已经被关在那里有很多代了。”

王子吃惊地瞪着眼，猫头鹰则眨着大大的圆眼睛，抬起它的喙，继续说道：“许多年前我曾陪父亲到这些地方来，以便巡回查看他的地产，当时我们就逗留在那个洞里，我因此知道了其中的秘密。它是我从祖父那里听来的我们家族的一个传说，当时我不过是一只很小的猫头鹰。根据传说，那副盔甲属于一个摩尔巫师，托莱多被基督徒占领时他躲藏在这个洞内，后来死在那里，留下被秘密符咒镇住的马和武器，只有某个穆斯林才能使用它们，而且只能从日出到中午的时候。在这期间，无论谁使用它们都会将对手打翻在地。”

“行啦，咱们快去找到那个洞吧！”艾哈迈德大声说。

王子在这个富于传奇的导师带领下发现了洞穴，它位于托莱多周围那些岩石峭壁里一处极荒凉隐蔽的地方，只有猫头鹰或古物研究者善于探查的眼睛才能发现其入口。一盏永远燃不尽的阴森森的油灯发出暗淡的微光。在洞穴中间的铁桌上放着魔法盔甲，桌子上靠着一支长矛，旁边站着一匹阿拉伯人的骏马，它披着马衣准备奔赴战场，不过像雕塑一样岿然不动。盔甲锃亮洁净，像昔日一样闪闪发光。骏马处于极佳状态，仿佛刚从牧场归来。艾哈迈德把手放在它脖子上时，它趴到地上，欢喜地高声嘶叫，把洞穴的墙体都震动了。王子就这样充分装备起来，有了马、骑手并佩带上武器，决心在即将到来的比武中上阵挑战。

这个重要的上午到了。参加比武的人已在平地上准备好，那儿就在托莱多由岩石筑成的城墙下面，在这里为观众搭起了台子和柱廊，上面覆盖有富贵的织锦，并用丝制篷遮挡太阳。此地所有的美女都聚集在柱廊里，而在外面是身着羽饰、骑马昂首阔步的骑士，他们带着侍者和随从。其中就有引人注目的王子，他们将在比武中一争高低。不过，当阿尔德贡达公主出现在皇家阁里时，本地所有的美女无不黯然失色，她有生以来第一次突然出现，让世人投去惊羡的目光。人群里对她超凡的魅力发出惊讶的低语。那些作为将要娶她的候选人的王子，先前只是相信她如何迷人的传说，这时对于参加比武更是增添了十倍的热情。

然而，公主现出烦恼忧虑的样子。她的脸颊红一阵白一阵，用不安和不满的目光扫视那群身着羽饰的骑士。交战的号角就要吹响，突然传令官通报来了一位奇特的骑士，是艾哈迈德骑着马上场了。他戴在穆斯林头巾上的钢盔镶嵌着宝石，身上的盔甲也饰以金子。弯刀和匕首是非斯工艺的，镶嵌的宝石使其闪闪发光。他的肩上挎着一个圆盾，一只手里握着魔法长矛。他的那匹阿拉伯骏马的马衣饰以华丽刺绣，骄傲的马腾跃起来，它嗅着空气，为再次看见一系列武器欢快地发出嘶叫。王子傲然、优美的举止吸引住每个人的目光，当宣布他被称为“爱的朝圣者”时，柱廊里的美女们无不感到惊慌不安。

可是当艾哈迈德出现在竞技场的围栏旁时，他却被挡在外面。有人告诉他只有王子才可以参加比武。于是他报出自己的名字和头衔。情况还有更糟糕的呢——他是一个穆斯林，不能参加以娶基督公主作为奖励的比武。

参加竞争的王子们带着高傲和威胁的样子围住他。有个举止粗野、力大无比的王子对白皙年轻的艾哈迈德加以嘲笑，还讥笑他那多情的称呼，这激起了他的愤怒。他向对手提出挑战，他们摆好阵势，绕着圈儿，然后向前冲去。艾哈迈德王子的魔矛刚碰到那个强壮的嘲笑者，他就从马鞍上倒下去。王子本来要就此停下，可是，哎呀！他得对付自己着魔的马和盔甲，它们一旦行动起来就什么也无法控制。阿拉伯骏马朝着最密集的人群冲去，长矛把出现的一切打翻在地。温和的王子让马带着在比武场上横冲直撞，无论高低贵贱的人都被凌乱地冲倒在地，而他也为自己并非自愿的壮举而苦恼。国王为自己的臣民和来客遭到这样的暴行勃然大怒，他命令出动所有的卫军——可他们一上去就跌下马来。国王抛开长袍，抓起圆盾和长矛骑马迎了上去，想以陛下本人的出现让陌生王子感到敬畏。然而，唉！陛下也丝毫不比平民厉害，骏马和长矛均一视同仁。让艾哈迈德惊慌的是，马驮着他全力向国王冲去，片刻后国王就四脚朝天，王冠也滚落到泥土里。

此时太阳上升到顶点，魔咒继续产生法力。阿拉伯骏马冲过平地，越过障碍，投入塔霍河里，从咆哮的急流中游过去，把气喘吁吁、惊讶不已的王子带到了洞穴，然后它在铁桌旁像一尊雕塑似的恢复原状。

王子立即高兴地下了马，脱掉盔甲放回去，再听从命运的安排。他坐在洞穴内，思考着中魔的骏马和盔甲使他采取的胆大包天的行为。在让托莱多的骑士们蒙受耻辱，让国王大为愤怒之后，他根本无法在那里露面了。还有，对于如此粗暴放纵地取得的战绩，那位公主会怎么想呢？他满怀焦虑，派出自己长有羽翼的使者前去收集消息。鹦鹉经常飞到城里所有的公共地点和拥挤场所，不久带回许多传闻。

整个托莱多城的人都惊慌失措起来。公主晕过去，被抬到宫殿。比武在一片混乱中结束。人人都在谈论忽然出现的幽灵惊人的英勇壮举，以及穆斯林骑士奇异的消失。有人断言他是个摩尔巫师，另外的人认为他是个以人体呈现出来的魔鬼。还有人讲述着关于隐藏在山洞里的一些中魔武士的传说，认为他就是其中之一，突然从洞穴里闯来。所有人无不同意任何凡人都做不出这种惊天动地的事情，或者将如此武艺高超、身强力壮的基督武士打下马来。

猫头鹰晚上飞出去，在昏暗的城市上空盘旋，栖息于房顶和烟囱上面。然后，它盘旋着往上飞到位于托莱多岩石山顶上的皇宫，在露台和城垛附近搜寻，从每条裂缝处偷听，瞪起大眼注视每一扇有光线的窗户，让两三个宫女震惊不已。直到高山上空显现出灰蒙蒙的曙光，它才结束了出来探寻的任务，返回洞穴，向王子讲述看到的情况。

“我在皇宫最高的一座塔楼上探查时，”它说，“透过一扇窗户注意到一位美丽的公主。她正靠在一张椅子上，身边围着一些侍从和医生，可是他们谁也帮助不了她，安慰不了她。等它们退下去后，我注意到她从胸口取出一封信读着、吻着，大声哀叹，让我这个思想家深为感动。”

这些消息让怀有一颗温柔之心的艾哈迈德难过。“啊，明智的埃本·博纳本，你的话说得太对了，”他大声说道，“焦虑忧伤、不眠之夜，这些是情人们命中注定的。真主保佑公主，别让她受到这种所谓爱的折磨！”

从托莱多进一步传来消息，证实猫头鹰所报告的不假。整个城市陷入不安与惊恐。公主被转移到皇宫里最高的塔楼，每一条去那里的通道都严加防守。与此同时她产生了某种致命的忧郁，谁也不知道原因何在——她绝食了，对一切安慰都听不进去。即使最高超的医生所采用的医术也徒劳无益。人们认为某种魔咒镇住了她，国王宣布说无论谁只要能够治好她，就将获得皇家金库里最富贵的珠宝。

猫头鹰正在角落里打瞌睡，它听见这一宣布后转动着大眼睛，显得更加神秘起来。

“真主伟大！”它高声说道，“将治愈公主的人是幸运的——只要它懂得如何从皇家金库里挑选的话。”

“你是啥意思呢，最可敬的猫头鹰？”艾哈迈德问。

“哦，王子，请注意听我要讲述的情况。你得知道，我们猫头鹰是有学识的团体，很喜欢从事隐晦神秘、枯燥乏味的研究。我最近晚上潜行于托莱多的那些圆屋顶炮塔时，发现一群从事古物研究的猫头鹰，它们在一座巨大的圆顶塔里召开会议，皇家金库就在此处。它们在那里讨论着古老的珠宝和金银器皿的形状、铭文及图案，那些东西就堆放在金库内，体现出了每个国家和时代的风尚。不过它们最感兴趣是某些遗物和法宝，这些东西自从哥特人罗德里戈[1]的时代就保存在金库里了。其中有一只檀香木箱子，它用具有东方工艺的钢带固牢，

1 罗德里戈（ ？—711），西班牙的最后一个西哥特国王。

上面铭刻着只有少数学者才懂得的神秘字符。猫头鹰们针对这只箱子及其铭文开过几次会，进行了长久而严肃的争论。我去时，有一位刚从埃及到达、非常年老的猫头鹰，它坐在箱子盖的上面，正在就铭文发表演讲。它由此证明箱子里装着智慧王所罗门的丝制魔毯，它无疑是犹太人在耶路撒冷灭亡后，到托莱多避难时带去的。”

猫头鹰结束了关于古物收藏的长篇大论后，王子一段时间陷入沉思。“我曾从明智的埃本·博纳本那里，”他说道，“听说了那个法宝奇妙的特性，它在耶路撒冷灭亡时消失，被认为已从人类中失散了。毫无疑问，在托莱多的基督徒看来它仍然是个未解之谜。如果我能拥有那副魔毯，那么我的命运就确定无疑了。”

次日王子换掉富贵的服饰，简单地打扮得像个沙漠上的阿拉伯人。他将皮肤染成黄褐色，谁也无法认出他就是在比武中令人大为赞赏和惊慌的杰出武士。他手持一只手杖和小牧笛，一旁挎着背包，朝托莱多走去，来到皇宫的大门前，声称自己是为治愈公主将获得奖赏的人选。卫兵本来想把他打走。“一件这个地方最有学问的人都办不成的事，”他们说，“你这样一个四处流浪的阿拉伯人能做啥呢？”不过国王偶然听到他们的争吵，命令让人把阿拉伯人带到他面前。

“最强大的国王啊，”艾哈迈德说，“你眼前看到的是个贝都因阿拉伯人[1]，他们一生中大部分时间都在荒凉的沙漠中度过。众所周知，魔鬼和邪恶的精灵经常出没于那些荒凉的地方，它们在我们这些贫苦的牧人孤独地看守时进行袭击，闯入我们的牛羊，有时甚至使富有耐心的骆驼大怒起来。我们阻止它们所用的解除咒就是音乐。我们有着

1　一个居无定所的阿拉伯游牧民族。

一代代传下来的富于传奇的曲子，我们既吟唱又用牧笛吹奏，以此驱逐恶魔。我来自一个富有天资的家族，充分掌握着音乐的魔力。假如有任何类似的魔咒镇住了你的女儿，我拿脑袋担保可以让她解脱。”

国王是个颇有判断力的男人，他知道阿拉伯人拥有的神奇秘密，王子那番自信的话使他产生希望。他立即把王子带到高塔，它由几扇门防护着，公主的房间在顶部。窗户朝向有栏杆的平台，这儿俯瞰着托莱多及其整个周围。窗户是暗淡的，因为公主睡在里面，成了使人毁灭的忧伤的牺牲品，这忧伤根本无法缓解。

王子坐在平台上，用牧笛吹奏出几支不同寻常的阿拉伯人的曲子，这是他在格拉纳达的格内拉里弗宫里从侍从那里学到的。公主仍然昏迷不醒，在场的医生摇摇头，怀疑、轻蔑地笑了笑。最后，王子把牧笛放在一边，用简单的旋律吟唱起那封信里的情诗，他在其中表达了自己的爱情。

公主听出了这支曲调，激动得心中暗自高兴起来。她抬头倾听着，泪水涌了出来，流下面颊。她心潮起伏，兴奋不已。她本来想让人把吟游诗人带到面前，可是少女的羞涩使她没有开口。国王看出她的心愿，吩咐把艾哈迈德带到她的房间。两个情人小心谨慎：他们只是交换了一下眼神，然而那眼神却是意味深长的。音乐从来没取得过这么完美的成功。公主柔软的脸颊上又有了红晕，嘴唇又有了好看的气色，憔悴的眼睛再次显得水灵灵的了。

在场所有的医生吃惊得面面相觑。国王带着不无敬畏的赞美看着阿拉伯吟游诗人。“奇妙的年轻人！”他高声说，“你从此将成为我宫里的第一御医，除了你美妙的音乐我任何其他药方都不要。现在请收下你的奖赏吧，这是我金库里最珍贵的珠宝。”

“啊，国王，”艾哈迈德回答，“我不喜欢金银或宝石。在你的金库里有一样遗物，是从曾经拥有托莱多的穆斯林教徒那里传下来的——那是一只装有丝制毯的檀香木箱子，把它给我吧，这样我就满意了。”

所有在场的人都为阿拉伯人温和的表现感到惊讶，而当檀香木箱子被带来并取出毯子时，他们的惊讶有增无减。那是一副精美的绿丝毯，上面有希伯来人和古巴比伦人的文字。御医们相互看着，耸耸肩，为这个新的医生这么愚蠢而发笑，他竟然会满足于如此低廉的酬劳。

“这副毯子，”王子说，“曾经盖过智慧王所罗门。把它铺在美女的脚下是值得的。”

说罢，他将毯子铺在平台上专门为公主带来的软垫凳下面。然后王子坐在她脚旁。

“命运之书里所写的，”他说，“谁会反对呢？请注意占星家们的预言就要得到证实。知道吗，啊，国王，我和你女儿早就秘密相爱了。瞧，我就是那个‘爱的朝圣者’！”

这些话刚一出口，魔毯就带着王子和公主升到空中。国王和御医们张开嘴巴睁大眼睛注视着它，直到它在一块白色的云团中变成一个小点，然后消失在蓝色的苍穹里。

国王一怒之下叫来司库。“这是怎么搞的，”他说，“你让一个异教徒拿到了那样一副法宝？”

“唉，陛下，我们不知道它是什么样的毯子，也破解不了箱子上的铭文。如果它确实是智慧王所罗门的，它就拥有魔力，能够在空中将主人从一个地方带到另一个地方。”

国王聚集起一支大军，出发前往格拉纳达追寻逃亡者。他行进得很远，也十分辛苦。然后他在维加平原扎营，派了个传令官前去要求归还女儿。对方的国王亲自带着所有皇室人员上去迎接传令官，后者认出国王正是那位吟游诗人，因为艾哈迈德在父王驾崩后已经继承王位，美丽的阿尔德贡达也成为苏丹女眷。

基督国王发现女儿仍然可以继续保持自己的信仰，便不难得到了安慰——倒不是说他特别虔诚，不过宗教对于君主们而言，总是一个令人骄傲和讲求规则的问题。双方因此没有展开血腥的战斗，而是连续举行宴会和欢庆，之后基督国王非常满意地返回托莱多，年轻的夫妻则既睿智又幸福地在阿尔罕布拉宫里做着国王和王后。

应该补充的是，猫头鹰和鹦鹉各自跟随王子从容不迫地回到了格拉纳达，猫头鹰夜晚旅行，逗留于他家族各个世代相传的房屋，鹦鹉则在每座城镇的上空一路欢喜地盘旋着飞去。

艾哈迈德为它们在自己的朝圣中所给予的帮助，满怀感激地予以了报答。他任命猫头鹰为首席大臣，鹦鹉为司仪。不用说，从来没有一个王国得到如此智慧的统治，也没有一个宫廷得到如此严谨的管理。

山间漫游

一天快要过去时，天气没那么炎热了，我常在此刻去附近的山上和成荫的深谷里久久地漫游。熟悉历史故事的侍从马特奥与我做伴，他非常喜欢闲聊，在这样的场合我对他也丝毫不加限制。对于所有的岩石、废墟、破损的喷泉或偏僻的峡谷，他差不多都能讲出奇妙的故事。尤其是他能讲出某个关于金子的传说——穷人在分享宝藏时从没像他这么慷慨的。

有一次漫游，马特奥特别健谈。临近日落时分，我们从“正义之门”出发，爬上一段林荫道，直至来到“七楼塔”脚下，据说布阿卜迪勒国王交出首府时正是由此出去的。马特奥在这儿指着底部的一道矮小拱门，告诉我在摩尔人统治时期，传说有个奇特的妖精或妖怪出没于这座塔，守卫着一位穆斯林国王的财宝。有时它以无头马的形状于夜深时出来，在阿尔罕布拉宫的道路和格拉纳达的街道上搜索，后面跟着六只狗，它们发出可怕的嗥叫。“可是，马特奥，你自己漫游时碰见过它吗？”我问。

“没有，先生，谢天谢地！不过，我做裁缝的爷爷认识几个看见它的人，那时它出现的次数远比现在多。有时是一种形状，有时是另一种形状。在格拉纳达人人都听说过这个叫贝吕多的妖怪，孩子哭的时候老妇和保姆们就用它来吓唬。有人说那是一位残忍的摩尔国王的幽灵，他杀死了六个儿子，把他们埋葬在这儿的地下，他们夜里来找他报复。”

纯朴的马特奥相当具体地讲出了可怕幽灵的情况，我在此克制住不予详述。事实上，在格拉纳达，它自古以来就是童话和民间传说中人们喜欢谈论的主题，古时本地有一位博学的历史学家和地志学家难得地提及过此事。

我们离开这座多事的建筑，继续向前漫游，沿着格内拉里弗宫丰产的果园走去，有两三只夜莺在园中发出各种悦耳的叫声。我们从这些果园后面经过不少摩尔人修建的水池，在山的岩石深处开了一道门，但是关着。马特奥告诉我，他和小时候的伙伴们过去特别喜欢来这里洗澡，直到被一个关于可怕的摩尔人的故事吓跑，此人经常从那扇岩石中的门钻出来，捉住毫无防备的人。

走过这些鬼魂出没的水池后，我们继续爬上一条蜿蜒于小山里的偏僻骡道，不久发现我们置身于令人忧郁的荒凉大山，此处没有树木，只是这儿那儿有点绿色。视野内一切都是险峻贫瘠的，简直难以意识到身后不远就是格内拉里弗宫，它有茂盛的果园和梯台式花园；也难以意识到我们就在宜人的格拉纳达附近，那是一座树林与喷泉中的城市。不过，这就是西班牙的特性。它一旦离开耕种之后就变得荒凉险峻，荒凉与花园总是并肩存在。

据马特奥说，我们爬上的狭谷叫罐谷，因为过去在这里发现一只装满摩尔人的金子的罐子。可怜的马特奥的脑子总是围着金子的传说转。

“在山谷那边狭小的地方，我看见一堆石头上竖着十字架，那是什么意思呢？”

“哦，没什么，只是有个骡夫几年前在那儿被杀害了。”

“这么说，马特奥，即使在阿尔罕布拉宫的大门前都有劫匪和杀人犯吗？”

“现在没有了，先生。那是以前的事，当时在要塞附近常有许多散漫放荡的家伙，不过他们全都被清除了。虽然就在要塞外的山腰上的洞穴里住着吉卜赛人，他们当中不少人什么事都干得出来，但是这儿很久没有过凶杀了。杀死那个骡夫的人在要塞里被绞死了。”

我们继续往深谷上面爬去，左边有个险峻崎岖的高处，称为“摩尔椅”，源自已经提到的传说——不幸的布阿卜迪勒在民众暴乱期间逃到这里，他整天坐在岩顶上，悲哀地看着下面闹派性的城市。

最后，我们爬到位于格拉纳达上方的一座岬的最高处，它叫作太阳山。黄昏降临，落日正好给这片最高点镀上金色。处处可看见孤独的牧羊人赶着羊群下山，以便把它们关在羊栏里过夜；或者某个骡夫赶着慢条斯理的骡子穿过山径，要在天黑前赶到城门。

随即大教堂深沉的钟声传上狭谷，表明祈祷的时间到了。山中每座普通教堂的钟楼和修道院发出悦耳的钟声，予以回应。牧羊人在山谷里停下，骡夫在路中间驻足，每个人都脱下帽子，一动不动地停留片刻，低声念着晚祷。这一习俗总是包含令人愉快的庄严氛围，通过一种悦耳的信号，整个地方的人都同时一起向上帝感恩，感谢他一天所给予的恩赐。大地一时变得神圣起来，极尽辉煌的落日又大大增添了这片景色的庄严。

就眼前而论，所产生的效果由于此地荒凉寂寞而更加显著。我们置身于鬼魂出没的太阳山光秃破碎的山顶上，这儿有一处处毁坏的水池、水塘和一座座庞大建筑崩塌的基脚，它们表明昔日这里人口稠密，可现在一切归于寂静与荒凉。

我们在这些昔日的遗迹中漫步，来到一个环形大坑，它深深地伸入到大山以内，马特奥说这是此处的一个奇迹和神秘的地方。我认为是不屈不挠的摩尔人挖出的一口井，以便获得他们十分喜欢、极其纯净的水。不过马特奥另有故事，这故事远更中他的意。根据传说——他父亲和爷爷对此坚信不疑——这是大山的地下洞穴的入口，布阿卜迪勒及其朝臣们被魔咒控制在里面。夜晚他们在指定时间出来，重访自己古老的住所。

“哈，先生，这座山充满了类似的奇迹。在另一地方有个多少与这相似的洞，就在里面用链子悬挂着一只铁锅。谁也不知道锅内是什么，它始终盖着，但人人都认为它装满了摩尔人的金子。很多人极力把它取出来，因为它似乎伸手可及。可是刚一碰着它，它就深深地掉下去，一段时间再也不上来。最后有个人想到它一定被施了魔咒，就用十字架触碰它，以此打破魔咒。他确实也打破了，铁锅掉下去再也不见了踪影。

“这些都是真事儿，先生，我爷爷亲眼见过。”

“什么！马特奥，他见过那只铁锅？”

“没有，先生，但他见过悬挂铁锅的那个洞。”

“这是一回事，马特奥。”

此种气候的黄昏是短暂的，天色越来越昏暗，它告诫我们要离开这个鬼魂出没的地方。我们走下山隘时已不见牧人和骡夫，除了我们的脚步声和蟋蟀孤寂的叫声什么也听不见。山谷的阴影越来越浓，直至周围一片黑暗。只有内华达山脉高耸的顶峰残留着一点日光。一座座雪山顶耀眼地映照在深蓝色的天空下，由于大气极其纯净，它似乎离我们很近。

“今晚内华达山脉看起来多么近啊！”马特奥说，“好像可以用手触摸到一样。然而，它却是很远很远的。”就在他说着时有颗星出现在雪山顶上，那是唯一能看见的星星，它那么纯洁体大，明亮美丽，以致诚实的马特奥高兴地用西班牙语脱口而出：“多么美丽的星星！多么清澈明净——再没有一颗星比它更灿烂了！”

我常常注意到，普通西班牙人对于大自然的妩媚很敏感。一颗光耀的星星、一朵美丽或芬芳的花儿、一处晶莹纯净的喷泉，都会使他们产生某种富有诗意的欢喜。而且，他们杰出的语言有非常悦耳的词句，他们以此来表达出自己的狂喜！

“不过我看见沿内华达山脉闪烁着一些光，那是什么呢？它们就在雪域下面，会被当作是星星，只不过它们是红的，闪烁在阴暗的大山上。”

“先生，那些是收集冰雪供应格拉纳达的人点燃的火堆。他们每天下午带着骡子和驴上山，轮流干活，有的在火堆旁休息取暖，有的则把驮篮装满冰雪，然后他们动身下山，以便赶在日出前到达格拉纳达门。内华达山脉，先生，是安达卢西亚中间的一块大冰，它让这座城市在夏天里十分凉爽。”

现在天已黑尽。我们穿过深谷，这儿竖立着那个被杀害的骡夫的十字架。此刻我看见许多光点在远处移动，显然在沿着深谷前进。靠近后一看，原来是一队身穿黑衣、外表奇特的人拿着火把——这样的队伍任何时候都显得阴沉，而在这荒山野林中尤其如此。马特奥靠近我，耳语说那是一支送葬队，人们正把一具尸体抬到山里的墓地去埋葬。

送葬队经过时，火把那可悲的光照在人们粗犷的面容和丧服上，显得非常奇异，相当可怕，因为它把死者的脸照射出来——按照西班牙人的习俗，抬着的死者要放在打开的棺材里。我停留一会儿，注视这支阴沉的队伍弯弯曲曲爬上黑暗的山隘。我由此想到那个古老的故事，说有一支恶魔队伍把一个罪人的尸体抬上了斯特龙博利火山[1]。

“啊！先生，”马特奥说，“我可以给你讲个曾经出现在大山中的一支队伍的故事，不过你会笑话我，说那是关于我的裁缝爷爷遗留下来的一个东西。”

“绝不会的，马特奥。我最喜欢听美妙的故事了。”

“哦，先生，我们一直谈着那些在内华达山脉上收集冰雪的人，故事正是关于他们其中一位的。

“你一定知道，很多年以前，在我爷爷那个时候，有个叫尼古拉斯大叔的老人，他把骡子的驮篮里装满冰雪，下山返回。可是他太困了，便爬到骡子身上，不久便睡着了，头一点一点的，左右晃动，而脚步稳当的老骡则沿着悬崖边走去，走下陡峭崎岖的深谷，就像在平地上一样稳定安全。后来尼古拉斯大叔终于醒了，他环顾四周，揉揉眼睛——他的确是神志清醒的。月亮照耀得几乎像白天一样明亮，他一清二楚地看见下面的城市里一座座光亮的白色建筑，犹如月亮下的银盘一般。可是，上帝啊！先生，一点也不像他几小时前离开的城市了！他看到的不再是大教堂巨大的圆屋顶和塔楼、有着尖塔的普通教堂和尖顶的修道院，它们的顶部无不竖立着神圣的十字架。他看到的只有摩尔人的清真寺、尖塔和圆顶，顶端全都闪耀着新月形标记，正

1　斯特龙博利火山，意大利斯特龙博利岛上的火山。

如你在巴巴里旗上看见的一样。

“瞧，先生，正如你可能想到的，尼古拉斯大叔对这一切大为困惑。而就在他凝视城市时，一支大军爬上山来，它沿着狭谷蜿蜒前行，时而在月光下，时而在树荫里。军队靠近后，他看见有骑兵和步兵，全部穿戴着摩尔人的盔甲。尼古拉斯大叔极力躲开他们，可是自己那头老骡静静地站着，拒不挪动一下，同时像树叶一样抖动——因为不会说话的动物，先生，对这种事也像人一样害怕。瞧，先生，这支幽灵军队走了过去。有的人好像在吹号，有的在敲锣鼓打钗钹[1]，但是根本没有任何声音。他们都悄无声息地行进着，就像我在格拉纳达的剧院里看见装扮的军队走过舞台一样，所有人都面如死色。最后，格拉纳达的宗教大法官骑着一头雪白的骡子，行进在军队后面两个黑黑的摩尔族骑兵之间。尼古拉斯大叔吃惊地看见他在这样的人当中，因为宗教大法官以憎恨摩尔人而闻名，事实上他憎恨各种各样的异教徒、犹太人和异端分子，捉住他们后常用火刑和鞭子予以严惩。

“不过，既然身边有一位如此神圣的大人，尼古拉斯大叔感到自己是安全的。于是他用手画十字，大声祈求赐福。突然，好家伙！他被狠狠击了一下，连人带骡子翻下陡峭的悬崖边，头朝下一直栽到底部！太阳出来很久以后尼古拉斯大叔才苏醒过来，他发现自己躺在深深的谷底，骡子在一旁吃草，驮篮里的雪全部融化了。他遍体鳞伤，慢慢爬回格拉纳达，但高兴地发现城市仍然像通常那样，同样有那些基督教堂和十字架。

“他讲述自己夜晚的冒险故事时，人人都笑话他。有的说全是他

---

1 钗钹，打击乐器。

做的梦，因为他骑在骡子上面打瞌睡；有的认为都是他自己编造的。不过奇怪的是，先生，还有后来让人考虑得更认真的是，宗教大法官当年就死亡了。我经常听见我的裁缝爷爷说，那支带着像宗教大人似的幽灵军队所具有的意义，是人们不敢瞎猜的。”

“这么说你是要暗示，马特奥朋友，在这些大山深处有某种摩尔人的地狱或炼狱，宗教大法官就是被带到那里去的。”

“但愿没有这样的事发生，先生！我对此一无所知。我只是讲述了从爷爷那里听到的事。”

马特奥讲完故事时，我们已到达阿尔罕布拉宫的大门。我对故事作了更加简洁的复述，因为他添加了不少评论，并且编进一些细节。马特奥所讲到的那些奇妙故事，在我们最初漫游“七楼塔”周围时，让我像通常一样对于妖魔鬼怪问题进行调查研究。我发现这个可怕的幽灵贝吕多，在格拉纳达自古以来就是童话和民间传说中人们喜欢谈论的主题，古时本地有一位博学的史学家和地志学家可贵地提及过此事。[1] 我将这些零散的民间传说收集起来，竭尽全力把其中之一整理成后面的传奇故事。只需在末尾加上一些有见地的注解和参考文献，它就能跻身于纪实作品的行列，以其“历史事实”被严肃认真地在世上流传下去。

1　此句前面曾说到过。

摩尔人的遗产

就在阿尔罕布拉要塞内的皇家宫殿前，有一片地方称为“蓄水池广场”，因为它下面隐藏着一座早在摩尔人统治时期就存在的水库。在广场一角有一口摩尔人的水井，是从原生岩石打了很深下去才打到的，其水像冰一样冷，像水晶一样清澈。摩尔人打的井总是颇有名气，众所周知为打到最纯净、甘甜的泉水他们付出了怎样的艰辛。我们现在说的这口井名扬全格拉纳达，那些水贩——他们有的肩上扛着大水罐，有的赶着用陶器装满水的驴子——从一大早到深夜都在阿尔罕布拉宫陡峭的木道上又上又下地往返着。

自从远古时期，泉水和井水旁就成了气候炎热时人们闲聊的有名场所。在此刻谈到的这口井旁，即形成了某种于漫长日子里久久维持的俱乐部，成员有老弱病残者、老年妇女和城堡中其他无所事事的好奇者。他们坐在石凳上，头上有个遮阳篷，它是替通行费征收员挡太阳的。他们在有关城堡的闲言碎语中度过时日，并向每个走来的水贩打听城里的消息，对一切所见所闻发表长长的评论。每时每刻都能看见四处闲荡的主妇和女佣，她们头上顶着或手里拿着水罐，一直听完那些知名人物无休无止的闲谈。

在经常来到这口井旁的水贩中，有个强壮矮小的罗圈腿，名叫佩德罗·吉尔，简称佩雷希尔。他是个水贩，当然也就是加利西亚人，或加利西亚[1]本土人。造物主似乎形成各个人种是为了让他们从事不同的苦工，正如他让各类动物那样。在法国，擦鞋匠都是萨瓦人，酒店的搬运工都是瑞士人；在英国，妇女用箍裙圈和发粉的时候，只有沼泽地带的爱尔兰人才能把轿子抬好。所以在西班牙，水贩和搬运工都是强壮矮小的加利西亚本土人。没人说“找个搬运工”，而是说“叫个加利西亚人”。

现在书归正传吧，加利西亚人佩雷希尔仅靠扛在肩上的一只大陶罐开始买卖。他渐渐发迹了，得以买到种类相称的动物助手，那便是一只长得壮实、毛发蓬松的驴。在这个长耳助手的两边，挂着装在某种驮篮里的水罐，上面盖有无花果树叶，以免日晒。在整个格拉纳达再没比他更勤劳的人，也再没比他更快活的人。他跟在驴子后面一路跋涉，街上回响起他欢快的声音——他用西班牙语哼出通常的夏日小调，声音穿过一座座西班牙城镇：“谁要喝水——比雪更冷的水？谁要喝从阿尔罕布拉宫井打来的水？水像冰一样冷，像水晶一样清澈。”他用一只光亮的杯子招待某个顾客后，总会说句讨人喜欢、让人微笑的话。假如对方碰巧是个标致的妇人或有酒窝的少女，他总会对她不可抗拒的美貌抛个媚眼，说句恭维话。这个加利西亚人佩雷希尔成了一个最礼貌、快乐和幸福的人，他因此闻名全格拉纳达。

然而，并非声音喊得最大、玩笑开得最多的人就是心情最愉快的人。在这一切快乐的模样下面，诚实的佩雷希尔有自己的焦虑和麻烦。他有一个大家庭需要供养，孩子们衣衫褴褛，像一窝小燕似的饿得叽叽喳喳，只要他晚上回到家里他们就把他团团围住，叫嚷着要吃的。

1　加利西亚，位于西班牙西北部，西班牙古王国名称。

他也有个帮手，但她根本帮不了。结婚前她曾是村里的美人，因擅长跳波列罗舞和打响板而出名。现在她仍然保留着早年的习性，将诚实的佩雷希尔辛苦挣来的钱花费在华而不实的东西上，并且在礼拜天、圣徒节和无数节日——在西班牙它们比周日还多——她又要把驴子租用给一伙去乡下郊游的人。此外，她还有点邋遢，而且爱睡懒觉，尤其她是个最会说长道短的人。房子、家人和其他一切她统统不管，只是衣着不整地在爱说闲话的邻居家闲荡。

然而，上帝会送暖风给被剪毛的羔羊[1]，他将婚姻之轭束缚在顺从的脖子上。佩雷希尔像那只负载水罐的驴一样，温顺地挑起赐予他的妻室儿女的一切重担。无论他暗地里怎样摇头，对于自己邋遢的老婆的日常品行他从不敢质疑。

他也爱自己的孩子，正如大猫头鹰爱它的小猫头鹰一样，他从孩子们身上看到自己的身影得到扩展和延续，因为他们也是一小窝强壮矮小的罗圈腿。诚实的佩雷希尔最大的快乐在于，只要他能给自己放个短暂的假，他就会拿出一点儿古铜币，把孩子们带出去。有的让他抱着，有的拉住他的衣服下摆，有的吃力地跟在后面。他让他们在维加平原上嬉戏，而老婆则在达罗谷的安哥斯图拉斯树林里与过节的朋友们一起跳舞。

这是某个夏夜很晚的时候，水贩们大多停止了辛勤劳动。白天异常闷热。晚上月光宜人，吸引着南方的居民到户外漫步，享受午夜后凉爽的天气，让自己获得补偿，因为白天太热不想动弹。所以想要喝

1 语出西方谚语："God tempers the wind to the shorn lamb." 意译为"上帝对不幸的人是宽厚的"。

水的顾客仍然在外。佩雷希尔像个体贴细心的父亲，他想到饥饿的孩子们。“再去水井跑一趟，”他对自己说，“为小家伙们挣得一顿美餐。说罢，他颇有男子气概地爬上阿尔罕布拉宫陡峭的道路，边爬边唱，时而用棒子在驴子的侧面用力打一下，这要么为了伴随歌的节奏，要么为了给驴子打打精神——因为在西班牙，对于所有驮兽而言冷漠的打击可以替代粮草。

他来到水井旁时，发现这儿只有个身穿摩尔人服饰的孤独的陌生人，此人坐在月光下的石凳上。佩雷希尔最初停下来，不无吃惊和敬畏地注视他，但是摩尔人微微示意他过去。“我虚弱有病，”对方说，“帮助我回到城里吧，你靠水罐能挣多少钱，我会加倍付你。”

听见陌生人的请求，矮小诚实的水贩深感同情。“对这么一个普通的仁慈行为，”他说，“上帝决不允许我收取费用或报酬。”他因此把摩尔人扶上驴，慢慢地向格拉纳达走去。可怜的摩尔人相当虚弱，必须把他扶在驴子上才不会跌下来。

进入城里时，水贩问把他送到哪里。“唉！”摩尔人微弱地说，“我没家没住处，在这里是个陌生人。让我今晚躺在你的屋檐下吧，你会得到足够回报的。”

这样，诚实的佩雷希尔发现自己意外拖累上一个异教客人，不过他太仁慈了，无法拒绝给一个如此绝望的人提供一夜住处，于是他把摩尔人带回家。孩子们听见驴的脚步声，像往常一样张大嘴巴跑出来，但看见包着头巾的陌生人时惊恐地跑了回去，藏在母亲身后。母亲勇敢地走上前去，像发怒的母鸡在一只流浪狗靠近时挡在一窝小鸡前那样。

“这么晚了，”她说，“你还带回一个什么异教朋友，让宗教裁判所盯上我们吗？”

“别出声，老婆。”佩雷希尔回答，“这是个可怜、有病的外地人，没家也没朋友。你不会愿意让他出去死在街上吧？”

他老婆本来还会反对，因为虽然她住在茅舍里，可她仍然顽强地维护着家庭的信誉。然而矮小的水贩就这一次毫不让步，拒绝屈服。佩雷希尔把可怜的摩尔人扶下驴，替他在家里最凉快的地点铺上垫子和羊皮——这是贫穷的佩雷希尔所能提供的唯一类似于床的地方了。

一会儿后，摩尔人剧烈地抽搐起来，纯朴的水贩使出浑身解数也无济于事。对于他的仁慈，可怜的病人露出感激的目光。在疾病发作的间隔中他把佩雷希尔叫到身边，低声对他说：“恐怕我快到尽头了。如果我死了，我把这盒东西赠送给你，作为对你仁慈的报答。”说罢他解开外衣，露出系在身上的一只檀香小盒。“朋友，”可敬矮小的佩雷希尔回答，“不管你的财宝是什么，上帝都会让你活很多年享用它的。”摩尔人摇摇头。他把手放在盒子上，还想说点什么相关的事，但他又抽搐起来，而且越来越厉害，不久就断了气。

水贩的老婆此时像个心烦意乱的人。“这都是你愚蠢的善良脾性带来的后果，你总是自找麻烦帮助别人。如果有人发现尸体在咱们家里，后果怎样？我们会被当作杀人犯送进监狱。即使我们活着逃脱，也会毁在司法员和警察手里。”

可怜的佩雷希尔同样为难，他几乎后悔做了一件好事。最后他想到个主意：“天还没亮，”他说，“我可以把尸体运出城，埋在赫尼尔河河岸的沙滩里。没人看见摩尔人到咱们家，也没人会知道他死亡的任何情况。”

他这样说也这样做了。老婆帮助他，两人将不幸的摩尔人的尸体裹在他死去的垫子里，把它搁在驴背上，佩雷希尔便赶着驴前往河岸。

也是这个水贩倒霉，就在他对面住着一个名叫佩德里罗·佩德鲁哥的理发师，在他那伙爱传播流言蜚语的人当中，他是最喜欢闲谈打探、搬弄是非的人之一。他脸瘦长，是个两腿像蜘蛛一样的无赖。他善于逢迎巴结，即使塞维利亚最有名的理发师对别人的事情也不如他了解得多，并且他像筛子一样留不住。据说他每次睡觉时仅闭上一只眼，另一只睁着，所以即便睡觉时他也能看见、听见一切发生的情况。在格拉纳达那些爱打探消息的人看来，他无疑成了某种诽谤性的编年史，他的顾客比所有同行的都多。

这个好管闲事的理发师听见佩雷希尔在夜晚一个异常的时刻回来，又听见他的老婆孩子发出惊叫。他马上把头伸出一扇用作观望的小窗口，看到邻居把一个穿着摩尔人服饰的男子扶进家里。这事非常蹊跷，让佩德鲁哥彻夜未眠。每隔五分钟他就来到窗孔旁，观察从邻居门上的裂缝透射出的灯光，天亮前，他注意到佩雷希尔赶着驮上异常沉重东西的驴子出去。

好奇的理发师变得坐立不安。他匆忙穿上衣服，悄悄走出屋，远远跟在水贩后面，直到看见佩雷希尔在赫尼尔河的河岸上挖出一个坑，把颇像尸体一样的东西埋进去。

理发师赶紧返回，在店铺里烦躁不安，把所有东西弄得一团糟，直到太阳出来。然后他把一只盆夹在胳膊下，来到日常顾客市长[1]的家里。

市长刚起床。佩德鲁哥让他坐在一把椅子上，把一条毛巾围在他

1　指西班牙、葡萄牙或讲西班牙语的拉美各国城市中兼具行政权和司法权的市长。

脖子上，再把一盆热水放在他的下巴下面，然后开始用手抚一下他的胡须。

“怪事！”佩德鲁哥说，他同时既理发又传播新闻，“怪事！一个晚上就把抢劫、谋杀和埋葬都干了！”

“喂！——怎么回事！——你说什么？”市长叫道。

“我说，”理发师回答，同时把一块肥皂抹到这位官员的鼻子和嘴巴上，因为西班牙的理发师不屑于用刷子，“我说那个加利西亚人佩雷希尔就在这个晚上抢劫、谋杀并埋葬了一个摩尔人。因此这同样是个该死的夜晚！”

“可你是如何知道这一切的？”市长问。

“别急，先生，我会把一切告诉你。”佩德里罗回答，捏住市长的鼻子，用剃刀在他脸上刮着。然后，他把看见的讲述了一遍。他同时做着两件事：既给市长刮胡子，洗下巴，用脏毛巾把它擦干，同时又在讲述佩雷希尔如何抢劫、谋杀、埋葬那个摩尔人。

碰巧，这个市长是全格拉纳达最专横霸道的人，又是最存心不良、引人注目的腐败分子。然而不可否认他十分重视正义，将它按照黄金的重量出售。他假定眼前的案子是个谋杀和抢劫案，无疑会有丰厚的赃物——如何把它交到司法者的手中呢？因为仅仅抓获犯罪者只会把他送上绞架，但弄到赃物就会让司法者变得富有。根据他的信条，这是正义的最终目的。这么想着，他将最信任的警察叫到面前，那是个憔悴、瘦削、显得饥饿的无赖，此人按照同类人的习俗穿着古老的西班牙服饰：两边卷起宽大的黑色海狸毛皮，肩上晃动着奇特的鸟兽颈毛和黑色的小外套，锈黑色的内衣衬托出瘦削的身躯。他手里拿着一个细长的白棒，那是令人可怕的官职标志。

这是一个古老的西班牙人合法的侦探，他开始跟踪不幸的水贩。他如此迅速确定，没等可怜的佩雷希尔回到家里他就追上去，并把佩雷希尔和他的驴带到司法者面前。

市长极其可怕地皱起眉头。“听着，罪犯！”他吼道，声音让矮小的佩雷希尔两膝发抖。“听着，罪犯！用不着否认你的罪行，我什么都清楚。绞刑是对你所犯罪行的恰当惩罚，不过我是宽容的，乐意服理。在你家被谋杀的是个摩尔族异教徒，是与我们信仰为敌的人。你肯定受到一股宗教热情的影响杀死了他，因此我会宽容的。把你从他那里抢劫的财产交出来，此事就不会声张出去。”

可怜的水贩拜访了所有慈善高洁的人，请他们为自己的清白做证。唉！他们一个也没出现——假如真出现，市长就会相信太阳从西边升起了。尽管水贩把摩尔人临终时的情况原原本本、坦率真诚地讲述出来，但一切白搭。“难道你要坚持说，”司法者问道，“那个穆斯林信徒没有你贪心想要的金子和珠宝吗？”

“阁下，我希望自己获救，”水贩回答，“所以我如实说他只有一个檀香小盒，他把它遗赠给我，报答我帮助了他。”

“一个檀香盒！一个檀香盒！”市长叫道，想到珍贵的珠宝他两眼闪闪发光，“盒子在哪里？你把它藏到哪儿去了？”

“它在我的驴子身上的一只驮篮里，”水贩回答，“假如阁下乐意，我真诚地把它送给你处理好啦。”

他的话刚一出口那个敏捷的警察就飞奔而去，转眼拿着神秘的檀香盒回来。市长用热切、颤抖的手打开它。所有人挤上前去要好好看看期待中的财宝，但让他们失望的是里面仅有一只羊皮卷轴，上面有些阿拉伯字符和一根蜡烛头。

当给囚犯定罪也毫无所获时，即便在西班牙司法也可能是公正的。市长从失望中恢复过来，他现在发现此案中确实没任何赃物，就冷静地倾听水贩解释，水贩的老婆也提供证据予以证实。他因此相信水贩是无辜的，于是将对方释放。而且他还允许水贩带走摩尔人的遗赠，即檀香盒和里面的东西，那是他的仁慈应得的回报。不过市长留下了他的驴，用以支付费用。

瞧，矮小不幸的佩雷希尔再次陷入困境，不得不靠自己去贩运井水，他肩头上扛着一只大陶罐艰难地向阿尔罕布拉宫的水井爬去。

在炎热的夏日中午他吃力地爬上山时，没有了通常的好心情。“狗杂种市长！”他叫道：“把一个可怜人维持生计的东西抢去了，那是他在这个世上最好的朋友！”然后他记起了劳动中的心爱伙伴，天性中的所有善意顿时产生出来。“啊，我心爱的驴呀！”他大声说，把一罐水放到石头上，擦着额头上的汗水。“啊，我心爱的驴呀，我保证你想到老主人了！我保证你想念水罐了——可怜的动物。”

更让他烦恼的是，老婆在他回家时又是呜咽又是抱怨。她显然占着上风，先前就警告他不要过分殷勤好客，所有这些不幸都是由此引起的。她像个无所不知的人，随时显得比他高明，以此奚落他。如果孩子们没吃的或者需要一件新衣，她就带着嘲讽回答：“找你们老爸去——他是阿尔罕布拉宫布阿卜迪勒王的继承人，叫他帮你们拿摩尔人的保险盒摆脱困境吧。”

可怜的凡人做了一件好事总会受到狠狠惩罚吗？不幸的佩雷希尔感到身心痛苦，但他仍然顺从地忍受着老婆的抱怨。终于有一天傍晚，他在大热天里辛苦地干完活后，她也像通常那样奚落他，使他忍无可忍。他没敢顶嘴，而是把目光转到那只檀香盒上——它被搁在架子上面，盖子半开着，仿佛在嘲笑他那么苦恼。他抓起盒子气愤地一下摔到地上，大声叫道："自从我看到你，或者让你的主人住到我屋檐下，我就不幸！"

盒子落到地上后盖子打开了，羊皮卷轴滚出来。

佩雷希尔坐在那儿，在忧郁沉默中注视了它一些时间。最后他把思想集中起来，想道："谁知道上面写的东西不重要呢？那个摩尔人好像非常小心地保护着它。"因此他拿起盒子放在怀里，次日上午沿街叫卖水时在一个摩尔人的店铺前停住，那是个丹吉尔人[1]，他在萨卡丁大街卖小饰品和香水，佩雷希尔请他解释一下写的什么。

摩尔人仔细读着卷轴上的文字，然后摸摸胡子露出微笑。"这上面手写的东西，"他说，"是一种重获宝藏的魔咒，那些宝藏受到魔法控制。据说魔咒有巨大的功力，最坚固的螺栓和钢条，甚至坚不可摧的岩石本身，都会在它面前让开！"

"呸！"矮小的佩雷希尔吼道，"这一切对我有啥用？我不是巫师，对宝藏一无所知。"说罢他扛起水罐，把卷轴留在摩尔人手里，艰难地迈步向前，继续干着日常的苦活。

然而，那天傍晚左右他在阿尔罕布拉宫的水井边休息时，发现有不少爱说闲话的人聚集在那儿，他们的谈话——在这阴暗的时刻并非不正常——转向一些超自然的古老故事和传说。由于个个十分贫穷，他们便怀着特有的兴趣详细述说喜欢的主题，即摩尔人留在阿尔罕布拉宫各处被施了魔法的财宝。尤其是他们一致认为，在"七楼塔"下面很深处埋藏有大量财宝。这些传说给诚实的佩雷希尔留下深刻印象，

1　丹吉尔，摩洛哥北部港市。

他独自沿黑暗的道路走去时，它们越来越深地陷入他的思想中。“毕竟，假如那座塔下面藏着财宝，假如我留给那个摩尔人的卷轴能让我找到它！”想到这他突然一阵狂喜，水罐差点落到地上。

这晚他辗转反侧，由于受到种种想法的困扰他几乎没合眼。一大早他就来到摩尔人的店铺，把心里想到的事都对摩尔人讲了。“你能读阿拉伯语，”他说，“咱们一起去塔楼那里怎样，试试魔咒的效果。如果失败了咱们也不会更糟，如果成功了，咱们就可平分发现的所有财宝。”

“且慢，”这摩尔人回答，“仅有上面写的东西还不够。必须在午夜借助特制蜡烛的光念它才行，而我手边没有制作蜡烛的东西。没有这种蜡烛卷轴便毫无用处。”

“别再说啦！”矮小的佩雷希尔叫道，“我手里有这样一支蜡烛，我马上去把它拿来。”说罢他急忙赶回家，不久拿着在檀香盒里发现的蜡烛头回来。

摩尔人既摸摸又闻闻它。“蜡烛的香料罕见昂贵，”他说，“是用黄蜂蜡合成的。这种蜡专门用来照卷轴，点燃它时即便最牢固的墙壁和最秘密的洞穴都会打开。不过，在它熄灭后留在里面的人可就苦啦，他将和财宝一起被施上魔法。”

两人同意就在当晚试试魔法的效力。因此，在只有蝙蝠和猫头鹰活动的深夜时分，他俩爬上阿尔罕布拉宫树林茂盛的山头，走近可怕的塔楼。它笼罩在密林里，由于有许多传说而令人敬畏。借助提灯的光他们摸索着穿过灌木丛，越过跌落的石头，来到塔下的一扇拱门旁。他们恐惧地颤抖着爬下在岩石上凿出的一段阶梯，它通向一间潮湿阴沉的空屋，从这儿另有一段阶梯通向更深的地下室。他们就这样爬下四段阶梯，通向四个地下室，不过最后一个地下室的地面是坚固的。根据传说虽然下面还有三个地下室，但是据说不可能再下去了，它们被强有力的魔法封闭。地下室的空气潮湿而寒冷，有着泥土的气味，提灯的光线十分黯淡。他们焦虑地屏住呼吸，在此停留片刻，直到微微听见塔上的钟敲响午夜十二点。于是他们点燃蜡烛，它散发出没药、乳香和苏合香气味。

摩尔人用匆忙的声音念起来，刚念完就传来一种来自地下的隆隆声。大地在震动，地面打开，露出一段阶梯。他们敬畏地颤抖着爬下去，借助提灯的光来到另一个地下室，里面有许多阿拉伯语的碑文。中间放着一口用七根钢带缚住的大箱，在每端坐着一个身穿盔甲、被施了魔法的摩尔人，他们遭到魔咒的控制，像雕塑一样毫不动摇。箱子前面有几口装满金银和宝石的罐子，他俩把手深深地插进最大的罐子里，每次插进去都抓起一把大块的摩尔人的黄金，或者此种贵重金属的手镯和饰品。他们时而还会抓起一串东方珍珠项链。他俩把衣袋塞满珍宝时，仍然浑身发抖，呼吸急促。有许多次他们胆怯地瞥一眼两个被施了魔法的摩尔人，他们冷酷无情、一动不动地坐在那里，眼睛丝毫不眨地瞪着他俩。最后，某种虚幻的声音使他们忽然产生恐慌，于是他俩迅速爬上阶梯，彼此翻滚到上一层岩室里，把蜡烛打翻弄灭了，道路再次在隆隆声中关闭。

他们充满惊慌，直到摸索着钻出塔楼才停下，透过树林观察天上的星星。然后他们在草地上坐下来，把战利品分了，决意暂时满足于仅仅弄到罐里的一点表皮东西，而在以后的某个晚上再回去把它们全部弄走。为了确保彼此的诚意他们还将符咒也分了，一个保留卷轴，另一个保留蜡烛。之后，他们带着轻松愉快的心情和装满财宝的衣袋前往格拉纳达。

他们一路下山时，精明的摩尔人对单纯矮小的水贩耳语了一句忠告。

“佩雷希尔朋友，”他说，“在咱们弄到财宝并转移到安全地方前，必须对整个事情严格保密。如果市长听到一点风声我们就完啦！”

“当然，”佩雷希尔回答，“这是再正确不过的事。”

“佩雷希尔朋友，”摩尔人说，“你是个小心谨慎的人，我确信你能保密，可是你有老婆。”

“对这事她什么也不知道的。”矮小的水贩坚定地回答。

“好啦，”摩尔人说，“我相信你的谨慎和承诺。”

这是再确定、真诚不过的承诺了。可是，哎呀！哪个男人能够对老婆保守秘密？像佩雷希尔这样的水贩当然也不能，他是个最钟情、温顺的丈夫。回家时他发现老婆在一角拖地。“太好了，”他进屋时她叫道，“你在外面游荡到这么晚，终于回来了。你没有又带回一个摩尔人到家里住，真让我吃惊。”然后她突然涌出眼泪，痛苦地绞双手、捶胸口，大声说：“我是个不幸的女人！什么会降临到我身上呢？房子都被律师和警察剥夺抢劫光了。丈夫又毫无用处，不再给家里带回吃的，白天夜晚同异教徒摩尔人闲荡！唉，我的孩子！我的孩子！什么会降临到咱们身上呢？咱们都要去沿街乞讨了！”

妻子的痛苦深深地打动了诚实的佩雷希尔，他也情不自禁地呜咽抱怨起来。他心里充满感情，无法控制。他把一只手插进衣袋，拿出三四块不小的金子塞入她的胸口。可怜的女人惊讶得目瞪口呆，不明白眼前这场黄金雨是怎么回事。没等她恢复平静，矮小的佩雷希尔又取出一串金链在她眼前晃动，她满脸笑容，高兴得跳起来。“圣母保佑我们！”老婆喊道，“你都做什么啦，佩雷希尔？你肯定没杀人抢劫吧！”

这念头一钻进可怜女人的脑子，她就认为确定无疑。她似乎看见远处的监狱和绞架，有个矮小的罗圈腿加利西亚人在上面吊着。她深受想象中的恐惧打击，变得歇斯底里。这个可怜的男人能做什么呢？他没其他办法安慰妻子，只能原原本本把交上好运的事告诉她。不过他先要求她做出最为庄严的承诺，要对所有在世的人严格保密。

她的喜悦无法形容。她一下子搂住丈夫的脖子，她的爱抚几乎让他窒息。“瞧，老婆，”矮小男人怀着真诚的狂喜叫道，“对摩尔人的遗产你现在有啥话说？今后可别再辱骂我帮助一个陷入困境的人。”

诚实的佩雷希尔回到他的羊皮垫上，他仿佛躺在安乐窝里睡得十分香甜。老婆可不是这样。她把他衣袋里的所有财宝倒在垫子上，坐在那儿数着摩尔人的金币，试戴着项链和耳环，想象有一天可以享受这些财宝时自己所打扮的模样。

次日上午，诚实的佩雷希尔拿了一大块金币，带着它去扎卡廷的一家珠宝店出售，他假装是在阿尔罕布拉宫的废墟里发现的。珠宝商看见上面有摩尔人的铭文，属于最纯的金子，可是他只给了三分之一的价钱，水贩对此非常满意。现在佩雷希尔给孩子买了新衣和各种玩具，以及丰富的食物，准备好好吃一顿。他回到家里，让孩子们都手舞足蹈地坐在自己周围，他则在中间高兴地跳着，成了最快乐的父亲。

水贩的妻子按照她承诺的，以惊人的严密保守着秘密。整整一天半她带着神秘的模样四处走动，心里充满了几乎迸发的情感，不过她仍然保持平静，虽然置身于小道传闻之中。的确，她禁不住有点装腔作势的样子，为自己破旧的衣服抱歉，并谈到订购一件全部用金线花边和珠子装饰的新胸衣，以及一件新的小披风。她还暗示丈夫打算放弃水贩生意，因为这对他的健康不是很有利。事实上，她想到他们夏天都要去乡下，孩子们在那儿可以得益于山地空气，而在这个闷热的季节是很难生活在城里的。

邻居们彼此惊讶地盯着，心想可怜的女人丧失了理智。她显示出那样的神态和气派、那样的优雅和自负，因此她一转过背所有朋友就会嘲讽发笑。

然而，如果说她在外面克制自己，在家里可就放开了——她把一串富贵的东方珍珠围在脖子上，把摩尔人的手镯戴在胳膊上，再把钻石头饰戴在头上，穿着邋遢的衣服在屋里踱来踱去，时而停在一面破镜前自我欣赏。而且，在一阵天真虚荣的冲动下，有一次她还禁不住去窗口展示自己，享受她的打扮对路人产生的效果。也是命中注定，爱管闲事的理发师佩德鲁哥此刻正无所事事坐在街对面的店铺里，他那随时警觉的目光突然注意到钻石的闪光。他立即来到窗孔旁观察水贩邋遢的老婆，只见她像东方新娘一样打扮得光彩照人。他一旦准确数清她身上的饰物，就飞快地朝市长跑去。片刻后迫不及待的警察又开始跟踪，就在这一天不幸的佩雷希尔再次被带到司法者面前。

"怎么回事，你这个家伙！"市长用愤怒的声音大声说。"你先前对我讲，那个死在你家里的异教徒身后只留下一只空盒，现在我却听说，你老婆穿上装饰有珍珠和钻石的破衣向人炫耀。你是个卑鄙的人！准备好交出那个可怜的受害者的财物吧，准备好在绞刑架上晃荡吧，它等你已经等得不耐烦啦。"

恐惧的水贩双膝跪在地上，将他获得财宝的神奇方式彻底讲了出来。市长、警察和好奇的理发师们，贪婪地听着阿拉伯人关于被施过魔法的财宝的故事。警察被派去将曾在魔咒上有过帮助的摩尔人带来。这个摩尔人走进去时，发现自己落入法律的妖怪手里，吓得不知所措。他看见水贩显得羞怯、沮丧地站在那儿，什么都明白了。“可怜的家伙，”他从水贩身边走过时说，“我不是警告过你别对老婆胡说什么吗？”

这个摩尔人说的情况与同伙讲得完全一样。但市长假装不太相信，威胁说要监禁他并严加调查。

“温和点吧，善良的市长先生，”摩尔人说，他此时已恢复了平常的精明与沉着，“咱们别为了争夺好运把它们给毁啦。除了我们自己任何人对此事都一无所知，让咱们保守秘密吧。洞穴里有足够的财宝让我们大家富有起来。如果保证公平分配，那么所有财宝都能弄到，否则那个洞穴会永远关闭。”

市长和警察走到一边去商量，后者在这一行是个老狐狸。“在得到财宝以前，”他说，“无论什么都答应。然后把一切财宝夺到手，如果他和他的同伙敢抱怨，就把他们像异教徒和巫师那样用火刑威胁。”

市长喜欢这一建议。他摸一下眉毛，转向摩尔人说：“这是个奇怪的故事，也许是真的，不过我得眼见为实。就在今晚你必须当着我的面重复一下魔咒。如果真有那样的财宝，咱们友好地分配，之后不再说什么。如果你欺骗了我，可别指望我宽容。你还得被拘留起来。”

摩尔人和水贩高兴地同意了这些条件，为事实将证明他们的话不假感到满意。

临近午夜市长秘密出发了，随行的有警察和爱管闲事的理发师，他们都有力地武装起来。他们把摩尔人和水贩作为囚犯带着，还带上了水贩那只强壮的驴，准备运走期待中的财宝。他们在没人注意时来到塔旁，把驴拴在一棵无花果树上，然后进入塔下的第四间地下室。

他们取出卷轴，点燃黄蜡烛，摩尔人念出魔咒。大地像先前一样开始震动，道路轰地一声打开，显露出狭窄的阶梯。市长、警察和理发师被吓呆了，难以鼓起勇气下去。摩尔人和水贩进入到下一层地下室，发现那两个摩尔人仍然像先前一样沉默不语、一动不动地坐着。他们取出两口大罐，里面装满金币和宝石。水贩将它们分别搁在肩上扛上去，不过虽然他矮小强壮，习惯于搬运重物，但是扛着它们时仍然摇摇晃晃。他把它们挂在驴子两边的时候，发现再重一点驴子就驮不动了。

“咱们现在有这么多财宝该满足了吧。”摩尔人说，“我们只能弄走这么多东西才不会被察觉，它们足以让大家变得富有起来，个个称心如意。”

“下面还有财宝吗？”市长问。

“还有一个最大的奖赏，”摩尔人说，“那是一口用钢带系住的大箱，装满了珍珠和宝石。”

“咱们务必把它弄上来。”贪心的市长叫道。

“我不愿再下去。”摩尔人固执地说，“一个有理性的人要适可而止——再多就没必要了。”

“至于我，”水贩说，“我也不愿再扛些财宝上来，免得把可怜的驴子压垮。”

市长发现命令、威胁和请求都没用，就转向两个随从。“帮我把那箱东西弄上来吧，”他说，“然后咱们把它分了。”说罢他爬下阶梯，警察和理发师勉强哆嗦着跟在后面。

摩尔人一见他们完全进入地下就把黄蜡烛灭了。道路发出通常的隆隆声后关闭，三个贪婪的人被埋在下面。

然后，他急忙爬上各段阶梯，直至爬到露天里才停下。矮小腿短的水贩赶紧跟上。“你都干啥啦？”佩雷希尔一喘过气就大声问。

“市长和另两人被关在地下室里。

这是真主的意愿！”摩尔人虔诚地说。

“你不把他们放出来吗？”佩雷希尔问。

“真主不许！”摩尔人回答，摸摸胡子，“命运之书上写着他们将一直处于中魔状态，直到将来某个冒险者去破除魔咒为止。上帝的旨意实现了！”说罢，他把蜡烛头远远抛向峡谷里阴暗的灌木丛中。

现在已无法补救，摩尔人和水贩便赶着满载财宝的驴朝城里走去。诚实的佩雷希尔情不自禁地拥抱和亲吻他的长耳伙伴，它就这样从法律的手掌中回到他身边。事实上，并不能确定此刻最让朴实矮小的水贩快乐的是什么：是获得财宝，还是重新得到驴子？

两个交上好运的伙伴友好、公平地把财宝分了，只是摩尔人有点喜欢小饰品，他设法得到大部分珍珠、宝石和其余小玩意儿。不过他总是把饰以不小金子、体积大五倍的华丽珠宝留给水贩，水贩对此非常满意。他们注意到，不能留在可能出现意外的地方，而是去其他国家平平静静地享受自己的财富。于是，摩尔人回到非洲的出生地丹吉尔市，佩雷希尔则带着老婆、孩子和驴千方百计赶往葡萄牙。在这儿，在老婆的忠告和调教下佩雷希尔成为一名显要人物，因为她让这位矮小可敬的男人用旧时欧洲的那种紧身男装，将他的长身短腿包装起来，帽子上饰以羽毛，身边别着一只剑。他还将自己熟悉的称呼佩雷希尔搁在一边，采用更加响亮的称呼——佩德罗·吉尔先生。他的子孙长大后个个兴旺快乐，虽然又是一代罗圈腿的小个子。而吉尔太太则从头到脚装饰上镶边和流苏，每根手指都戴着闪光的戒指，她成了邋遢女人时尚打扮的模范。

至于市长和他的随从，他们则被关在巨大的“七楼塔”下，至今受魔咒控制。在西班牙无论何时缺少卑鄙的理发师、敲诈的警察和腐败的市长，人们就会去寻找他们。但是如果不得不等到这时才能获救，那么他们便有危险一直被魔咒控制到世界末日。

公主塔

有一座峡谷被无花果树、石榴和桃金娘覆盖，它将阿尔罕布拉宫的地域与格内拉里弗宫的彼此分开。一个傍晚我沿峡谷漫步而去，看见阿尔罕布拉宫的外墙内有一座摩尔塔，其外观富于浪漫色彩，给我留下深刻印象。它高高地耸立于树顶之上，映照在落日红红的霞光中。高处有一扇孤寂的窗户俯瞰狭谷，我注视它时，有个年轻女子正往窗外看着，她的头上饰有花儿。她显然比住在要塞一座座古塔楼里的普通人优越。她突然奇特地闪现在那里，使我想起童话中关于被囚禁的美女的描写。侍从马特奥告诉我它叫公主塔，这又增添了我的联想。根据传说，它之所以有如此名称，因为曾经是摩尔国王们的女儿的住所。我后来便去参观了这座塔。它通常不让外人参观，虽然颇值得一看，因为就建筑之美和装饰之精而论，它并不逊色于阿尔罕布拉宫的任何地方。其中央大厅十分高雅，有大理石喷泉，有高大的拱门，有富丽的回纹饰圆屋顶，房间虽小但是匀称，饰以阿拉伯式花纹和拉毛粉饰——尽管由于年代久远、有所忽略而遭受损伤——这一切，与它古时曾是皇家丽人的住所的传说相称。

那位年老的“小妖精女王”——她住在阿尔罕布拉宫的楼梯下面，经常去参加安东尼娅夫人的晚间聚会——讲述了关于三位摩尔公主的一些奇异传说，她们曾被格拉纳达的暴君父亲关在塔楼里，只允许晚上骑马到附近的山丘上溜达，此时任何人都不准出现在路上，否则就会被处以死刑。根据她的描述，满月时她们仍然偶尔会出现，骑着身披华丽马衣、珠光闪闪的驯马行进在孤寂的山腰上，不过她们一听见有人对自己说话就消失了。

在我进一步讲述这些公主的情况之前，读者也许急于想知道那位住在塔楼里的美人的故事，她头上饰着花儿，从高高的窗口往外看着。原来，她是管理伤残军人的一位可敬副官的新娘，这位军人虽然上了年纪，但却有勇气爱上一个年轻丰满的安达卢西亚女人。但愿老骑士的选择是幸运的，但愿他发现公主塔比在穆斯林时代似乎所证明的那样，是美女更加安全可靠的住所——假如我们相信后面的传说！

三位美丽的公主

古时候，格拉纳达有位叫穆罕默德的摩尔国王，臣民们又叫他埃尔·哈亚里或左撇子穆罕默德。有人说之所以这样称他，是因为他的左手确实比右手熟练。另有人则说，那是因为他无论做什么都容易犯错，或者换句话说，就是不管什么事情他掺和进去都会搞砸。情况真是如此，无论由于不幸还是管理不当，他总是陷入麻烦：他三次被从王位上赶下台，其中有一次是装扮成渔民才勉强活命逃到了非洲。[1]他虽然容易犯下大错，但也很勇敢。他尽管是个左撇子，可也颇善于挥舞弯刀，每次都通过勇猛的战斗重新登上王位。但他并没有从逆境中获得智慧，而是任性地昂起脖子[2]。他给自身及其王国造成了具有社会属性的不良后果，凡是钻研格拉纳达的阿拉伯编年史的人都会认识到。眼前这个传说只涉及他的家政问题。

有一天这位穆罕默德由一队朝臣陪同着，骑马行进在埃尔韦拉的山脚下，这时他遇见一群骑士刚袭击基督徒的领地后返回。他们赶着一长队满载战利品的骡子，还押着许多男女俘虏，国王为其中一位美女的容貌所打动。她打扮得十分华贵，坐在一匹矮小的驯马上哭泣，

---

1 读者会意识到，这位君主与阿文塞拉赫家族的命运联系在一起。他的故事在这个传说中似乎有点虚构。——原注

2 为照顾后面采用直译，意指“刚愎自用”“固执己见”。

并不理睬一旁骑着马安慰她的保姆。

国王被她的美貌吸引住了，他向部队的头儿询问，发现她是一个前线要塞司令的女儿，那座要塞在突袭中遭到攻击和劫掠。穆罕默德要求把她作为自己的皇家战利品，让人将她送到阿尔罕布拉宫的后宫，并想尽办法使她得到安慰，不再悲哀。国王越来越被她迷住了，就想让她做王后。这位西班牙小姐最初对他的殷勤予以拒绝——他是个异教徒，与她的国家公开为敌——更糟糕的是他已上了年纪！

国王看到自己所献的殷勤毫无作用，便决定向美女的保姆求助，她是同小姐一起被捕的。她出生在安达卢西亚，其受洗时的名字已被忘记，在摩尔人的传说中只提到她叫审慎的卡迪加——她确实很审慎，正如她的整个经历所表明的那样。摩尔国王刚同她私下作了短暂谈话，她就立即看出他的分析是中肯的，并着手为他说服自己年轻的女主人。

“去吧，现在！”她大声说道，“你这样哭哭啼啼的有什么用呢？这座美丽的宫殿有那么多花园和喷泉，做它的女主人，不是比关在你父亲前线那座老塔楼里更好吗？至于这位穆罕默德是异教徒，那有啥关系？你嫁给的是他，不是他的信仰。如果说他有点老了，那么你将更早成为寡妇和自己的主人。不管怎样，你落在他的手里，只能要么做王后，要么做奴隶。当落在一个强盗手里时，最好把自己的东西卖个好价钱，而不是让它被强行夺走。”

审慎的卡迪加的推论产生了效果。西班牙小姐擦干眼泪，成了左撇子穆罕默德的妻子。她甚至表面上顺从了国王丈夫的信仰。那个审慎的保姆也立即积极皈依穆斯林的教旨：此时她便接受了卡迪加这个阿拉伯名字，得以继续侍候女主人，并受到信任。

随着时间过去，在适当的时候这位摩尔国王当上了自豪、幸福的父亲，有了三个可爱的女儿，她们是王后一胎所生的：他本来希望是三个儿子，不过他安慰自己，心想对于一个有点上了年纪、又是左撇子的男人，一胎有三个女儿相当不错了！

他像所有穆斯林君主通常那样，在这个喜事来临之际召集起占星家们。他们为三位公主算命，然后摇了摇头。“唉，国王！”他们说，“女儿总是靠不住的。等到了结婚年龄，她们最需要您小心谨慎了。那时让她们在您的庇护之下吧，不要交给任何人看管。”

穆罕默德被朝臣们认为是一位智慧的国王，他当然也自认为如此。占星家们的预言只引起他一点点不安，他相信自己足智多谋，能够保护好女儿，并机智地战胜命运女神。

但是国王的这桩婚姻最终只让他得到这三胞胎女儿，王后再没能给他生孩子，她几年后死去，把幼小的女儿们留给了他去关爱，也留给了忠诚、审慎的卡迪加。

三位公主离那个危险的时期——结婚年龄——为时尚早。“不过，及时留心提防是有益的。”精明的国王说。所以，他决定在萨洛夫雷纳皇家城堡里把她们抚养大。这是一座豪华的宫殿，仿佛被包围在一座位于山顶之上、俯瞰地中海的牢固的摩尔要塞内。它是皇家的隐居处，穆斯林君主们将可能危及自身安全的亲属关在这里，允许他们享有各种各样的奢华和娱乐，让其在骄奢淫逸、好逸恶劳之中度过一生。

三位公主就生活在这儿，与世隔绝，不过置身于享乐里，有预先能满足她们的愿望的女奴伺候。她们有可爱的花园供自己消遣，园里长满最珍贵的水果和鲜花，还有芳香的小树林和浴池。城堡的三面俯瞰富饶的山谷，那里有各种植物，色彩斑斓，周围是巍峨的阿普克萨拉斯群山。另一面则俯瞰着阳光明媚的大海。

公主们在这舒适的住所、宜人的气候和晴朗的天空下渐渐长大，美丽得令人惊讶。然而，她们尽管是一样被养育大的，但很早就表现出性格各异。她们的名字分别叫扎伊达、卓瑞达和左拉哈伊达，这是按其大小排列的，她们彼此的出生正好相差三分钟。

扎伊达是老大，她具有勇敢、无畏的气质，事事走在妹妹前面，正如她最先来到世上一样。她好奇、好问，喜欢对事物刨根问底。

卓瑞达相当爱美，毫无疑问，正因为如此她才喜欢在镜子或泉水里照自己，喜欢鲜花、珠宝和其他美观的装饰品。

最小的左拉哈伊达温和胆小，十分敏感，对任何东西都满怀柔情，这从她许多宠爱的鲜花、鸟儿和别的动物上显而易见，她对它们无不怀着深深的关爱。她的乐趣也是温和文雅的，其中融合着沉思与遐想。她会在阳台上一连坐几个小时，凝视着夏夜里闪烁的星星，或者被月光照亮的大海。在这样的时刻，某个渔民微微从沙滩上传来的歌声，或者某个摩尔人的长笛从滑行的帆船上传来的曲调，足以让她感到狂喜。然而，大自然丝毫的骚动都会使她充满惊慌，一声霹雳也足以使她晕倒。

岁月顺利而平静地过去。卡迪加——公主们由她托管——忠实于自己的职责，坚持不懈地照料她们。

如前所说，萨洛夫雷纳城堡建造在海岸的一座山头上。有一面外墙顺着山的侧面延伸下去，直至悬伸于海面的一块突出的岩石上，其下面有一片被起伏的海浪冲刷的狭小沙滩。岩石上有一座不大的瞭望塔，它被装配成一座阁楼，海风从花格窗吹拂进去。公主们常在这儿度过几小时闷热的中午。

好奇的扎伊达有一天坐在阁楼的窗旁，两个妹妹正躺在软垫椅子上午睡。她被一只沿岸行驶的大帆船吸引住，它正有节奏地划着桨。等靠近时，她注意到船上载满了武装人员。它在塔楼的脚下抛锚：不少摩尔士兵登上狭小的海滩，他们带着几个基督徒俘虏。好奇的扎伊达叫醒妹妹，三姐妹透过密闭的窗格玻璃小心地窥探——这样不会被发现。囚犯中有三个衣着华丽的西班牙骑士，他们正值青春年华，气质不凡。尽管戴着枷锁，周围全是敌人，但他们却有着高贵的举止，这显示出其灵魂非同寻常。公主们屏住呼吸，满怀兴趣地注视着。她们一直被禁锢在城堡里，身边只有一些女侍，除了黑奴或海岸上那些粗鲁的渔民外，她们根本见不到男性。所以三位正值青春年华、有着阳刚之美的豪侠骑士出现后，在她们胸中引起骚动就不足为奇了。

“世上还有比那位身穿红衣的骑士更高贵的人吗？”大姐问，“瞧他举止多么骄傲，好像周围的人都是他的奴隶！”

“不过注意那位身穿绿衣的！”卓瑞达叫道，“他多么气派！多么高雅！多么有气魄！”

温和的左拉哈伊达什么也没说，但她心中更喜欢那位穿蓝衣的骑士。

公主们一直注视着，直到再也看不见囚犯。然后她们长长地发出叹息，转过身，彼此看了片刻，在椅子上坐下来，不无忧愁地陷入沉思。

卡迪加发现了她们处于这种状况。她们讲述见到的情景，甚至让这个保姆枯萎的心也变得热乎乎的。“可怜的青年们！”她高声说道，“我保证他们这样被囚禁起来，即使在本国也会让不少美丽的名媛闺秀痛苦！啊，孩子，你们几乎不知道这些骑士在本国的生活。他们在比武中怎样骑马腾跃！对小姐多么忠诚！他们献殷勤、唱小夜曲多么在行！”

扎伊达的好奇心被彻底激发起来。她贪得无厌地询问着，对于保姆年轻时候以及本国的情景，从其嘴里获得了最栩栩如生的画面。说到西班牙小姐的魅力时，美丽的卓瑞达生气了，她悄悄照一下镜子。而提到月光小夜曲的时候，左拉哈伊达则努力克制住没有叹息出来。

每天好奇的扎伊达都会重新询问，每天明智的保姆都要重复她的故事，让三个温和文雅的女子听得兴味盎然，尽管她们不断叹息。审慎的老妇终于意识到她可能正带来的伤害。她已习惯只把公主看作孩子。可是她们不知不觉地在她眼皮底下成熟了，如今在她面前青春焕发，长成已到结婚年龄的可爱女人。保姆想，是该向国王报告的时候了。

一天早上，穆罕默德坐在阿尔罕布拉宫里一座凉爽殿堂的长椅上，忽然有个奴仆从萨洛夫雷纳城堡赶来，他从卡迪加那里带来了消息，恭贺国王的女儿们的生日到了。奴仆同时呈上一只用鲜花装饰的精美的小篮子，里面铺了一层藤本植物和无花果叶，然后在上面放着一只普通桃子、一只杏子和一只蜜桃，它们都带着花儿、短绒毛和沾有露水的芬芳，无不处于迷人的成熟初期。国王通晓东方用水果和鲜花的表达方式，很快悟出这一象征性献礼的意味。

“这么说，”他说道，“占星家们指出的关键时期到了：我的女儿们到了结婚年龄，怎么办呢？她们被封闭在男人看不见的地方，在卡迪加的眼皮底下——这些都很不错——可她们仍然没有在我的眼皮底下，没有像占星家所指示的那样：我必须让她们在我的庇护下，不要把她们交给任何人监护。

说罢，他命令将阿尔罕布拉宫的一座塔楼准备好，以便迎接她们，并带领卫军前往萨洛夫雷纳城堡，亲自去把她们带回家。

自从上次穆罕默德见到女儿后大约三年过去，在短短的时间里她们的外表发生了奇妙变化，他简直不相信自己的眼睛。在那期间她们度过了女性生活非同寻常的分界线，它将天真自然、尚未成熟和缺乏思想的姑娘与青春焕发、易于脸红和耽于沉思的女人彼此分开。这就像从荒凉单调、缺乏趣味的拉曼查平原，进入到安达卢西亚撩人的山谷和突起的山丘一样。

扎伊达身材高挑，体形很好，她有着高贵的举止和敏锐的目光。她迈着庄重断然的步伐走进屋里，向穆罕默德表示深深的敬意，更多地将他视为君主而非父亲。卓瑞达则是中等身材，她容貌迷人，步态轻盈自如，焕发出美丽的光彩，又经过打扮，这种美更是有增无减。她微笑着走近父亲，吻他的手，用一位流行的阿拉伯诗人的几节诗向他致意，国王也喜欢这位诗人。而左拉哈伊达腼腆羞涩，她长得比两个姐姐小巧，楚楚可人有一种寻求喜欢与保护的温柔之美。她不太适应像大公主那样指挥他人，或者像二公主那样乐于炫耀展示，而是生来喜欢悄然投入男人充满爱意的胸怀，并依偎在那儿，为此感到满足。她迈着羞怯的、几乎迟疑的步子靠近父亲，本来要吻他的手，可是她抬头看着他的脸，发现他露出一位父亲的微笑时，她的温柔之情爆发出来，于是她扑过去搂住了父亲的脖子。

穆罕默德仔细地看着如鲜花般盛开的女儿，既骄傲又困惑，因为，虽然他为她们的魅力感到欣喜，但他也想起占星家们的预言。“三个女儿！三个女儿！”他重复着喃喃自语，“都到了结婚年龄！这金苹果园里的果子多么诱人，需要严厉看管！”

他准备返回格拉纳达，让传令官先行一步，命令所有人离开他将要通过的道路，公主到达时一切门窗都要关上。之后他身着闪亮的盔甲，在一队模样可怕、肤色黑黑的骑士护卫下出发了。

公主们严实地戴着面纱，骑着漂亮的白色驯马行进在国王旁边，丝绒马衣拖到地上，上面饰有金刺绣。马嚼子和马镫也是金的，丝制缰绳上饰以珍珠和宝石。驯马身上有一些小银铃，在它们一路缓缓行走时发出极其悦耳的叮当声。然而，谁要是听到这些铃子的声音还逗留在路上，他可就悲哀不幸了！——卫兵已得到命令将这样的人毫不留情地砍倒。

队伍离格拉纳达越来越近了，这时在赫尼尔河岸赶上一小队押着俘虏的摩尔士兵。士兵已来不及离开道路，因此他们一下扑倒在地上，同时命令俘虏照着做。俘虏当中正好有公主们从阁楼上看到的三个骑士。他们要么不明白，要么太有傲气了，不愿意服从命令，而是仍然站在那里注视着队伍走近。

这一公然蔑视命令的行为激起了国王的愤怒。他拔出弯刀，走上前去，本来至少会用左手将其中一个旁观的人杀死，但公主们忽然围住他，恳求宽容俘虏。甚至腼腆的左拉哈伊达也忘了羞涩，十分动人地替骑士说话。穆罕默德停下举起的弯刀，卫兵队长突然跪倒在他脚旁。“陛下，”他说，“请别做一件会在整个王国引起大公愤的事吧。这是三位勇敢、高贵的西班牙骑士，他们在战斗中被俘虏，打得非常勇猛。他们出身高贵，可以带来巨大的赎金。”

“够了！”国王说，“我饶他们的命，不过要惩罚他们胆大妄为——把他们带到红塔去服苦役吧。”

穆罕默德正犯着一个通常笨拙的大错。在这个骚动不安、十分狂乱的场面中，公主们的面纱被掀开，显露出她们光彩照人的美貌来。而国王在持续谈话的时候，又让美貌有了时间充分展现出来。在那些日子里人们比如今远更容易突然坠入爱河，正如一切古代故事所表明的那样：三位骑士的心被彻底俘虏，不是一件让人惊奇的事，尤其是在他们的爱慕中又增加了感激之时。不过有一点离奇的是——尽管同样是确定无疑的——他们每个人都为一种不同的美所迷住。至于公主，她们更是为俘虏高贵的举止所打动，对先前听到的一切关于他们如何英勇、出身怎样高贵的事，不无喜悦地铭记在心。

队伍继续前行。三位公主骑在发出叮当响的驯马上，一路陷入忧思，她们不时往身后瞟一眼，搜寻那些基督俘虏——他们被带到红塔里指定的监狱。

为三位公主安排的住处，你能想象出有多讲究就有多讲究。它是一座塔楼，离阿尔罕布拉主宫有点距离，不过将整个山顶围起来的墙体与之相连。它的一边面向要塞内部，下面是一座长满最珍贵的花卉的小花园。另一边是被树林覆盖的深谷，它将阿尔罕布拉宫和格内拉里弗宫所属的地域彼此分开。塔楼内部被分隔成雅致的小屋，用优美的阿拉伯风格装饰得很漂亮，它们环绕一座高大的厅堂，其拱形屋顶几乎升至塔顶。厅堂的墙壁和天花板饰以阿拉伯式花纹和浮雕细工，闪耀着金光和鲜明的彩色画线。在大理石地面的中央是一座汉白玉喷泉，其周围种植着芳香的灌木和花儿，它喷出的水使整个建筑变得凉爽，还发出让人平静的声音。厅堂周围悬挂着一些金丝笼和银丝笼，里面关着羽毛最美或歌声最甜的鸣鸟。

公主们在萨洛夫雷纳城堡时，被说成总是开心的，国王期待着看见她们来到阿尔罕布拉宫会狂喜不已。然而让他意外的是，她们开始愁苦起来，变得郁郁不乐，对周围的一切都不满。花儿不再带来芬芳，夜莺的歌声打扰着她们夜晚的休息，她们对于汉白玉喷泉也失去了一切耐心，因为它从早到晚、从晚到早不停地滴水，不停地喷溅。

国王有些急躁暴虐，最初他对她们的情况非常恼怒。不过他想到女儿已长到一定年龄，此时女人的心思更多了，欲望也增加了。“她们不再是孩子，”他心想，“她们已是成熟的女人，需要适当的对象引起她们的兴趣。”因此，他将格拉纳达整个萨卡丁大街上的所有裁缝、珠宝商和金银技工都征用了，简直把公主们淹没在丝绸长袍、薄纱、锦缎、羊绒披肩、珍珠和钻石项链、戒指、手镯、脚镯以及各种珍贵东西里面。

可是这一切都没用。公主们虽然置身于那些精美的物品当中，但仍然脸色苍白，精神不振，就像三朵枯萎的玫瑰花蕾耷拉在一枝梗上面。国王束手无策了。通常他对自己的判断力有一种值得赞赏的自信，从来不请教别人。“不过，这三个到了结婚年龄的女子所产生的念头与任性，”他说，“足以使最精明的人感到困惑。”所以他有生以来第一次寻求别人的建议。

他请求帮助的人便是经验丰富的保姆。

“卡迪加，”国王说，“我知道你是全世界最审慎、最可信的女人之一，所以我一直让你陪伴在我女儿身边。做父亲的再怎么谨慎，她们也不会对他有对你这么信任。现在，我希望你找出折磨公主们的暗藏的毛病是什么，并想出某些办法让她们恢复健康和快乐。”

卡迪加表示绝对服从。事实上她比公主本人更了解她们的毛病是什么。不过她还是同她们关起门来，力求逐渐巧妙地取得她们的信任。

“亲爱的孩子，在这样一座美丽的宫殿里，你们心里想要什么有什么，为啥还如此忧郁悲哀呢？”

公主们茫然地环顾一下房间，叹息着。

“那么，你们还想得到什么呢？我把那只奇妙的鹦鹉带来行吗？

它能讲所有的语言，为格拉纳达带来欢乐。”

“讨厌！”扎伊达公主叫道，“一只尖叫可怕的鸟，它喋喋不休说些没意义的话，谁能容忍这样一只讨厌的家伙，它一定是没有头脑的。”

“我让人送一只来自直布罗陀的岩石上的猴子行不？用它的滑稽表演让你们开心。”

“一只猴子，呸！”卓瑞达叫道，“那是对人类可鄙的模仿。我不喜欢那种可恶的动物。”

“那个来自摩洛哥后宫的著名黑人歌手卡塞姆如何？人们说他的声音像女人的一样动听。”

“我看见那些黑奴就恐惧，”温柔娇气的左拉哈伊达说，“此外，我对音乐已没有任何兴趣。”

“啊！孩子，”老妇巧妙地回答，“假如，你听到我昨晚从咱们路上遇见的三位西班牙骑士那里听到的音乐，你就不会这样说了。不过，上帝保佑我，孩子！是什么让你如此羞涩和烦恼呢？”

“没什么，没什么，好心的大妈。请讲下去吧。”

“唔，昨晚我经过红塔时，看见那三位骑士干了一天活后正在休息。其中一位非常优雅地弹着吉他，另外两位轮流唱着。他们表演的风格如此美妙，连卫兵们都一动不动地变得像雕塑一般，或者像是着了魔的人。真主原谅我！听见故国的歌曲我不禁感动起来。然后，瞧瞧三位如此高贵、英俊却戴着镣铐、受着奴役的青年吧！”

善良的老妇这时忍不住流下眼泪。

“或许，大妈，你能设法让我们看一眼那些骑士。”扎伊达说。

“我想，”卓瑞达说，“一点儿音乐会很让人振奋的。”

羞涩的左拉哈伊达什么也没说，而是一下搂住卡迪加的脖子。

“老天保佑！”审慎的老妇大声说道，“你们在说啥呀，孩子？你们的父亲如果听到这样的事，会把我们都处死。无疑，那些骑士显然是有良好教养、思想高尚的青年。不过这有什么关系呢？他们与我们的信仰为敌，你们甚至一想到他们就应该厌恶。”

在女人的意志中有一种可敬的无畏精神，尤其是她们到了结婚年龄时，那样的无畏，任何危险和禁止都阻挡不住。公主们缠住年老的保姆，又是哄她又是恳求，断然说她如果拒绝会让她们伤心的。

她该如何是好呢？她无疑是世上最审慎的老妇，也是对国王最忠诚的仆人之一。可难道她要看着三位美丽的公主只是为悦耳的吉他声伤心吗？此外，虽然她长期生活在摩尔人当中，像个可靠的信徒那样跟随女主人改变了信仰，但她生来是个西班牙人，心里还残留着基督教的东西。于是她着手考虑如何满足三位公主的愿望。

基督徒俘虏被关押在红塔里，由一个大胡子、宽肩头的背教者看管，他名叫侯赛因·巴巴，因极其贪财而闻名。卡迪加私下找到他，把一大块金子塞到他手里，说：“侯赛因·巴巴，我的女主人——就是被关在塔楼里的三位公主，她们需要娱乐，真是可悲——她们听到了三个西班牙骑士的音乐才能，很想再听一下他们弹奏的技艺。我确信你是个好心肠的人，不会拒绝给她们带去如此天真无邪的喜悦。”

“什么！想让我的头在自己塔楼的大门上龇牙咧嘴吗！[1]如果国王发现了，那就是给我的‘奖赏’。”

“没有任何这样的危险。此事会办得很好的，就是让公主们的念头在她们的父亲毫不知晓时得到满足。你知道那个深涧吧，它就在塔

1 指他被砍头后，头被悬挂在大门上示众。

楼下的墙壁外面。让三个基督徒去那里干活，在劳动间隙时让他们弹唱，好像在自娱自乐。这样三位公主就能从塔楼的窗口听见，她们肯定会很好地酬劳你。”

善良的老妇头头是道地说完后，温和地握着背教者粗糙的手，又留下一块金子。

她的说服力无法抗拒，次日三个骑士就被安排在山谷里干活。中午十分炎热，同伴们都在阴凉处睡觉，守卫也在岗位上打瞌睡，这时三个骑士坐在塔楼脚下的草丛中，在吉他伴奏下唱出一支西班牙回旋曲。

尽管山谷很深，塔楼很高，但在宁静的夏日中午他们的声音十分清晰。公主在阳台上听着，她们从保姆那里学会西班牙语，被温柔的歌声感动了。相反，审慎的卡迪加震惊不已。“真主保佑我们！”她叫道，“他们在向你们本人唱一支爱情小调呢。有谁听说过如此胆大妄为的事吗？我要赶紧去找管制奴隶的人，狠狠打他们的脚掌[1]。”

“什么！要打如此英勇的骑士的脚掌，而且是因为唱得如此迷人！”三位美丽的公主想到这就充满恐怖。善良的老妇尽管确实非常气愤，但她性格温和，容易平息下去。

此外，那音乐似乎对她年轻的女主人产生了有益影响。她们的面颊上已经泛起红晕，眼睛也开始闪烁起来。她因此不再反对骑士们弹唱多情的小调。

待结束后，公主们沉默一会儿，最后卓瑞达拿起一把琵琶，用虽然微弱、颤动但甜蜜悦耳的嗓音，弹唱出一支阿拉伯小调，副歌是：“玫

1　一种刑罚。

瑰被隐藏在树叶里面，但她欢喜地听着夜莺的歌声。”

从此骑士们几乎每天都在山谷里干活。善于体谅的侯赛因·巴巴越来越纵容，他每天更多地在岗位上睡着。一段时间里，他们通过民间流传的歌曲和浪漫故事进行着隐秘的交流，在一定程度上让彼此有了回应，表露出了双方的感情。公主们逐渐出现在阳台上，而这时又不会被卫兵发现。她们还借助花儿，用相互明白的象征语言与骑士交流。正由于交流困难才增添了魅力，加强了他们如此怀有的感情。因为爱情乐于与困难作斗争，在最贫瘠的土地上极其勇敢、无畏地茁壮成长。

这种秘密的交流让公主们的外表和精神发生了变化，使穆罕默德感到吃惊和满意。但是最高兴的莫过于卡迪加，她认为这一切都因为自己善于管教。

最近这种交流中断了，几天来骑士不再出现在山谷里。公主们白白地从塔楼上张望。她们白白地像天鹅一样从阳台上伸长脖子，白白地像关在笼子里的夜莺一样歌唱：根本见不到她们的基督情人的踪影，树林里没有丝毫回应的曲调。卡迪加前去探听消息，不久一脸烦恼地回来。“唉，孩子们！”她大声说，“我先前就看出这一切会有什么结果，可你们非要自行其是。现在你们可以把琵琶挂在柳树上了。那些西班牙骑士已被他们的家人赎走，他们在格拉纳达正准备回国呢。”

三位美丽的公主听到这个消息绝望了。扎伊达为她们受到怠慢，被骑士这样不辞而别地抛弃感到愤怒。卓瑞达痛苦地绞着双手哭起来，她照一下镜子，擦去泪水，然后又哭了。温柔的左拉哈伊达把身子俯过阳台，默默地哭泣，眼泪一滴滴落到土埂上的花丛中，不忠的骑士们先前经常坐在那儿。

卡迪加尽力安慰悲哀的公主。“别难过，孩子们，”她说，“你们习惯了就没事的。世道就是这个样子。唔！等到了我这个年龄，你们就会知道如何看待这样的男人了。我敢保证，这些骑士在科尔多瓦和塞维利亚的西班牙美女中有自己爱的人，不久会在她们的阳台下唱小夜曲，再也不会想到阿尔罕布拉宫里的几位摩尔美女了。所以，别难过孩子，心里别再想他们吧。”

卡迪加安慰的话语却增加了三位公主的忧伤，两天来她们无法得到抚慰。第三天早上，善良的老妇非常气愤地走进她们的房间。

“谁会相信有人如此傲慢无礼！”她一找到话表达意见就大声说道，“不过我这样欺骗你们可敬的父亲真是活该。别再与我谈论你们的西班牙骑士了。”

“唉，怎么啦，善良的卡迪加？”公主们提心吊胆地高声问。

“怎么啦？发生了背叛啊！或者差不多一样糟糕吧，他们已经打算背叛了。而且是背叛我这个最忠诚的臣民、最可靠的保姆！是的，孩子们，那几个西班牙骑士竟敢糊弄我，甚至让我说服你们同他们一起逃到科尔多瓦，然后做他们的妻子！”

这时颇不寻常的老妇双手蒙住脸，万分悲哀和愤怒起来。三位美丽的公主的脸白一阵红一阵，红一阵白一阵，她们颤抖着，低着头，畏缩地你盯我、我盯你，什么也没说。同时老妇坐在那儿，身子忽前忽后，极为烦乱不安，不时突然叫道：“我活在世上竟然受到如此巨大的侮辱！——我这个最忠诚的仆人！”

最后，最有勇气并总是事事领先的大公主走近保姆，把手放在她肩头上，说：“瞧，大妈，假如我们愿意与基督骑士一起逃走——这样的事可能吗？”

善良的老妇突然中止了悲哀，抬起头。“可能的。”她回应说，“的确是可能的。骑士们不是已经买通了侯赛因·巴巴——就是那个背教者守卫队长——安排了整个计划吗？不过，想到欺骗你们的父亲！你们的父亲，他对我如此信任！”此时可敬的女人又突然悲哀起来，身子开始忽前忽后，并痛苦地绞着双手。

“可父亲却从未信任我们，”大公主说，“而是相信牢房一般的屋子，把我们像俘虏一样对待。”

“唉，真是那样，”老妇回答，又陷入悲哀，“他确实对你们很不合理，把你们关在这里，将你们的青春浪费在令人忧伤的古塔里，就像让玫瑰在花瓶里枯萎一样。不过，是要逃离你们出生的地方！”

“难道我们要逃往的地方——我们母亲出生的地方——不是会让我们自由地生活吗？虽然失去了一位严厉的老父亲，但我们每人不是会有一个年轻的丈夫吗？”

“唔，这又是非常正确的。我得承认，你们的父亲太专横了。不过，”她又陷入悲哀，“你们把我留下来，会受到他怎样的报复呢？”

“绝不会的，善良的卡迪加。难道你不能同我们一起逃走吗？”

“说得很对，孩子。说实话，我把此事详细对侯赛因·巴巴说过后，他答应假如我陪你们一起逃走，他会关照我的。不过，想想吧，孩子，你们愿意放弃父亲的信仰吗？”

“基督信仰是我们母亲最初的信仰。”大公主说，“我愿意信奉它，并且肯定妹妹们也一样。”

“这是不错的。”老妇叫道，高兴起来，“它是你们母亲最初的信仰，她临终时非常痛惜自己放弃了它。我那时答应她会关照好你们的心灵，现在我欣喜地看到它们很有希望得救了。是的，孩子们，我生来也是个基督徒，内心始终是个基督徒，我决心回归这一信仰。我已就这问题同侯赛因·巴巴谈过，他有着西班牙人的血统，来自离我故乡不远的地方。他同样急于想看到祖国，回归教会。几位骑士已经保证，如果我们回到故土后你们有意成为夫妻，他们会让我们生活得很好。”

总之，看起来这个极其审慎、具有先见之明的老妇已经同骑士们和背教者商量、安排好了整个逃走的计划。大公主立即表示同意，像通常一样，她做出的榜样决定了妹妹的行动。小公主的确是犹豫的，她内心温和胆小，孝顺的情感与青春的激情彼此斗争着：然而像通常一样后者获胜，她默默地流着眼泪，克制住叹息，准备逃离。

阿尔罕布拉宫建造在崎岖的山上，它过去曾有一些穿过岩石的暗道，它们从要塞通往城市各个地方，还通往达罗河岸与赫尼尔河岸远处的出口。它们于不同时期由各个摩尔国王所建，以便突然遇到叛乱时逃离，或者有什么秘密任务时悄悄出去。它们现在大多完全丧失了，而那些尚存的有的被垃圾、废物阻塞，有的给堵住。它们是摩尔政权采取的防范措施和战争策略所留下的纪念物。侯赛因·巴巴已经采取行动，将通过其中一条通道把公主带到城墙外的一个出口，骑士们将在那儿准备好骏马，把这一队人带过边境。

约定的这天晚上到了：公主们的塔楼像平常一样被锁住，阿尔罕布拉宫陷入沉睡。临近午夜，卡迪加从朝向花园的一扇窗户的阳台上倾听着。背教者侯赛因·巴巴已在下面，他发出约定的暗号。保姆把绳梯一端固定在阳台上，再把它放到下面的花园里，然后自己顺着下去。大公主和二公主怀着怦怦跳动的心跟随下去，可是轮到小公主左拉哈伊达时她犹豫起来，微微颤抖。有几次她冒险把一只小脚放到梯子上，但又抽回去，而她越是拖延，可怜的小心心儿越是跳动得厉害。她怀念地看一眼华贵高雅的房间。诚然，她像一只笼中的鸟儿生活在里面，不过在那里她是安全的。假如她飞向广阔的世界，谁知道会有什么危险呢！她时而想到那位殷勤的基督情人，立即把小脚放到梯子上面；时而她又想到父亲，于是把身子缩了回去。她如此年轻温柔，充满深情，但是她也非常胆小，对世道十分无知，而试图说明她胸中的斗争也没用。

两个姐姐求她快下去，保姆责备她，那个背教者在阳台下面大声叫骂。温柔的摩尔小女子站在那里，在就要逃离的时候犹豫不决：一方面，为这一罪过所包含的美好东西吸引；另一方面，又为其中的危险害怕。

每时每刻都在增加被发现的危险。远处传来了脚步声。“巡逻队正在巡逻。”背教者叫道，“如果拖延就死定了。公主，马上下来，不然我们留下你走了。”

左拉哈伊达一时处于极大的焦虑之中。然后她不顾一切地下定决心，松开了绳梯，把它从阳台上推开。

“决定了！”她喊道，“我无法逃走了！真主指引和保佑你们，亲爱的姐姐！”

两个姐姐想到把她留下感到震惊，她们宁愿再等她，可是巡逻队来了。背教者非常气愤，很快把她们弄到暗道里。他们摸索着穿过可怕的、迷宫般的通道，穿过了大山的中心，悄然到达墙体外面打开的一扇铁门。西班牙骑士正等待着接应，他们装扮成摩尔卫兵，由背教者指挥着。

左拉哈伊达的情人得知她拒绝离开塔楼时，痛苦不已，可是没有时间去悲哀。两个公主坐在情人的身后，卡迪加坐在背教者身后，他们骑着马飞快地奔向洛佩关口，从那里穿过大山即可通往科尔多瓦。

他们没走多远，就听见从阿尔罕布拉宫的城垛上传来锣鼓和号角的声音。

“有人发现我们逃走了。”背教者说。

“我们有骏马，晚上又黑，可以把所有追踪的人远远甩在后面。”骑士回答。

他们策马前行，迅速穿过维加平原，到达了埃尔韦拉山脚下，它像一座岬似的向平原延伸。背教者暂时停下倾听。“到现在，”他说，“还没有人跟上我们，我们可以逃向大山里。”他这样说着时，从阿尔罕布拉宫的岗楼顶上突然出现一团明亮的火光。

“糟啦！”背教者叫道。“那个烽火会让通道上的所有卫兵保持警戒。快跑！快跑！快拼命地跑——没有时间浪费了。”

他们飞快地跑去，迅速穿过岩石丛生的埃尔韦拉山的边缘，得得的马蹄声在岩石中回响。就在他们一路疾驰时，每个方向都回应着阿尔罕布拉宫的烽火，一座座大山的岗楼上相继燃起了火光。

“向前！向前！”背教者喊道，不断诅咒发誓，“在警报传到那座桥前赶到——赶到那座桥！”

他们绕过大山那座像岬一般的地方，看见了著名的皮罗斯桥，它横跨一条经常染上基督徒和穆斯林鲜血的急流。让他们慌乱的是，桥的岗楼上也燃起了火光，闪耀着武装人员的武器。背教者勒住马，在马镫里站起身，看了一下周围。然后他示意骑士们，自己离开道路，顺着急流行进了一段距离，接着冲进水里。骑士们让公主紧贴住自己，也冲进水里。他们顺着急流漂流了一程，波涛在周围咆哮，但是美丽的公主紧贴住基督骑士，一声也没抱怨。骑士们安全到达了对岸，在背教者的带领下，穿过原始偏僻的小径和荒凉的悬崖峭壁，穿过大山中心，以便避开所有通常的关口。总之，他们成功地到达了科尔多瓦古城，大家庆祝他们回到故乡和朋友中间，因为他们属于最高贵的家族。教会立即将美丽的公主拥入怀里，在举行一切应有的仪式后她们成为正式的基督徒，并成为了幸福的妻子。

大家匆忙地力求让公主成功逃离，一行人过河流上高山，在这过程中我们忘了提及卡迪加的命运。先前在急忙穿过维加平原时，她像一只猫似的紧贴住侯赛因·巴巴，马每跑一步她都尖叫一声，让大胡子背教者不断叫骂。可就在他准备让马冲进河里时，她无比恐惧。“紧紧抓住我，”侯赛因·巴巴叫道，“抓住我的皮带，什么也别怕。”她双手牢牢抓住系在背部宽大的背教者身上的皮带。但是当他到达山顶与骑士们停下喘口气时，却不见了保姆的踪影。

“卡迪加怎么啦？”公主惊慌地叫道。

“只有真主才知道！”背教者回答，“我的皮带在河中间时松掉，卡迪加抓着它被冲下去了。真主的意愿实现了！不过那是一条绣花皮带，很值钱的。”

没有时间浪费在无用的后悔上面。但两个公主还是为失去审慎的、给予她们忠告的人悲痛不已。然而，那位杰出的老妇的命很大，她并没有淹死在河里：有个渔夫在下游某处拉网时，把她拉到了岸上，他为自己不可思议地拉上来的东西大为惊讶。至于审慎的卡迪加后来怎样了，传说中没有提及。无疑她谨慎起来，在左撇子穆罕默德力所能及的范围内决不冒险了。

富有远见的君主发现女儿逃走，连最忠诚的仆人也欺骗他，此时他采取了什么举动几乎同样不为人知。他寻求别人的忠告，而这也是唯一的例子，后来人们知道他再没犯过类似的毛病了。不过他精心看护好剩下的女儿，她根本没有心思逃走。确实，人们认为她暗自后悔留下来：时而有人看见她靠在塔楼的城垛上，忧伤地看着科尔多瓦方向的大山，时而传来她伴奏哀伤的歌谣弹着琵琶，据说那是她在痛惜姐姐和情人，在哀叹自己孤独的生活。她英年早逝，根据流行的传说她被埋葬在塔楼下的墓穴里，她过早的死亡也产生了多个传说。

下一个传说在某种程度上似乎源于上述故事，它与一些具有历史意义的高贵名字紧密相连，不会完全受到怀疑。伯爵的女儿和她的一些年轻同伴——本故事就是在一次晚间聚会中读给他们听的——认为它的某些部分与现实十分相似。对于阿尔罕布拉宫那些未必证实的事实，多洛雷丝远比他们更精通，她对这个故事无不信以为真。

阿尔罕布拉宫的玫瑰

在格拉纳达被摩尔人征服后的一段时间里，这座城市一直是西班牙君主喜欢常住的地方，直到后来连续发生地震才把他们吓跑了。那些地震将各种房屋震垮，也使得穆斯林教徒的一座座古塔摇摇欲坠。

之后又过了许多许多年，这期间很少有达官贵人光顾。贵族们的宅第一直关闭着，一片寂静。阿尔罕布拉宫像个受到忽视的美女，悲哀、忧伤地坐在没人照管的花园里。三位美丽的摩尔公主曾经居住的公主塔，总体也显得荒凉沉寂。蜘蛛在金色的拱顶上布满蛛网，蝙蝠和猫头鹰在屋里筑巢，它们当年由于有了扎伊达、卓瑞达和左拉哈伊达而熠熠生辉。这座塔之所以被忽略，部分原因是邻近的人怀有迷信观念。据传言，有人经常看见年轻的左拉哈伊达——她死在塔中——的幽灵，于月光下坐在殿堂里的喷泉边，或者在城垛上发出哀叹，午夜时经过峡谷的旅人还会听见她银制琵琶弹出的乐曲。

终于，格拉纳达城再次受到皇室成员的欢迎。世人都知道，菲利普五世是掌握西班牙王权的第一位波旁皇族的人。世人也都知道，他在第二次婚姻中娶了帕尔马美丽的公主伊丽莎白或伊莎贝拉（两者是同一人）。世人还都知道通过这一偶然的结合，一位法国王子和意大利公主登上了西班牙的王位。为迎接这对显赫的夫妻光临，人们以最快的速度对阿尔罕布拉宫进行了维修和装饰。皇室成员的到来使最近还被荒废的宫殿彻底改观。锣鼓声和号角声，林荫大道和宫外的马蹄声，外堡和城垛上闪光的武器及飘扬的旗子，让人回想起要塞古时尚武的种种荣耀。然而，在宫殿以内则有着更加温和的氛围。虔诚的侍臣在前厅周围小心谨慎地走动，他们低声细语，身上的长袍沙沙作响。一些男侍和宫女在花园里闲游，悦耳的音乐从打开的窗户悄然传出。

在君主们的侍从中有个王后很喜欢的男侍，名叫鲁伊兹·德阿拉科。说他是王后很喜欢的一个男侍，同时也就在赞扬他，因为在高贵的伊丽莎白的随从中，每个人都是由于具备了气质、美貌和才艺才被挑选出来的。他刚满十八岁，有着轻盈敏捷的体形，像年轻的安提诺乌斯[1]一样优雅。他对王后俯首帖耳，无比尊重，可他本质上却是个调皮的青年，让宫里的小姐、女士们宠坏了，在讨好女人方面有着他那个年龄的人远没有的经验。

一天早上，这个闲游的男侍在格内拉里弗宫的树林里游荡，宫殿俯瞰着阿尔罕布拉宫所属的范围。为了自乐，他带着一只王后特别喜欢的鹰。在游荡中他看见一只鸟从灌木丛中飞起来，便揭开鹰的头罩让它飞出去。鹰飞向高空，朝着猎物猛扑下去，但是扑空了，然后它高高地飞走，根本不管男侍的叫唤。男侍紧盯住逃跑的鸟儿，看着它任性地飞走，直到它飞落在阿尔罕布拉宫外墙一座偏远、孤寂的塔楼的城垛上，此塔建造于将皇家要塞[2]与格内拉里弗宫的地段相隔的峡谷边上。事实上它就是“公主塔”。

男侍朝下面的峡谷走去，靠近塔楼，可是从峡谷一方根本没有

---

1 古典神话人物。

2 即阿尔罕布拉宫。前面多处说的要塞也指该宫，因它在很大程度上作要塞使用。

入口，而且由于它很高，要想攀上去也是徒劳的。于是，他试图寻找要塞的一扇门口，绕了一个大圈，来到塔楼朝向阿尔罕布拉宫内墙的一面。

塔前有一座小花园，它被包围在仿佛用芦苇制作的格子物件中间，芦苇上面悬挂着桃金娘。男侍打开一扇小门从花坛玫瑰丛中走过去，来到大门边。这个门被关着并被牢牢闩住。门上有一条缝，让他窥见里面。只见一座摩尔式小厅堂的墙体已经磨损，那些大理石柱是浅色的，汉白玉喷泉周围装饰着鲜花。中间挂着一个鸣禽的镀金笼子。在它下面的一把椅子上，有一只花斑猫趴在一卷卷丝线和其他女红物品当中，一把饰有缎带的吉他靠在喷泉旁。

在一座孤寂的塔楼里——鲁伊兹·德阿拉科先前还以为是荒废了的——竟然有这些具有女性趣味与雅致的痕迹，这使他感到迷惑。他因此想到阿尔罕布拉宫里流传的中魔殿堂的传说，而那只花斑猫有可能是某位被符咒镇住的公主呢。

他轻轻敲一下门。一张美丽的脸蛋在上面一扇小窗口露了一下，但随即躲开。他等候着，期待门会打开，可是没用。里面没传来任何脚步声，一切都是寂静的。是自己的感觉不对吗？或者那个漂亮的影子是塔里的仙女？他又更大声地敲着门。片刻后那张带着红晕的脸蛋再次露了一下，原来那是一个约莫十五岁的妙龄少女。

男侍马上取下有羽饰的软帽，用最谦恭的语气请求让他上塔去找鹰。

“我不敢开门，先生，”小少女红着脸回答，“姑母不让打开。”

“我请求你了，美女——那可是王后最喜欢的鹰。没有它我不敢回宫殿。”

“这么说你是宫里一个专门伺候贵妇的男侍？”

“对，美女。不过如果我丢失了鹰，就会失去王后的宠爱，我也无法留在宫里了。”

“天啊！我姑母正特别嘱托我把门闩好，不要给你们这些宫中的男侍打开。”

“无疑不要给邪恶的男侍打开，不过我是个单纯无害的男侍，如果你拒绝我这个小小的请求，我就完蛋了。”

男侍遇到的麻烦让小少女动了心。假如由于没有得到一点帮助就给毁掉，那就太遗憾了。他当然也不是那些危险的人之一，姑母把他们说成是某种食人怪，总是暗中捕食粗心大意的少女。可是他文雅端庄，恳求地站在那儿，手里拿着帽子，看起来如此可爱。

精明的男侍看出对方的防守开始动摇了，便用非常感人的言语加倍恳求，而一个普通少女天生是不会拒绝他的。所以这座塔楼羞涩的小看守下来了，她用一只颤抖的手打开门。如果说，男侍仅仅从窗口瞥见一眼她的容貌就被迷住了，那么此刻她完完全全展现在他面前，简直让他狂喜不已。

她那安达卢西亚风格的紧身上衣和整洁的裙子，将丰满而柔和、匀称的体形衬托出来，这还差不多只是个少女的体形。她那光滑的头发一丝不苟地正好从额头中间分开，并按照本地通常的习俗用刚采摘的玫瑰打扮。的确，南方灼热的阳光对她的面容有所影响，但这又使其面颊透着红晕，青春焕发，让她动人的眼睛更加富有光彩。

鲁伊兹·德阿拉科一眼注意到这一切，因为他是不宜在此逗留的。他仅仅低声表示了感谢，然后轻快地跳着爬上螺旋梯找鹰去了。

不久他拳头上带着逃走的鸟回来。此时少女已坐在厅堂的喷泉边卷着丝线，她在不安中让它落到铺过的地面上。男侍跳过去捡起来，然后优雅地单膝跪下，把卷的丝线给她。不过他抓住她伸过来的手吻了一下，其中的热情和真诚比他吻君主那只美丽的手时还多。

“天哪，先生！”少女叫道，由于困惑和惊讶脸更红了，因为以前从未有人这样向她致意。

谦恭的男侍向她连连表示歉意，让她相信在宫廷这是表达最深切的尊重与敬意的方式。

她的气愤——如果她气愤的话——很容易平息下去，可是她仍然感到窘迫不安。她坐在那儿时脸越来越红，低头盯着手上的活，本来要卷好的丝线却乱成一团。

精明的侍从看见对方面前一片混乱[1]，他本来乐意从中获益，可他想要说的那些甜美的言语却在嘴边消失了。他试图向她献殷勤，但显得笨拙无用。这个敏捷灵巧的男侍，在宫廷里面对最富有见识和经验的小姐、女士时，都表现得优雅得体，甚至胆大妄为，可是面对一个十五岁的天真少女竟然充满敬畏，变得局促不安，这使他不无惊讶。

事实上，这个朴实的少女由于自身羞怯、天真，她自身的守护神比警惕的姑母设置的门闩和铁条更有效。然而，女人的胸怀如何能抵挡住初恋的细语呢？这个小少女虽然十分天真烂漫，但她本能意识到男侍说话犹豫，没能很好表达出来。而她第一次注意到有个情人就在自己脚旁时——这样的一个情人——她的心也因此怦怦直跳。

男侍的羞涩尽管是真实的，但很短暂，他现在又恢复了平常的自在与自信，此刻，忽然从远处传来一声刺耳的声音。

1 原文是比喻，这里直译，与前面的“防守”对应。

“我姑母望弥撒回来啦！”少女惊慌地叫道，“先生，请你快离开吧。”

“你把头发上的那枝玫瑰送我作个纪念，我才走。”

她匆忙从乌黑的头发上取下玫瑰。

“拿去吧，”她叫道，又焦急又脸红，“不过请快离开。”

男侍接过玫瑰，同时不断吻着她那只递过来的手。然后他把花放在软帽里，将鹰放在拳头上，跳跃着穿过花园跑了，也带走了温柔的雅辛塔的心。

警惕的姑母回到塔楼时，发觉侄女不安的样子，大厅里似乎有一种打破常规的气氛。不过一句解释足够了：“有一只鹰追踪猎物追到大厅里来啦。”

“可怜我们吧！想想看一只鹰竟然飞进了塔里。有谁听说过如此无礼的鹰吗？唉，连笼中的鸟都不安全！”

警惕的弗雷德贡达是最机警的老处女之一。她对于自己所称的“异性”有着相应的恐惧和怀疑，这是在长期的独身生活中与日俱增的。并非这个好心的女人受到过他们的欺骗，大自然已经在她的脸上建立起了防范，禁止一切非法侵入。不过最少理由担心自己的女人，也最乐意看护那些更有吸引力的邻居。

这个侄女是一位军官留下的孤儿，他在战争中阵亡。她先前在女修道院里接受教育，最近才从那座神圣的庇护所转移，由姑母直接监管，在她一手遮天般的照护下，做侄女的默默无闻地过着单调乏味的生活，犹如荆棘下面一朵盛开的玫瑰。这个比喻也不完全是偶然的，说实话她那十分清新、逐渐展露的美已吸引住公众的目光，附近的农民——他们有着安达卢西亚人普遍具有的诗人气质——还称她为“阿尔罕布拉宫的玫瑰”。

只要皇室成员继续留在格拉纳达，审慎的姑母就忠实地看护着引人注目的小侄女，她以为自己采取的机警措施是成功的。的确，从塔楼下面月光照耀的树林里传来的吉他声和吟唱的爱情小调，时而让好心的女人不安。不过她会劝告侄女别听那种无所事事的吟游玩意儿，让侄女相信那是异性玩的一个把戏，纯真的少女常会受到诱惑，把自己给毁了。哎呀！对于纯真的少女，一个枯燥乏味的演讲怎么可能抵挡住一支月光小夜曲呢？

终于菲利普国王不再逗留于格拉纳达，他突然带领所有人马离开。警惕的弗雷德贡达注视着盛大的皇家队伍从“正义之门”出去，走下通往城里的大道。等最后一面旗子从眼前消失后，她非常高兴地回到塔楼，因为自己所有的担忧都过去了。可让她意外的是，有一匹浅色的阿拉伯人的骏马在花园小门旁趴着——还让她惊骇的是，她透过玫瑰丛看见侄女的脚旁跪着一个身穿鲜艳刺绣衣服的青年。听见她的脚步声后他便温和地告辞，轻快地跳过隔着的芦苇和桃金娘，纵身跃上马，转眼消失了。

温柔的雅辛塔在极度的悲哀中，完全忘了姑母的不满。她扑到姑母怀里，突然哭泣起来，流下眼泪。

“哎呀！”她喊道，“他走了！他走了！他走了！我再也看不到他了！”

“走了！谁走了！——你脚旁的那个青年是做啥的？”

“是王后的男侍，姑母，他来向我告别。”

“王后的男侍，孩子！”弗雷德贡达轻轻重复道，“你什么时候认识这个王后的男侍的？”

“鹰飞进塔楼里的那天早上。那是王后的鹰，他来找它。”

“啊，愚蠢又愚蠢的姑娘！可知道，任何鹰也不及这些长得年轻、神气活现的男侍一半危险，而他们要猛扑的恰恰是像你这样天真单纯的鸟儿。”

姑母得知尽管她吹嘘自己如何警惕，但两个年轻情人几乎就在她眼皮底下有过温柔的交往，这使她起初感到愤怒。但当她发现心地单纯的侄女在缺乏门闩或铁条的保护下，在如此面临着异性的阴谋诡计时，并没有于烈火般的考验中被烧焦，她便得到了安慰，深信这都是因为她对侄女可谓彻彻底底灌输了高雅纯洁、使人谨慎的箴言所致。

就在姑母给她的自尊抹上缓解痛苦的油膏时，侄女却把男侍重复多次的忠贞誓言珍藏在心。可什么是一个无法安宁、四处游荡的男人的爱呢？一条流动的溪水逗弄片刻岸边的每一朵鲜花后，继续向前流去，仿佛让它们无不含着眼泪。

时间一天天、一周周、一月月过去，再也没有听到男侍的消息。石榴熟了，葡萄结出果实，山上秋雨不断。然后内华达山脉覆盖上一片白雪，冬天的狂风呼啸着穿过阿尔罕布拉宫的殿堂——他仍然没有到来。冬天过去了，宜人的春天又传来歌声，鲜花盛开，和风吹拂。山上的白雪融化了，最后只有内华达山顶上的雪还残留着，在闷热的夏日天空下闪闪发光。可是仍然没有那个健忘的男侍的消息。

与此同时，可怜的小雅辛塔变得脸色苍白，充满忧思。她放弃了先前的活动和娱乐，丝线乱成一团，吉他不再上弦，花儿被忽略，鸟儿的歌声不被注意，她曾经明亮的眼睛也因暗自哭泣模糊起来。如果有什么寂寞的地方有助于一个失恋少女的感情，那便是阿尔罕布拉宫这样的场所，在这里，一切似乎易于让人产生温柔浪漫的遐想，它正是情人们的天堂。在这样一座天堂里独自一人多么难受啊——不仅独自一人，而且还被抛弃！

“哎呀，傻孩子！”稳重纯洁的弗雷德贡达发觉侄女情绪低落时会说，“我不是警告过你要防止这些男人耍花招骗人吗？还有，你是个孤儿，是一个穷困衰落的家族的后代，能够指望从某个雄心勃勃的高傲家族得到什么呢？我敢担保，假如那个青年是真心的，他的父亲——那位宫里最骄傲的贵族之一——会阻止他与一个像你这样没有继承财产的卑微女子结合。因此，快下定决心吧，打消那些毫无意义的念头。”

纯洁的弗雷德贡达的话只会让侄女更加忧郁，但她并不表露出来。在一个仲夏之夜很晚的时候，姑母已经睡了，她独自待在塔楼的厅堂里，坐在汉白玉喷泉边。不忠的男侍最初即在这里跪下吻她的手，也是在这里他经常发誓永远忠诚她。可怜的少女充满悲哀而温柔的回忆，泪水流了下来，慢慢地一滴滴落到喷泉里。晶莹透明的水渐渐动起来，咕嘟——咕嘟——咕嘟——水开始旋转翻腾，直到一个穿着华丽的摩尔长袍的女人身影慢慢出现在眼前。

雅辛塔很害怕，她从厅堂里跑开，不敢回去。次日早上她把自己看到的情形对姑母讲了，但好心的女人认为这是困惑不安的侄女产生了幻想，或者猜想她在喷泉边睡着并做梦了。“你一直想着曾住在这座塔楼里的三位摩尔公主的故事，”她继续说，“而且梦见了它。”

“啥故事，姑母？我什么都不知道。”

“你当然听说过扎伊达、卓瑞达和左拉哈伊达三位公主，她们曾被父王关在这座塔楼里，她们答应与三位基督骑士一起逃走。大公主和二公主成功逃走，可是小公主没能下定决心逃走，据说后来死在塔楼里。”

“我想起来了，听说过，”雅辛塔说，“并且曾为温柔的左拉哈伊达的命运哭泣。”

“你很应该为她的命运哭泣，”姑母说，“因为左拉哈伊达的情人就是你的祖先。他久久地为所爱的摩尔女人哀叹惋惜。不过岁月治愈了他的忧伤，他娶了一位西班牙女郎，而你就是他们的后代。”

雅辛塔沉思着这些话语。“我看见的情形绝不是大脑产生的幻想。”她心想，“我肯定。如果她真是温柔的左拉哈伊达的幽灵——我听见她游荡在这座塔附近——那我害怕什么呢？今晚我就守候在喷泉旁——也许她还会再来。”

临近午夜，一切都安静了，她又坐在厅堂里。远处阿尔罕布拉宫的岗楼上敲响午夜的钟声时，喷泉又动起来，咕嘟——咕嘟——咕嘟——水开始旋转翻腾，直到那位摩尔女人再次出现在眼前。她年轻美丽，衣服上饰以不少珠宝，手里拿着一把银制琵琶。雅辛塔哆嗦着，感到胆怯，不过那幽灵温和哀怨的声音，以及苍白忧郁的面容显露出的可爱表情，消除了她的疑虑。

“凡人的女儿呀，”她说，“什么让你烦恼呢？为何你的眼泪让我的泉水不得安宁？你的叹息和抱怨扰乱了宁静的夜晚？”

“我哭是因为那个不忠的男人，我为自己孤独、凄凉的处境叹息。”

“别太难受，你的悲伤会过去的。你眼前是一位摩尔公主，她像你一样有过不幸的爱情。有一位基督骑士，就是你的祖先，赢得了我的心，他本来会把我带到他的故乡，带到他的教会当中。我内心是皈依了基督教的，但缺乏与信仰相当的勇气，犹豫不决，直到太晚了。为此邪恶的魔仆得以控制我，我始终被魔法镇住待在塔里，要等到某个纯洁的基督徒愿意屈尊解除符咒为止。你愿意为我解除它吗？”

“我愿意。”少女哆嗦着回答。

“那么来吧，别怕。把你的手在喷泉里蘸一下，然后把水洒到我身上，像你信仰里要求的那样为我洗礼。这样就会驱除魔法，我受到困扰的心也会获得安宁。”

少女迟疑地走上前去，用手在喷泉里蘸一下，弄一点水在手掌中，然后洒到幻影苍白的脸上。后者怀着难以形容的仁慈露出微笑。她把银制琵琶搁在雅辛塔的脚旁，将白皙的胳膊交叉着放在胸前，随即从眼前消失，所以好像只是一些水珠落进喷泉里。

雅辛塔满怀敬畏和惊讶离开厅堂。那晚她只睡了短暂时间。但她黎明从不安的睡眠中醒来时，似乎觉得整个犹如一场烦乱的梦一般。然而她下去来到厅堂的时候，那个幻影的出现得到了证实，因为就在喷泉旁边，她注意到那把银制琵琶在晨曦里闪闪发光。

她急忙找到姑母，讲述了一切发生的事，并叫她注意那把琵琶，以此证明自己的故事不假。如果说好心的女人还留下一点疑虑，那么当雅辛塔弹起乐器时它们都消除了，因为她弹出了令人陶醉的曲调，甚至连纯洁的弗雷德贡达那寒冷的心胸——那始终是冬天的地方——也融化成温暖宜人的流水。只有超自然的旋律才可能产生这样的效果。

琵琶非凡的效力每天越来越明显。经过塔楼的旅人会停下来，仿佛被魔法镇住似的，狂喜得屏住呼吸。连鸟儿都聚集在附近的树林里，它们停止了自己的鸣叫，入迷地默默倾听着。

这个消息不久传出去。格拉纳达的居民们蜂拥来到阿尔罕布拉宫，以便听到几支飘荡在公主塔周围的不可思议的乐曲。

可爱的小艺人终于被从隐居的地方引出来。本地有钱有势的人们相互竞争，看谁会让她欢心，向她表示敬意。或者更确切地说，看谁会享受到她那把迷人的琵琶，以便将时髦的人们吸引到自己的客厅。她无论去哪里，警惕的姑母都在一旁严加看管，让满怀激情的爱慕者们敬畏，她弹出的曲子让他们狂喜不已。有关她那神奇魔力的报道从一座城市传到另一座城市，马拉加、塞维利亚和科尔多瓦无不相继为此变得发狂。在整个安达卢西亚，人们只谈论阿尔罕布拉宫这位美丽的艺人。在像安达卢西亚人那么热爱音乐、殷勤豪侠的人当中，当那把琵琶如此富有魔力，当这位艺人因为爱而产生出灵感时，他们怎么可能谈论别的东西呢!

就在整个安达卢西亚这样为音乐发狂时，西班牙的宫廷里却笼罩着不同的气氛。众所周知，菲利普五世是一位可悲的忧郁症患者，他陷入各种各样的幻想中。有时他会一连几周待在床上，为想象的疾病呻吟不止。有时他又坚持要退位，让王后大为烦恼，她对于宫廷的辉煌与王权的荣耀非常享受，以她那只老练稳定的手，指挥着自己低能的君主的权杖。

对于消除君主的忧郁，没有发现任何东西像音乐的魔力那样有效。因此，王后设法找来最好的表演者，无论歌唱还是弹奏乐器，并且她将著名的意大利歌唱家法里内利[1]当作某种太医留在宫里。

然而就在我们谈到的那个时候，这位智慧有名的波旁皇族产生了一个怪念头，而以前所有的怪念头都比之不及。他长期为想象中的疾病所迷惑，这疾病对于法里内利的所有歌曲，以及由宫廷提琴手组成

1 法里内利（1705—1782），意大利著名歌手。1737 年去西班牙十年，每晚为菲利普五世演唱，以解其忧。

的整个乐队的“会诊”，都不屑一顾。这之后，君主心里感到自己完全无可救药了，认为自己绝对已经死了。

假如他满足于一个死者应该的那样平静地躺着，这倒是极其无害的，甚至对于王后和侍臣们都很方便。可让他们烦恼的是他坚持要为自己举行葬礼，而且还让他们困惑得无法形容的是他开始变得不耐烦，大肆责骂他们不让他入土，对他忽略不敬。怎么办呢？如果不服从国王明确的命令，那么，在一丝不苟的宫廷里那些谄媚奉承的侍臣眼里是荒谬的——但如果服从他，把他活埋，又将完全是在弑君啊！

就在这可怕的困境中一个传闻传到宫廷，说有个女艺人把整个安达卢西亚人的头脑都冲昏了。于是王后赶紧派遣使者，将她召到当时宫廷所在的圣伊尔德方索。

不出几天，王后及其宫女们正在黯然失色的花园里散步——其中有林荫道、露台和喷泉，她一心要让凡尔赛的种种荣耀黯然失色——这时名声远扬的女艺人被带到她面前。威严的伊丽莎白吃惊地盯着让世人发狂的少女年轻质朴的容貌。她穿着别致的安达卢西亚人的服饰，手里拿着银制琵琶，站在那儿时低垂的两眼显得羞怯的样子。不过她有一种朴素、清新的美，它仍然表明她是“阿尔罕布拉宫的玫瑰”。

她像通常一样由时刻警惕的弗雷德贡达陪伴着，后者将她父母和她出身的整个历史告诉了好奇的王后。如果说威严的伊丽莎白对雅辛塔的容貌感兴趣，那么，当得知雅辛塔来自一个虽然贫穷但是值得称道的家族，她的父亲在效忠君王中英勇阵亡，王后就因此更加欣喜了。“假如你的本领与他们的声誉相当，”她说，“并且你能够驱除控制君主的恶魔，我从此会关照你的命运，你也会获得荣誉和财富。”

王后急于试试她的本事，马上带路朝忧郁的君主的房间走去。

雅辛塔两眼低垂跟在后面，穿过一排排卫兵和众多侍臣。他们最后来到一个挂着黑帘的大房间。为了挡住日光，窗户都紧闭着。银烛台里的许多黄蜂蜡烛发出令人悲哀的光，隐隐显露出穿着丧服、沉默无语的人影，以及悄然而行、愁眉苦脸的侍臣。在棺材或灵柩中间躺着将要埋葬的君主，他双手交叉搁在胸前，正好能看见他的鼻尖。

王后默默地走进房间，指着昏暗角落里的一张脚凳，示意雅辛塔坐下并开始弹奏。

最初她用抖动的手弹着琵琶，但是越弹越有自信和热情，弹出了如此柔和空灵、和谐悦耳的音乐，所有在场的人几乎不相信它出自凡人之手。至于君主，他已经认为自己进入了幽灵的世界，把这看作是某支天国的曲子，或者是天籁之音吧。渐渐地主旋律变了，乐器伴奏着艺人的歌声。她唱了一首传说中的民谣，它讲述阿尔罕布拉宫往日的荣耀与摩尔人的成就。她的整个心灵都投入主旋律中，因为她的爱情故事与对阿尔罕布拉宫的回忆联系在一起。灵堂里响起富有生气的乐曲，这乐曲深入到君主忧郁的心中。他抬起头看看周围，他在床上坐起了身子，目光开始发亮——最后他跳到地板上，叫人拿来剑和盾。

音乐——或者说魔法琵琶——取得的成功是巨大的。忧郁的恶魔被驱除，仿佛一个男人死而复生。房间的窗户被打开，西班牙光辉灿烂的阳光照进刚才还令人悲哀的屋子。所有人的眼睛都在搜寻富有魔力的可爱女子，但是琵琶已从她手中落掉了，她身子一软倒在地上，随即被鲁伊兹·德阿拉科紧紧抱在怀里。

不久便极其隆重地举行了这对幸福青年的婚礼，“阿尔罕布拉宫的玫瑰”也成为给宫廷增光添彩、讨人喜欢的人。“不过且慢——别太快啦！”我听见读者喊道。“这是在以疯狂的速度结束一个故事啊！首先让我们知道，鲁伊兹·德阿拉科怎样设法向雅辛塔解释：他为何要长久忽略她呢？”这再容易不过了。这便是那个由来已久的原因，即他遭到骄傲、独断的老父亲的反对。此外，真心相爱的年轻人很快会友好地相互理解，一旦相聚后会将所有过去的抱怨忘掉。

可那个骄傲、独断的老父亲如何同意了这桩婚姻呢？

哦！至于这个，王后一两句话就轻易地打消了他的顾虑，尤其是，一个个高位和奖赏毫不吝啬地给予了这位皇室的妙龄宠儿。而且，你们知道，雅辛塔的那把琵琶富有魔力，能够控制住最固执的头脑和最强硬的心胸。

这把魔法琵琶后来又怎样了呢？

唔，这是最为令人好奇的事，显然它也证明了整个故事的真实性。琵琶在他们家里保存了一些时间，可人们认为，后来被纯粹出于嫉妒的大歌唱家法里内利偷走。他死后琵琶落到意大利的其他人手里，他们不知道它神奇的魔力，把上面的银熔化掉，再将弦移到一把古老的克雷莫纳[1]小提琴上。琴弦至今保留着某种魔法效力。再对读者耳语一句，不过到此为止吧——这把小提琴现在让全世界都着迷了——它就是法里内利琴！

1　意大利北部城市，以盛产提琴闻名。

老　将

我漫游于阿尔罕布拉宫期间认识了一些奇特的朋友，其中有一位十分勇敢、身体伤残的老将，他像鹰似的巢居于一座摩尔塔楼里。他喜欢讲自己的经历，它充满了冒险、灾难和变化，而这一切，几乎使每个有名的西班牙人的生活像《吉尔·布拉斯》[1]里描写的那样丰富多彩、离奇无常。

他十二岁时在美国，被认为经历了人生中最非凡有幸的事件，因为他亲眼见过华盛顿将军。从那以后他参加了所有本国的战争。他能够试着讲出半岛大部分监狱和地牢的情况。他的一只腿跛了，双手残废，甚至遍体鳞伤，以致他成了西班牙战乱的某种活纪念碑，每一场战役、战斗都在他身上留下了伤疤，就像鲁滨孙每年会在难以脱身的孤岛上刻下印记一样。然而这位勇敢的老骑士最不幸的，似乎是于危险混乱的时期在马拉加担任了指挥，居民们推举他当上将军，以便让他们免受法国侵略，这使他对政府有了许多正当的权利要求。我担心他会忙碌到死的那一天不断地又写又印请愿书、抗议书，弄得他的头脑不安，钱包耗尽，朋友悔恨。凡是去拜访他的人，都不得不花半小时听他念完一份长长的材料，走时衣袋里还要带回半打小册子。不过，

1　法国作家阿拉因－勒内·勒萨日（1668—1747）写的一本小说。

整个西班牙都是这种情形，无论在哪里，你都会遇到某位知名、可敬的人在角落里沉思冥想，他的心里正怀着什么特有的不满和冤屈。此外，一个身上有诉讼的西班牙人，或者有权利要求政府赔偿的人，会被认为整个余生都有事做了。

我在紫红塔上端老将的住处拜访了他。他的房间小而舒适，俯视着维加平原的美景。房间以军人的严谨风格布置起来：墙上挂着三支滑膛枪和一支曲柄枪，无不闪闪发亮；一把马刀和一根手杖并排挂着，上方是两顶三角帽，一顶游行时戴，另一顶平常戴；一个小架子上放着五六本书，这便是他的藏书，其中有陈旧过时的哲学格言集，是他特别喜欢读的一本书。他每天都要翻阅它、思考它，将每个格言用于自己特定的情况——假如它带着一点有益的怨气，并且涉及这个世界的不公。

不过他友善仁厚，假如他能够把注意力从自己的冤屈和人生观上转移开，那么他倒是个有趣的同伴。我喜欢这些上了年纪、饱经风霜的命运之子，欣赏他们那些未加修饰的有关作战的逸闻趣事。一次我去拜访所说的这个人，得知了要塞一位老军事指挥官的某些奇特的情况，他似乎在某些方面与老将相似，在战争中有过类似的命运。这些细节越来越多，因为我向本地的老居民做了一些询问打听，特别是马特奥·西曼乃斯的父亲，我将向读者介绍的其传说故事中的这位可敬人物，便是一个受人喜欢的英雄。

要塞司令和书记官

从前有个勇敢强悍的老骑士，他是阿尔罕布拉宫的司令官，统管要塞。他在战争中失去了一只胳膊，所以通常被称为“独臂司令”。事实上他为自己是个老兵感到骄傲，蓄着的胡须翘得很高，他脚上穿着一双作战靴，那把托莱多钢剑[1]像烤肉叉一样长，手帕系在带有篮状护腕的剑柄上。

而且他相当自负、执着，对于自己所有的特权与尊严都极力维护。在他的统管下，阿尔罕布拉宫作为皇家的宅第和地盘，其豁免权得到强制执行。任何人都不准带武器进入要塞，甚至钢剑或棍棒也不行，除非他具有某种官位。每个骑士必须在大门口下马，牵着马的缰绳进去。瞧，由于阿尔罕布拉宫的山头高耸于格拉纳达城中央，好像是首府的一个赘疣，所以它必定始终有点让那位本地的总司令厌烦，因为他就这样面对着最高权力中的最高权力，就在自己的管辖地方的中央有个面积不大的独立基地。眼前的事例更使他烦恼难堪，因为要塞那个老司令善妒易怒，为一点点权力和司法的问题就会动火。也因为那些渐渐住进要塞的人变得散漫游荡，他们仿佛进了庇护所，对城里诚实的居民们捣蛋干坏事，还进行掠夺。

1　西班牙托莱多城出产的一种有名的剑。

这样，在格拉纳达总司令和要塞司令之间便始终存在争执和不满，而要塞司令更为厉害，因为这两个邻近的首领地盘很小的一位，对于自己的尊严却总是最为挑剔。总司令那座堂皇的官邸位于努埃瓦广场当中，就在阿尔罕布拉宫的山脚下，这儿总是活跃、热闹，来往的人不少，有卫兵、居民和城市官员。要塞有一座突出的棱堡俯视总司令的官邸及其前面的广场。老司令官时而会在棱堡上高视阔步地走来走去，他把托莱多钢剑别在身旁，机警地监视着对手，就像鹰从一棵枯树的巢里侦察猎物一样。

无论何时他下山进入城里都带着一支耀眼自负的队伍，他骑着马，身边簇拥着卫兵。或者，他坐在豪华马车里，那是一辆古老笨拙、用雕木和青铜色皮革做的西班牙大马车，由八只骡子拉着，同时伴随着小跑的马夫、侍从和男仆。在这样的场合，他为自己作为国王的代理人让每个旁观者敬畏而感到得意。尽管格拉纳达的智者们，尤其是在总司令的官邸附近闲荡的人，经常嘲笑他那支小小的队伍，他们暗示他的属下像游民一般，还称他为“乞丐王”。在这两个刚强的对手之间有些最富有成效的争执根源，其中之一便是司令官要求自己或其驻防部队通过城里时，获得一切免税的权利。这一特权渐渐导致了大量的走私活动。有一帮走私贩在要塞肮脏杂乱的地方和附近许多洞穴里住下来，在驻防士兵的纵容下把生意做得红红火火。

这引起了总司令的警觉。于是他向自己的法律顾问和家务总管咨询，那是个精明狡猾、爱管闲事的书记官，他乐于有机会为难阿尔罕布拉宫的那个老当权者，让对方陷入错综复杂、难以捉摸的法律纠纷。他建议总司令对所有经过城门的护卫队有权检查，他还给总司令写了一封长信为这一权利辩护。而要塞司令官是个直率果敢的老兵，他讨厌这个比魔鬼更坏的书记官，尤其是这个书记官比所有其他的都坏。

“什么！”他说，猛然翘起胡须，“难道总司令叫他的笔杆子来让我难堪吗？我要让他看到一个老兵是不会被书生难住的。”

他抓起笔潦草地写了一封短信，在信中他不屑于与对方争论，只坚持免于搜查的通行权，并且声称，任何海关官员用邪恶之手阻挡受阿尔罕布拉宫的旗子保护的护卫队，都将遭到报复。正当这个问题在两个彼此独断的当权者之间争论时，碰巧有一只为要塞运送物资的骡子某天到达了赫尼尔大门，它将由此穿过城市的郊区前往阿尔罕布拉宫。护卫队由一个暴躁的老下士带领，他长期在要塞司令手下效劳，让司令称心如意。他也像一把老托莱多钢剑那样，虽然锈迹斑斑但是忠实可靠。他们到达城门时，下士把阿尔罕布拉宫的旗子插在骡子的驮鞍上，将身子挺得直直的，然后头向着正前方行进，不过他机警地斜视着一只穿过敌对地面的杂种狗，它发出嗥叫，时刻准备猛咬一下。

“谁在那里？”门口的哨兵问。

“阿尔罕布拉宫的士兵！”下士回答，头也没转一下。

“你护卫的是什么？”

“驻防部队的物资。”

“过吧。”

下士直接向前，后面跟着护卫队，可他没过去几步一队海关官员就从关卡的一间小屋冲出来。

“喂！”领头的说，“赶骡的，停停，把那些包打开。”

下士转过身，摆出要打的架势。“请尊重阿尔罕布拉宫的这面旗子，”他说，“这些东西是给要塞司令送去的。”

“要塞司令又怎样？他的旗子又怎样？赶骡的，我说停停。”

“阻止护卫队后果自负！”下士大声说，拉起了滑膛枪的扳机。

骡夫猛打骡子一下。有个海关官员冲上前去抓住缰绳，因此下士用枪把他打死了。

整个街上立即一片哗然。

老下士被抓住，他先是让人乱踢一气，挨了巴掌，遭到棒打——在西班牙这通常由民众当即施行，作为随后用法律严惩的前奏——然后他被戴上镣铐送到市监狱。而他的同伴在护卫队被彻底搜查后，才得以前往阿尔罕布拉宫。

要塞老司令听说自己的旗子这样受到侮辱，下士又被逮捕，因此怒气冲天。他一时间在摩尔殿堂内大发雷霆，在一座座棱堡里吹嘘要如何如何，充满杀气地看着下面格拉纳达的总司令官邸。他将最初的愤怒发泄之后，送了一封信给总司令，要求交还下士，因为只有他才有权利审判自己下属的犯罪行为。总司令借助书记官的文字材料作了详细回答，他争论说由于犯罪行为发生在他的城墙以内，与他的一位文官的意见相抵触，所以无疑他拥有正当的审判权。要塞司令重申了自己的要求，总司令也用更长的、更具法律敏锐性的辩论予以反驳。要塞司令的要求越来越激烈和具有强制性，而总司令的回答则越来越冷静、冗长。最后，非常勇猛的老兵为这样卷入法律论战的陷阱气得暴跳如雷。

精明的书记官这样拿要塞司令寻开心的同时，又对下士进行着审判，后者被关在监狱中一间狭窄的地牢里，只有一扇小格栅窗露出他那关在铁条里的面容，从那儿可以得到朋友们的安慰。

按照西班牙的惯用语句，不屈不挠的书记官孜孜不倦地写出了堆积如山的书面证词，下士被它们彻底压倒了。他被宣布有罪，判处绞刑。

尽管要塞司令从阿尔罕布拉宫发出抗议和威胁，但都无济于事。致命的日子即将来临，下士被关进监狱的小教堂里——在执行死刑前一天总会对犯人这样，以便让他们对自己到来的末日作一番思考，为自己的罪行忏悔。

要塞老司令眼见事情走到了极端，决定亲自前往处理。他下令出动自己的豪华马车，在卫兵簇拥下沿着阿尔罕布拉宫的大道隆隆地奔向城里。他来到书记官的房子，叫对方走到门口来。

要塞老司令看见那个搬弄法律的人假笑着，露出得意的神气走上来，他的两眼红得像火炭一样。

“我听说你要把我的一个士兵处死，”他吼叫道，“怎么回事？”

“一切都依照法律办的—— 一切都严格依照司法程序办的。”极其自负的书记官说，同时暗自得意地搓着双手，“我可以把本案的书面证词拿给阁下看。”

“去拿来吧。”要塞司令说。书记官急忙走进办公室，很高兴又有机会展示自己如何具有独创精神，从而可以拿这个顽固不化的老兵开心。

他回来时拿着一个装满文件材料的挎包，开始极其专业流利地念着一份长长的证词。这时有一群人聚集起来，他们伸长脖子张大嘴巴倾听着。

“老兄，请到车里来吧，咱们离开这群讨厌的人，以便我听得更清楚些。”要塞司令说。

书记官钻进马车，转眼门关上了，车夫挥起马鞭——骡子、马车、卫兵等全都飞奔而去，抛下一群吃惊得张大了嘴巴的人。要塞司令直到把猎物关进阿尔罕布拉宫一座最坚固的地牢，才停息下来。

然后，他按照军人的风格送了一面休战的白旗下去，提出交换俘虏——用下士换取书记官。这可伤了总司令的自尊。他轻蔑地予以回绝，并立即让人在努埃瓦广场中央搭起高大牢固的绞刑架，要对下士执行死刑。

“哈哈！要玩游戏吗？”要塞司令说。他发出命令，立即也在突出的大棱堡的边缘搭起绞刑架，在这儿俯视着广场。“好啦，”他给总司令捎的信里说，“你高兴就绞死我的士兵吧。不过他在广场上被吊起的同时，你抬头看看你这个也在天空下吊着晃动的书记官吧。”

总司令毫不让步，让部队在广场上列队行进，锣鼓喧天，丧钟敲响。许许多多爱看热闹的人聚集起来观看绞刑。另一面，要塞司令也让驻防部队在棱堡上列队行进，从钟塔上为书记官敲响了丧葬的挽歌。

书记官的妻子挤过人群，后面紧跟一大群她和书记官的小后代们。她一下子跪在总司令的脚旁，恳求他不要为了自尊而牺牲自己丈夫的生命，还有她本人和这么多孩子的幸福。“您太了解那个老司令了，”她说，“不会怀疑他怎样威胁就要怎样做的——假如你吊死那个士兵的话。”

她的眼泪和哀求，以及那群乳臭未干的孩子的叫嚷，简直让总司令受不了。下士被一个卫兵送到上面的阿尔罕布拉宫，他身穿绞刑服，像个戴着头罩的僧侣，不过高昂着头，显露出刚强的面容。按照俘虏交换条件，对方要求交换书记官。这位一度不断叫嚷、极为自负的执法者，被半死不活地从地牢里带出来。他所有的无礼与自负都烟消云散。据说他被吓得头发几乎变白了，他露出沮丧但固执的表情，好像仍然觉得脖子上套着绞索。

要塞老司令把一只胳膊叉在腰上，带着冷笑打量了一下书记官。

“从此以后，朋友，”他说，“别那么急于把别人送上绞架吧。别对自己的安全太有把握，即使法律在你一边。尤其是下次面对一位老兵时，要注意别让书本知识弄得自己出丑。”

曼科司令与士兵

曼科司令——或称“独臂司令”——一方面，在阿尔罕布拉宫里炫耀军事，另一方面，感到恼怒，因为他管辖的要塞不断受到指责，说它成了流氓和走私贩巢居的地方。这位老当权者突然决定改革，并满怀热情地着手工作，将流浪汉从要塞和吉卜赛人的山洞统统赶走，那些山洞像蜂窝似的布满了周围的山。他还派出士兵在大小道路上巡逻，下令将一切可疑的人带到要塞。

一个明媚的夏日早上，一支巡逻队的队员——其中有在书记官事件中出了名的暴躁的老下士、一个小号手和两个二等兵——坐在格内拉里弗宫的围墙下面，那儿位于从太阳山下去的道路旁。这时他们忽然听见传来马蹄声和一个男人虽然沙哑但并非不好听的声音，他正唱着一支古老的卡斯蒂利亚战歌。

随即他们看见一个身体强壮、晒得黝黑的男人，他穿一身粗糙的步兵制服，牵着一匹威武的阿拉伯骏马，它身上披着具有昔日摩尔风格的马衣。

看到一个陌生的士兵从孤寂的山上下来，手里牵着骏马，下士感到吃惊，他走上前去质问对方。

“谁在那儿？”

“一个朋友。”

“你是谁，干啥的？”

“一个刚从战场上下来的穷兵，带着一枚奖赏的破克朗[1]和空空的钱包。”

这时他们得以更加仔细地打量此人。他额头上有一块黑斑，由于长着灰白胡须，他更表现出某种蛮勇的模样。加之他微微眯缝着眼，整个看来不时显现出流氓无赖的滑稽情调。

这个士兵回答巡逻队的问题后，似乎自认为可以回问对方了。“我能问一下吗，”他说，“眼前那座山脚下是什么城市？”

“什么城市！”小号手叫道，“喂，太糟糕了。这个潜藏在太阳山的家伙，他竟然问伟大的格拉纳达城的名字！”

“格拉纳达！哎呀！这可能吗？”

“也许不可能！”小号手回答，“也许你不知道那边是阿尔罕布拉宫的塔楼。”

“吹号的伙计，”陌生人说，“别糊弄我。假如这真是阿尔罕布拉宫，那么我有些奇怪的情况要透露给要塞司令。”

“你有机会的，”下士说，“我们正打算把你带到他那里去。”这时小号手抓住马的缰绳，两个二等兵各抓住这个士兵的一只胳膊，下士在前面发出命令“往前——走！”于是他们朝阿尔罕布拉宫走去。

一个衣衫破旧的步兵和一匹阿拉伯骏马被巡逻队俘虏，这情景引起要塞所有闲人以及通常一大早围在水井和喷泉边闲聊的人的注意。下士带着他的战利品经过时，蓄水池里的轮子停止了转动，衣着不整的年轻侍女手里拿着大水罐张大嘴站在那儿。各种各样的人渐渐聚集

1　丹麦、瑞典、捷克等国的货币单位，上面印有王冠或头戴王冠的君王头像。

起来组成一支队伍，紧跟在押送队伍后面。

人们一个又一个会意地点头眨眼，作出种种推测。“是个逃兵。”一人说。“一个走私贩。”另一个说。“一个土匪。”第三个人说——最后大家断言，一帮亡命强盗的头目被勇猛的下士和他的巡逻队抓住了。“啊，啊，”干瘪的老太婆们一个接一个地说，“管他是不是头目，如果可能就别落到老曼科司令手里，虽然他只有一只独臂。”

曼科司令坐在阿尔罕布拉宫的一座内殿里，正与司祭一起喝着一杯早上的巧克力饮料，那是个来自附近修道院的天主教方济会修士。一个马拉加的娴静的黑眼睛少女侍候着他，她是他女管家的女儿。世人都暗示这少女虽然显得十分娴静，但她却是个丰满狡猾的坏女子，在老司令刚强的心中找到了一个弱点，并将他完全控制住。不过暂且别管这个吧——这些有权势的大人物的家事，是不应该调查得过于详细的。

司令得知有个可疑的陌生人躲藏在要塞附近时被抓住，实际上就在外院，现在被下士监禁起来，等待着看阁下如何处置，因此他胸中为自己的官职充满自豪与尊严。他把那杯巧克力饮料递回到娴静的少女手里，让人拿来自己那把有篮状护腕剑柄的剑，将它别在腰边。他捻着胡须，坐在一把高背大椅里，显得非常严厉的样子，命令将犯人带到他面前。那个士兵被带了进来，他仍然让捉拿者牢牢捆住，并由下士看守。然而，他保持一副坚定自信的神态，从容地眯缝起眼睛，以此回敬司令仔细审查的锐利目光，而这是绝不会让精密细心的老司令高兴的。

“喂，犯人，”司令默默地盯了他片刻后说，“你有啥要说的——你是谁？”

“一个士兵，刚从战场上下来，只带回了一身伤痕。”

“一个士兵——哼——从你的制服看是个步兵。我知道你还有一匹阿拉伯骏马。我推测你除了一身伤痕外，也把它从战场上带回来了吧？”

“尊敬的阁下，关于那匹马我有一件奇怪的事要告诉你。我确实有一件最奇妙的事要讲，它关系到这座要塞的安全，的确还涉及整个格拉纳达的安全。不过这事只能私下对你说，或者只能当着你信任的人说。”

司令考虑了一会儿，然后吩咐下士和他的人退下，不过让他们守候在门外，随时听候召唤。“这位圣洁的修士，”他说，“是我的司祭，你当着他的面说什么都行——这个少女，”他朝那个侍女点一下头，她在周围晃来晃去，非常好奇的样子，“这个少女能够保守秘密，也相当谨慎，任何事情都可告诉她。”

士兵瞥一眼娴静的侍女，既像眯缝着眼看她，又像在向她抛媚眼。“我完全愿意让这个少女留下。”

等其余的人都退下去后，士兵开始讲他的故事。他是个油嘴滑舌的无赖，对语言的掌握超出了他表面的样子。

“尊敬的阁下，”他说，“如前所说我是士兵，服过艰苦的兵役，不过我的服役期满了，不久前我从巴利亚多利德[1]的部队转业，正返回安达卢西亚我出生的村庄。昨天傍晚，太阳下山时我正穿过老卡斯蒂利亚[2]干燥的大平原。”

---

1 西班牙的一座城市。

2 西班牙北部地区。

“停一下，”司令叫道，“你说什么？旧卡斯蒂利亚离这里大约有两三百英里远。”

“即使这样，我确实赶了那么远的路。”士兵冷静地回答，“我先前告诉你，我有一些奇怪的事要讲，不过再奇特都是真实的。倘若阁下能够耐心听我讲述，你就会发现确实如此。”

“请讲吧，犯人。”司令说，又捻着胡须。

“就在太阳落下去时，”士兵继续说，“我环顾周围寻找过夜的地方，但是眼前根本见不到任何住处。我发现不得不在裸露的平原上铺个睡觉的地儿，并用背包做枕头。不过，阁下是个老兵，明白对于一个经历过战争的人来说，晚上在这样一个地点睡觉并非是很困难的事。”

司令一边把手帕从篮状剑柄里抽出来，用它赶走一只在鼻子旁嗡嗡地飞来飞去的苍蝇，一边点头表示同意。

“唔，我就长话短说吧。”士兵继续说，“我跋涉了几英里，直至走到一座桥边，它下面是个深涧，有一条细小的水流从中穿过，由于夏天炎热，它差不多干涸了。桥的一头是一座摩尔塔，它的上端全部毁损，不过底部的拱形屋十分完好。我想这是停留的好地方。于是我走到下面的小溪，畅快地喝了几口水，因为水纯净甘甜，我也口渴得要死。然后我打开旅行袋，取出一个洋葱和几片面包——它们是我全部的口粮——坐在溪边的一块石头上开始吃晚饭，打算之后去塔里的拱形屋过夜。对于一个刚从战场上退下来的士兵，它算得上是顶好的住处了，正如身为一名老兵的阁下所想到的一样。”

“我那时的处境更糟糕呢，这让我很得意。”司令说，把手帕放回剑柄里。

“我静静地嚼着面包皮时，”士兵接着说，“听见拱形屋里什么东西在动。我倾听着——是一匹马的脚步声。不久有个男人从塔楼底部的一扇门里出来，那儿离水边很近，他牵着一匹身强力壮的马。星光下我无法看清他在干什么。他在那样一个荒凉孤寂的地方，潜行于塔楼的废墟之中，显得可疑。他或许像我一样只是个旅行者，或许是个走私贩，或许是个土匪！这有什么关系呢？感谢上天，也感谢我贫穷，我没啥可失去的。所以我静静坐在那儿嚼着面包皮。

"他把马牵到水边，那儿离我坐的地方很近，所以我有了机会好好打量他一番。让我意外的是他穿着一身摩尔服饰，戴一副护胸铁甲和一顶发亮的无边便帽，我是借助反射在上面的星光看出来的。他的马也按照摩尔人的方式装上挽具，铁铲状的马镫很大。如前所说，他牵着马来到溪水边，马一下子把头埋进水中，几乎淹到眼睛，它一直喝到快胀破肚子了吧，我想。

"'朋友，'我说，'你的马水喝得真多呀。一匹马把它的口鼻都勇敢地埋进水里时，这可是个好兆头。'

"'它大概喝得不少吧，'陌生人带着摩尔人的口音说，'自从它上次喝过那么多水后，已有足足一年了。'

"'你知道吗！'我说，'它甚至比我在非洲看到的骆驼还喝得多呢。嗨，你好像是个军人，愿意坐下来吃点军人的东西吗？'事实上，在这片孤寂的地方我感到需要同伴，因此甘愿容忍一个异教徒。另外，正如阁下明白的那样，一个军人对于同伴的信仰并不太挑剔，所有国家的军人在和平的土地上都是同志。"

司令又点头同意。

"瞧，正如我刚才所说，我请他同我一起吃那样的晚饭，因为就一般热情好客的表示而言我只能这样。'我没有时间吃肉或喝酒，'他

说，‘上午我要赶很远的路。’

“‘往哪个方向？’我问。

“‘安达卢西亚。’他说。

“‘我正好也走那边。’我说，‘既然你不停下来同我一起吃东西，也许你愿意让我和你一起骑马离开。我看见你的马体格强健，肯定它可以驮两个人。’

“‘好吧。’骑兵说。如果他拒绝就没有礼貌，不像个军人了，尤其是我刚请过他一起吃晚饭。所以他先骑上马，然后我也上去坐在他身后。

“‘抓紧，’他说，‘我的马跑得风快。’

“‘别担心我。’我说，之后我们出发了。

“马最初走着，不久一路小跑，接着开始疾驰，最后狂奔起来，好像那些岩石、树木、房子和所有东西都一闪而过。

“‘这是什么城？’我问。

“‘塞戈维亚。’他说。话还没说完塞戈维亚的塔楼已不见了。我们迅速爬上瓜达拉马山，沿埃斯科里亚建筑群[1]下去，再顺着马德里的城墙绕行，奔驰着穿过拉曼查平原。我们就这样翻山越岭，经过一座座无不处于沉睡中的塔楼和城市，穿过大山、平原和星光下闪闪发光的河流。

“长话短说吧，以免让阁下感到厌倦，那个骑兵突然在一座山边停下。‘好啦，’他说，‘咱们到了。’我看看四周，可根本见不到住处

1 埃斯科里亚尔建筑群，位于西班牙马德里附近，包括西班牙国王陵墓、宫殿、教堂、修道院和庙宇等。

的影子，只有一个山洞。我正看着时，发现许多身穿摩尔服饰的人，他们有的骑马，有的步行，仿佛让风从四面八方带到这里。他们急忙钻进山洞，就像蜜蜂钻进蜂房一样。没等我问骑兵，他已用长长的摩尔马刺夹着马的两侧，策马与众人一起冲进去。我们经过一条陡峭弯曲的道路，它向下延伸至大山中央。我们向前行进时，渐渐有了如晨曦一般的光线，但我看不出是怎么回事。光线越来越强，让我看清了周围的一切。我们往前行进时，我注意到左右显露出一些大洞穴，它们像是军械库的一间间库房。有的里面放着盾牌、头盔、胸甲、长矛和弯刀，有的地上放着大堆的军需品和扎营设备。

“作为一名老兵，阁下要是看见如此优良的军需物资，一定会打心眼儿里高兴。然后，在其他山洞里全副武装的骑兵已长长地排列好，他们举起长矛和飘扬的旗子，个个准备奔赴战场。不过他们全都像许多雕塑似的，一动不动坐在马鞍上。在另外的洞穴里武士们睡在马旁的地上。步兵则分成小组，准备进入队列。所有人都穿戴着老式的摩尔服饰和盔甲。

“唔，阁下，简而言之我们最后进入了一个巨大的洞穴，或者可以说是一座人工洞穴宫殿。它的墙体似乎饰以金银纹理，闪耀着钻石、蓝宝石和各种宝石的光彩。在上端，一位摩尔国王坐在金王座上面，两边是他的贵族和非洲黑人卫兵，后者拔出弯刀站在那儿。所有不断涌进来的人有成千上万，他们一一从王座前经过，每个人走过时都向国王致敬。人群中有的穿着洁净华丽的长袍，珠光闪闪；有的穿着光亮的盔甲；还有的则穿着腐朽发霉的衣服，他们身上的盔甲全都十分破旧，锈迹斑斑。

“我至此没有开口，阁下很明白一个现役军人是不能提很多问题的，可我再也无法保持沉默了。

“‘请问，朋友，’我说，‘这一切是什么意思呢？’

“‘这个，’骑兵说，‘是一个可怕的大秘密。知道吗，哦，基督徒，你眼前看到的是格拉纳达末代国王布阿卜迪勒的朝臣和军队。’

“‘你说的是什么呀？’我叫道，‘布阿卜迪勒和他的朝臣几百年前就被放逐出境，全都死在非洲了。’

“‘你们那些骗人的编年史是这么记载的。’摩尔人回答，‘不过，知道吗，布阿卜迪勒和最后为格拉纳达而战的武士全部被强有力的魔咒封闭在山里。至于当年投降时从格拉纳达离开的国王和军队，他们只是一支由幽灵和恶魔组成的队伍，为了欺骗基督君主装扮成那个样子。让我再告诉你吧，朋友，整个西班牙现在是个受魔力控制的国家。每一个山洞、平原上每一座孤寂的瞭望塔、山丘上每一座毁坏的城堡，都有一些中魔的武士，他们世世代代在拱顶屋里睡着，直到获得赎罪——真主为此让主权落入基督徒手里一段时间。他们每年在圣约翰节前夜，从日落到日出时被解除魔咒，允许来到这里向君主致敬！你看见涌进洞里的一群群人，是从他们在西班牙各地的老窝赶来的穆斯林武士。就我而言，你在老卡斯蒂利亚看见桥边那座毁坏的塔楼了吧，我已在那里度过了许多世纪的冬夏，天亮前还得赶回去。至于你看见附近山洞里排列着的骑兵和步兵，他们是格拉纳达中魔的武士。《命运之书》里写着，一旦魔咒解除，布阿卜迪勒就会率领这支军队下山，重新登上阿尔罕布拉宫的王位并统治格拉纳达。他将把西班牙各地中魔的武士们聚集起来，再次征服这座半岛，使其恢复穆斯林的统治。’

“‘这事什么时候发生呢？’我问。

“‘唯有真主才知道：我们曾希望拯救的日子来临，不过目前阿尔罕布拉宫由一位警惕的要塞司令管辖，他是个忠实的老兵，人们都知道他叫曼科司令。在这样一位武士掌管着警戒部队，时刻准备阻止最初来自大山的入侵时，我恐怕布阿卜迪勒和他的军队一定愿意继续抱着武器休息吧。'”

这时要塞司令把身子挺直了一点，调整一下佩带的剑，同时捻着胡须。

“我长话短说吧，以免让阁下疲乏，那个骑兵这样说完后便下了马。

“‘你留在这里，’他说，‘看着我的马，我去向布阿卜迪勒跪拜致敬。’说罢他与涌向王座的人群一起大步离去。

“‘怎么办？’我一个人被留下时心想。我就在这儿等着那个异教徒回来，用他的幽灵马把我带到天知道什么地方吗，或者我趁机离开这些幽灵群体呢？不久我就作出了一个军人的决定，正如阁下很懂得的那样。至于马，它属于基督信仰和王国公开的敌人，根据战争规则它是一个公正的战利品。所以，我从马屁股爬上去坐进马鞍，掉转缰绳，用脚上的摩尔马镫踢着马的两侧，让它尽快从进来的通道出去。我飞快地冲过一个个洞穴——一队队穆斯林骑士坐在那儿，一动不动——这时我想自己听到盔甲发出的叮当声，以及各种空洞的低语声。我又用马镫踢了马一下，加倍地飞跑。此刻我身后有一种像呼啸的狂风似的声音，我听见上千只马蹄的嘚嘚声，一群无数的人赶上了我。我被人群带着一路向前，然后从洞口抛出去，而那上千个影子则被四面八方的强风从各个方向刮走了。

“我在天旋地转、一片混乱中，被毫无意识地抛到地上。等苏醒过来时我躺在一座山上的悬崖边，那匹阿拉伯骏马站在我身旁。因为在掉下去时我的胳膊套在缰绳上，我推测这使得马没能自个向老卡斯蒂利亚奔去。

“我环顾四周，看见芦荟和仙人掌构成的树篱，以及其他表明南方气候的东西。还看见下面有一座大城市，其中有些塔楼和宫殿，还有一座大教堂，阁下不难判断出我是多么惊讶。

“我牵着马小心谨慎地下山，害怕再骑马，担心它会玩什么花招把我摔下去。我下山时碰到你的巡逻队，他们让我知道了一切：眼前的城市就是格拉纳达，我实际上就在阿尔罕布拉宫的大墙下面，它是可怕的曼科司令掌管的要塞，是让所有中魔的穆斯林恐惧的地方。我听到这个情况后，决定要求马上拜见阁下，以便把我看见的一切告诉你，告诫你有些危险包围、暗藏在你身边，让你及时采取措施保卫要塞和王国本人，以免受到就潜藏在地下的军队的侵袭。”

“请问，朋友，你是个老战士，参加过不少战斗，”要塞司令说，“你建议我如何阻止这场祸害呢？”

“一个卑微的二等兵，”士兵谦虚地说，“是不宜声称要给睿智的司令阁下提建议的，不过我觉得，阁下可以用牢固的材料把所有进山的洞穴和入口堵死，这样就可将布阿卜迪勒及其军队完全封闭在地下的住所。而且，”士兵补充道，同时恭敬地向修士鞠躬，并虔诚地在自己身上画十字，“如果仁慈的神父用祈祷让那些障碍变得神圣，竖起十字架、圣骨和圣像，我想它们就会抵挡住异教徒的所有魔力。”

“它们无疑是大为有益的。”修士说。

这时司令把一只胳膊叉在腰上，手放在托莱多剑柄上，紧紧盯住士兵，然后轻轻摇头。

“这么说，朋友，”他说道，“你真以为我会让关于中魔的大山与摩尔人的荒唐故事欺骗吗？听着，犯人！别再多说。你或许是个老兵，但你会发现自己要对付的是一个更老的兵，一个在将才方面不那么容易超越的兵。喂！卫兵！把这个人铐上。”

娴静的侍女本来要替犯人说句话，可司令用眼神让她住嘴。

正当卫兵铐住士兵时，其中一个感到衣袋里有什么胀鼓鼓的东西，他把它拿出来，发现是一只好像装得满满的长皮袋。他抓住一角，把里面的东西倒在司令面前的桌子上，从来没有一个强盗的口袋倒出这么多华贵的物品。戒指、珠宝、珍珠念珠和发亮的钻石十字架翻滚出来，还有不少古老的金币，有的叮叮当当落到地板上，滚到房间最远的地方。

一时间司法的职能被搁下，全体人员为了那些闪闪发光、难以捉摸的东西乱成一团。只有满怀西班牙人真正的骄傲的要塞司令才恪守着端庄高贵的礼仪，尽管他的目光流露出一点焦虑，直到最后一块金币和珠宝被装回袋子。

修士也不是很平静，他整个面容红得像火炉，看见那些珠宝、念珠和十字架他两眼闪烁放光。

“你是个亵渎神明的家伙！”他吼道，“你从哪座教堂或至圣所掠夺到这些圣物的呢？”

“哪个都没有，修士。如果它们是亵渎神明的赃物，那么很久以前它们大概就被我提到的那个异教骑兵掠夺了。我正要告诉阁下的时候他忽然打断我：我得到骑兵的马时，解开了一只挂在鞍头上的皮袋，我推测里面装着他过去在战斗中获得的战利品，那时摩尔人正横行于这个国家。”

“很好呀。眼下你可以打定主意在红塔的一个房间住下，它虽然没有受到魔咒控制，但也会像你那些中魔的摩尔人的任何洞穴一样把你牢牢关住。”

“阁下认为怎么合适就怎么做吧，”犯人冷静地说，“我会感谢阁下在要塞里为我提供任何住处。阁下很清楚，一个参加过战争的士兵对于住处是不挑剔的：只要我有温暖的牢房和通常的饭食，我就会设法让自己过得舒适。我只恳求阁下在对我如此关心的同时，也要看好要塞，想想我提示的把大山入口堵住的事。”

这事到此为止。犯人被带到红塔里一间坚固的牢房，阿拉伯骏马被带到阁下的马厩，骑兵的一皮袋物品被放进阁下的保险柜。的确，修士对最后那袋东西的处置有些异议，他问那些圣物——它们显然是亵渎神明的赃物——是否应该交托给教会保管。不过由于在这个问题上司令十分专断，并且他是阿尔罕布拉宫绝对的首领，所以修士小心谨慎地放弃了讨论，但他决定把此情况传达给格拉纳达教会的大人物们。

要说明曼科司令为何迅速果断、毫不退让地采取措施，就应该注意到大约在这个时候，位于格拉纳达附近的阿普克萨拉斯山严重地遭到一帮强盗骚扰，其头目是个名叫曼纽尔·博拉斯科的胆大妄为的人，他们惯于潜藏在周围，甚至经过各种乔装打扮后进入城里，以便获得商品护卫队或有钱的旅行者出发的消息，然后小心埋伏在远处偏僻的关口通道进行袭击。一次次胆大妄为的暴行引起了政府的注意，各个要塞的指挥官们得到命令保持警惕，凡是可疑的游荡者一律抓获。由于曼科司令的要塞被蒙上了各种污名，所以他尤其积极热心，此时他确信自己让那帮匪徒中的某个可怕的暴徒落了网。

与此同时，消息泄露出去，成为人们谈论的话题——不仅是关于要塞的，也是关于整个格拉纳达城的。人们传说，那个有名的强盗曼纽尔·博拉斯科，即阿普克萨拉斯山的恐怖分子，已经落入老曼科司令手里，被囚禁在红塔的一座牢房里。每个被这强盗抢劫过的人都涌去认他。众所周知，红塔位于与阿尔罕布拉宫相隔的一座姐妹山上，中间是一条沟壑，主道穿过其中。没有任何外墙，但有一个哨兵在塔楼前巡逻。关押士兵的牢房的窗口用格栅牢牢固定着，它朝向一片小小的空地。格拉纳达那些善良的人们赶到这里来看他，就像看在动物园的笼子里龇牙咧嘴的斑鬣狗一般。然而，谁也没认出他就是曼纽尔·博拉斯科，因为那个可怕的强盗有一副凶恶的面相，以此闻名，他绝不会像犯人那样和善地眯缝起眼睛。参观的人不仅来自城里，而且来自全国各地。可是谁都不认识他，普通百姓的头脑里开始对其故事的真实性产生怀疑。布阿卜迪勒和他的军队隐藏在大山里，这只是许多老居民从父辈那里听来的一个古老传说。许多人爬上太阳山，或更确切说是圣埃伦娜山，想要寻找士兵提到的山洞。他们往黑暗的深洞里窥探，没人知道他们钻进了多深的山里，那个洞至今还在——它就是传说中布阿卜迪勒的地下住所的入口。

渐渐地，士兵受到平民百姓欢迎。在西班牙，山里的强盗绝不像其他任何国家的强盗那样无礼、可耻，相反，他在下层社会的眼中是某种具有豪侠气概的人。人们也总有对当权者的行为吹毛求疵的倾向，很多人开始抱怨老曼科司令采取的高压手段，而把囚犯看作是一位殉道者。

此外，士兵是个快乐幽默的男人，他对每个走近窗口的人开玩笑，对每个女人说温柔的话。他还弄到一把旧吉他，经常坐在窗前唱民歌和爱情小调，让邻近的女人开心，她们晚上会聚集在空地上，伴随着他的音乐跳波列罗舞。他把自己粗糙的胡子修剪了一下，使得晒黑的脸在女人眼里受到欢迎，司令那个娴静的侍女声称说他眯缝的眼睛完全无法抗拒。这个好心的少女一开始就对他的命运深表同情，在极力平息司令的怒气不起作用之后，便着手私下减轻对他的管制。每天她都要给犯人带去一些令人安慰的面包屑——它们要么是从司令的桌上掉下去的，要么是从他的食品柜里拿去的。偶尔她还会拿去一瓶让人慰藉的上等瓦尔德佩纳斯葡萄酒，或醇厚的马拉加葡萄酒。

这个小小的背叛行为就发生在老司令的要塞内部时，一场公开的战争风暴正在外部的敌人当中酝酿着。有关一袋金子和珠宝在假定的强盗身上被发现的情况，已在格拉纳达四处传开，并且作了许多夸张。要塞司令根深蒂固的对手，即格拉纳达总司令，立即提出属地管辖权的问题。他坚持囚犯是在阿尔罕布拉宫的范围以外被抓获的，应该在他的管辖范围以内。他因此要求把囚犯本人连同赃物交还给他。关于那些十字架和念珠，以及装在袋子里的其他圣物，那位修士同样为宗教大法官提供了应有的信息，他声称犯人犯有亵渎神明罪，并坚持其劫来的赃物应归教会所有，囚犯随后也要被处以火刑。双方争执十分激烈。司令勃然大怒，他发誓宁愿把犯人作为在要塞辖区里抓获的密探，在阿尔罕布拉宫里绞死，也不会交出去。

格拉纳达总司令威胁说，他要派一队士兵把囚犯从红塔带到城里。宗教大法官同样一心要派出宗教法庭的若干捕吏。有关这些计谋的消息深夜传到要塞司令耳里。“让他们来吧，”他说，“他们会发现我已准备好了迎接呢。想对付一个老兵必须得起个大早才行。”他因此发出命令，在黎明时把囚犯转移到阿尔罕布拉宫的大墙以内的城堡监狱。“听好啦，孩子，”他对娴静的侍女说，“鸡叫前敲我的门，把我叫醒，我要亲自处理这事。”

黎明到来，鸡叫了，可是根本没人敲司令的门。太阳高高地升起在山顶上，照耀着他的窗口，之后司令才被那个老下士从清晨的梦中叫醒。下士站在他面前，刻板的面容上表现出恐惧。

“他跑了！他不见了！”下士气喘吁吁地叫道。

“谁跑了？谁不见了？”

“那个士兵——强盗——也许还是个魔鬼。他的牢房里没有人，但门锁着，谁也不知道他如何逃出去的。”

“谁最后看见了他？”

“你的侍女，她给他送去晚饭。”

“马上把她叫来。”

这又是一件让人困惑的事。娴静少女的房间里也没有人，她的床晚上没有睡过：她无疑同犯人一起逃走了，过去几天来她似乎经常同他谈话。

这可伤了老司令的心，但是当新的不幸又出现时，他几乎连皱眉的时间都没有。他走进自己的私人小房间，发现保险柜已打开，骑兵的一皮袋东西被拿走，同时还拿走了满满几袋金币。

可逃犯以什么方式、从哪里跑掉的呢？有个住在路边小屋的老农——那条路通向山里——断言说，就在破晓前，他听见一匹骏马的马蹄声消失在大山里。他在窗口望了一眼，正好看到一个骑马的男人，另有一个女人坐在他前面。

“搜查马房！”曼科司令叫道。于是对马房进行搜查，所有的马都在畜栏里，只有那匹阿拉伯骏马不见了。在它的位置上有一根粗壮的棍棒系在马槽上，上面有一张条子写着：“一个老兵送给曼科司令的礼物。”

阿尔罕布拉宫的一次节庆

在我的邻居和势均力敌的君主——那位伯爵——逗留于阿尔罕布拉宫期间，圣徒节到了，这时他举行了一个家庭节庆。他将包括仆人、侍从在内的家庭成员聚集起来，远方领地的管家和老仆也来向他致意，分享必然会有的节日欢乐。这让人看到古时一位西班牙贵族的家庭模式，尽管它无疑只是隐约显露出来。

西班牙人在时尚观念上总是喜欢威武壮观。他们有庞大的宅第，满载男仆和侍者的笨重马车，自高自大的随从，以及各种无用的食客。一位贵族的尊贵程度，似乎与在他的宅第周围闲荡的众人相当，他们由他供养着，好像要把他活活吞食。毫无疑问，这是由于与摩尔人的战争期间必需养有一大批武装随从——那时常有侵袭事件发生，贵族容易在城堡里遭到敌人袭击，或者他要应君主召唤奔赴战场。

战争结束后这一习俗留存下来，最初是为了炫耀卖弄得以保持。从征服与发现中流入这个国家的财富，助长了建立高贵家庭的激情。按照西班牙人高尚古老的习惯，尊严与慷慨是不相上下的，所以一个老迈的仆人绝不会被赶走，而是余生都要得到赡养。并且他的孩子、孩子的孩子，常常还有夫妻双方的亲戚，都要渐渐依附于这个家庭。所以，西班牙贵族那些庞大的宅第——它们显示出一种虚假的炫耀，因为建筑虽然庞大，但家具却既平常又缺少——是在西班牙的黄金岁月里，由于所有者具有族长式的习惯而绝对需要的。它们比世袭食客简陋的大房子好不了多少，那些人让某位西班牙贵族给养肥了。

西班牙贵族这些族长式的习惯随着收益减少衰退了，虽然促使其产生的精神尚存，这精神与改变了的命运悲哀地抗争着。即使最贫穷的贵族也总有些世袭的食客，他们依附于贵族生活着，使其变得更加贫穷。有些像我的邻居伯爵那样的人，还留存着少许一度豪华奢侈的财物，并保持着一点古老体系的影子，在他们的领地上住着一代代无所事事的随从，出产的东西也让这些人消耗掉了。

伯爵在王国的各个地方都拥有财产，有的包括整座整座村庄，然而从它们那里获得的收益是相当少的。他确切地告诉我，有的只能勉强让住在那里的不少食客有饭吃，他们似乎认为自己有资格免交租金，而且还要受到供养，因为他们的祖先自古以来即如此。

老伯爵过的这个圣徒节，让我看到一位西班牙人的内在情况。为庆祝这一节庆提前两三天就开始准备。从城里带来了各种各样的美食，它们经过“正义之门”时刺激着那些年老体弱的卫兵的嗅觉神经。仆人们殷勤地在庭院里匆匆走来走去，宫殿古老的厨房里再次充满厨师和帮手的脚步声，并燃起了不同寻常的炉火。

节日到来这天，我注意到老伯爵颇有族长的风采，家人和家庭成员围在他身边，另有一些在外地没把他的财产管理好并且消耗着其收益的官员也坐在他周围。而许多年老衰弱的仆人和随从则在庭院附近闲荡，待在能够闻到厨房的香味的地方。

这是阿尔罕布拉宫一个十分欢乐的日子。用餐前客人们分散在宫殿各处，享受着令人惬意的庭院和喷泉，以及被人珍爱的花园，音乐声和欢笑声回响着穿过最近还寂静的殿堂。

这个宴会——在西班牙一个预先充分准备的晚餐实际上就是宴会——在漂亮的摩尔式“姊妹厅”举行。餐桌上摆满该季节所有的美味佳肴。一盘盘菜肴几乎不断送上来，这表明《堂吉诃德》中有钱人卡马乔的婚礼上的那场宴会，多么真实地把西班牙宴会的画面呈现出来。餐桌周围弥漫着欢宴的气氛，虽然西班牙人通常有节制，但他们在眼前的场合全然成了狂欢者，尤其是安达卢西亚人。至于我，这样坐在阿尔罕布拉宫的皇家殿堂里享用宴会，让我异常兴奋——它由声称是摩尔国王的一个远亲举办，而此人是最著名的基督征服者之一、科尔多瓦的贡萨尔沃的嫡系子孙。

宴会结束了，人们来到使节殿。在这儿每个人都极力做点什么让大家开心，他们唱歌，即兴表演，讲奇妙的故事，或者伴随着西班牙人的欢乐中少不了的法宝——吉他——翩翩起舞。

伯爵富有天资的小女儿像通常一样让聚会变得欢喜活跃，她的多才多艺尤其给我留下深刻印象。她参加了两三次同伴们高雅的喜剧节目，表演得非常优秀。她模仿流行的意大利歌手，他们有的严肃、有的滑稽，她的嗓音相当罕见，我敢说异常逼真。她还同样恰当地模仿吉卜赛人和维加平原的农民的方言、舞蹈、民歌和行为举止，不过总是表演得很优雅，有着女士一般的机智老练，非常迷人。

她表演的主要魅力在于毫不矫饰，或者说一点不做作，完全是贴切自然的。一切都来自于此刻的激情，或者与某种需要而保持的协调。她似乎没意识到自己罕有而广泛的才能，像个家中的小孩一般轻松愉快、天真无邪地狂欢着。的确，我听说她从不在一般的交际中展示才能，而只是在家庭圈中才会如此，就像眼前这样。

她对人物的观察力与感知力一定极为敏捷，因为她可能只偶尔短暂地看到一下那些场面、举止和习俗，就把它们表现得如此真实，充满活力。“这孩子(拉尼娜)从哪儿学到这些东西的，”伯爵夫人说，“始终让我们感到疑惑，她差不多完全待在家里，就生活在家人们当中。”

傍晚到来，薄暮在一座座殿堂上投下阴影，蝙蝠悄然从潜藏的地点钻出，飞来飞去。小姑娘和小伙伴们产生了一个念头，想在多洛雷丝的带领下，出去看看宫殿里人们不常去的地方，以便探索一些秘密和让人着迷的东西。于是她们就这样被领着，胆怯地往阴暗古老的清真寺里探看，但一听说有个摩尔国王曾在那里被谋杀，她们就赶快把身子缩了回去。她们冒险进入浴池里神秘的区域，让隐蔽的渡槽发出的声响吓一吓自己，在对幽灵般的摩尔人的恐惧中假装惊慌地飞快逃走。然后她们又到“铁门”去冒险，这是阿尔罕布拉宫一个凶险、不祥的地方。它是一道后门，通向阴暗的沟壑。从一条隐蔽的小径可以走到此处，多洛雷丝和玩伴们小时候经常被它吓住，据说有一只没有身子的手时而从墙里伸出来，抓住路人。

这一小队寻找让人着迷的东西的人，冒险来到那条隐蔽小径的入口，但在这越来越阴暗的时刻任何东西都吸引不了她们进去。她们害怕被那只幽灵手抓住。

最后她们跑回使节殿，假装一阵恐惧的样子。她们确实看见两个穿着一身白衣的幽灵人影，不过没停下来细看。但她们是不会弄错的，因为人影在周围的阴暗中十分显眼。多洛雷丝不久到来，并解释了这个秘密。幽灵原来是两尊汉白玉的仙女雕像，被放置在一条拱形通道的入口处。对此，在场有一位严肃的不过我认为也有点诡秘的老绅士——我相信他是伯爵的律师或法律顾问——确切地对她们说，雕像与阿尔罕布拉宫的一个大秘密有联系。他说它们的来历很奇特，另外，它们也成为体现女人的秘密与谨慎的大理石活纪念碑。所有在场的人都请他告诉雕像的来历。他用了一点时间回忆详细情况，然后大体讲述出如下传说。

两尊警惕的雕像

在阿尔罕布拉宫的一套废弃的房间里，曾住着一个名叫洛普·桑切斯的欢快的小个子男人，他在花园里干活，像蚱蜢一般活泼、快活，整天唱歌。他是宫里的活跃分子。每当干完活后他总会坐在广场的一张石凳上，轻轻地弹奏吉他，哼起长长的歌颂熙德、卡皮奥、普尔加和其他西班牙英雄的小调，以此让宫里的老兵们得到消遣。或者，他会弹起一支更加快乐的曲调，让姑娘们跳起波列罗舞和方丹戈舞。

像多数矮小的男人一样，洛普·桑切斯有个高大丰满的老婆，她几乎可以把他装在衣兜里。不过他没有通常的可怜男人的命——他不是有十个孩子，而是只有一个。那是个约莫十二岁的黑眼睛小姑娘，名叫桑切卡，她像父亲一样快乐，讨他喜欢。他在花园里干活时她就在一旁玩耍，他坐在阴凉里弹吉他时她就翩翩起舞，犹如一只小鹿在阿尔罕布拉宫的树林里、小径上和废墟中狂奔。

时值圣约翰节前夕，阿尔罕布拉宫那些喜欢节日、爱说长道短的男男女女与孩子们，夜里爬上比格内拉里弗宫更高的太阳山，在它平坦的顶部进行仲夏守夜。这是个月光明媚的夜晚，所有山头沐浴在银灰之中，城市及其一座座圆屋顶和尖塔则被笼罩在下面的阴影里，维加平原像个仙境，一条条幽灵出没的小溪闪烁着穿过昏暗的树林。按照此地从摩尔人传下来的古老习俗，他们在山上最高处点燃篝火。在维加平原其他地方和一座座山谷里，附近的居民也在进行类似守夜，一堆堆篝火微弱地显现于月光之下。

夜晚在伴随洛普的吉他起舞中快乐地度过，在这样一个节日的狂欢里他是最为高兴的。就在大家跳舞时，小桑切卡和一些玩伴在山顶上一座摩尔人的古堡废墟中玩游戏。她在壕沟里捡鹅卵石时，忽然发现一只用煤玉精巧雕刻、紧紧攥着的小手。她为自己的好运快乐不已，拿着意外发现的东西朝母亲跑去。它立即变成一个让人进行审慎猜测的对象，一些人用迷信的怀疑眼光看待它。“把它丢掉，”有个人说，“那是摩尔人的——肯定里面包含祸害和妖术。”“绝不会。”另一人说，“你可以把它拿到扎卡丁的珠宝商那里换点什么。”

正当人们这样讨论时有个身穿黄褐色制服的老兵靠近，他曾在非洲服役，皮肤像摩尔人一样黝黑。他显得精明地检查一下那只手，说：“我在巴巴里的摩尔人当中见过这类东西。它很能防止邪恶的目光和各种妖术魔法。恭喜恭喜，洛普朋友，这预示着你的孩子有好运。”

听到这话，洛普的妻子把用煤玉雕刻的小手系在一根缎带上，将它挂在女儿的脖子上面。

这个法宝的出现，让人想到所有关于摩尔人的、颇受欢迎的迷信。人们忽略了跳舞，三五成群地坐在地上，讲述一个个从祖先留传下来的古老传说。有些传说正是关于他们坐着的这座山的奇迹，它是个妖怪出没的有名地区。有个干瘪的老丑婆久久地讲述此山深处的地下宫殿，据说布阿卜迪勒及其整个穆斯林宫廷至今受到魔法控制。“在那边的废墟中，”她说，指着远处的某些断垣残壁和土丘，“有个黑暗的深坑，它一直深入大山的中心。即使把格拉纳达所有的钱都给我，我也不愿往里看。从前，阿尔罕布拉宫有个在这座山上放羊的穷人，他爬下那个深坑寻找一只掉下去的小山羊。他爬出来时变得极其疯狂，瞪着眼睛，并述说他看见的情况，人人都认为他昏了头。有一两天时间，他胡言乱语地讲述着跟踪自己进入深坑里的摩尔妖怪，难以让人说服再把羊赶到那座山上。他终于还是那样做了，但是呀，可怜的人，他再也没下来。邻居们发现他的山羊在摩尔人的废墟中吃草，他的帽子和斗篷搁在坑口旁边，但从此再无他的消息。

小桑切卡全神贯注地听着这个故事。她有着好奇的性格，立即渴望去窥探一下那个危险的深坑。她悄悄离开伙伴们，找到远处的废墟，在里面搜寻一些时间后她来到山额附近的一处小凹地或盆地——它在此陡峭地深入到达罗谷里。深坑就在盆地中央张着大口。桑切卡冒险来到坑边，往下探看。下面一片漆黑，使人想到深不可测。她顿时不寒而栗，退了回来，然后又上前探看，又跑开，并再一次去探看——对于她而言，正是这件令人恐怖的事让她欢喜。最后她把一块大石头翻滚过去，将它推下深坑。石头一时静静地往下掉，然后猛烈撞在某个突出的岩石上，从一边弹到另一边；它滚下去时发出雷一般的隆隆声，最后猛然溅入很远很远的水中，之后一切又归于寂静。

然而，这种寂静并没持续很久。好像在这个沉闷的深渊里什么东西被唤醒似的。一种喃喃声像蜂窝的嗡嗡声一样渐渐传到坑外，变得越来越大。仿佛远处许多人发出的各种声音混杂在一起，并伴随着各种武器微弱的碰撞声和号角的回荡声，似乎某支军队正在大山深处整装待战。

孩子在默默的敬畏中走开，她赶紧返回先前离开父母和同伴的地点。所有人都不见了。篝火即将燃完，最后的烟雾在月光下袅袅升起。远处那些沿山的和维加平原里的火焰全部熄灭，一切似乎归于平静。

桑切卡呼唤父母和一些同伴的名字，可是毫无回应。她沿着山边和格内拉里弗园跑下去，直至来到通往阿尔罕布拉宫的林荫道，然后坐在树林茂盛的一角的长凳上喘气。从阿尔罕布拉宫的瞭望塔上敲响了午夜的钟声。此时非常宁静，仿佛万物都已入睡，只有流淌在灌木丛下面看不见的小溪发出轻微的潺潺声。这美妙的氛围催她入眠，忽然她瞥见远处什么东西在闪烁，并吃惊地发现一长队摩尔族武士源源不断地从山腰上下来，沿着枝叶茂密的道路前进。有的武装着长矛和盾牌，有的武装着弯刀和战斧，擦亮的胸甲在月光下闪闪发光。他们的马昂首阔步，格格地咬着马嚼子，可是踏出的声音就像脚上垫了毡子一样轻微，骑手们个个面如死色。他们当中有个美丽的女骑手，她头上戴着王冠，一颗颗珍珠盘绕在金色的长发上。她那匹驯马身上的马饰是深红色的丝绒，它用金子刺绣，拖拂在地上。但是她十分忧郁，两眼始终盯住地面。她后面是一队身穿华丽长袍、头戴各种颜色的穆斯林头巾的朝臣，布阿卜迪勒王骑着米色的军马置身于他们中间，他穿着饰以许多珠宝的高贵外套，王冠上闪耀着钻石。小桑切卡认出了他，因为他长着黄胡子，相貌与她经常在格内拉里弗宫的画廊中看见的肖像相似。这支壮观的队伍闪烁着身影穿过树林，她既惊讶又赞美地注视着。不过，虽然她知道这些苍白平静的君主、朝臣和武士不同寻常，受到妖术和魔法控制，但她仍然大胆地观察着，这样的勇气确实来自于神秘的法宝，即那只她挂在脖子上的手。

队伍走过后她起身跟在后面。队后一直来到巨大的“正义之门”，门大打开。值班的老弱病残的哨兵们躺在外堡的石凳上，显然进入中魔的沉睡状态，那支幽灵队伍举着飘扬的旗子，耀武扬威地从他们身边悄然而过。桑切卡本来要跟上去，但她吃惊地发现外堡内的地里有个裂口，通向塔的根基下面。她钻进去一点，发现了在岩石上粗糙地凿出的台阶，以及处处有一盏银灯（点亮时它也散发出一种宜人的香气）照亮的拱道，因此受到鼓舞继续冒险跟下去。她最后来到在大山中心建造的一座大厅，这里用银灯和水晶灯照亮，用摩尔人的风格装饰得十分华丽。在这儿的一张软垫椅上，坐着一个身穿摩尔人服饰的老人，他长着长长的白胡须，头一点一点地打瞌睡；手里拿着一只手杖，它似乎老是要滑开。不远处坐着一个美丽的女人，她穿着古老的西班牙人的服饰，头上的整个宝冠闪耀着钻石，一颗颗珍珠点缀在头发上。她正在轻轻弹奏一只银色的里拉琴。小桑切卡这时想起在阿尔罕布拉宫的老人中听到的一个故事，说有个哥特族公主被一个老阿拉伯魔法师限制在大山深处，魔法师用音乐的力量使她一直处于富有魔力的睡眠中。那女人看见有个凡人出现在中魔的大厅里，吃惊地暂时终止睡眠。“这是圣约翰节前夕吗？”她问。

“是的。”桑切卡回答。

“那么魔咒停止一晚上吧。到这边来，孩子，别害怕。我像你一样是个基督徒，虽然被魔法限制在这里。用挂在你脖子上的法宝碰一下我的锁链，今天晚上我就会自由。”

说罢女人解开长袍，露出系在腰上的宽大金带和把她束缚在地上的金链。孩子毫不犹豫地用那只煤玉小手碰一下金带，金链立即落到地上。声音把老头惊醒了，他开始擦揉眼睛。不过女人拨动一下里拉琴，使他再次渐渐入睡并点起头来，手里的手杖又拿不稳了。“现在，”女人说，“用煤玉法手碰他的手杖。”孩子照办，手杖从他手里掉下去，他在软垫椅上沉沉地睡了。女人轻轻地把银色的里拉琴放在软垫椅里，让它靠在睡着的魔法师的头上，然后她拨动琴弦，使其在他耳旁振动。“啊，有力而和谐的精灵，”她说，“继续这样让他的意识受到约束，直至明天。现在跟着我，孩子，”她接着说，“你会看见阿尔罕布拉宫辉煌时的样子，因为你有一个揭示所有魔咒的法宝。”桑切卡默默地跟在女人后面。她们往上穿出洞穴入口，进入“正义之门”的外堡，来到广场或城堡内的游憩场。

这里全是包括骑兵和步兵的摩尔族军队，他们排列成中队，展示出一面面旗帜。入口处有一些皇家卫士，一排排非洲黑人拔出弯刀。谁都不说一个字，桑切卡勇敢地跟在领着她走的女人后面。进入皇家宫殿后她更加惊讶，这是她曾被抚养的地方。明媚的月光把所有大厅、庭院和花园几乎照得像白天一样明亮，不过呈现出的情景与她熟悉的大不相同。房间的墙壁不再因年久日深而肮脏破裂。蜘蛛网不见了，现在悬挂着富贵的大马士革纺织品，镀金饰物和有着阿拉伯风格的画又像最初那样光彩鲜明。大厅里不再光秃秃的毫无陈设，而是布置上用最珍贵的材料制作的沙发长椅和软垫椅，并饰以珍珠，镶以宝石，庭院和花园里的所有喷泉都在喷水。

厨房里再次全面忙碌起来。厨师们忙着准备虚幻的菜肴，他们烤着、煮着幻影似的小母鸡和松鸡。用人端着堆满佳肴的银盘频来频往，他们在准备一顿美味的盛宴。狮子庭里挤满了卫兵、朝臣和神学家，就像摩尔人昔日那样。在上端的审判厅里，布阿卜迪勒坐在王座上，周围是皇室成员，这个晚上他挥动着一只虚无的权杖。尽管有这一切众人显得忙碌的样子，但是根本听不到说话声或脚步声。除了喷泉的溅水声外，没有任何声音打破午夜的宁静。小桑切卡跟随领路的女人于默然的惊讶中在宫殿里走动，直至到达通向科马雷斯塔下面的拱道入口。入口两边分别坐着用石膏制作的仙女雕像。她们的头转向一边，直盯住拱道内的同一地点。中魔的女人暂停下来，示意孩子靠近自己。

“这儿有个大秘密，”她说，“我会透露给你，作为给你的信心与勇气的酬劳。这两尊警惕的雕像看守着一位摩尔国王昔日隐藏的财宝。让你父亲搜寻她们的眼睛盯住的地点，他找到的财宝会使他比格拉纳达的任何人都更富有。然而只有你那双清白的双手——它们也正如你被赋予了法宝一样——能够把财宝带走。让你父亲谨慎地使用财宝吧，为我摆脱这邪恶的魔咒每天拿出一部分来望弥撒。

女人说完这些话后，带领小孩向前来到琳达拉克莎小花园，它离雕像拱道不远。月光摇曳着照耀在花园中央孤寂的喷泉上，把柔和的光倾泻在橘子树和香橼树上。美丽的女人摘了一枝桃金娘，把它盘绕起来戴在孩子头上。“我把秘密透露给了你，”她说，“让它做个纪念吧，证明这个事实。我的时间到了，我必须返回中魔的大厅。别跟着我，以免邪恶降临到你身上——再见。记住我说的话，为我有过的获释望弥撒吧。”说完女人进入通向科马雷斯塔下面的黑道，之后消失了。

桑切卡回到刚才的场地，她曾看见这儿有大量虚幻的人，但是布阿卜迪勒及其影子般的皇室成员不见了。月亮照耀在空空的大厅和走廊里，它们已丧失了一时的光彩，因年久月深变得肮脏荒废，布满蜘蛛网。蝙蝠在晃动的光里飞来飞去，青蛙在鱼塘里呱呱地叫着。

桑切卡现在尽力走到一个远处的楼梯，它通往家人住着的一套简陋屋子。门像平常一样打开，因为洛普太穷，不需要门闩或门杠。她悄悄爬到自己的小床上，把盘成环的桃金娘放在枕头下，不久睡去。

早晨她把发生在自己身上的一切讲给父亲听。然后洛普将整个事情仅仅看作是一场梦，他笑话孩子过于轻信。他动身像所习惯的那样去花园里干活，可没多久小女儿几乎气喘吁吁地向他跑去。“爸爸！

爸爸！”她喊道，“看这个摩尔女人戴在我头上的桃金娘环。”

洛普吃惊地盯着，因为桃金娘的茎是纯金的，每一片叶子也都是闪光的翡翠！他不习惯拥有宝石，因此不知道花环的真正价值。但他所看见的足以让自己深信，它比通常构成梦想的东西更加实在，无论如何孩子的梦产生了一定效果。他首先关心的是吩咐女儿严格保密，不过在这方面他是有把握的，因为就她的年龄和性别而言她相当谨慎。然后他来到拱道处，两尊石膏仙女雕像即伫立在此。他注意到它们的头从门口转向一边，彼此的目光都盯在房子内的同一点上。洛普不能不称赞这种极其谨慎的保密措施。他从雕像的眼睛处拉一条线到它们盯住的那个点，在墙上做个暗记，然后离开了。

然而整整一天，数不清的担忧弄得洛普心神不宁。他忍不住远远地徘徊、看着两尊雕像，因害怕宝贵的秘密被发现而紧张不安。一切靠近那里的脚步声都使他颤抖。只要能够把雕像的头转个方向，他什么都愿意付出——他忘记了它们几百年来都准确地看着相同方向，并没有出现过比它们更聪明的人。

“该死！”他总是心想，“它们会把一切暴露的。有哪个凡人听说过这种保密的方式？”然后听见有人走近时他便悄悄离开，好像他本身潜行在附近会引起嫌疑似的。之后他小心翼翼地返回，从远处窥探，看是否一切安全，可是雕像的模样再次使他愤怒。“唉，瞧它们伫立在那里，”他会说，“总是盯着、盯着、盯着不该盯的地点。该死！它们就像所有女性一样，如果说没有舌头喋喋不休，它们也必定会用眼睛说个不停。”

终于，让他安慰的是使他焦虑的漫长一天结束了。阿尔罕布拉宫发出回响的大厅里不再传来脚步声。最后一个陌生人跨出门槛，大门被牢牢关上，蝙蝠、青蛙和呱呱叫的猫头鹰在荒废的宫殿里渐渐恢复了每夜的活动。

然而洛普一直等到夜深，才带着小女儿冒险来到两个仙女守护的大厅。他发现它们像先前一样，机警、神秘地盯住隐藏东西的秘密地点。"请原谅，温柔的女人，"洛普从它们中间经过时心想，"我会让你们摆脱责任，过去两三百年来这责任一定重重地压在你们心头。"他因此在墙上标出的地点挖凿起来，不久便打开一个隐蔽处，里面放着两大瓷罐东西。他极力想把它们取出，可是直到用小女儿清白的手碰了一下才搬动。在她的帮助下他把瓷罐从壁龛里取出来，万分高兴地发现它们装满了摩尔人的金子，里面混合着各种宝石。天亮前他把它们搬到自己房间，让两尊守护的雕像仍然直直地盯住空无一物的墙壁。

洛普就这样突然成为了一个富人。但是财富像通常一样，给他带来了至今让他陌生的许多忧虑。他如何把自己的财富安全运走？他甚至如何享受财富而不至引起怀疑？现在，他也有生以来第一次害怕强盗。他恐惧地看着自己并不安全的住处，着手把门和窗堵牢。但是做好一切防范后他仍然睡不好。他没有了通常的快乐，不再给邻居讲笑话或者唱歌，总之他成了阿尔罕布拉宫里最痛苦的人。老朋友们注意到这种变化，开始离弃他，心想他一定陷入贫困，有危险向他们求助。他们简直没想到他唯一的灾难是财富。

洛普的妻子和他一样焦虑，不过她得到了精神上的安慰。这之前我们本应该提到，由于洛普是个有点不体谅人的小男人，所以在一切重大事情上，他妻子习惯于从告解神父弗雷 · 西蒙那里寻求忠告和帮助。西蒙肩宽强壮，长着蓝胡子圆脑袋，他是附近的圣弗朗西斯科修道院里的一名神父，事实上是周围半数贤内助们的精神安慰者。此外，他在各种修女团体中大受尊敬。为了报答他所给予的精神安慰，她们经常送给他礼物：有修道院加工制作的小珍品和小饰品，比如精美的糖果、可口的饼干、一瓶瓶香味酒——人们发现这些东西在斋戒和守夜后可以当作奇妙的滋补品。

西蒙在行使自己的职责中变得兴旺起来。在一个闷热的日子他艰难地爬上阿尔罕布拉宫的山上时，油亮的皮肤在阳光下闪闪发光。然而，尽管他长得油光水滑，但是腰上系着的多节的绳子表明他严格自律。众人把他当作虔诚的榜样向他脱帽致礼，甚至狗也嗅到从他衣服上散发出的神圣气味，在他走过时吠叫。

这个西蒙便是洛普那位标致妻子的精神顾问。在西班牙的贫民生活中，由于告解神父是女人们的家庭知己，所以他不久便获得重大秘密，知道了那个宝藏的故事。听见这消息神父睁开眼、张大嘴，在身上画了十多次十字。稍停片刻后他说："我心灵的女儿！知道吗，你丈夫已犯下双重罪行——对国家和教会犯下的罪行！他把在皇家地域发现的财宝据为己有，它当然属于君王。不过由于它是异教徒的财富，仿佛是从魔鬼撒旦的尖牙中抢救出来的，因此应该把它献给教会。这件事还可以通融一下。把你的桃金娘环拿到这儿来吧。"

仁慈的神父看见它时，怀着对翡翠的赞赏之情，两眼更加发亮。"这个是发现的首批果实，"他说，"应该奉献给宗教事业。我会把它用作还愿祭挂在小教堂的圣弗朗西斯科的像前，就在今晚会虔诚地恳求他允许你丈夫平平静静拥有财富。"

善良的女人很高兴这么便宜就与上天讲和。神父将桃金娘环放在他的外衣下面，迈着神圣的脚步向修道院走去。

洛普回家时妻子把发生的事告诉他。他被大大地激怒了，因为妻子对他不忠。他一时间对神父去家里探访暗暗抱怨。“女人呀，”他说，“你都做了啥？你那样泄露秘密，让一切处在危险之中。”

“什么！”善良的女人叫道，“你禁止我向神父倾诉心声吗？”

“不，老婆！你自己的罪要忏悔多少都行。但至于掘金这样的事，那是我自己犯下的罪，我为此非常心安理得。”

然而抱怨毫无用处。秘密已经泄露出去，它像溢出到沙地上的水一样再也收不回来。他们唯一的机会是，神父会对此小心谨慎。

次日，洛普外出后有人谦恭地敲了一下门，西蒙显得温驯端庄地走进去。

“女儿”，[1] 他说，“我已虔诚地向圣弗朗西斯科恳求，他听见了。在夜深人静时这位圣人出现于我的梦中，不过皱着眉头。‘你看见了我贫乏的教堂，为什么要恳求我处理掉这些异教徒的财产呢？到洛普家里去吧，以我的名义求得部分摩尔人的金子，以便为主祭台配备两只烛台。让他平平静静拥有其余的金子吧。’”

善良的女人听说圣人显灵后，敬畏地在身上画着十字，然后来到洛普藏宝的秘密地点，把摩尔人的金块满满地装在一只皮革大袋里，将它交给神父。作为回报，虔诚的僧侣给了他足够的祝福，祝愿她世世代代都富足殷实，仿佛这是天赐的一般。然后神父把钱袋塞进衣袖，双手合在胸前，带着谦恭的感激神态离开了。

洛普听说给教会的第二次捐赠后几乎丧失理智。“不幸的男人，”他叫喊道，“我会有什么遭遇呢？我会一点点被抢劫，会给毁了，沦为乞丐！”

1　此处是老人、牧师等对女性的亲切称呼。

妻子让他想到，还剩下无数的财宝，圣弗朗西斯科多么体谅，那么小小一部分就让他满足了。因此，好不容易才让洛普平静下来。

不幸的是西蒙有许多可怜的亲戚需要供养，更不必说约半打脑袋圆圆、身体健全的孤儿和一些贫困的弃儿，他们都受到他的照顾。因此他一天又一天地继续探访，为了圣多明尼克、圣安德鲁和圣詹姆斯恳求帮助，直到可怜的洛普被逼得绝望了。他发现自己将不得不向历法中的每一位圣人奉献谢罪之礼，除非远离神父。于是他决定收拾起剩下的财宝晚上秘密离开，前往王国另一个地方。

他满怀远大计划，并为此买了一匹矮壮的骡子，把它拴在“七楼塔”下面一处阴暗拱道里——据说，贝鲁多或鬼马就在午夜从这里跑出来，在格拉纳达的街上飞奔，后面追着一群地狱犬。洛普不太相信这个故事，但他利用了它所引起的恐惧，知道不可能有谁到下面这个鬼马的马厩里去窥探。他白天把家人送走了，吩咐他们在维加平原上一个远处的村子等他。夜晚降临时，他把财宝运到塔楼下面的拱道里并驮在骡子上，然后把它牵到外面，小心翼翼沿着阴暗的道路下去。

诚实的洛普极其保密地采取各种措施，他只告诉了知心的忠实妻子。然而由于某种不可思议的启示，他的措施还是让西蒙知道了。热心的神父注意到，这些异教徒的财宝即将永远溜出他的掌控，便决心为了教会和圣弗朗西斯科再一次向它们发起冲击。因此，当敲响了安魂钟，整个阿尔罕布拉宫平静下来时，他悄悄溜出修道院，穿过正义之门下去，把自己隐藏在大道边上的玫瑰和月桂丛中。他待在那里，数着瞭望塔上敲响的每一刻钟声，倾听猫头鹰沉闷的叫声，以及从远处吉卜赛人的洞穴里传来的狗吠声。

他终于听见马蹄的声音，透过掩蔽的昏暗树林隐约看见一匹马从道路上下去。想到自己将不无机敏地满足诚实的洛普的要求，身体强健的神父便暗自发笑。

他卷起衣服下摆，像猫观察老鼠一样蠕动身子，一直等到猎物出现在面前。这时他一下从多叶的树丛中冲出去，一只手搁在骡子的肩部，另一只搁在屁股上，做了一个腾跃的动作——即便最老练的马术师也不会为此丢脸——然后身子翻下来，正好两腿叉开骑在骡子上面。“哈哈！”壮实的神父说。“咱们现在看看谁最懂得这把戏吧。”他话一出口骡子就开始踢脚、腾跃和猛撞，然后全速向山下冲去。神父极力阻止它，但一切徒劳。它从一块岩石跳跃到另一块岩石，从一片灌木跳跃到另一片灌木。神父的衣服被撕成碎条，在风中飞舞，树枝很多次重重地打在他那剪过发的头上，也有很多次他的头被荆棘刮伤。更让他恐怖痛苦的是，他发现有七只猎犬正在后面拼命追踪。他发觉实际上自己正骑着可怕的鬼马贝鲁多呢！可为时已晚。

他和鬼马就这样冲下大道，这真像古话所说：“魔鬼和修士都拼命加油！”他们穿过纽瓦广场，顺着扎卡丁向前，绕过维瓦拉布拉——从来没有哪个猎人和猎犬奔跑得如此疯狂，或者发出如此恶魔般的声音。神父祈求历法中的每位圣人，甚至包括圣母，但都徒劳无益。每次他提到类似的名字就像又在快马加鞭一般，使得贝鲁多跳跃得有房子那么高。在余下的夜晚，不幸的西蒙被鬼马驮着东奔西跑，最后他浑身疼痛，皮肤擦伤得相当严重，让人不忍提及。终于一只公鸡发出啼叫，表明新的一天来临。听见这声音鬼马转身朝塔楼飞奔而去。它再次冲过维瓦拉布拉、扎卡丁、纽瓦广场和喷泉大道。七只狗发出吠叫，它们跳起来撕咬惊恐的神父的脚后跟。鬼马驮着神父到达塔楼时刚出现第一缕光线。它猛然抬起后腿，让神父翻着筋斗从空中摔出去，把他抛进黑暗的拱道里，那群恶魔般的狗紧跟上来，经过剧烈的喧闹之后一切悄无声息。

是否有过神父遇到如此恶魔般的鬼把戏呢？有个农民一大早出去干活时，发现不幸的西蒙躺在塔楼脚旁的一棵无花果树下，但是他伤得厉害，痛苦不堪，既不能说话又无法移动。农民极尽小心轻柔地把他弄到自己屋里，对人说他遭到强盗伏击和虐待。过了一两天他的手脚才能动弹。他同时安慰自己，心想，虽然驮着财宝的骡子跑掉了，但他先前已弄到一些异教徒的珍贵物品。他首先关心的是一旦手脚恢复后，他就要搜索小床下面，从虔诚的桑切斯夫人手里弄到的桃金娘环和装有金子的皮袋就藏在那儿。可桃金娘环实际上不过变成了一根枯枝，皮袋里也只是装满沙子和碎石，他发现这种情况时多么沮丧啊！

满怀懊恼的西蒙谨慎地对此闭口不言，因为把秘密泄露出去他就会让公众嘲笑，并且受到上司惩罚：直到许多年以后他临终时，才向告解神父吐露了那天夜里骑上鬼马贝鲁多的事。

洛普从阿尔罕布拉宫消失后很久都没消息。人们始终记得他是一个快乐的伙伴，虽然他神秘消失前大家注意到他焦虑忧愁，担心贫困和悲痛把他逼上了绝路。若干年后他的一个老伙伴——一个残废军人——在马拉加让一辆由六匹马拉的大马车撞倒，差点被碾轧过去。马车停下来，一位衣着华丽、戴有假发的老绅士走下车扶起可怜的残疾人，老绅士的身上佩带着剑。让残疾人惊讶的是，他发现这位显赫的骑士正是老朋友洛普·桑切斯，洛普实际上正在庆祝女儿桑切卡与本地一位大贵人的婚礼。

马车里坐着新娘家的人。桑切斯夫人长得像圆桶一般，用羽饰、珠宝、珍珠项链和钻石项链打扮起来，每只手指上都戴有戒指，整个穿着自从示巴女王时代以后就没见过了。小桑切卡如今已长成一个女人，就其风度和美丽而言，如果不像是一位十足的公主，也会被误认为是公爵夫人。新郎坐在她身旁，他是个两腿干瘪细长的矮小男人，不过这只证明他属于可靠的血统，是一位身高难以超过三腕尺[1]的正统西班牙贵人。这对婚配是由桑切斯夫人促成的。

财富并没有毁掉诚实的洛普的心。他把老朋友留下住了几天，像国王一样款待对方，带他去看戏和斗牛，最后让他高高兴兴离开了。离开时还送了他一大袋钱，另有一袋让他拿去分给阿尔罕布拉宫的老伙伴们。

洛普总是对外说，他在美洲有个富裕的哥哥去世后给他留下一座铜矿。但阿尔罕布拉宫爱说长道短的精明的人坚持认为，他的一切财富源于发现了阿尔罕布拉宫那两尊仙女雕像守护的秘密。人们注意到即便如今，两尊警惕的雕像的眼睛也颇有意味地盯住墙上同一地点，这让许多人猜想那儿仍然有着某种隐藏的财宝，很值得富有胆量的旅行者引起注意。虽然其他人——尤其是所有的女性旅行者——非常自信地把它们看作是如下事实永恒的纪念：女人是能够保守秘密的。

1 腕尺，古时的一种长度单位，自肘至中指端，长约 17~21 英寸。

阿尔坎塔拉骑士团团长的十字军

一天上午，我置身于大学耶稣会藏书室古老的编年史中做研究，偶然读到格拉纳达历史上的一段小插曲，它颇具盲目信仰者的热情特征，此种热情有时将基督徒反击那座壮丽而忠诚的城市的事业点燃。因此，我忍不住把它从被埋没的羊皮纸稿中抽取出来，奉献给读者。

公元1394年，阿尔坎塔拉骑士团[1]有一位英勇虔诚的团长，名叫马丁·亚涅斯·德巴尔武多，他心中燃烧着为上帝效劳和反击摩尔人的强烈愿望。让这位勇敢虔诚的骑士不幸的是，在基督徒与穆斯林政权之间也存在着意义深远的和平。亨利三世刚登上卡斯蒂利亚的王座，优素福·本·穆罕默德则登上格拉纳达的王座，两人都愿意继续保持父辈时留传下来的和平。骑士团团长不满地看着装饰自己城堡大厅的旗帜和武器，它们是他的前辈在英勇壮举中获得的战利品。他还为有着生活在这样一个可耻的和平时期的命运而抱怨。

最后，他变得忍无可忍，由于看不到任何可以参加的公开战争，他便决定自己制造一场小小的战争。至少这是某些古时的编年史家所解释的，不过其他人对于他突然决定参战的动机作了如下描述：

有一天这位骑士团团长与几个骑士坐在桌旁，某个男人突然走进

---

1 西班牙的基督教军人集团，其宗旨是保卫基督教的西班牙，反对摩尔人的侵占。

厅堂，他又高又瘦，面容憔悴，目光炯炯有神。大家认出他是一个隐士，年轻时当过兵，如今在山洞里过着忏悔的生活。他来到桌子旁，用铁一般的拳头击着它，说："骑士们，干吗懒懒散散坐在这里，把武器都靠在墙上，让基督敌人在最美的土地上称王称霸呢？"

"神圣的长者，现在战争已结束，我们的剑被和平条约束缚起来，你要我们做啥呢？"团长问。

"听我说，"隐士回答，"我深夜坐在洞口注视天空时陷入沉思，眼前出现了奇妙的景象。我注意到仅仅是新月的月亮，它像最明亮的银子一样闪闪发光，悬挂在格拉纳达的天空上面。我看着它时，注意到从苍穹里射出一颗闪耀之星，它让天上所有的星跟随在后面。它们向月亮发起攻击，将它从天上赶走。整个天空充满了那颗闪耀之星的光彩。就在我被这奇妙的景象弄得眼花缭乱时，有个长着雪白翅膀、面容发亮的人站在我身边。'啊，隐士，'他说，'去阿尔坎塔拉骑士团团长那里吧，把你看到的景象告诉他。他就是闪耀之星，注定会把象征穆斯林的新月从这片土地上赶走。让他大胆地拔出剑来，继续昔日的佩拉约[1]开始的伟大事业，胜利必然会属于他。'"

骑士团团长倾听着隐士的话，仿佛他是一位天使似的，在所有事上都听从他的忠告。按照他的建议，团长派遣了两位极其勇敢无畏、全副武装的武士，让他们作为使节前往摩尔国王。他们毫无阻挠地进入格拉纳达的大门，因为各国处于和平状态。他们一路到达阿尔罕布拉宫，得以立即来到国王身边，国王在使节殿接见了他们。他们直率、大胆地表明来意。"哦，国王，我们是阿尔坎塔拉骑士团团长派遣来的，

1　西班牙阿斯图里亚斯王国的建立者。

他申明耶稣基督的信仰真诚神圣，而穆罕默德的信仰虚伪可憎。他向你提出单独挑战，两人短兵相接搏斗。假如你拒绝，他就提出用一百名骑士与你的两百名骑士挑战，或者按照同样的比例用一千名骑士，总要让怀有你的信仰的武士多一倍。哦，记住，国王，你不可以拒绝这个挑战，因为你的先知明白不可能靠争论维护自己的信条，他已让追随者们用刀剑武装起来。”

优素福国王气得直吹胡子。“阿尔坎塔拉骑士团团长送出这样的信真是个疯子，”他说，“而你们把信带来也成了无礼的流氓。”

说罢他下令将使节抛进地牢，为其外交活动教训他们一下。使节在被押送去牢房的路上受到民众虐待，他们为这样侮辱自己的君主和信仰极为恼怒。

阿尔坎塔拉骑士团团长得知使节受到虐待的消息，简直无法相信，但是隐士听说后却感到高兴。“上帝让这个异教国王瞎了眼，”他说，“使他看不到自己就要垮台。由于他没对你的挑战作出任何回应，就把这视为他接受了挑战吧。因此，让你的军队做好战斗准备，前往格拉纳达，直至看见埃尔韦拉大门。对你有利的奇迹就要发生，将有一场大战，敌人会被推翻，而你的士兵一个也不会被杀死。”

团长号召每一位热心基督事业的武士支持他的圣战。很快有三百名骑兵和一千名步兵聚集在他的旗下。骑兵都是老兵，他们富有战斗经验，装备齐全，而步兵则缺乏经验，没有纪律。然而，胜利将是神奇的。团长是一位有超凡信念的人，知道手段越是薄弱奇迹越是巨大。因此，他带领一支小部队满怀信心地出发了，隐士大步走在前面，他将十字架高举在一支长杆顶端，下面便是阿尔坎塔拉骑士团的三角旗。

正当他们靠近科尔多瓦城时使节追赶上来，后者快马加鞭带来了卡斯蒂利亚君主的信函，以便阻止他们的冒险行动。团长是个一意孤行的男人，换句话说是个死脑筋。“如果我要完成的是另外的使命，”他说，“我会把这些信函当作是自己国王的，予以服从。可派遣我的是个比国王更强大的势力。为了遵从它的命令，我把反击异教徒的十字架高举到此。如果没有完成使命就返回，那将是对基督旗帜的背叛。”

于是，吹响了号角，十字架被再次高高举起，这群狂热的人继续前进。他们穿过科尔多瓦的街道时，人们吃惊地注意到有个隐士举着十字架走在一群好战的人前面。但当听说他们将取得一个奇迹般的胜利，格拉纳达会被摧毁，那些普通劳动者和技工们便抛开干活的工具，加入到十字军中。而一帮唯利是图的民众也跟在后面，想要掠夺一番。

许多显贵的骑士——他们对所许诺的奇迹缺乏信心，担心这样无缘无故闯入摩尔人的领地会造成不良后果——聚集在瓜达基维尔河的桥边，极力说服团长不要过去。他对一切恳求、劝告或威胁充耳不闻。他的追随者被这反对基督事业的行为激怒，他们叫嚷着阻止了协商会谈，再次把十字架高举起来，并耀武扬威地跨过了桥。

队伍越向前行进人数越多。骑士团团长到达俯瞰格拉纳达维加平原的山上的阿尔卡拉时，有五千多人步行加入到他的旗下。

科尔多瓦的阿隆索·费尔南德斯——他是阿圭勒的领主——来到阿尔卡拉，另有他的兄弟、卡斯蒂利亚的司令官迪弋·费尔南德斯，以及其他英勇顽强、富有经验的骑士。他们把团长挡住。“你这是在发什么疯呢？”他们说，“摩尔国王在他的城墙内有两万名步兵和五万名骑兵，你和你这点骑士带着一帮吵闹的乌合之众能拿如此强大的军队怎样？想想其他基督指挥官遭遇的灾难吧，他们曾经带领多达你军队十倍的人穿过这些岩石丛生的边界。也想想你这样一位身为阿尔坎塔拉骑士团团长的高贵重要的人，通过类似暴行将给这个王国造成的伤害吧。在休战协定尚未打破时，我们请求你暂时停下，在边界以内等待格拉纳达国王对你挑战的回应。假如他同意与你单挑，或者让你与两三个勇士搏斗，那将是你个人的比拼，你就以上帝的名义去打吧。但假如他拒绝，你便可以非常荣耀地回来，摩尔人也将会蒙上耻辱。”

这些劝告打动了几位至此忠诚热情地跟随团长的骑士，他们建议他听从告诫。

“骑士们，”他对科尔多瓦的阿隆索·费尔南德斯及其同伙说，“我感谢你们如此和蔼地给予我忠告，假如我只是追求个人的荣耀，我会为此动摇的。不过我所要取得的是基督信仰的伟大胜利，而上帝将通过我的努力使这一胜利奇迹般地实现。至于你们，骑士，”他转向那些动摇的追随者，“如果你们失去了勇气，或者后悔参加这项伟大的事业，那么以上帝的名义回去吧，我祝福你们。就我自己而言，即使只有这位圣洁的隐士支持我，我也一定会继续向前，直到把这面神圣的旗帜插到格拉纳达的城墙上，或者我在这样的努力中献身。”

“马丁 · 亚涅斯 · 德巴尔武多，”骑士们回答，“我们并不是要背离指挥官的男人，无论他的行为多么轻率。我们只是提出告诫。所以带领我们继续向前吧，假如最终会死亡，请放心我们会跟随你走向死亡的。”

这时普通士兵变得焦躁起来。“向前！向前！”他们喊道，“为了基督信仰的事业向前。”于是团长发出信号，隐士又把十字架高高举起，他们一边唱着庄严的胜利之歌，一边从大山的隘路上冲下去。

那晚他们在亚速尔斯河边扎营，次日早上是星期天，他们跨过了边界。他们先在岩石上的孤塔旁停下，这是一座守望边界、发出入侵消息的前哨，它因此被称为间谍塔。团长在塔前停住，叫喊稀少的驻军投降。回应他的是雨点般的石头和箭，使他的一只手受了伤，并打死他三个部下。

“这是怎么回事呢？神圣的长者？”他问隐士，“你保证说我的部下一个也不会被杀死！”

“确实，我的孩子。不过我指的是在异教国王的大战役当中。夺取一座小塔需要什么奇迹相助呢？”

骑士团团长这下满意了。他命令将木材堆到塔门上，把它烧垮。与此同时粮食从驮骡上卸下来，十字军战士们退到箭射不到的地方，在草地上坐下用餐，以便增强力量，为这艰险的战斗作好准备。正当他们这样忙着时，突然出现了一大群摩尔人，使他们大为吃惊。原来一座座瞭望塔从山顶上发出“敌人越过边界”的警报，格拉纳达国王已出动大批军队前来抗击。

十字军战士几乎遭到袭击，他们赶紧拿起武器准备战斗。团长命令三百名骑士下马，增援步兵。然而摩尔人突然地冲过来，把骑士与步兵隔开，阻止他们会合。团长发出昔日的战斗呐喊：“圣地亚哥！圣地亚哥！包围西班牙！”他与骑士们勇敢地面对激烈的战斗，但是被无数的摩尔人包围，遭到箭、石头、飞镖和火绳枪的猛烈攻击。不过他们仍然无畏地拼搏着，杀死不少敌人。隐士卷入到最激烈的战斗里。他一只手拿着十字架，另一只手挥舞着剑，像个杀人狂似的乱刺一气，杀死了几个敌人，最后他遍体鳞伤地倒在地上。团长看见他倒下去，当他看到隐士荒谬的预言时已经晚了。然而，绝望只让他搏斗得更加猛烈，直至他被众多敌人打死。忠诚的骑士们也像他一样满怀神圣的战斗热情，没一个人背离他或者乞求怜悯，所有人都战斗到阵亡。至于步兵，许多人被杀死，也有许多人被俘虏，其余的逃到阿尔卡拉。摩尔人前来劫掠死者身上的东西时，发现骑士们身上的伤全部在身体前面。

这便是疯狂的冒险行为带来的巨大灾难。摩尔人予以夸耀，称这决定性地证明了其信仰更加神圣不可侵犯，国王凯旋着回到格拉纳达时，他们把他吹捧上了天。

由于此事令人满意地表明这场十字军战斗是个人的冒险行为，与卡斯蒂利亚国王明确的命令相违背，所以两个王国仍然保持着和平。而且，摩尔人对不幸的骑士团团长的英勇行为表示了敬意之情，他们乐意把他的遗体交给科尔多瓦的阿隆索·费尔南德斯，他专程从阿尔卡拉赶来领尸。前线的基督徒共同向他的亡灵最后表示忧伤的致意。他的遗体覆盖着阿尔坎塔拉骑士团的三角旗，被放在灵柩上面。那副破裂的十字架——它象征着他满怀信心的希望与致命的失望——被置于灵柩前面。就这样，他的遗体在送葬队伍的护送下被带回去，走过了他曾非常坚决毅然地穿越的山区。无论队伍途经哪里，无论穿过一座城镇还是乡村，民众都会流下眼泪悲叹着跟在后面，他们把他当作基督信仰的一位英勇骑士和烈士予以哀悼。他的遗体被埋葬在阿莫科瓦的圣马利亚修道院的小教堂里，在他的坟墓上，仍然可见用奇特古老的西班牙文刻着如下表明他英勇无畏的文字：

这里安息着一位永不知畏惧的人

西班牙人的浪漫

我在逗留于阿尔罕布拉宫的下半段时间里，常下去一头钻进大学耶稣会藏书室，越来越喜欢阅读古老的西班牙编年史，我在这里发现它们都是羊皮纸封面。我喜欢奇特的历史故事，它们论及穆斯林在这座半岛上获得立身之地的时期。尽管他们固执，时而不够宽容，但他们不乏高尚的行为和慷慨的情感，有着高贵、美好的东方情调，而这在当时的其他记载中是见不到的，它们全是关于欧洲的历史。事实上，甚至如今西班牙也是一个与众不同的国家，在历史、习惯、风俗和思维方式上与其余整个欧洲分离。这是一个浪漫的国家，但其浪漫绝没有现代欧洲浪漫的那种多愁善感。它的浪漫主要源自东方那些灿烂耀眼的地区，源自高尚的撒拉逊人[1]富有骑士精神的群体。

阿拉伯人的入侵与征服，将更高级的文明与更高尚的思维方式带入了具有哥特式风格的西班牙。阿拉伯人是个机智灵敏、聪慧自豪、富有诗意的民族，他们深受东方的科学与文学影响。他们无论在哪里建立起权力中心，它都会成为博学多才、富于独创的人聚集的地方。他们也使被征服的人民变得温和文雅。渐渐地，他们的占领似乎使其

1 广义上则指中古时代所有的阿拉伯人。这些沙漠牧民突然在 7 世纪兴起，并在一百五十年之间建立了一个广阔的帝国。

有了在这片土地上立足的世袭权利。他们不再被看作是侵略者，而被视为彼此竞争的邻居。这座半岛被分割成各种政治集团，既有基督徒又有穆斯林，几个世纪来成为一个巨大的战场。在这里研究战争术仿佛成了人们主要的大事，其富于浪漫的骑士精神达到最高峰。最初彼此敌对的根基和双方信仰的差异，逐渐没有了敌意。邻近的、信仰对立的政治集团，无论攻击性的还是防守性的偶尔会组成联盟，因此会看见十字架和新月标志排列在一起，对付共同的敌人。另外，在和平时期两种信仰的贵族青年会前往相同的城市，无论信仰基督教还是伊斯兰教，他们在那里学习兵法。即便在血腥战争暂时的休战中，不久前还在战场上殊死搏斗的武士，也一时抛开敌意，在马上比武、竞技和其他军事庆典中相遇，他们会相互表现出温和大方的礼节。

因此，在和平的交往中，两个彼此相对的民族常常融合在一起，或者假如发生对抗，也表现出了崇高的礼节和更加高尚的行为，这是富有修养的骑士所具有的特征。信仰对立的武士们，一心要在慷慨大方和英勇顽强上超越对方。的确，那些骑士的美德得到提炼，有时达到苛求强行的程度，不过在其他时候又高尚感人得无法形容。关于令人激动的礼节、富于浪漫的慷慨、十分高尚的无私，以及一丝不苟的道义，当时的编年史中有许多著名的事例，让读到的人心里暖暖的。它们给民族的戏剧和诗歌提供了题材，或者在普遍传播、犹如人们的呼吸一样的歌谣里受到赞美，因而得以继续对民族性产生影响，它经过几个世纪的兴衰变迁并未遭到破坏。所以，尽管西班牙人即便在今天也有不少缺点，但就许多方面而论，他们在欧洲也是最为高尚、自豪的民族。不错，那种产生于我所提及的源头的浪漫情感，也像所有其他的浪漫一样有其造作和极端。它使西班牙人有时变得自大和浮夸，易于将名誉问题排除在冷静的理智与健全的道德之外，易于在面对贫困时装出一副大绅士的样子，像个君主一般地蔑视那些“机械技术”和所有平民生活中有利的追求。但这种精神的膨胀虽然让他们的大脑充满幻想，使他们超越了太多卑微的东西，使他们常常陷入贫乏的处境，不过也总是使其免于庸俗。

如今，当通俗文学进入生活的低层，津津乐道于人类的恶习与愚行时，当对利益普遍的追求践踏着诗意情怀早期的发展，并将心灵的绿地耗尽时，我问：读者不时转向有关更加自豪的时期和更加高尚的思维方式的记录，让自己深深沉浸在古老的西班牙人的浪漫之中，是否没有益处呢？

有了这些预先的提示，有了早上在大学古老的耶稣会藏书室里阅读、思考的收获，我将根据所提及的某一珍贵的编年史，向读者讲述一个相关的传说。

唐穆尼奥·桑丘的传说

在卡斯蒂利亚西洛斯的圣多明哥古老的本笃会修道院内，有一些曾经强大的伊诺霍萨骑士家族的遗迹，它们虽然腐朽衰败，但却十分壮观。其中斜倚着一位骑士的大理石雕像，他全副武装，双手像在祷告似的合在一起。在他的坟墓一边雕刻着一队基督骑士，他们捕获了一些男的和女的摩尔人。另一边同样雕刻着骑士，他们跪拜在祭坛前面。坟墓也像周围的多数遗迹一样，差不多成为废墟，雕刻几乎无法辨认——除了在古物研究者锐利的目光里。然而，与这座墓相关的故事仍然保存在昔日的西班牙编年史中，其大意如下。

几百年前，曾有一位高贵的卡斯蒂利亚骑士，他就是伊诺霍萨家族的唐穆尼奥·桑丘，是一座边境城堡的首领，他曾多次阻止摩尔人的袭击。他的卫队有七十名骑兵，无不有着卡斯蒂利亚人古老的顽强精神。他们个个都是地道的武士、坚强的骑手，有着钢铁般的意志。他带领他们奔驰在摩尔人的领地上，让自己的名字在整个边界令人畏惧。在他的城堡厅堂里挂满了旗子、弯刀和穆斯林的头盔，它们是他英勇地夺取的战利品。而且，唐穆尼奥还是个机敏的猎人，他喜欢各种猎犬、猎马和高翔的猎鹰。在没有战事的时候，他喜欢去附近的森林里搜寻猎物。他骑马出去总要带上猎犬和号角，手里拿着一支猎猪标枪，或者拳头上带着一只鹰，另有一队猎人跟随在后。

他妻子玛丽亚·帕拉辛夫人是个温和胆小的人，她几乎不适合做一个如此胆大冒险的骑士的配偶。当他出发采取大胆的冒险行动时，可怜的女人流了不少眼泪，她极力为他的安全祈祷。

有一天这位刚强的骑士打猎时，停留在一片绿色森林边的丛林里，让随从分散去惊动猎物，以便将其赶到他停留的地点。他刚在那儿不久，就有一队摩尔男女骑着马从森林草坪上腾跃过去。他们没带武器，穿着华丽的织锦和刺绣长袍，穿戴着富贵的印度披肩和金制手镯、脚镯，以及在阳光下闪闪发亮的珍宝。

有一位年轻骑士骑着马行进在欢快的队伍前面，他的举止、风度比其余的人更加体面、高贵，服饰也更加华丽。他身旁有个年轻女子，她的面纱被微风吹开，显露出一张美丽无比的面容。她的眼睛带着少女的羞涩盯住下面，不过露出了温柔喜悦的光彩。

唐穆尼奥感谢幸运之星给自己送来这样的奖赏，他非常高兴地想到，要将从这些异教徒手里夺来的闪闪发光的战利品给妻子带回去。他用力吹响号角，让号角声回响在森林里。随后猎人们从各个方向赶回来，吃惊的摩尔人被团团围住，成为俘虏。

摩尔美女绝望地绞着双手，她的女侍们发出极其尖厉的喊叫。只有年轻的摩尔骑士显得泰然自若，他询问带领这支骑兵的基督骑士叫什么名字。得知是伊诺霍萨家族的唐穆尼奥·桑丘时，他的脸上露出喜色。他朝骑士走过去，吻着对方的手，说："唐穆尼奥·桑丘，您的名声我听说过，您是个真正英勇无畏的骑士，在使用武器方面令人可怕，而在高贵的骑士美德方面也训练有素。我确实相信在你身上会发现这些东西。你眼前的我名叫阿巴迪尔，是一位摩尔要塞司令的儿子。我正同这位女士前去举行婚礼，偶然落到您手里，不过我相信您是宽宏大量的。把所有这些金银珠宝都拿去吧，提出您认为恰当的赎金，但请别对我们羞辱无礼。”

善良的骑士听到这个请求，看见一对漂亮的年轻人，他受了感动，心变得温柔宽容起来。“上帝不允许我阻止这个幸福的婚礼。”他说，“在十五天里你们确实会成为我的囚犯，将被监禁在我的城堡内，我作为征服者有权利为你们举行婚礼。”

说罢，他派遣一名最快的骑手先赶回去，告诉玛丽亚·帕拉辛夫人这支举行婚礼的队伍将要到达。同时他和自己的猎人们护送着队伍——不是作为抓捕者，而是作为仪仗队。就在他们走近城堡时旗子悬挂出来，号角在城垛上吹响。他们走得更近一些后，吊桥被放下去，玛丽亚夫人在小姐、骑士、男侍和艺人的陪同下走上前迎接。她拥抱年轻的新娘阿里法，带着姐妹般的温柔吻新娘，然后把她领进城堡。与此同时，唐穆尼奥向各处发出信函，从周围地区收集各种美味佳肴，让这对摩尔情人的婚礼尽可能举行得既隆重又喜庆。十五天时间里城堡沉浸在一片狂欢之中。人们在圆形场地举行手持长矛骑马比武和竞技，也举行斗牛和宴会，并伴随着艺人的音乐跳舞。十五天结束时他还送了新娘、新郎华贵的礼物，把他们及其随从安全带过边境。在往昔，这便是西班牙骑士所表现出的礼节与慷慨。

这次事件后过了几年，卡斯蒂利亚国王让贵族们在一次反击摩尔人的战斗中相助。首先应召的人当中就有唐穆尼奥·桑丘，他带领七十名骑兵，他们全是坚强忠诚、身经百战的武士。妻子玛丽亚夫人搂住他的脖子。“唉，夫君啊！”她大声说，“你要多少次拿自己的命运去冒险呢，你对荣耀的渴求什么时候才会满足呢！”

“再打一仗，”唐穆尼奥回答，“为了卡斯蒂利亚的荣誉再打一仗。

我在此发誓，这一仗结束后我会放下剑，然后带领骑士去耶路撒冷耶稣基督的陵墓朝拜。”骑士们同他一道发誓，这在一定程度上让玛丽亚夫人心里得到安慰。不过看见丈夫离开时她仍然心情沉重，她用一双忧愁的眼睛注视着他的旗子，直到它消失在森林里。

卡斯蒂利亚国王率领军队来到萨尔马纳拉平原，并在昂克尔斯附近与摩尔军队交战。战斗持久而残酷。基督徒不断动摇，又不断被指挥官极力聚集起来。唐穆尼奥遍体鳞伤，可他拒绝退出战场。基督徒最终撤退了，国王被紧追不舍，面临被捉住的危险。

唐穆尼奥让骑士们跟随自己前去营救。“现在是证明你们忠诚的时候了！”他喊道：“像勇敢的男人一样倒下吧！我们为真正的信仰而战，假如在此失去生命，我们以后会获得更美好的生命。”

他带领自己的人冲到国王和追击者之间，阻止了后者，让君主有了逃走的时间。不过他们却成为忠诚的牺牲品，所有人都战斗到最后一息。唐穆尼奥被一个强有力的摩尔骑士挑出搏斗，但他右臂受了伤，十分不利，最后被杀死了。战斗结束后，那个摩尔人停下来从这位令人敬畏的基督武士身上夺取战利品。然而，他解开头盔时看到唐穆尼奥的面容，捶着胸口大叫起来。“我真是不幸啊！”他哭泣道：“我杀死了自己的恩人！他有着最优秀的骑士美德！他是一位最宽宏大量的骑士！”

战斗在萨尔马纳拉平原上激烈进行时，玛丽亚·帕拉辛夫人待在城堡里，她万分焦虑不安。她两眼盯住从摩尔人的领地里延伸过来的道路，经常问塔楼上的守卫：“你看见什么了吗？”

一天傍晚，在朦胧的黄昏时刻守卫吹响号角。“我看见一支人数不少的队伍沿着山谷弯弯曲曲走过来，里面有摩尔人和基督徒。我们首领的旗子举在前面。这是让人高兴的消息！”老总管此时叫道，“主人凯旋而归，还带回了俘虏！”然后城堡院子里回响起欢呼声。旗子飘扬起来，号角吹响，吊桥放下了，玛丽亚夫人在小姐、骑士、男侍和艺人的陪同下走出去，迎接从战场上归来的夫君。可是等队伍走近时，她注意到有一副覆盖着黑色天鹅绒的豪华灵柩，天鹅绒上面躺着一位武士，他好像睡了一般：他穿着盔甲、戴着头盔躺在那儿，手里握着剑，犹如一位从未被征服的人。灵柩周围是伊诺霍萨家族的纹章。

许多摩尔骑士护送着灵柩，他们戴着哀悼服丧的标志，面容沮丧。其头领扑倒在玛丽亚夫人的脚旁，他双手蒙住脸。夫人注意到他就是勇敢的阿巴迪尔，她曾经欢迎他和他的新娘去自己城堡。可他现在却带回了她丈夫的遗体，他在战斗中无意地把她的夫君杀死了。

摩尔人阿巴迪尔自己出资，在圣多明哥修道院里为唐穆尼奥建造了坟墓，以此略为证明自己为仁慈的骑士之死感到悲哀，并对骑士的名望表示敬意。温柔、忠诚的玛丽亚夫人不久也跟随夫君进了坟墓。在他坟墓旁边的小拱门的一块石头上刻着如下铭文：“这里安息着伊诺霍萨家族的穆尼奥·桑丘的妻子玛丽亚·帕拉辛。”

关于唐穆尼奥·桑丘的传说并没随着他的死亡而终止。就在萨尔马纳拉平原发生战斗的那天，耶路撒冷圣殿的一位牧师站在外大门时，注意到一队仿佛朝拜的基督骑士走近。牧师是西班牙本土人，就在朝拜者们走近之际，他认出最前面的是伊诺霍萨家族的唐穆尼奥·桑丘，先前他们彼此很熟悉。他急忙去找到主教，说有一些可敬的朝拜者到了门口。因此主教带领一大支由牧师和僧侣组成的队伍，怀着应有的敬意迎接朝拜者。除首领外有七十名骑士，个个都是高贵、地道的武士。他们手里拿着头盔，面容如死一般苍白。他们谁也不招呼，也不左顾右盼，而是直接进入小教堂，并跪拜在救世主的墓前，默默地祈祷。他们结束后站起身，好像要离开，主教和随同人员走上前去对他们说话，可他们却再也不见了。人人都感到惊讶，不知这样的奇观意味着什么。主教仔细记录下这个日子，并派人去卡斯蒂利亚打听诺霍萨家族的唐穆尼奥·桑丘的消息。他得到回复说，就在那天可敬的骑士和他的七十名随从战死了。因此，那些人一定是基督武士们圣洁的幽灵，它们前去履行向耶路撒冷的圣墓朝拜的誓言。这便是昔日卡斯蒂利亚人的信仰，即使在阴间也要信守诺言。

如果有谁不相信这些幽灵骑士奇迹般地出现过，那么请他查阅一下博学虔诚的弗雷·普鲁登西奥·德桑多瓦尔[1]写的《卡斯蒂利亚与莱昂国王史》，作者是潘普洛纳的主教。读者会发现在书中一百零二页的“唐阿隆索六世史”里记录着此事。这是一个珍贵的传说，不要轻易丢弃给怀疑的人。

1 西班牙历史学家和本笃会僧侣（1553—1620）。

穆斯林的安达卢西亚的诗人与诗

我逗留于阿尔罕布拉宫的后半期里，得士安的那位摩尔人不止一次前来拜访，我同他在一座座厅堂和庭院里漫步，请他向我解释那些阿拉伯铭文，为此深感有趣。他极力解释得忠实一些，可是他尽管告诉了我其中的思想，但却为传达此种高雅美丽的语言所包含的意义感到失望。他说，诗歌的韵味在翻译中完全丧失了。然而他已传达出足够的信息，增加了我对这座非凡建筑令人愉快的联想。也许，从没有哪座历史遗迹像阿尔罕布拉宫这样体现出时代和民族的特征。它的外观是一座粗糙的要塞，里面却是一座给人感官享受的宫殿。它的城垛上显露出险恶的战争迹象，但诗歌的气息却弥漫在建筑得如仙境般的厅堂。当穆斯林的西班牙在信仰基督教的、尚处于蒙昧中的欧洲是个闪光之地时，你会无法抗拒地对那个时期产生想象——它外在是一个为生存而战、不乏武士精神的政权，内在却是一个致力于文学、科学和艺术的王国，在这里人们满怀热情地发展哲学，使其变得微妙而高雅；在这里感官的享受为思想与想象的享受所超越。

我们得知，阿拉伯的诗歌在西班牙的倭马亚王朝统治下达到极其辉煌的程度，它很久以来将西方的阿拉伯帝国的权力与光辉集中于科尔多瓦。那个杰出家族中的不少君主本身就是诗人，在其最后的诗人里有一位就是穆罕默德·阿文·阿布德拉曼。他在著名的阿萨阿拉宫殿和花园里过着奢侈享乐的生活，置身于一切能够激发想象、愉悦感官的环境当中。他的宫殿成为诗人们常去的地方。他的高官伊本·哲登[1]被称为穆斯林的贺拉斯[2]，因为他创作出精美高雅的诗歌，人们甚至在东方的哈里发的大厅里热情洋溢地背诵它们。这位高官深深爱上穆罕默德的女儿瓦拉达公主，她是父亲宫廷里的偶像，也是一流的女诗人，以其美貌与天资而闻名。如果说伊本·哲登是穆斯林的贺拉斯，那么她便是莎孚[3]。公主成为这位高官颇富于激情的诗歌所描写的对象，尤其是他给她写了一封著名的书信，史学家阿希–莎凯迪断言就表现出的柔情与忧思而论，它是无与伦比的。诗人的爱情是否幸福，我所查阅的作家并没说明。不过人们会暗示公主既是美丽的又是谨慎的，她使得许多情人发出徒劳的叹息。事实上，在萨阿拉宜人的住所产生过不小影响的爱情与诗歌，在一次民众的暴乱中丧失了。穆罕默德带着他的家人逃往托莱多附近的昂克尔斯，他在那里被背叛的要塞司令毒害，由此失去了倭马亚家族中最后的一位诗人。

这个将一切集中于科尔多瓦的辉煌的王朝虽然衰败了，但对于摩尔人的整个文学却是有利的。

“在它的项链断裂、珍珠散落之后，”阿希–莎凯迪说，“一个个小国的国王便将贝尼·欧米亚的遗产瓜分了。”

他们相互竞争，一心要让自己的首府有许许多多的诗人与学者，并且无比慷慨地奖赏他们。这些人便是塞维利亚的贝尼·阿巴德著名家族的摩尔国王。“水果、棕榈树和石榴与他们同在。”那位作家说。

1 原文为“Ibn Zeydun”。

2 古罗马诗人、批评家。其美学思想见于写给皮索父子的诗体长信《诗艺》。

3 古代希腊的女诗人。

他们的散文和诗歌成为人们辩论的中心。他们统治的每一天都是一个庄重的庆典，其历史充满了慷慨的举动与英勇的行为，它们将会穿越后来的时代，永远留在人们的记忆中！”

但是就文明与高雅而论，从西方哈里发的垮台中最受益的莫过于格拉纳达。它继承了科尔多瓦的辉煌，而在富于浪漫的美方面又有所超越。它气候宜人——从白雪覆盖的大山吹去的微风，暖和了南方夏日的炎热——山谷宁静惬意，树林和花园十分茂盛，这一切使人舒心，易于让人产生爱与诗意。因此格拉纳达便活跃着很多爱情诗人，因此便有了一首首热情的颂歌，它们讲述爱情与战争的故事，用富于骑士美德的花环将严酷的刀枪、搏斗装点。那些颂歌至今成为西班牙文学令人骄傲和喜悦的东西，它们不过是关于爱情与骑士精神的叙述所发出的回音，一度给安达卢西亚的穆斯林宫廷带去欢乐。有一位格拉纳达的现代史学家声称他在其中发现了西班牙韵文的起源，以及吟游诗人“快乐科学”[1]的范例。

在格拉纳达无论男女都对诗歌给予培育。“假如真主，”阿希－莎凯迪说，“并不赐予格拉纳达其他恩惠，只让它成为众多女诗人的发源地，那么这也足以使它变得荣耀起来。”

在最著名的诗人当中有哈弗斯莎，老编年史家说，她以其美貌、天资、高贵和富有而闻名于世。我们只在某些诗中读到她遗留下来的诗，那是写给她的情人艾哈迈德的，诗回顾了他们在毛玛尔花园一起度过的某个晚上。

“真主赐给了我们一个幸福的夜晚，而他是从来不会赐给邪恶、

1　指诗歌，尤指情诗。

可耻者的。我们看到毛玛尔花园的柏树在山风吹拂下轻轻点头——芬芳的和风散发出紫罗兰的气息：鸽子在树林中低语着爱情，紫花罗勒把树枝倾向清澈的小溪。”

在摩尔人中，毛玛尔花园以其小溪、泉水、花儿尤其是柏树而闻名。其名字来自阿布杜拉的一位高官，他是阿文·哈布兹的孙子，格拉纳达的苏丹。在这位高官管理下许多极其壮观的公共设施得以完成。他修建了一条渡槽，水从阿尔法卡尔山经过它灌溉城市北边的丘陵和果园。他还修建了一条柏树林荫道，为抚慰忧愁的摩尔人建造了一些芬芳宜人的花园。“毛玛尔的名字，”阿尔坎塔拉说，“应该用金字在格拉纳达保存下来。”由于它与他所修建的花园有联系，并且在哈弗斯莎的诗里提到，所以它或许得到妥善保存。一位诗人偶然说出的话，多么经常变得不朽啊！

也许读者好奇，想知道哈弗斯莎和她情人的故事，它与格拉纳达的美丽地方之一有着联系。即使穆斯林的西班牙最光彩的名字和天才也笼罩在黑暗与遗忘里，如下是我能从中抢救出的所有细节。

艾哈迈德和哈弗斯莎活跃于伊斯兰教教元 6 世纪，基督纪元 12 世纪。艾哈迈德是阿尔卡拉的要塞司令的儿子。他父亲本想让他过一种公务的和军人的生活，让他做自己的副官，可是年轻人有着诗人的气质，更乐于在格拉纳达令人惬意的居所过有文化修养、舒适自在的生活。在这里他置身于富有品位的艺术品和学者们的著作中。他把时间分为学习研究和社交享受。他喜欢户外运动，养着马、鹰和猎犬。他致力于文学，因学识广博而闻名，他的散文和诗歌以其美为人颂扬，人人夸口称赞。

他有一颗温柔敏感的心，颇能感受到女人的魅力，成为哈弗斯莎忠实的情人。他们的感情是相互的，真诚的爱情似乎很顺利。两个情人都年轻，在美德、名望、地位与财富方面不相上下，他们既爱对方的人又爱对方的才，而且居住在成为爱情和诗歌的王国之地。他们之间进行着诗意的交流，这成为格拉纳达令人高兴的事情。他们不断交换诗歌与书信，“其诗作，”阿拉伯作家毛卡里说，“像鸽子的语言一样动听。”

正当他们处于最幸福的时候，格拉纳达政府发生了一个变化。那是在阿特拉斯山的一个柏柏尔部落穆瓦希德时期，那时它控制了穆斯林的西班牙，把政府所在地从科尔多瓦迁移到摩洛哥。苏丹阿布德穆曼通过自己的总督和要塞司令统治着西班牙，并任命儿子西迪·阿布·赛义德为格拉纳达总督。他儿子以王室成员的身份、显赫地位与专制，用父亲的名义统治着。由于他是个异乡客，有着摩尔人的血统，所以他设法加强自己的实力，将阿拉伯族那些孚人众望的人吸引到周围。为达到此目的，他任命当时名气达到高峰的艾哈迈德为自己的高官。艾哈迈德本来要拒绝这个职位，但总督十分专断。前者对那些职责感到厌烦，藐视其制约。一次他与一些快乐的同伴带鹰出猎，诗歌激情迸发出来，为摆脱了一个专横君主的束缚欣喜若狂，就像一只鹰挣脱脚带、随心所欲地翱翔一样。

有人把他的话转达给西迪·阿布·赛义德。“艾哈迈德藐视制约和您的权威。”传信者说。诗人立即被解除职务。失去一个讨厌的官位，对于有着他那种快乐性情的人毫无苦恼。但他不久发现自己被免职的真正原因。原来总督成了自己的情敌，他曾见过哈弗斯莎并爱上她。更糟糕的是，哈弗斯莎为自己征服了总督变得眼花缭乱似的。

一段时间艾哈迈德怀着嘲笑对待此事，并利用了阿拉伯人和摩尔人之间存在的偏见。西迪·阿布·赛义德是个皮肤呈深橄榄色的人。“你怎能忍受那个黑家伙呢？”他轻蔑地对哈弗斯莎说，“真主在上，我在奴隶市场花二十第纳尔[1]就能给你买个比他好的人。”

这一嘲笑传到了西迪·阿布·赛义德耳里，使他心里觉得怨恨。

在其他时候，艾哈迈德也感到忧伤，易于产生苦恼，他回忆着往日幸福的情景，责备哈弗斯莎反复多变，并用绝望的语气警告她说，她可能会成为自己死亡的原因。她没有对他的话引起注意。女诗人想到让苏丹的儿子做了自己的情人而想入非非。

艾哈迈德因嫉妒和绝望变得疯狂起来，他参加了一次对统治王朝的谋反。但是行动被发现，同谋者们逃离格拉纳达。有的人逃到山上的一座城堡，艾哈迈德则躲避在马拉加，打算乘船去瓦伦西亚。他也被发现，并且戴上枷锁投入牢房，等候西迪·阿布·赛义德的决定。在监狱里时有个侄子去看望他，根据记载这个侄子对此次见面留下过一番描述。年轻人看见有名的亲戚不久前还如此成功、荣耀，现在却像个坏人似的被戴上枷锁，痛苦得流下眼泪。

“你哭什么呢？”艾哈迈德问，“这些眼泪是为我流的吗？为我这个享受了世界所能给予的一切的人？别为我哭泣。我已经享受了幸福：吃过最好的美味佳肴，用水晶杯畅饮，睡羽绒床，穿最富贵的丝绸和锦缎，骑最快的骏马，享有最美的女子的爱。快别为我哭泣。我目前的逆境只是不可避免的命运而已。我已犯下无望获得宽恕的行为，只得等待惩罚。”

他的预感是对的。只有情敌的鲜血才能让西迪·阿布·赛义德

1 伊拉克等国的货币单位。

的报复得到满足，不幸的艾哈迈德于伊斯兰教教元 559 年 6 月（公元 1164 年 4 月）在马拉加被斩首。负心的哈弗斯莎听到这个消息后深感悲哀后悔，她穿上了丧服。她回忆起他警告的话，责备自己害死了他。

关于哈弗斯莎后来的命运我没有更多线索，只知道她 1184 年死于摩洛哥，比她的两个情人都活得长，因为西迪 · 阿布 · 赛义德 1175 年在摩洛哥死于瘟疫。他曾在格拉纳达的赫尼尔河岸建造了一座宫殿，里面保存着他的宅第的纪念遗迹。毛玛尔花园——它是艾哈迈德和哈弗斯莎早年生活的场景——已不复存在，其位置古物研究者可在诗歌研究中发现。

关于上述情况的权威著作有：阿尔坎塔拉著《格拉纳达史》、毛卡里著《穆罕默德史》《西班牙各个朝代》、加扬戈斯著《关于西班牙各个朝代的说明与插图》、加扬戈斯所引伊布鲁·卡提布著《人名词典》和康德著《阿拉伯人在西班牙的统治史》。

一次为获取证书的出行

在阿尔罕布拉宫的家庭生活中有一件很重要的事，这便是安东尼娅夫人的侄子曼纽尔出行去马拉加参加医师资格考试。我已告诉读者，他的婚姻以及他本人和表妹多洛雷丝未来的命运很大程度上取决于他成功获取学位。至少马特奥·西曼乃斯私下这么对我说，而各种情况也证实了他提供的信息。然而，他俩的求婚进行得十分隐秘谨慎，假如不是颇善于观察的马特奥提醒我，我想我几乎发现不了。

就目前的情况而论，多洛雷丝已没有那么矜持了，几天来她忙于为真诚的曼纽尔的出行做安排。她已为他准备好所有的衣物，并且极其整齐地打好包，尤其是她亲手为他制作了一件漂亮的安达卢西亚人穿的旅行服。在约定他出发的早上，一匹供旅行骑用的壮实的骡子显耀地停在阿尔罕布拉宫大门口，伤残老兵蒂奥·保罗（保罗叔叔）给它穿上骡衣。老兵是这里一个奇特的人，他的面容像皮革一样，在热带地区晒得黑黑的。他长着长长的鹰钩鼻和蟑螂眼。我经常看见他读一本羊皮纸装订的旧书，显然颇有兴趣的样子。有时一些伤残的战友围在他身边，他们有的坐在胸墙上，有的躺在草地上，专心听他缓慢从容地读着自己特别喜欢的书，时而停下来为不太明了的听者解释或详细说明。

一天我利用机会了解了一下这本古书，它似乎是他的袖珍指南。

我发现这是贝尼托·赫罗尼莫·费霍神父写的一本奇书，论及西班牙的巫术、萨拉曼卡和托莱多神秘的洞穴、圣帕特里克的炼狱，以及其他类似神秘的问题。从此我便关注起这个老兵。

眼下，我有趣地观察着他以一个老手的一切先见之明装备着曼纽尔的骡子。首先，他用不少时间把古式笨重的骡鞍往后调整，它的前后较高，摩尔式的马镫像铲子，整个看起来像阿尔罕布拉宫老军械库的一件遗物。然后他把一张有羊毛的羊皮铺到较深的鞍座上。然后他把多洛雷丝亲手整整齐齐包装好的牛皮袋扣在后面。然后他把一张马毯当作斗篷或垫子覆盖在上面。然后是极其重要的鞍袋，他小心地把它装上干粮，连同马靴和装酒水的皮瓶挂在前面。最后是火筒，老兵把它挂在后面，还向它祝福。这犹如古时装备一位将去维瓦拉布拉参加突袭或比武的摩尔骑士一样。要塞的许多流浪汉和一些伤残军人聚集在周围，他们全都观看着，全都提出帮助，全都给予建议，让蒂奥·保罗大为烦恼。

一切准备妥当后曼纽尔告别家人。他上马时蒂奥·保罗抓住马镫，调整一下肚带和马鞍，用军人的方式欢送他。这时曼纽尔转向多洛雷丝，她站在那里赞赏着骑马小跑的骑士。“啊，多洛雷丝，”他大声说，点一下头眨一下眼，“曼纽尔穿着旅行服真是太好啦。”姑娘脸红了，她笑着跑进了房子。

数天过去都没有曼纽尔的消息，尽管他答应写信。多洛雷丝开始担心。他路上遇到什么事了吗？他考试失败了吗？在她小小的家里发生了某个情况，使她更加担忧，让她心里充满不祥之兆。这几乎就像是上次她的鸽子逃跑了一样。她的玳瑁猫晚上逃跑了，爬到阿尔罕布拉宫的瓦屋顶上。夜深人静时传来一种可怕的猫叫声，某只老母猫对她无礼。然后传来一阵混乱的声音，再然后是相互抓扯殴打的声音，最后打斗双方从房顶上滚下去，从很高的地方跌落到山腰上的树林里。再也看不见、听不到逃跑的家伙，可怜的多洛雷丝觉得这不过是大灾难的前奏。

但是十天后曼纽尔凯旋而归，他好歹经正式授权当上医师，多洛雷丝不再担忧了。晚上举行了一场大聚会，参加的人有安东尼奥夫人普通的朋友和食客、随从，他们来向多洛雷丝表示祝贺，并向医师先生致敬，未来某一天他们的生命有可能掌握在他手里。老蒂奥·保罗是最重要的客人之一，我高兴地抓住机会与他结识。“啊，先生，”多洛雷丝叫道，“你这么热心了解阿尔罕布拉宫所有古老的历史。关于它蒂奥·保罗比谁知道的都多，比马特奥·西曼乃斯及其全家人知道的加起来都多。讲吧——讲吧——蒂奥·保罗，把你有天晚上对我们讲的所有故事都告诉这位先生：关于那些中魔的摩尔人、达罗河上那座闹鬼的桥、那些古老的石头、石榴——自从布阿卜迪勒国王那个时候它们就在那里了。”

过了一些时间，这个老伤残军人才有了讲故事的心情。他摇摇头，因为故事都是没有意义的，不值得讲给一位我这样的绅士听。只是在我自己讲了一些此类故事后，才终于让他打开了话匣子。他讲的故事稀奇古怪、彼此混杂，一部分是他在阿尔罕布拉宫听到的，另一部分是他在费霍神父的书里读到的。我会尽力对读者讲出故事的大意，但不能保证完全按照蒂奥·保罗的话来说。

一个中魔士兵的传说

大家听说过萨拉曼卡的圣西普里安[1]洞穴吧，昔日有个年老的教堂司事——或者如某些人所说他是由魔鬼本身伪装而成——在那里秘密教授天罚的天文学、巫术、手相术和其他可诅咒的神秘术。这个洞穴已被封闭很久，甚至人们把它的地址都忘了，虽然根据传说，其入口在卡瓦哈尔神学院小广场内的石头十字架附近。如下故事所提供的情况，似乎使这个传说在一定程度上得到证实。

在萨拉曼卡曾经有一名叫唐文森特的学生，他属于那个虽然快活但从事乞讨的阶层。他出门去求学，身无分文，大学放假时就到一座座城镇和乡村去乞讨，积累资金，以便能够在下一学期继续学习。他眼下就要外出漫游了。他有些音乐天赋，于是背着一把吉他，用它来讨得村民开心，他们会因此请他吃一顿饭或住一晚上。

他经过神学院广场的石头十字架时脱下帽子，简短地向圣西普里安祈求好运。他两眼看着地上时，发现十字架的脚旁有个什么发光的东西。他捡起它，原来是一只好像融合着金银的封印戒指。封印的图案是两只彼此相交的三角形，它构成了一颗星。据说，这图案是智慧王所罗门发明的一个神秘符号，它对于所有的魔法都会产生巨大威力。

1　早期非洲基督教神学家（200？—258）。

不过学生是个既非圣贤又非巫师的诚实人，对这一无所知。他将戒指当作圣西普里安为其祈祷而奖赏的礼物，他一下把它戴在手指上，向十字架鞠躬，轻轻弹着吉他，然后快乐地又开始漫游了。

在西班牙，一个乞丐学生的生活并非是世上最可悲的，尤其是假如他有什么才能讨人喜欢。无论哪里有使他好奇或产生奇想的东西，他就随意地从一座村子漫游到另一座村子，从一座城市漫游到另一座城市。乡村牧师年轻时大多做过乞丐学生，所以他们会为他提供过夜的地方和一顿好吃的饭，次日早上常常还送他几本四开本书或者半便士。他出现在城市街道上一扇扇门口时，不会遇到任何严厉的拒绝，也不会受到任何令人寒心的蔑视——因为自己靠行乞生活毫不可耻，在西班牙很多有学问的人都以这种方式开始过生涯。但如果像说到的这个学生，人长得好看，又是个快活的伙伴，特别是他能够弹奏吉他，那么在农民当中他一定会受到衷心的欢迎，他们的妻子和女儿们也会对他微笑和青睐。

于是，我们这位衣衫破旧但富有知识和音乐天赋的青年就这样走遍了半个王国，他下决心要在返回前游览著名的格拉纳达城。有时某个乡村牧师把他领进自己的羊栏里过夜[1]，有时某个农民让他住到简陋但友好的屋檐下。在此期间，他要么抱着吉他坐在村舍门口，弹起一支支让纯朴的乡亲们开心的小调，要么弹起方丹戈舞曲或波列罗舞曲，让晒得黑黑的乡村少男少女在柔和的黄昏里翩翩起舞。次日早晨他离开时，男女主人对他说些和蔼可亲的话，也许做女儿的还会捏一下他的手呢。

1　此处是比喻，源自《圣经》。

他一路弹奏着四处漫游，终于到达重要目的地即闻名遐迩的格拉纳达。他面对一座座摩尔式塔楼、格拉纳达可爱的维加平原以及在夏日的天空里闪闪发光的雪山，不无惊喜地发出欢呼。不用说，他怀着多么强烈的好奇走进一扇扇大门，穿过一条条街道，凝视着一座座东方风格的历史遗迹。每一个从窗口窥探或者在阳台上露出微笑的女人，在他眼里都是卓瑞达或哲琳达[1]。只要他在阿拉梅达林荫道上遇见一位高贵的夫人，他总愿意把她想象成一位摩尔公主，并将自己的学生长袍铺在她的脚下。

尽管他衣衫破旧，但他的音乐才能、他的乐观性情、他的年轻美貌，使他普遍受到欢迎，几天里他在古老的摩尔人的首府及其周围生活得很开心。他时时去的一个地方是达罗河谷的阿维拉罗斯泉。它是格拉纳达一个受人欢迎的胜地，自从摩尔人时期即如此。学生在这里有机会对女性之美进行研究，他有些倾向于对这一项目作出研究。

他会抱着吉他在这里坐下，即兴对赞赏的情郎、美女们弹奏起爱情小调，或者用音乐让人们跳起随时准备好的舞蹈。一天晚上他正这样做时，忽然注意到一位神父走过来，一路上每个人都向他触帽致意。他显然是一位重要人物。他无疑是美德的榜样，如果还不是神圣生活的榜样的话——他身体强健，面容红润，浑身有着温暖的天气和步行锻炼后散发的气息。他一路走着的时候，会不时从衣袋里掏出一块金币给某个乞丐，明显表现出仁慈的神态。“啊，神父！”对方会大声说，“祝你长命百岁，不久成为主教！”

为了有助于爬上山，他不时微微靠着一个女侍的胳膊，她显然是

1 应是与前者一样美丽的公主。

这位最仁慈的神父受宠的、像羔羊般温顺的人。这样的一位女子！从头到脚都是安达卢西亚人的打扮：从头发上别着的玫瑰花到优雅的鞋子，再到有花边的长袜——她的每个举动都是安达卢西亚式的。她身体的每一起伏——都是成熟动人的安达卢西亚式的！不过她也如此端庄、如此腼腆——总是低垂着眼睛倾听牧师说话。或者，假如他偶然斜眼瞟一下，她也会突然打住，两眼再次低垂。

仁慈的神父和蔼地看着泉水旁的人们，他特别突出地坐到一张石凳上，女侍很快去给他拿来一杯苏打水。他故意啜了一口，不无享受地用一片带有霜面、十分松软的蛋和糖调和一下——在西班牙美食家眼里它们很珍贵。他把水杯放回女子手上时，无比慈爱地捏了一下她的脸颊。

“哈，仁慈的神父！”学生自个低语，“与这样一只受宠的羔羊一起被赶进他的羊栏，该是多么幸福啊！”

可他没有遇到这样的好事。他极力讨取他们的欢喜，但是徒劳无益，虽然他发现，自己以前这样做对于乡村神父和乡村少女是无可抗拒的。他从来没有用如此高超的水平弹奏吉他，也从来没有弹奏出如此动人的小调，可是他不再需要讨一个乡村神父或乡村少女欢喜。可敬的神父显然并不喜欢音乐，端庄的少女也从来没抬起过眼睛看他。他们只在泉水旁待了一会儿，仁慈的神父便急着回格拉纳达。少女离开时羞涩地瞥了学生一眼，可这一眼把他的心都给掏出来了！

神父和少女走后，学生便打听他们的情况。托马斯神父是格拉纳达的一位圣贤，他是正规生活的模范：准时起床，为了有个好胃口准时散步，准时吃午饭，准时午休；晚上准时同大教堂里的某些修女玩三连音扫弦；他准时吃晚饭，准时就寝休息，以便为次日类似的事务聚集新的力量。他有一匹供骑用的舒适、光滑的骡子，有一个善于为他准备美味佳肴的稳重的主妇，还有那只晚上替他抚平枕头、早晨为他端去咖啡的受宠羔羊。

再见了，学生那无忧无虑的快乐生活，一双明亮的眼睛瞥他一眼就把他给毁了。他每天都无法将那个极其端庄的少女的模样从头脑里赶出。他设法找到神父的住所。那种房子不是像他这样游荡的学生可以接近的。可敬的神父根本不同情学生，他从来没做过为了晚饭不得不唱歌的穷学生。学生白天守着神父的房子不走，只为能偶尔瞥见一眼出现在窗口的少女。但这样的瞥见只增加了他的激情，而并没有给他希望。他晚上对着她的阳台唱小夜曲，有一次窗口出现什么白色的东西使他欢喜。唉，原来那不过是神父的睡帽。

没有哪个情人比他更忠诚，也没有哪个少女比她更害羞，可怜的学生感到绝望了。最后，圣约翰节前夕到来，格拉纳达下层阶级的人涌入城里，他们下午跳舞，在达罗河与赫尼尔河岸边度过仲夏之夜。在这个重要的夜晚，正当大教堂敲响午夜的钟声时，能够在这两条河里洗脸的人是幸运的，因为就在此刻它们具有使人变美的魔力。学生此刻无事可做，他任赶来过节的人群推挤着往前走，直至发现自己来到阿尔罕布拉宫的高山和红塔下的达罗狭谷。干枯的河床里，河床边上的岩石上，以及河床高处的平台园中，有不少各种各样的人，他们伴随着吉他和响板的音乐在葡萄树和无花果树下跳舞。

学生一段时间陷入忧郁，他靠在一块巨大怪异的石头石榴上——它们装饰着达罗河上那座小桥的末端。他不无忧思地看一眼欢乐的场面，在这里每个骑士都有自己的女人，或者说得更恰当些，每个男人都有自己的恋人。他为自己孤独的处境叹息，成为最难接近的少女不屑一顾的牺牲品。他抱怨自己穿着破旧衣服，它似乎对他关上了希望的大门。

渐渐地，他的注意力转向近旁一个与他同样孤独的人。那是一个高大的士兵，他外表严肃，长着灰白胡子，似乎是个哨兵伫立在对面那块石头石榴旁。岁月使他的面容变成青铜色，他穿着古老的西班牙人的盔甲，手持小圆盾和长矛，像一尊雕像一动不动。让学生惊讶的是，尽管他装备得如此奇特，但经过的人群全然没有注意到他，虽然许多人几乎与他擦肩而过。

“这是一座有着往日那些奇特事情的城市。”学生心想，“无疑这件奇特的事便是其中之一，居民们对此太熟悉了，不足为奇。”然而他自己的好奇心被唤醒，由于他是个喜欢 交际的人，所以他走过去向士兵搭讪。

“您穿的这身盔甲真是非常古老。我可以问问您属于哪个军团吗？”

士兵气喘吁吁地回答，他的两个颌仿佛在铰链上生锈了似的：“费迪南德和伊莎贝拉的皇家卫队。”

“天啊！唉，自从有了那个军团后已过去三百年啦。”

“三百年来我一直在上岗。现在我相信自己的任期结束了。你想发财吗？”

学生举起自己破烂的外衣作为回答。

“我明白你的意思。如果你有信仰和勇气，请跟随我来吧，你会发财的。”

“朋友，静静地跟在你后面，对于除了并非很值钱的生命和一把旧吉他再没啥可失去的人，需要不了多少勇气。不过我的信仰是另一回事，它是不会受到诱惑的。假如我要通过犯罪行为改善命运，那么别以为我穿着破烂的外衣就会去犯罪。”

士兵露出极不高兴的表情转向他。“我的剑，”他说，“只是为了信仰和王权的事业才会拔出来。我是一个老基督徒，相信我吧，别担心，不会有任何邪恶的事。”

学生疑惑地跟着士兵。他发现谁也没注意他们的谈话，士兵穿过各种闲散的人群，好像隐着身似的没人看见。

士兵跨过了桥，领路从又窄又陡的小径经过一座摩尔人的磨坊和渡槽，再沿着将格内拉里弗宫和阿尔罕布拉宫的地域分开的山涧走去。太阳的余晖照耀在阿尔罕布拉宫的红色城垛上，它突出地高高显露在上方。修道院的钟声宣告着次日即将到来的节日。山涧笼罩在无花果树、葡萄树、桃金娘和要塞的外塔外墙的阴影里。此刻阴暗寂静，喜欢黄昏的蝙蝠开始飞来飞去。最后，士兵在远处一座毁坏的塔楼旁停下，显然它过去是一座用来保护摩尔人的渡槽。士兵用长矛的柄敲击一下根基，随即传来某种隆隆的声音，坚固的石头打开了，留下一道像门一样宽的入口。

“以圣父、圣子、圣灵的名义进去吧，”士兵说，“什么都不用怕。”学生心里颤抖着，不过他画了一下十字，低语着“万福马利亚”，然后跟随神秘的向导进入一个深深的地下室，它从塔楼下的坚固岩石上开凿出来，上面刻有阿拉伯铭文。士兵指着从地下室的一边开凿的一块石座。“瞧，”他说，“这就是我三百年来睡的床。”迷惑不解的学生试图开个玩笑。“圣安东尼保佑，”他说，“你一定睡得很香吧，因为你的床这么硬。”

“相反，睡觉在我眼里是一件奇怪的事，我的命就是要不断保持警惕。我是费迪南德和伊莎贝拉的一个皇家警卫，不过在摩尔人的一次突击中成了俘虏，被关在这座塔楼里。在摩尔人准备把要塞交给基督君主时，一位名叫阿尔法奎的摩尔教士说服我，让我帮他把布阿卜迪勒国王的一些财宝藏在这座地下室里。我为自己的错误受到应有惩罚。阿尔法奎是一名非洲巫师，他用可恶的妖术对我施了魔法——让我一直守卫他的财宝。他一定遭遇了什么事，因为他从未回来，从那时起我一直被活埋在这里。一年又一年过去，地震曾经震动了这座山，在岁月的自然流逝中，我听见上面塔楼的石头一块块跌落下来，可这座地下室被魔咒镇住的墙体对岁月和地震都不屑一顾。

“每隔一百年，在圣约翰节这天，魔咒会暂时丧失一些效力。我被允许出去在你遇见我的达罗桥上站岗，等待某人到来将魔咒破除。我至今徒劳地站在那里。我好像在云块里行走一样，在凡人眼里隐着身。三百年来你是第一个招呼我的，我看到了原因何在。我看见你的手指上戴着智慧王所罗门的封印戒指，一切魔咒对它都是无效的。现在我是被从这可怕的地牢里解救出去，还是继续留在这里再守一百年，都取决于你。”

学生吃惊地默默地听着这个故事。他曾听说，有许多关于财宝受强大魔力控制隐藏于阿尔罕布拉宫地下室的故事，不过他只把它们看作是传说。现在他感觉到了那枚封印的价值，在某种意义上那是圣西普里安送给他的。不过，尽管他有一只如此强有力的护身符保护，但发现自己在这样一个地方与一个中魔的士兵私下谈话，仍然是一件可怕的事。按照自然规律，士兵应该在墓中静静地待了差不多三个世纪。

而这样一种人也是非同寻常的，不可随意对待；学生让他相信自己可以凭借友谊与善意，尽全力解救士兵。

“我相信动机比友谊更有力量。”士兵说。

他指着一个笨重的铁保险箱,它用刻有阿拉伯文字的锁锁着。“那个保险箱里面,”他说,“有无数金银珠宝。把束缚我的魔咒解除吧,这一半的财宝就归你了。”

“可我如何做呢?”

“必须要有一位基督神父和基督少女的帮助。神父驱除邪恶的魔力,少女则用所罗门的封印触碰这只保险箱。必须在晚上进行,要小心。这是一个严肃的工作,不要受世俗头脑的影响。神父必须是一位老基督徒,是神圣的模范,必须在来这里前进行了苦修,严格斋戒了二十四小时。至于少女,她必须无可指责,能够抵御诱惑。抓紧去求助吧。三天后我的休假将结束,如果在第三天午夜我尚未被解救,那么我将不得不再站岗一百年。”

“别担心,”学生说,“我眼里正好有你描述的神父和少女。不过我如何能重新进入这座塔楼呢?”

“所罗门王的封印会为你开道。”

学生从塔楼里出去了,比进去时高兴许多。墙体在他身后合上,牢固得又像先前一样。

次日早上他大胆地来到神父的住所,不再是个四处闲逛、一路弹吉他的穷学生,而是从阴间来、可给予魔法珍宝的使者。关于他的协商谈判没有获悉什么细节,只知道可敬的神父想到要去把一个虔诚的老兵和布阿卜迪勒国王的保险箱从撒旦的魔爪中解救出来,就轻易点燃了自己的热情。然后,神父还将用摩尔人的财宝给人们提供施舍,修建教堂,让多少贫穷的亲戚变得富有!

至于完美无瑕的侍女,她乐意给虔诚的工作提供帮助,而所需要的就是这一点。假如可以相信时时会出现害羞的一瞥，那么这位使者开始发现她羞怯的眼里有了好感。

然而，最大的困难在于仁慈的神父不得不斋戒。他试了两次，两次肉体都强大得让精神无法忍受。只是到了第三天他才得以抵挡住食品橱的诱惑，不过他是否会坚持到破除魔咒仍然是个问题。

在夜深人静时，他们一行三人拿着一盏提灯沿山涧走去，同时，还拿了用来驱除饿魔的一篮子食物——就在其他魔鬼被抛进红海[1]的时候。

所罗门王的封印戒指为他们进入塔楼开了道。他们发现士兵坐在中魔的保险箱上，等待他们到来。驱魔的过程按照应有方式进行。少女走上前去，用所罗门王的封印戒指触碰一下锁。盖子一下打开了，顿时金银珠宝在眼前闪闪发光！

“大家尽量拿吧！”学生兴高采烈地喊道，一面往自己的衣袋里塞着。

“合适就行了，轻一点。”士兵叫道，“咱们把保险箱整个抬出去后再分吧。”

于是他们竭尽全力干起来，可这是一项艰巨的任务，因为箱子相当沉重，而且在那里埋藏了几百年。正当他们这样忙着时仁慈的神父走到一边，向篮子发起猛攻，以便驱除在他体内肆虐的饿魔。片刻后一只肥公鸡就被吞食了，再用一大口瓦尔德佩纳斯葡萄酒冲下肚去。为了在吃过肉后表示恩慈，他慈爱地吻了一下守候在旁的受宠羔羊。虽然这是在一个角落静静地进行的，但泄密的墙体似乎很得意地把此

1 印度洋西北的长形内海，在亚洲阿拉伯半岛同非洲东北部之间。

事透露出来。纯洁的致意从未产生这么可怕的效果。听见神父吻少女的声音士兵绝望地大叫起来。半抬起的保险箱又落回到原位，再次被锁上。神父、学生和少女发现自己此时在塔楼外面，塔楼的墙壁砰地一声合上。哎呀！原来是仁慈的神父开戒开得太早了！

学生从惊讶中恢复平静时，本来要再进入塔里，但他沮丧地发现少女惊恐中把所罗门王的封印戒指落到地上，它还留在地下室里呢。

总之，大教堂敲响了午夜的钟声。咒魔恢复效力，士兵注定要再守一百年，他和财宝至今留在那里——一切都因为仁慈的神父吻了侍女。“啊，神父！神父！”学生说，悲伤地摇着头，同时他们沿着山涧返回，“恐怕那一吻当中罪人的东西强过圣人的吧！”

就已经得到的证实而言，这个传说到此结束。但人们还有如下说法：那个学生在衣袋里装了足够的财宝，以便在世上站稳脚跟；他的事干得很成功，可敬的神父在他的婚礼中还把受宠的羔羊送给了他，作为对自己在地下室犯下大错的补偿；那个少女后来证明是个模范妻子，正如她先前证明是个模范侍女一样，她给丈夫生了很多孩子，第一个孩子是个奇迹，她结婚七个月后就出生了，尽管只有七个月大，但他却比其余的都强壮。其他孩子都是按照通常的周期出生的。

中魔士兵的故事至今是格拉纳达受人欢迎的传说之一，尽管人们以各种方式讲述它。普通人确信，他在仲夏夜傍晚仍然在达罗桥的那块石头石榴旁站岗，不过是隐身的，只有拥有所罗门王的封印戒指的幸运凡人才能看见。

关于“中魔士兵”的说明

西班牙古老的迷信讲述着一些意义深远的洞穴，要么魔鬼本身，要么替他效劳的某个圣人曾在里面传授巫术。其中有个最著名的洞穴在萨拉曼卡。唐弗朗西斯科·德托雷夫兰卡在他的第一部关于巫术的书中提到过它。据说魔鬼在那里扮演圣人的角色，回答前往那里提出重大问题的人，正如在有名的特罗弗尼斯洞穴一样。唐弗朗西斯科虽然记录了这个故事，但他并不相信。不过他似乎确信无疑地说，一个名叫克莱门特·波托西的教堂司事曾在那个洞穴里秘密传授巫术。调查过此事的费霍神父报告说，人们普遍认为魔鬼本身在那里传授巫术，每次只允许进去七个学徒，并通过抽签决定其中一个终生全身心地效劳他。在一批批学徒中有个年轻男子，他是比列纳侯爵的儿子，完成学习之后抽到了签。不过他将魔鬼欺骗了，留给魔鬼的是自己的幽灵而非身体。

上世纪初期，大学人文教授唐璜·迪奥斯提供了如下版本的传说，他说它摘录自一份古老的手稿。人们会注意到他将传说的超自然部分作了改动，把魔鬼也完全从中取消了。

他说，至于圣西普里安那个洞穴的故事，我们唯一能证实的是，在称为卡瓦哈尔神学院的小广场或所在地里的石头十字架处，曾经是圣西普里安的地方教会。往下走二十步便进入形如拱状、宽大如洞穴的地下圣器室。有个教堂司事曾在这里传授巫术、占星术、土占术、水占术、火占术、石占术、手相术和招魂术等。

这份摘录继续指出，每次有七个学徒按照固定的学费受教于教堂司事。在他们当中会进行抽签，决定由谁支付所有人的学费，并且依照规定抽到签的人如果不迅速支付，将被留在圣器室的一间屋里，直到他拿出钱来。这从此成为了惯例。

有一次亨利·比列纳抽到了签，他是那位同姓侯爵的儿子。他发觉抽签中有弄虚作假的行为，怀疑教堂司事知道此事，因此拒绝支付。他立即被关了起来。碰巧在圣器室的暗角有一只装水的大罐或陶制容器，它已破裂，里面是空的。年轻人设法藏了进去。晚上教堂司事同一个用人拿着灯和晚饭返回屋子。他们把门锁打开，发现地下室里根本没人，一本巫书打开放在桌上。他们惊慌地退了出去，门也没关上，比列纳于是逃跑了。人们传说他还借助巫术让自己隐了身。

这个故事现在读者有了两个版本，可以自己作出选择。我只表明阿尔罕布拉宫的圣贤们倾向于魔鬼版一说。亨利·比列纳曾活跃于卡斯蒂利亚国王胡安二世时代，他是胡安的叔父，因在自然科学方面取得的知识而闻名，所以，他在那个无知的时代被辱称为一名巫师。费尔南·佩雷斯·德古斯曼在对于著名人物的描述中，对他丰富的学识予以赞赏，不过说他致力于占卜术，以及对于梦幻、迹象和预兆的阐释。

比列纳去世时，他的藏书落入国王手里，警告国王其中有一些论及巫术的书不宜阅读。胡安国王命令将那些书用马车运到一位可敬神父的住所，请他审查。这位神父的学识不如他。有的书论及数学，有的论及天文学，其中有数字和图表以及行星符号。还有的论及化学或炼金术，文字异常而神秘。所有这些在虔诚的神父眼里都是巫术，因此书籍像堂吉诃德的藏书一样被付之一炬。

在此说说所罗门王的封印。其图案由两个等边三角形组成，它们交错在一起构成一颗星，周围是个圆形。根据阿拉伯人的传说，上帝让所罗门选择所赐之物时，他选择了智慧，因此上天赐给他一枚戒指，上面即刻着那个图案。这个神秘的法宝便是他获得智慧、幸运与高贵的奥秘，他以此进行统治并取得成功。他由于一时堕落，让戒指掉进海里，他立即成了普通凡人。他忏悔祈祷之后与神和好，得以再次在鱼肚里找到戒指，于是恢复了自己的天赋。为了不再全然失去它们，他把这枚神奇戒指的奥秘传递给了其他人。

我们得知，为了“恶魔般的事业与可憎的迷信”，这枚象征性的封印先后被希伯来人、阿拉伯偶像崇拜者和伊斯兰异教徒不无亵渎地使用过。希望更加彻底地了解这个问题的人，最好查阅博学的亚塔那修·柯克尔神父关于伊斯兰教玄学的论述。

这里再对好奇的读者说一下。在那些多疑的时代，有不少人假装对与神秘学或巫术有关的一切东西加以嘲笑。他们不相信魔法、咒语或占卜的效力，坚决认为这样的事情根本不存在。在这些坚决的怀疑者看来，旧时代的证据毫无价值。他们要求得到亲身所感知的证据，就因为自己没有在当下遇到过这样的例子，便否认上面的种种“术”与实践曾经盛行过。他们没能觉察到，随着人们日渐精通自然科学，超自然的东西就多余了，并且被淘汰，以至于各种大胆的发明取代了神秘的巫术。尽管如此，少数开明的人说那些神秘力量是存在的，虽然处于潜在状态，富于独创的人也不将其当作一项任务。法宝仍然是法宝，有着一切令人敬畏的内在属性，尽管它可能在海底或古物研究者落满灰尘的陈列室里潜伏了很久。

例如，众所周知，智慧王所罗门的封印对妖怪、恶魔和妖术具有强大的控制力。现在，谁会明确断言那枚同样的封印——不管它存在于何处——此刻不会拥有昔日使它闻名的惊人效力呢？让怀疑的人去萨拉曼卡吧，深入圣西普里安的洞穴探索其隐藏的奥秘，然后作出判定。至于无意费心做这些调查的人，就让他们打消疑虑，怀着真诚的信任接受上述传说吧。

作者告别格拉纳达

正当我在一座座凉爽的浴室里沉醉于东方式的享乐时，我收到一些信函，它们将我从穆斯林的极乐世界召唤回去，让我再次融入尘世喧闹忙碌的生活中，因此，我突然结束了在阿尔罕布拉宫平静、快乐的“统治”。在度过了一段充满宁静与遐思的生活后，我将怎样面对尘世的辛劳与骚动呢！在享受了阿尔罕布拉宫充满诗情的时光后，我将怎样忍受尘世的平庸呢！

不过离别有必要做一点小小的准备。一辆称为“塔塔纳”的二轮马车——它颇像有顶盖的马车——将成为我和一名年轻的英国人穿过穆尔西亚到阿里坎特[1]和瓦伦西亚前往法国的交通工具。有个四肢细长的侍从——他曾是个走私贩，也许还做过强盗——将做我们的向导和保镖。不久做好了准备，但离别却不容易。我一天天推迟离别的时间，一天天在我最喜欢的、常去的地方流连，它们在我眼里也一天天越来越显得讨人喜欢。

我在这个既是社会的也是家庭的小世界里生活了一段时间，它对于我已变得异常可爱。我打算离别之际，大家所表示的关切使我相信，我友善的情感得到了报偿。确实，离别的日子终于到来时，

1　西班牙东南部港市。

我不敢去好心的安东尼娅夫人家告辞。至少，我看见小多洛雷丝那颗温柔的心充满了感情，好像随时会溢出来似的。所以我默默地向宫殿及其住户告别，下山进入城里，仿佛还要回来一样。不过，二轮马车和向导已在那儿准备好。于是我在客栈与旅伴吃过午饭便一起上路了。

随从是微不足道的，布阿卜迪勒二世的离别是忧愁的！[1]蒂亚·安东尼娅的侄子曼纽尔、那个好管闲事而此刻郁郁不乐的随从马特奥，以及我闲聊中结下友情的两三个阿尔罕布拉宫的伤残军人已下山来送我。因为走几英里去迎接一个即将到来的朋友，并在他离别时走同样远距离送他，是西班牙优良古老的习俗之一。于是，我们就这样出发了，我们的长腿保镖肩上挎着卡宾枪大步走向前去，曼纽尔和马特奥走在二轮马车两边，老伤残军人们跟随在后。

在格拉纳达以北不远处，道路渐渐向山上延伸。我在这里下车，缓缓地与曼纽尔一起步行，他乘机向我透露了心中的秘密，以及他和多洛雷丝之间的一切柔情蜜意——无所不知、无所不透露的马特奥已经把这些告诉了我。他已取得的诊所证照为两人的结合铺平了道路，由于他们有血亲关系，现在就等教皇的特许了。然后，假如他能得到马特奥在宫殿里的职位，他的幸福就完美了！我祝贺他在选择配偶方面的判断力和好品位，为他俩的结合祈求所有可能获得的幸福。并且我相信，善良、小巧的多洛雷丝丰富的情感最终会有更多稳固持久的东西去充实，而不只限于那些怯懦的猫和逃跑的鸽子。

1 作者言语中颇富幽默意味（他来到阿尔罕布拉宫，一开始就以自己是一位登上王位的“君主”自居）。

我离开了这些好心的人，看见他们慢慢下山，还不时转身挥手向我最后告别，此刻我感到这的确是个让人悲伤的分手啊。不错，曼纽尔倒是可以从令人欢喜的前景中得到安慰，但可怜的马特奥似乎就极其沮丧了。假如从首相和史学家的位置悲哀地跌落下来，又穿上他那身褐色的旧外套，回到编织缎带那一行的贫困生活，那么他可就悲哀了。这可怜的家伙虽然时时好管闲事，但不知道为什么，他使我对他产生了我自己也没意识到的同情。假如我能预见到他将交上好运——为此我给予过帮助——那么离别的确也是一种安慰。因为对于他讲述的故事、传闻和本地的情况，我似乎很重视。在散步时还常常让他陪伴，这使他更加看重自己所具有的资格，并为他开启了一个新的职业。这个“阿尔罕布拉宫之子”后来成为薪水丰厚的正式向导，我甚至得知，他再也没被迫重新穿上我第一次看到的那件褐色的破旧外套。

日落时分，我到达道路蜿蜒伸入大山的地方，停下来最后看一眼格拉纳达。我站着的山头俯临耀眼辉煌的城市、维加平原和周围的大山。它与以“摩尔人最后的叹息”闻名的“泪水山”遥遥相对。可怜的布阿卜迪勒告别他留下的乐园，看到眼前通向流放的、崎岖贫瘠的道路时所怀有的心情，我此时多少能体会到。

落日像往常一样，把令人悲伤的光辉照耀在阿尔罕布拉宫的红塔上。我能隐约辨别出科马雷斯塔那扇有阳台的窗户，在那儿我曾沉迷于许多让人愉悦的遐想。城市周围的一片片小树林和花园被镀上了金色灿烂的阳光，夏夜呈紫色的雾气弥漫在维加平原上。一切都是可爱的，但在我离别的眼里却显得温柔而忧伤。

“我要赶在太阳落下去前，”我想，“离开这片景色。我要带走一个充满无限美丽的记忆。”

带着这些想法我继续往山里走去。再往前走一点后，格拉纳达、维加平原和阿尔罕布拉宫从我的视野中消失，由此结束了我生活中一个最令人愉快的梦——读者或许认为，生活不过是由太多的梦构成的而已。

（完）

附：

西班牙寻踪

刘荣跃

近两百年前，美国作家华盛顿·欧文曾来到西班牙并写下著名的《阿尔罕布拉宫的故事》。为了翻译这部作品，更多地了解书中所描述的情景与文化背景，我怀着朝圣般的心情，跟随自己孜孜不倦地译介了多年的作家的足迹，做了一次难忘的旅行。我于 2016 年 4 月前往西班牙等南欧国家游览，特意参观了有名的阿尔罕布拉宫。此次旅行大大增加了我对欧文描写的各种场景的感性认识，而不仅仅局限于相对比较抽象的文字。当翻译到欧文描写的某个地方时，我都觉得十分熟悉、亲切，因为我亲身到过那里啊！比如，站在阿尔罕布拉宫内欧文曾居住过的房间旁的走廊上，俯瞰着下面不远处的格拉纳达的情景，我不是切身体验过了吗！在这样的心境之下翻译本书，无疑感到熟悉和亲切了！

我有幸亲自到了西班牙当年因举办奥林匹克运动会而闻名世界的巴塞罗那，西班牙第三大城市、第二大海港和号称欧洲“阳光之城”的瓦伦西亚；充分保留、体现着摩尔人历史文化特色的格拉纳达；被称为“欧洲的大阳台”的白色小镇米哈斯；悬崖上的白色小镇龙达（白色墙体是摩尔人住所的一个显著标志）；西班牙西南部的古都塞维利亚；西班牙最漂亮的古罗马式城市之一的梅里达；成为世界文化遗产之一的古城托莱多；欧洲著名的历史名城、西班牙首都马德里。而其中提到的我亲身走过的那些地点，都是欧文在书中经常描写到的。作为译者，我确实拉近了与阿尔罕布拉宫的距离，客观上创造了一个翻译本书的有利条件。

坦率地说，我计划此次南欧之行，主要就是奔着著名历史遗迹阿尔罕布拉宫去的。近几年来我致力于译介美国文学之父华盛顿·欧文的作品，其中涉及不少关于西班牙的情况，而我翻译的欧文的《阿尔罕布拉宫的故事》便是其中之一。要想把一部作品翻译好，必然要对它有充分的了解。我见过有的译者翻译的欧文作品，发现由于对作家作品了解得不是很充分，译文出现不够准确或不够恰当等问题，所以，译者对于作家作品的情况掌握得越多越有利。欧文曾在阿尔罕布拉宫生活三个月，写下了那部举世闻名的书。而我此次旅行，颇有点跟随欧文的足迹，前去他生活、写作过的地方朝圣的意味。相对于 2015 年 4 月到美国，这次算是很幸运的，因为我们不仅如愿参观了阿尔罕布拉宫（并非所有游人都一定能获得入宫的门票），而且还额外参观了外宫，时间达两个小时之久，比通常的游览时间多了一个小时。我的确尽兴了，这大概是上天对我们美国之行的一点补偿吧？那次我们到了欧文居住过的“向阳屋”旁边，碰巧未开放没能进去参观。而这次，我不仅亲眼看到了阿尔罕布拉宫，还进入了欧文生活、写作过的房间呢！我在想，假如不远万里跑这一趟，最终因未能订到门票而无法参观这座著名历史遗迹，那不是又会留下终身遗憾吗！最初我们即被告知：“由于阿尔罕布拉宫系统更新，导致每天出票率受限……”如果真遇到无法入内参观的情况，也只有认了。人生不可能事事如愿。好在终于如愿以偿，让我获得了更多关于阿尔罕布拉宫宝贵的感性认识。大概是欧文的在天之灵保佑着我吧！一个译者，为翻译他的作品多年来辛勤耕耘，他和上天一定都感动了吧！

我们一步步地深入到宫殿内。我看见墙体相当牢固，数百年过去了外观并不见严重腐朽的模样，真有坚不可摧之状。看得出来，那些建筑材料可不是一般的石头，相当坚硬。墙上有无数圆孔和长方形的窗口，从那里既可观察外面的情况，又可进行反击，而外面却难以看到内部。我们来到里面一个大圆形的露天庭院，它由上下两层构成，许多匀称、粗壮的圆柱将其支撑，墙上有各种风格独特的雕刻。不过，我在里面有些地方还是看到风化、腐朽的痕迹，毕竟过去了漫长岁月啊！宫内的房间、装饰、造型、雕刻和图案各式各样，门和窗有长方形的，也有上端是弧形的。房屋既有石头的又有木头的，而木头的仍然显得那么完好，只是仿佛多了无尽的沧桑。我从一些窗口看到下面不远处的格拉纳达城，欧文描写的当年摩尔国王在宫里看到它被攻占的情景，此时浮现在我眼前，我似乎也颇能体会到摩尔人焦虑、不安和失望的心情。不过现在的格拉纳达已焕然一新，白白的墙体和淡红色的屋顶构成一座颇具摩尔人风格的城市。摩尔人走了，但他们遗留下的东西永远不会消失，它们已深深地融入西班牙民族当中。

我在不知不觉的漫步中，忽然走进一间对我而言非同寻常的屋子，它便是欧文当年曾经生活、写作过的地方！在一般人看来它也许很平常，但在多年来一心译介这位大作家的译者眼里它就非同小可了。难道我不是不远万里像朝圣一般地来到这儿，就为了亲眼看看欧文描写过的情景，满足一种难得的情结吗？在美国，我遗憾没能参观到他居住的有名的“向阳屋”，但在西班牙，我终于参观到他近两百年前居住过的房间！我也似乎与欧文的距离更近了，今后翻译他的作品时必然感受也更加亲近、熟悉了，这无疑是颇有意义的。这间屋子专门精心保留着，就是为了纪念这位因写作《阿尔罕布拉宫的故事》而使这座宫殿闻名世界的大作家。欧文为西班牙人民作出的贡献是不小的，他受到如此尊重、享有如此殊荣是理所应当的。这间屋子不大，约莫十来平方米，显得十分整洁，不过地砖、门板和墙体都因漫漫岁月而显得沧桑厚重。它们仿佛在向我讲述着欧文当年生活在这里的故事，又仿佛为看到一位译者竟然不辞辛苦、千里迢迢追寻他的足迹来到这里而十分欣慰。人就是这样，为了自己喜欢的作家或追求的东西，是甘愿做出种种付出的。我特别注意到一扇门上方有一块陈旧的白色牌子，其中的文字“WASHINGTON IRVING”（华盛顿·欧文）赫然醒目，其余是西班牙文，大意是：“1829 年欧文在此写出《阿尔罕布拉宫的故事》。”

我赶紧激动地在它下面拍照留影，以便把这一瞬间永远定格在我的生活中。之后，我依依不舍地走出房间，来到屋外的走廊上，在这里整个格拉纳达城尽收眼底。当年欧文就是经常站在这里俯瞰格拉纳达的啊！不过今天的它必然与那时的它大不一样了，必然焕然一新了。我在这里俯瞰着城市，心情久久不能平静。我翻译的欧文的《征服格拉纳达》一书的长篇历史故事，当年不就发生在眼前吗？转眼近六百年过去，人世沧桑，令人感慨啊！

一个民族通常有着自己特有的东西，而白色建筑便是体现摩尔人居住风格的显著标志，他们虽然不再生活在西班牙，但其古老的文化已深深地扎下了根，你会在这里感受到数百年前摩尔人留下的浓浓的文化气息。摩尔人是怎样一个民族呢？也许很多人并不知道。摩尔人是中世纪伊比利亚半岛（今西班牙和葡萄牙）、马格里布和西非的穆斯林居民。历史上，摩尔人主要指在欧洲的伊斯兰征服者，主要由埃塞俄比亚人、西非黑人、阿拉伯人和柏柏尔人组成。

在西班牙，你处处会看到、感受到摩尔人留下的文化遗产，独具风格的白色房屋便是一个显著特征。它们简直白得耀眼！据说，人们每隔一段时间就会把房屋粉刷一遍，所以它们看起来总是很白净的。这是为了追求一种洁白、纯净的东西吗？只见房屋的窗户占的面积不少，有长方形的，有上端是弧形的。房顶是红棕色或淡红色，仿佛是个点缀。一个个露台和庭院，被房屋的主人用花卉和瓷砖打扮得富有情趣。有的墙上还装点着各种盆景植物，爱美之心由此可见，白色的墙体也因此多了一份情调。镇上有一些出售纪念品的小店，它们是各种各样的花陶罐，琳琅满目，色彩鲜艳。也有一些咖啡馆和饮食店，人们悠闲地在那里享用美食。各种色彩的马车并排停放在一处，随时供游人乘坐，一匹匹马打扮得漂亮可爱，给小镇又添了一道风景。白色小镇位于半山腰上，十分醒目，别具一格。远远看去，这座享有“欧洲的大阳台”美名的小镇置身于各种树木当中，安然而宁静。

龙达则是另一座风格类似的小镇，不过它是“悬崖上的白色小镇”。它比米哈斯大了不少，我觉得米哈斯用小巧玲珑来形容是合适的，但龙达就比较有规模和气势了。仅从圆圆的斗牛场来看，就不是米哈斯那座西班牙最小的斗牛场所能比的。斗牛是西班牙的一个显著标志，有悠久的历史。它现存大大小小的斗牛场达 300 个，最大的是首都马德里的文塔斯斗牛场，可容纳两万五千名观众！每当举行斗牛表演时，西班牙人就像过节一样，把马车马匹打扮得非常漂亮。尽管它是西班牙的一个民族传统，但我个人是不太赞赏的。你想，把一头活生生的动物那么血腥地当众刺倒刺死，这不是太残忍了吗？难道就为了表现人的智慧与勇敢！一头动物经过搏斗之后痛苦地死去，就为了让观众获得刺激或乐趣吗？难怪有些人会看不下去，于心不忍啊！此次我们由于某种原因，未能安排这种观看独具民族特色的斗牛表演，这是遗憾还是庆幸呢？

名为悬崖上的白色小镇，很快让人们想象出它所处的特殊位置。隔着一定距离看去，真是有点触目惊心，就在一座座白色房屋下面便是深深的悬崖！不知长年累月生活在那些房屋里的人，面对身下的悬崖会有怎样的感受？在我们看来是十分离奇的，不过在他们看来大概司空见惯、习以为常了吧？世界之大，人们的生活总是千差万别。我感叹于人类的智慧和勇敢！像这样的城镇，在世界上无疑屈指可数。有一座古老牢固的桥横跨两座悬崖之间，将新城和旧城连接起来，那便是著名的有着四百多年历史的努埃博桥。我对于古老的遗迹总是充满感慨，因为其中蕴藏着多么丰富的历史故事啊！此桥初建于1735年，竣工六年后意外倒塌，造成五十人丧生的悲惨局面，直到1751年才启动复建工程，耗时达四十二年（这并不奇怪，在欧洲还有耗时一百多年修建的教堂呢），总算建成了一座坚固的大桥。尤为奇特的是，中段的桥拱暗藏一间约六十平方米的屋子，那是曾经关押死刑犯的地方。大桥下则是深达百米的峡谷，探身往下看去，必然为其险要的处境惊叹不已。瞧，就在房屋下面的悬崖边上，一些当地人正坐在那里一边晒太阳，一边喝饮料聊天，多么悠闲自在。络绎不绝的游人也在围着的悬崖边上观看、拍照，构成又一道风景。我站在桥上，看着两边悬崖中间深深的峡谷，感觉非同寻常。我庆幸自己走过不少地方，看到了地球上很多独特罕有的景观。同时，我又向往着时机成熟时开始新的旅程、新的探索，那又将是多么令人激动的经历啊！

正如第一次的西欧之行和第二次的美国之行一样，一到西方后，浓厚的宗教文化气息便扑面而来，再次给我留下深刻印象。而各种各样的教堂便是显著特征之一，在欧洲随处可见。即便行驶在路上，你也会时时看到各种尖塔，表明那里有一座或大或小的教堂，或者那里是一个教区。欧洲人信教达到了相当的规模，我想应该有百分之九十以上的人信仰宗教吧，这一点与中国有巨大的区别。难怪有外国朋友为中国信教的人不多深感吃惊。这是一种截然不同的文化。好的信仰无疑是有益的，不过我认为，没有信仰但有好的信念也是同样可取的。

瞧，仅此行我们就参观了圣母加德大教堂、高迪圣家教堂、瓦伦西亚大教堂、杰罗尼摩尔斯修道院、塞维利亚大教堂和人骨教堂。

圣母加德大教堂，是法国马赛的象征。它建于一个山丘之上，从那里可以俯瞰马赛全城，以及眺望地中海风景。大教堂主体建筑上方有一座高达九点七米的镀金圣母像，几乎在马赛的任何角度都可看到，大教堂也因此成为马赛的标志。从教堂的大门进入，首先是僧侣的宿舍。从东边的阶梯走下去，进入教堂内，里面有许多祈祷航海平安的模型船，墙壁上还留存着第二次世界大战时期德军与联军交火的枪弹痕迹，让人又一次看到人类有过一段不幸的风云历史。

高迪圣家教堂，又称圣家族大教堂，是西班牙建筑大师安东尼奥·高迪的毕生代表作。它位于西班牙加泰罗尼亚地区的巴塞罗那市区中心，始建于 1882 年 3 月 19 日，目前仍在修建中，官方预计 2026 年竣工。尽管它是一座未完工的建筑物，但丝毫无损于它成为世界上最著名的景点之一。这无疑又是一个让人们惊讶和惊叹的建筑，因为一百多年过去了，它竟然还在修建中，并且再用十来年也不确定是否能彻底竣工！为什么修建需要如此长的时间呢？是资金的问题吗？还是有其他原因？世上的奇事、怪事真是各种各样，难以理解啊！

瓦伦西亚大教堂，从1262年开始建造，至1426年结束，后来又经过扩建和修葺，使它在原先主要的哥特风格上增添了其他风格的痕迹。从以上数据看出，这又是一座修建了一百多年的教堂，西方人的虔诚可见一斑。

杰罗尼摩尔斯修道院，始建于1502年，直到1572年才完工——又是一座修建了整整七十年的宗教建筑！它尽力表现出了葡萄牙的艺术之美，整个设计最初是哥特式风格，后来设计师去世，另由一位西班牙建筑师接手，其风格便具有了文艺复兴式的色彩。一座建筑的修建竟要经过几代人，风格的变化是难免的。

建于15世纪初的塞维利亚大教堂则是西班牙塞维利亚市内的著名宗教名胜，系世界五大教堂之一，是仅次于罗马的圣彼得大教堂和意大利米兰大教堂，位居世界第三位的大教堂。它中央有一座巨大的圆形广场，其中不时缓缓驶过一辆富有特色、载着乘客的马车，身着五颜六色、花枝招展的塞维利亚姑娘热情地与游人合影。她们的服饰是独特的，显得非常艳丽、光彩。

此次参观各种教堂，我还另外开了一个眼界，即亲眼目睹了世上罕有的“人骨教堂”！顾名思义，那就是一座用人的尸骨装饰起来的教堂！这可能吗？这不让人恐怖吗？无疑，事实上就是用人的尸骨装饰的教堂，恐怖倒算不上，不过多少是有些让人觉得阴森的，毕竟那是人的尸骨啊。西方人与我们真是有着截然不同的文化。为什么会有这座人骨教堂呢？原来早在14世纪曾发生过一场黑死病，15世纪又发生过一场战争，使该城出现了三万多座坟墓。16世纪时有教士把尸骨搬进教堂，堆成金字塔状。由于尸骨实在太多，后来有人索性用骨头充当装饰材料，从而造就了人骨教堂的诞生。西方人把死亡看成是一件神圣的事,死后将尸身献给上帝,象征无上的赞美。我由此对“视死如归”这个成语有了更深理解。在人骨教堂里，我看见人各个部位的尸骨以各种方式排列着。天花板、墙壁以及支柱外边完全用人骨堆砌而成，墙壁上的花毯也用人骨装饰，神坛由不同大小的人骨堆砌而成，图案则由肋骨镶嵌。教堂里四处可见十字架、王冠、垂带等装饰，均由人体各部位的骨头拼凑而成。对于没有亲眼目睹的人而言，这是难以置信的。

怀着好奇，我查阅了关于人骨教堂的情况，竟然发现除这座埃武拉人骨教堂外，在欧洲还有不少，比如，捷克人骨教堂、米兰人骨教堂、葡萄牙人骨教堂、布拉格人骨教堂、西班牙人骨教堂、罗马人骨教堂和奥地利人骨教堂。对于有着截然不同文化的中国人而言，这的确是难以想象、非常奇特的。生与死，在不同的文化背景下必然让人产生不同的认知。大千世界真是无奇不有啊!

除了以上谈到的情况外，还有一些东西给我留下较深印象。堂皇富丽、金碧辉煌的西班牙皇宫令人赞叹，它是世界上保存最完整而且最精美的宫殿之一，是欧洲第三大皇宫。皇宫建造于 18 世纪中叶，其豪华壮丽程度在欧洲各国皇宫中数一数二。在这里你可看到什么是富贵和气派，它无疑是一个让人大开眼界的地方。人的生活有天壤之别，那些帝王将相与平民百姓的生活不正是如此？塞戈维亚大水渠也值得一提，它修建于公元 109 年的罗马时代，实际上是一座高架水道桥，以便把水引到市区。它用花岗岩砌成的立柱支撑，没有使用任何黏合剂——这便是它的奇迹所在，也是令人赞叹的地方。大概充分利用了力学上的原理吧。我们不能不佩服古人的伟大智慧。

这次，我们还特意体验了两次美食，因为美食也是一种文化。西班牙烤乳猪是一道有名的菜肴，其一代代传人的一个招牌动作是用又大又厚的陶瓷盘子把整只脆皮烤乳猪切开，然后将盘子扔到地上摔碎发出响亮的声音，塞戈维亚的烤乳猪由此而闻名，并有了“西班牙国礼摔盘子烤乳猪”的美名。我发现烤乳猪一点脂肪都没有，就像鸡肉、鸭肉一样。另一美食是葡萄牙风味餐，其实主要就是烤鳕鱼和土豆，此外配了葡萄酒和沙拉。我不太喜欢这道菜，鱼肉不易嚼碎。对于烤乳猪也谈不上喜欢，就是体验一下而已。我个人觉得真正的美食还是在中国，在我们四川。我可以对外国人说自己并不喜欢西餐，仅仅把它当作早餐还过得去。但我几乎没听过外国人说不喜欢中国美食的！我们因此为自己的饮食文化而自豪！

西班牙寻踪，让我得以在近两百年之后跟随欧文的足迹到了西班牙，从而更接近了这个民族特有的文化，也更接近了自己心仪的作家。